时代追梦人

SHIDAI
ZHUIMENGREN

孙青 著

东方出版社

目 录
CONTENTS

1. 梦想从这里启航

穷山村走出第一位大学生

立大志用知识来改变命运

1973 年 7 月间，江东省蒙山县大湾子乡钟家村。

"哎呀……" "哎呀……" 村民陈子贞在房门紧闭、幽暗简陋的农房里因分娩疼痛而发出痛苦的叫声。这叫声穿透了夜幕下的钟家村，打破了山村原本的僻静、冷清。

"使劲，使劲，再使劲，还差一点了，再使使劲儿！" 村子里唯一的接生婆李大娘正忙着用自己大半生接生经历积累的经验用心帮助陈子贞分娩。

在陈子贞与李大娘你一声惨叫她两声 "使劲儿" 的声音中，房外，陈子贞的丈夫钟友贵急促地踱着步子来来回回在门外打转，听到妻子不断疼叫的声音，踱着的脚步便越来越急促，等待焦急到极点，正准备硬着头皮冲进屋内看究竟时，孩子呱呱落地的哭声使他瞬间僵化在门前，一动不动，傻在了那里。

这时只听见李大娘高喊着："生了，生了！恭喜，恭喜！是个大胖小子！"

钟家村民风淳朴，特别是村里许多人传宗接代思想严重，都喜欢生男孩，钟友贵听到报喜声知道生的是男孩后，喜极而泣，马上回过神儿冲到床前，扑倒在陈子贞身边，顾不上擦掉脸上仍挂着的泪水，对自己的老婆说："我有儿子啦！我有儿子啦！谢谢老婆，谢谢老婆，你辛苦了……"

钟家村地处全国贫困县蒙山县的一个贫困山区，四周环山，蜿蜒崎岖，是全县经济最困难的村子。钟家村共住约 50 多户人家，大多数村民都居住在土坯房，以种地为生，因大多数村民姓钟而得名。村民钟友贵因家境极为贫寒，40 多岁，才娶到邻村一个因小时候患风湿关节病而导致左腿走路稍微有些瘸的大龄女子陈子贞。所以老钟两口子有儿子这件事瞬间传遍了整个钟家村，一时成了全村人最大的新闻，每家每户每个人都在谈论这件事。从第二天一大早，村里人纷纷来登门道贺。

老村支书钟永富听到消息后也立刻前来道贺，他紧握着老钟的手说："友贵啊，你命好啊，这岁数得来个大胖儿子，我知道你家境困难，以后有啥需要的，你就尽管说，村里会尽力帮助的。"

钟友贵既高兴又感激地说："谢谢老叔的关心！谢谢！"

老村支书正要离去时，突然回过头来追问了一句："哎，我忘记问了，咱们这胖小子叫啥名儿啊，起名了没有啊？"

"起了起了，我和他娘昨晚商量好了，我们就叫他'大伟'了。"钟友贵急忙回答道。

"大伟，大伟，好！好名字！"老村支书钟永富边说边挥手离开了。

那时农村正处在人民公社生产队干活挣工分的年代，钟友贵老婆陈子贞虽然腿脚有点残疾，但此人通情达理，为人厚道善良，是一个比较有长远眼光的女人。正在坐月子的她躺在床上，头扎着毛巾靠着枕头微笑地对老钟说："生了大伟后，看你这几天高兴的，你想过没有，我腿脚本来就不怎么好，生孩子了我得好长时间也不能去生产队干活挣工分了，到时粮食不够吃咋办？想给小孩买点衣服什么的也没有钱呀！"

"老婆，你放心，你先安心照顾大伟，别着急去干活挣工分，我现在身体好，我争取一个人去干两个的活，多挣一些工分，一定不会让全家人饿肚子。"老钟以坚定的态度回答道。

　　钟友贵为了多挣工分多分口粮，养家糊口，全村挑大粪等脏活累活第一个抢着干，不知什么叫累。整天满头大汗，一身泥一身土。看此情景，老村支书钟永富经常劝他："友贵呀，你不要太累啦，也要注意休息一下。"

　　"我没事儿，不累不累！"钟友贵总是这样很乐观地回答。

　　年复一年、日复一日。眨眼间钟大伟3岁了。这一年，老钟夫妇又生下一个儿子，取名叫钟二伟。老钟抱着刚生下的钟二伟，按捺住无比喜悦的心情，对着老婆说："我有两个儿子啦！我有两个儿子啦！谢谢老婆……"

　　正在坐月子的老婆躺在床上，严肃地对钟友贵说："看给你高兴的！现在又多一个孩子了。我真担心到时粮食不够吃啊！"

　　"你放心，你就安心照顾两个儿子吧，我现在身体好，我争取多挣一些工分，一定不会让全家人饿肚子！"老钟仍以坚定的语气回答道。

　　1978年，随着党的十一届三中全会召开，国家开始实行对内改革、对外开放的政策。我国的对内改革先从农村开始，实行"分田到户，自负盈亏"的家庭联产承包责任制（大包干）。江东省蒙山县大湾子乡钟家村等一些穷困生产队也早早实行了这种生产责任制。

　　钟友贵与全村村民一样感到欢欣鼓舞。一天，他对自己的老婆说："党的大包干政策好呀，再不用考虑起早贪黑去生产队挣工分了。今后搞养殖、种地，我们自己可就说了算。到时咱家改善经济条件了，送大伟、二伟两个儿子好好去念书，早点儿让孩子走出大山，不要再像我们一样受罪了。"

　　钟友贵老婆很赞同地说："是啊，我也是这样想的，今后无论家里收入如何，我们不论再苦再累，都不能耽误大伟、二伟两个兄弟上学。"

　　天有不测风云。正当全村都寄希望于国家改革开放包产到户快速走致富路之时，老钟却因平时除了种责任地，还搞起养猪、养鸡等副业，太过于劳累，突发心脏病，晕倒昏迷在猪圈旁，被同村路过的胞弟钟友善看到，连忙扑上去，搂着哥哥说："哥，你怎么啦，怎么啦，醒醒，醒醒……"

听到二叔钟友善的大喊声，陈子贞从屋里第一时间跑出来，一看钟友贵身体侧倒在猪圈旁，一下子惊慌失措起来，连哭带喊地说："老钟，你这是怎么啦，怎么啦……"

钟友善和嫂子赶紧将老钟抬进屋里放到床上躺下，陈子贞看着老钟浑身上下都在抽搐，感觉势头不好，焦急地对钟友善说："大伟他二叔，这次你大哥患病肯定不轻呀，我腿脚走路不利索，拜托你赶紧把村里王大夫找来看看病吧！"

"好的，嫂子，我现在就去！"钟友善连说带跑地去找村里唯一的赤脚医生王大夫去了。

幸亏钟友善的及时发现，王大夫来后经过简单的抢救，将老钟从死神手中抢了回来。不过，人虽然抢救过来了，但很快发现老钟只能说话，手脚却不听使唤了。面对这个情形王大夫也束手无策，他严肃地说："老钟患的是突发心脏病，可能是多年身体过于劳累，不注意营养和休息，造成积劳成疾。我们村子医疗条件太差，建议抓紧转到县城医院救治，否则老钟后果将不堪设想。"

由于当时村里实在太穷，交通只有一条狭窄的山路，许多村民从小到大一辈子连县城都没有去过，老钟属于村里最穷的农户之一。老钟突如其来一场重病，家里和村里都拿不出钱，加上交通条件差，也没有办法按照王大夫说的那样去转院治疗，只能在家进行保守治疗，没有几天，钟友贵就带着遗憾离开了人世。从此，钟大伟、钟二伟就成了半个孤儿，穿的、盖的补丁摞补丁，从小到大都是吃地瓜长大。

钟友贵的不幸离世，让这个本来生活就很困难的家庭又雪上加霜。从此妻子和大伟、二伟母子3人相依为命，艰难度日，过着吃了上顿接不上下顿的生活。一天，母亲边哭边抚摸着两个儿子头说："孩子呀，你们投错胎了，都不该与我一起过这样的苦日子，妈妈爱你们，可是不知这苦日子什么时候是个头呀……"

"妈妈，妈妈您不用怕，有我和弟弟和您在一起，我们很快长大了。我们帮您！"钟大伟牵着弟弟的小手，一本正经地对妈妈说。

母亲听了，擦了擦眼泪，心里顿时增添了一丝欣慰和对追求美好生活的信心："好孩子，以后要好好读书，听妈妈的话，放学回来还要多帮家干些活。"

俗话说，穷人的孩子早当家。钟大伟作为哥哥，虽然还没有上小学，但很懂事，无论是在种玉米、红薯，还是在养猪、喂鸡等方面，带着弟弟争当妈妈的好帮手，做得有模有样。

转眼间，村里与钟大伟岁数差不多的孩子都陆续上小学了。钟母时常想起老钟在离开人世前对自己说的话："党的大包干政策好呀，再不用考虑起早贪黑去生产队挣工分了。今后搞养殖、种地，自己就可说了算。我们可以改善经济条件到时好送大伟、二伟两个儿子去好好念书成才，早点儿让孩子走出大山，不要再像我们一样受罪了。"陈子贞决定，自己再艰难也要送孩子上学。

陈子贞省吃俭用攒些钱，又向亲戚借钱供两个孩子上学。村支书钟永富对陈子贞家里困难十分清楚，主动带头捐款和说服村里相对比较富裕的家庭为陈子贞捐款供孩子们上学。陈子贞对此十分感动，她时常对两个孩子讲："我们家庭困难，这些年你们上学全靠村里邻居和亲戚帮助，你们一定要记住，刻苦学习，争取进步，靠知识改变命运。争取走出大山，去做一个知道感恩和回报社会的人，特别是要感谢曾经帮助过我们的人，这样也算为我和你们去世的爹争口气……"

钟大伟兄弟两人虽然生活在半个孤儿家庭，但是他们始终牢记母亲的教诲，学习都很刻苦认真，在全班名列前茅。他们兄弟两人平时穿的盖的都是补丁摞补丁，读小学的时候，村里面的几间破草房，课桌是用泥巴糊的长条的台子，下雨天外边下大雨，里面下小雨，读中学的时候离家比较远，每星期背个筐去学校，筐里面装的是红薯和红薯面做的窝头，但家庭的贫困却丝毫没有影响他们学习的进步和通过学习改变命运的那种信念。

随着我国改革开放不断深化，到了1988年，全国范围陆续出现了农村外出打工潮，钟友善利用农闲时节走出大山，到了江北省一家砖瓦厂当民工领队，成了村里第一批走出去打工的农民工。快到过春节了，钟友善带上打工挣到的3万块钱，穿上在外边买的新衣服，高高兴兴返回村里过春节。老村支书钟永富听到钟友善打工回来的消息后也立刻前来看望："友善呀，你回来了，听说你干的不错，在外干活还不到一年的时间就挣了3万块？看你现在精神状态也变了，可比以前在村里种田精神多了！"

钟友善自豪地说："谢谢永富大叔，您说的对，近一年的时间我就挣了3万块！比在家种地收入高出七八倍。村里以后谁想外出打工也可以跟我一块去……"

在旁边的村民和二伟等人听了后，都感慨道："外出打工比种田好呀……"

就在这一年，正在上初中二年级的弟弟钟二伟考虑到兄弟二人同时上学，平时开支比以往更大，给妈妈造成的经济和思想压力也越来越大，趁钟大伟周末回家，主动召集全家人坐下开个家庭会议："妈，哥，你们先别忙着喂猪了，先来饭桌前坐下，我有重要的事情跟你们说。"

"有重要的事情跟我们说？有什么重要事情，我们倒想听听？"钟大伟连忙追问道。

大家都坐下了，当着妈妈和哥哥的面，二伟正式提出自己要辍学外出打工："妈，哥，我决定下学外出打工啦！"

"啊，傻孩子，你说什么？要下学外出打工？我没有听错吧？"陈子贞很生气，连忙追问。

"妈，您没有听错，我已经考虑很多天了，是我自己决定下学外出打工的。我已经长大，有劳动能力了。现在二叔不是在江北一家砖瓦厂当领队吗，听说一年可以挣好几万，我想马上找二叔去。"二伟十分严肃地说。

"不行！你必须给我继续上下去！你还记得从小到大我经常对你们哥俩儿说的话吗？"陈子贞反问道。

"我当然记得。您希望我们一定要通过学习来改变命运，早日走出大山成为对社会有用的人才！可怜天下父母心，这我都能够理解。但是您考虑过我们家现在的实际经济状况和我们的感受吗？您为了供我兄弟二人顺利上学，多年超常干活挣钱，身体多病，我们不想让您像当年父亲那样因过度劳累那么早离开我们！我下学打工挣些钱可以缓解咱家的经济压力，不能总伸手向别人借钱呀。这是一。第二，您认为只有上完大学才能成为人才，才是社会最有用的人，但我认为无论学历高低，大家都可以为社会作贡献，我认为外出打工也没有什么丢人的。第三，我在学习上成绩总体上没有我哥好，他比我大 3 岁，现在他上高二，再有一年就考大学了，然后上大学还要家里拿钱。现在我上初二，离上大学还有好几年，不如将重点放在我哥身上，将来我哥上大学有出息，我们全家都会好起来的。因此，我要主动为全家实际情况着想，为我哥着想，绝对不拉哥哥后腿……"

大伟在旁边一直认真地听二伟与母亲之间的对话，也感到弟弟提出下学外出打工太突然，此事二伟事先也没有和自己沟通，特别是当听到二伟说到"我要主动为全家着想，为我哥着想，绝对不拉哥哥后腿"这句话后，情绪受到很大波动，一下子泣不成声，站起来兄弟二人紧紧拥抱在一起。大伟以复杂的心情对弟弟说："二伟，你是我的好弟弟！原来我一直以为你很小，没有太在意你的想法。但你今天让我看到与昨天不一样的你，你真的已经成长了，你是最棒的！我真的很理解你此刻的心情……"

陈子贞和钟大伟二人都不希望二伟提前下学，但看到二伟已深思熟虑，下学外出打工的意愿已决，只有表示无奈的支持了。不久，陈子贞和大伟一同在村口为二伟外出打工送行。临别前，大伟紧紧握住二伟的手说："二伟，这一切都因家里穷，你到江北找到二叔后，及时跟我们联系，照顾好自己！"

二伟紧紧握着大伟的手说："好的哥，你放心吧！"

大伟转身走了一会儿，感到很伤心，又有话想说，赶紧快步上前对钟二伟动情地说："二伟，我还想对你说，你今天这样做对你来说牺牲太大了，全都是为了我！我在这儿也给你表个态，我一定刻苦学习，争取尽快走出大山，用知识和能力改变我们家的命运，回报社会和曾经帮助过我们的人……"

陈子贞与大伟一直看着二伟的背影，直到远去看不见了才回去。

大伟在弟弟的激励下，学习加倍努力，在 1991 年高考中以全班第一名的成绩顺利考上了江东科技大学，成为全村走出大山的第一个大学生。

钟大伟接到录取通知书后，全村都沸腾了。各户村民男女老少纷纷到钟大伟家里向陈子贞祝贺，夸钟母养出了一个有出息的孩子。此时，老村支书钟永富代表村委会也来到家里祝贺，当着村子人的面高兴地说："大伟娘，你这么多年的辛苦没有白费呀，大伟是个很争气的孩子，他可是我们钟家村第一个大学生。这不仅是你全家的骄傲，也是我们全村的骄傲呀，以后我们村将以大伟为榜样，教育引导孩子向大伟看齐，刻苦学习，让更多的孩子走出大山，通过学习改变命运。"

听了老村支书这番话，陈子贞连忙站起来说："大伟，你也过来！"

"好的。"大伟立刻站在母亲身旁。

陈子贞接着激动地说:"老书记,也谢谢您呀,大伟能考上大学多亏村里这些年多次下拨的救济款。还有全村的爷爷奶奶、叔叔婶婶们,对我家的无私帮助,我也不知今后怎么报答大家。在这里我和大伟先向大家表示感谢了!"母子俩向大家鞠了个躬。

"妈,您放心,有我呢,等我上完大学,有能力有条件了,一定报答全村的爷爷奶奶、叔叔婶婶们!"

"说的好!"此时在场的父老乡亲面带笑容,情不自禁地给钟大伟一阵热烈掌声。

钟二伟得知哥哥顺利考上大学,高兴之余决定从打工地河北砖瓦厂请假回家一趟。"妈,哥,我回来了!"二伟一进家门高兴地说。

"啊,二伟回来了!你二叔让你回来的?"钟母高兴地问。

"妈,您想呀,我哥哥考上大学这么重要的事情,我能不回来吗,我要当面向哥哥表示祝贺。"

"二伟说的对,是应该回来一趟,我们俩也快两年没有见面了。"大伟接着说。

借庆贺钟大伟考上大学之际,母子三人在家里又团聚了,这是一次无比幸福的团聚。钟母专门张罗了几个好菜,还买了瓶白酒,家里充满温馨喜悦的氛围。兄弟二人一块儿给母亲敬酒时说:"妈,我兄弟俩长这么大从来没有看到您喝过酒,今天看您这么高兴,我们兄弟俩一块儿敬您一杯,祝妈妈今后永远健康快乐!"

钟母十分高兴,多年第一次喝酒,一喝就是一大口,然后就流起泪来。

"妈,您这是怎么啦?哥哥考上大学了,今天您应该高兴才是呀!"二伟说道。

陈子贞赶紧擦了擦眼泪说:"孩子,我这是高兴的流泪呀。我在想,现在要是你父亲活着该有多好呀。可是他没有这个命,你们兄弟二人都很有出息，只可惜他看不到了……"兄弟二人连忙安慰母亲，哄她开心。

想到兄弟二人，一人上大学，一人外出打工，只剩下母亲一人在家，二伟对大伟认真地说："哥，你考上大学了，今后可能会在城市里工作，咱妈在农村生活几十年了，连县城都没有去过。加上她腿脚不好，因此我有一个请求。"

"你赶快说，什么请求？是不是说等我大学毕业在城市上班后就给妈接过去，到城里和我一起生活，也方便好看病对吧？"大伟马上回答道。

"对对对，哥哥不愧是大学生，我一说就明白。"

"你和我想一块儿去了，到时也该让妈妈享受一下了，不能再让她在农村干重体力活了，你放心。"大伟说。

第二天一大早，大伟、二伟兄弟二人就来到父亲坟前，跪下磕了三个头祭拜后，二伟说："老爸，今天告诉您一个好消息，大伟考上省里重点大学啦！是咱们村里第一个走出大山的大学生……"

钟大伟准备好行李，即将离开钟家村赶赴省城上大学。在离开村子前，锣鼓声声，响彻山间，老村支书钟永富早就和村民一起等着欢送钟大伟一程了。老村支书握着钟大伟的手说："孩子，你考上大学不容易呀，祝你一切顺利，早日成才！"

就这样，钟大伟在锣鼓和鞭炮声中，在二伟的陪同下，告别了父老乡亲，踏上了大学之路，开启了人生新的一页。

钟大伟到省城乘坐公交车到达江东科技大学门口，兄弟二人依依不舍话别。钟大伟报考的是江东科技大学机械设计制造及自动化专业，到校门口后在大学新生报到服务生的引导下，顺利办理相关入学手续。新生签到处同学们很多，各专业的学生都有。机械设计制造及自动化专业的班主任李老师，专门将当时正在报到同专业的同学集中起来加以介绍，相互认识。其中张东海、丁志强和章晓慧3位与钟大伟同一天报到，从此开始他们慢慢结下了深厚的友谊。

张东海与钟大伟既是同专业同学，也是上下铺室友，他出生在一个工薪阶层家庭，性格豪爽，待人真诚，重情重义，做起事来敢作敢当。

丁志强家境富裕，平时穿衣讲究时髦，经常与大伟一起去学校礼堂听讲座，交流研讨和参加各种课外活动。

章晓慧平时时髦新潮，是个高颜值的女生，她父亲是国内做房地产的一个知名的民营企业家，是个名副其实的富二代，平时大家都称她为"校花"。大学里不乏男生去追求她，但都惨遭拒绝，而她却从大一就开始喜欢上了为人憨厚的钟大伟，后发展成男女朋友关系。

钟大伟上大学时，1.83 米的个头，身材高大魁梧，性格耿直，品学兼优，还是闻名全校的篮球高手，经常与张东海、丁志强等一起打篮球，他既有远大理想，又能脚踏实地，身上有一种独特的魅力，虽是寒门学子，但待人有礼有节，不卑不亢，还是校园里许多女生心中的"白马王子"。

为了少从家里要钱，从上大二开始他找到赚取生活费用的办法：当家教。每周利用双休日或课外时间，在省城几个家庭当家教，尽心尽力帮助中学生辅导功课。

钟大伟仪表堂堂，再加上内在良好的修养，深深吸引了章晓慧的目光。而章晓慧是"校花"，到了大学二年级，想与她谈恋爱的男生越来越多，丁志强就是其中一个。一天，丁志强请章晓慧喝咖啡，她愉快地答应了。丁志强趁机向她表白："晓慧，我特别喜欢你，我想……"

"丁志强，我以前就告诉过你，我们做一般朋友可以，但做男女朋友不行！以后别再提了！"遭到章晓慧的断然拒绝。

"好好好，有话好好说，别生气。你现在是不是心里有喜欢的人了？"丁志强问。

章晓慧稍加思索了一下说："是呀，是有了，而且还是你比较熟悉的。"

"那会是谁，不会是钟大伟吧？但我从来没有听他说过呀？"丁志强有些不解地说。

"他当然没有说呀，不怪他，是我还没有向他表白。但我相信只要我向他表白，他一定会同意的。"章晓慧自信且直白地告诉丁志强，起身就离开了咖啡厅。

大约从大二第二学期开始，章晓慧就开始找机会接触钟大伟。无论是钟大伟在教室自习和写作，还是到图书馆看书，章晓慧与钟大伟的身影都会出现在一起。特别是钟大伟与张东海、丁志强等几个老球友打篮球时，她也会准时出现在现场观看，当最好的拉拉队。包括丁志强在内的许多男生都对钟大伟开始"羡慕嫉妒恨"，心里不是个滋味。

或许是因自己出生于贫困农村，或许是小时候很早失去父亲，一天晚上，钟大伟与张东海在操场打完篮球一起到学校大食堂吃饭，当时电视正在播报的一条新闻引起了钟大伟的注意。

"……江东省近日多地连降大雨，造成一些山区山体滑坡，导致山区一些农户房屋整体倒塌或掩埋。据统计，截至目前，因山体滑坡共导致130多人死亡，360多人不同程度受伤。还有10几个家庭夫妻双方在这次山体滑坡事故中意外死亡，孩子一时成了孤儿，学习受到严重影响，亟须社会援助。这次特大山体滑坡事故发生后，江东省委、省政府领导高度重视，第一时间赶赴受灾现场指挥救援，慰问死者家属及去医院看望伤者……"

这条新闻勾起了钟大伟对儿时的回忆，又想起自己小时候父亲病亡，兄弟俩与母亲相依为命艰难生活、省钱上学的情景。由于一种同理心，他本能地想到怎么尽快伸出援助之手去帮助一下这些失去双亲的孩子。

张东海看到钟大伟情绪比较低落，吃完饭与钟大伟回宿舍的路上问道："大伟，我感觉你看到山体滑坡灾害的新闻后情绪有些不好呀？"

"是呀，我是在山区农村长大的，也算个半个孤儿。从新闻看到有几个家庭夫妻双方在这次特大山体滑坡中意外死亡，孩子一时成了孤儿，学习受到严重影响，亟须社会援助时，我真的心里很难过。"钟大伟十分严肃的说。

张东海长叹了一口气说:"唉,这就是天灾人祸呀!山区农民本身就穷,孩子成了孤儿以后学习和生活会更艰难了。"

"是呀,这也正是我为这些孤儿担心的。我小时候虽然生活艰难,但与这次山体滑坡失去双亲的孩子相比,还是很幸运的,我毕竟还有母亲的照顾……"钟大伟动情地说。

钟大伟基于同理心,心里久久不能平静,开始每天都在关注这次山体滑坡新闻后续的报道。当这天看到电视上向社会公开的公益援助电话时,他马上拿起笔记下,赶紧到学校一电话亭给江东省慈善协会打电话了解孤儿最新情况,表示自己的资助意愿:"您好,是江东省慈善协会吗?我想了解一下当前山体滑坡灾害孤儿的生活情况。"

江东省慈善协会的一位张女士在电话中对钟大伟说:"是,我们是江东省慈善协会,感谢您对山体滑坡灾情的关注。特别是这次山体滑坡,对失去双亲的孩子们心理打击太大,情绪也十分不稳定,为担心孩子们心理留下过重的阴影,孩子们的亲戚和老师自发地组织起来安置和抚慰他们,联系心理专家与孩子们分别交谈,给予孩子哀伤辅导和创伤干预。您是不是打算资助孤儿?您是做什么工作的?怎么称呼您?"

"是……是……是,我姓钟,我想资助一两个孤儿,帮助他们完成学业,走出困境。"钟大伟急切地回答。

慈善协会的张女士接着说:"好的,谢谢钟先生,您方便可以将您的地址和联系方式告诉我,我先登记一下。等慈善协会帮您选好两个受助孤儿,算一下大概每年需要的学习与生活费用后,我们会主动联系您。"

钟大伟按要求向江东省慈善协会登记自己的基本信息和传呼机号码后就挂了电话,便开始思考准备善款之事。

过了两天,钟大伟在上自习课时传呼机响了,一看是江东省慈善协会的电话号码，他马上赶到学校电话亭回电话。省慈善协会的张女士说："钟先生，我们慈善协会帮您联系好了，谢谢您对慈善事业的支持。这次帮您选了两个孤儿，一个是我省贫困山区达城县正在上初三的男同学蒋卫华；一个是我省贫困山区兴起县正在上初一的女同学金春明，每人每年大约需要资助 3600 元的学习和生活费用……"

"好的，好的！谢谢您！"钟大伟在电话中很淡定地答应了。

在钟大伟的脑海里认为，大爱无需留名。帮助需要帮助的人是应该的，不需要对外宣传和时刻想得到受助人的回报。钟大伟最终认领了蒋卫华和金春明这两个"80 后"的孩子，从此平时更省吃俭用，将自己做家教所得和受学校资助的钱，以"党恩泽"的化名定期汇款帮助两位孤儿继续上学和保持正常的生活。

有一天，钟大伟在宿舍楼突然接到一位女士打来的电话："您是蒋卫华同学的捐助人党恩泽先生吗？我是蒋卫华同学的班主任李老师。"

钟大伟听到李老师这么急匆匆说话，就判断大事不好，连忙说："李老师您好！我是党恩泽，是不是蒋卫华出什么事儿了？需要我做什么吗？"

"是呀，蒋卫华今天上午在教室上课时突然晕过去了，我们赶紧将他送到乡医院救治也不见好转，现在又送到县医院进行救治，虽然脱离了生命危险，但马上还要进行急性肠道炎手术，医生说后续还急需约 2000 元的治疗费用，不知道您能否马上给予帮助一下？"李老师问道。

钟大伟一听此事，第一想到的是救人要紧，马上果断地回答："没问题，当前治病要紧！李老师辛苦您多照顾卫华，争取最好的治疗，一定不要耽误！拜托了！这 2000 元钱我想办法，会尽快将钱汇到卫华原来的那个账户……"

2000 元对从没有参加工作，没有固定收入来源，穷家子弟的钟大伟来说，无疑是个天文数字。钟大伟放下电话就跑步回到宿舍翻箱倒柜才找到

370 元，还剩下 1650 元没有着落，显得十分无奈。钟大伟一想到蒋卫华的病情和已经答应李老师支付医疗费用的事，心里就万分着急。

这也许是钟大伟长这么大以来，人生遇到的最令人着急的时刻。就在自己最无助之时，他想来想去，最终还是想到了自己的同学章晓慧。此时，他紧握着拳头心里在想："对，晓慧一定会借钱给我的！一定会帮助我的！"

钟大伟满头大汗地跑步到章晓慧宿舍楼找她。当章晓慧问他借钱的原因时，他考虑情况紧急，也只能把真实情况告诉了她。章晓慧顿时被钟大伟这一善举所感动，内心仿佛更加喜爱这个男孩了，马上以支持的态度说："大伟，你是好样的！我支持你！现在帮助蒋卫华治病要紧！刚好我老爸昨天又给我汇了一些留学需要用的钱，我们可以先用。这 1650 块钱我替你拿。"章晓慧边说边从自己钱包里拿钱。

钟大伟拿上章晓慧的钱，马上起身飞快地去邮局汇款。离开时边跑边对章晓慧说："晓慧，借你的钱我一定还给你，你等着！"

2. 离别高校的时光

怀憧憬离别母校
众同学各奔前程

　　钟大伟十分感激章晓慧的帮助。一天，大伟与丁志强、张东海下午上完课后，又到球场去打篮球。打完篮球后，大伟才发现章晓慧也在旁边观看，他惊奇地对她说："你怎么又过来了？这两天我正准备找你呢。"

　　"怎么了？我过来你难道不欢迎吗？你说找我有什么事情？"章晓慧与钟大伟边走边说，向宿舍走去。

　　钟大伟连忙对章晓慧说："上次贫困儿童生病紧急用钱的事情你可帮了大忙，否则小孩儿就没有救了。在此我正式向你表示感谢！不过抱歉的是，借你的钱我可能一时半会儿还不上你，真的不好意思。"

　　"别说啦，我理解你，你也是为别人着想，我很佩服你。当时给你钱的时候我就没想再要，以后就别提这事儿啦！"章晓慧很认真地对钟大伟说。

　　钟大伟回到宿舍，晚上躺在床上回想大学这几年来，章晓慧一直都在无私的关心和帮助自己，心里也感到十分欣慰。觉得作为富二代、"校花"的章晓慧，在众多男同学包括丁志强的追求下都未动心，却看上我这个大山走出来的穷小子，我真的不知道她图什么？莫非是她真的喜欢我？若真的是这样，我也倒好……

　　后来在平时的学习和生活中，当章晓慧再次主动与自己一起参加课外自习、学术研讨、体育活动时，钟大伟也一改过去冷淡的态度，两人积极互动，感情逐渐升温，自然而然地走到了一起，成为一对恋人。

1995 年，眼看就要毕业了，大家都在认真设计自己的简历，钟大伟在忙于学业的同时也不得不和大家一样为自己的未来找一份心仪的工作。大家各自去人才招聘市场投递简历，或者通过学校推荐、社会关系找工作。钟大伟没有任何社会关系，只是反复到人才市场了解就业行情、投递简历、与招聘单位面对面交谈，等到即将毕业了，还没有结果。

一天，丁志强在校园里碰到了张东海："东海，今天晚上你有什么安排？我想今天晚上我们几个一起聚一下，我买单。"

"啊，肯定又有什么好事儿啦？"

"也不算什么好事儿吧，等晚上聚会的时候再告诉你吧。你回宿舍见到钟大伟跟他说一声儿，让他叫上章晓慧一块参加。"

"好的，我马上告诉钟大伟。"

当天晚上，丁志强早早来到江东科技大学南大门旁边的名叫"美好时代快餐馆"的小店，把菜点好，等着大家的到来。到了六点钟，钟大伟、章晓慧和张东海陆续来到饭馆。这时，张东海看到人已到齐，菜已点好，就先开口说："今天志强有喜事儿，我们可以多喝点！"

"啊？有什么喜事儿？赶快说！"钟大伟和章晓慧异口同声问道。

丁志强连忙说："是这样，今天我想告诉大家，我出国托福成绩已过关，昨天也正式接到加拿大维多利亚大学的录取通知书，我就不在国内找工作了，到加拿大混去啦！你们可千万别忘了我，以后有时间记得去加拿大看我！"

"啊？确实是好消息，你怎么不早告诉我们？瞒这么久，看来你城府还挺深啊。"张东海拍了下桌子对丁志强说道。

接着，章晓慧也主动说出她的"动向"："我今天也有件事儿正想和大家说。也巧了，昨天我也刚刚收到美国洛杉矶理工大学的录取通知书，我毕业后也要到国外去了。"

张东海一听，有些惊讶地半开玩笑地说："看你们，崇洋媚外思想太严重，都爱蹭出国的热度，我们在座四个人有两个都出国了，大伟我们两个怎么办？"

然后钟大伟接着说："你比我强啊，你不是已经在京都一家国企找到工作了吗？我到现在投的简历倒不少，可惜都石沉大海。到时候他两个出国了，我找不到工作就去京都赖着你跟你干得了。"

丁志强说："是啊，马上要毕业了，就剩下大伟一个人没着落，我们应该想办法帮他推荐推荐工作，怎么也不能让他一毕业就失业啊！"

章晓慧听丁志强这么一说，突然反应过来，她看着钟大伟认真地说："志强刚才说的对，这样，你到现在还没找到工作，恐怕即使找到了也不是什么好工作，到时你就跟我一起走吧，咱们一起去美国混得了。"钟大伟听到后沉默下来，不知道怎么回答章晓慧这个突然的提议。

钟大伟、章晓慧、丁志强、张东海这次聚会谈各自找工作情况和下一步的打算，每个人都有不同的心情。最后，他们四个人在碰杯祝福声中结束聚会。

章晓慧认为钟大伟快毕业了还迟迟找不到工作，对她来说是一件好事儿，可以趁机劝他与自己一起去美国学习与就业。聚会结束后，章晓慧并没有直接回宿舍，而是牵着钟大伟的手来到操场陪他散步。章晓慧突然停下来，拥抱着钟大伟说："大伟，刚才在聚会的时候我问你要不要和我一起去美国，你为什么不回答我？我倒想知道你现在对我出国留学与发展有什么看法？到底愿不愿和我一块儿出国？"

钟大伟低下头深深地叹了一口气说："唉……我真的不知道该怎么回答你这个问题，等我考虑考虑再说吧。"

章晓慧一听，马上甩开钟大伟的手，有些生气地说："这个比 1+1=2 还简单的问题，还需要考虑考虑？我知道了，你其实还是不怎么喜欢我。"然后气呼呼地跑回宿舍，蒙上被子大哭一场。心里觉得很是委屈，想着："我对他这么好，这小子竟然还不领情，有什么了不起的。"

钟大伟回到宿舍，也蒙头就睡，面对就业特别是章晓慧的提议，心里感到压力很大，他又想到母亲的教导，觉得自己处境两难：一方面，他自己很喜欢章晓慧，对她的提议感到盛情难却；另一方面，自己早就立下志向想用自己所学知识和专业，立足国内回报社会和曾经帮助过自己的人。第二天一大早，每天都陪钟大伟一起跑步的张东海，扯了扯睡在上铺钟大伟的被子说："大伟，起床啦！赶紧起床跑步啦！"

"别叫了！今天我不陪你跑了，你先走吧！"钟大伟说完便拿起被子把头捂住继续睡觉。

张东海跑步回来，准备吃早餐去上课，看到钟大伟还不起来，觉得很反常，认为钟大伟肯定有心事，便再次拍拍被子叫醒他说："大伟，你今天什么情况？不去上课了？你肯定有心事，不妨和我说一说。"

钟大伟听张东海这么一说，一下从床上坐起来，看着张东海半天不语。张东海心想钟大伟这次行为反常肯定与章晓慧有关，便说："大伟，我知道了，你肯定是和章晓慧吵架了吧？昨天吃饭的时候你们两个不是还挺好的吗？有啥难题，让我给你分析分析？"

这时钟大伟终于开口说话了："唉，现在世上有两个女人叫我为难，而且这两个女人都是我人生中最重要的人呀！"

张东海连忙说："噢！我知道了！一个是你老妈，一个是章晓慧，对不对？"

"是呀，看来世界上最了解我的男人还是你啊。"钟大伟回答道。

张东海自豪地说："那当然啦，谁让咱们是上下铺的兄弟呢！我是这样想的，现在这两个女人，一个想让你在国内工作，做个有出息的人；另一个想让你出国发展，有更好的前程。你现在左右为难对吗？特别是如果你不答应晓慧一同出国的话，肯定会伤她的心。我建议来个缓兵之计，走一步看一步，到时候随形势发展变化，自然会给出你一个最佳的答案，有什么好难过的，我看很好处理。你这叫作幸福的烦恼，赶紧起床吃早餐上课吧！"

钟大伟听后笑起来说："看来你这小子什么都知道，我没说出口的话你都替我说了。"

在张东海的劝说下，钟大伟心里的疙瘩瞬间解开了，钟大伟高兴地与张东海击掌说："好！有道理，听你的！"然后，钟大伟高兴起床吃早餐，又像往常一样去上课了。

江东科技大学在学生即将毕业的这学期，都会安排学生进行为期2个月的实习锻炼。临近毕业，大学校内宣传栏张贴了一个关于应届毕业生实习锻炼的通知，众多学生聚在宣传栏前驻足观看，都在关心自己实习锻炼的事情。各同学按照学校统一安排，纷纷结合自己所学专业到社会各单位去实习锻炼。一天，钟大伟在图书馆遇到章晓慧说："你的实习单位定下来了吗？我已被学校推荐到江东的一家大型国有企业，也是在本省内效益最好的一家家电生产厂——江东省山海市通达电器生产厂去实习，明天就出发了。"

章晓慧怕影响其他同学看书，便轻声细语地对他说："大伟，我也正准备和你说呢，像我这样要出国的留学生，学校里说可以不用去实习的。刚好我想借用这段时间好好查阅关于洛杉矶理工大学的有关资料，因为一开学那边就要求学生，提交一个自己最关心的研究课题。你要实习就去实习吧，祝你一切顺利，反正你实习的地方离市里也不远，我要是有时间的话，会去看你的。"

钟大伟按照学校统一安排，来到江东省山海市通达电器生产厂进行实习锻炼，被安排在电器生产车间当技术员，跟着辛光明老技术员一起从事生产管理和技术维修等工作。

辛光明是一个身材相貌十分普通的中年男子，在平凡的工作岗位上做了10多年的技术，他步伐轻快，每天都在忙碌着。因为他年龄稍大，工作认真，技术精湛，平时大家都尊称他为辛师傅。

钟大伟一到厂里，厂里人事科的马科长直接将他带到电器生产车间，看到穿着工作服的辛光明介绍说："辛师傅，今天我又给您带来一个实习生，他是江东科技大学今年即将毕业的大学生钟大伟。"

"你好，你好！"辛师傅边与钟大伟握手边说道。

马科长又接着对钟大伟说："辛师傅从建厂到现在已经在厂里工作 10 多年了，现担任企业电器生产车间维修班长、企业科研项目推进组组长，属于从实践中成长起来的技术中坚骨干力量，他努力钻研加工技术和加工工艺，多次被企业评为技术能手，是我们厂里的宝贝，有名的技术专家。我们专门将你安排到生产车间第一线与辛师傅一起工作，只要你用心，我们相信等你两个月实习过后，一定会学习到很多东西。你一定要珍惜这次难得的机会。"

"过奖，过奖！"辛师傅连忙说。

"太好啦！谢谢马科长！我一定向辛师傅学习！"钟大伟显得很兴奋。

辛师傅一见到相貌堂堂的钟大伟便说："你是江东科技大学的高材生，长得还一表人才，首先欢迎你来到我们厂实习，但是有一点我要说明，我们这里都是脏活苦活累活，你能干得了吗？这对你来说是一个考验。"

钟大伟毫不犹豫地说："没问题，我本身就来自农村，5 岁就开始干农活，这不算什么，厂里的条件比农村好多啦！"

钟大伟实习期间，经常加班加点，主动干活不怕累，全身心地投入到工作当中，所学专业知识马上派上用场。他善于发现问题，及时从专业的角度向工厂提出改进产品技术的建议，并协助辛师傅前后解决十几个家电生产管理的技术疑难问题。辛师傅夸赞道："你们科班出身的大学生就是不一样，在技术监督管理上一说就能说到点子上，真是个人才啊！"

"辛师傅，您过奖啦！您在工厂技术精湛是出了名的，实践经验丰富，我作为实习生能跟您在一起工作感到很幸运，我要向您多学习，还望您多多指点。"

术业有专攻，行行出状元。凡到电器厂工作或实习的人，都会跟着辛师傅学习整理电器零用件知识。他熟记千余种电器零用件，可以准确地说出各种电器型号标配的零件，装配位置，功能原理，就好比一个强大的数据库。辛师傅虽然文化水平不高，但是他对电器工艺了解非常透彻，他话不多，经常蹲守在生产第一线，对机器设备进行反复试验，他还经常利用休息间隙对拆换下来的零件进行研究、维修，将自己的满腔热情完全投入到了忘我的工作之中。他愿意"大包大揽"，什么工作难、什么工艺难、什么工作不出成绩，他总是一马当先冲在前面。他在工作中经常对钟大伟说："眼是懒汉，手是好汉，什么活都怕干、都怕钻。"

钟大伟对此非常认同，一边干活一边对辛师傅说："辛师傅，您说得太对了，我一定要向您学习！"

钟大伟被辛师傅精湛的技术、过硬的工作作风和刻苦钻研的精神深深打动，全身心投入到工作中，熟悉情况很快，也经常得到辛师傅的表扬："大伟，你的专业知识面很宽，不愧是科班出身的大学生，我也要向你多学习。你很注重学习，还是个有心人，真是个难得的人才呀！"

钟大伟与辛师傅朝夕相处，早来晚归，眨眼间两个月实习期就要结束了。明天就要离开工厂，今天他仍然和辛师傅在工厂生产车间，讨论研究工厂需要继续攻克和解决的难题。因钟大伟在实习期间工作表现突出，帮助企业也解决了一些技术难题，工厂领导邢厂长听说钟大伟马上就要离厂返校，在马科长的陪同下，来到车间亲自看望钟大伟。邢厂长看到钟大伟连忙与他握手，微笑地说："大伟，你这两个月干得不错，辛师傅和你们科长都跟我讲了，谢谢你！你是优秀大学生，既懂专业知识又肯吃苦，像你这样的大学生走到哪里都会受欢迎的。听说你明天就要返回学校了，今天我特意来看望你，祝你今后学业有成，发展顺利。"

"谢谢邢厂长！这两个月我收获很大，特别是向辛师傅学了许多务实管用的东西，让我受益匪浅。以后厂里有什么需要我做的还请你们及时联系我。"

钟大伟在得到实习单位领导的充分肯定下，结束实习任务，返回学校。返校的当天下午，班长小李专门到宿舍通知他："大伟，刚才我接到校办通知，明天下午3点校领导要在教学楼3层多功能会议室，召开'怀感恩，励志成才'主题座谈会，请你参加并发言。你要提前做一个发言准备。"

"好，知道了，谢谢！"钟大伟马上回答道。

钟大伟第二天提前十分钟进会场，一进门就看到校领导座位后方墙上挂着"江东科技大学'心怀感恩，励志成才'主题座谈会"字样的横幅，顿然觉得心里有些紧张，他赶紧找到自己座位坐下，打开记录本，继续想着自己如何发言。

会议很快开始，由杨副校长主持会议：

"同学们，为进一步推动家庭经济困难学生资助工作，加强受助学生感恩教育，激励受助同学更好成长成才，今天我们专门举办'心怀感恩，励志成才'主题座谈会。参加会议的人员有，在校的领导和全体受助学生。今天有两项议程：一是由受资助学生代表发言；二是请李校长最后讲话。下面首先请国家励志奖学金获得者和国家助学金受助学生代表钟大伟同学发言，大家欢迎！"

随后，钟大伟作了感情真挚、言语朴实的发言：

"今天很荣幸能作为受资助学生代表发言。首先，请允许我代表所有受资助的同学向在座的各位领导和来宾表示衷心的感谢！

感谢你们对我们的关怀与关爱、支持与鼓励！我出生在江东省最贫困的山区农村，在我3岁、弟弟半岁时父亲意外病亡，我们兄弟两人由母亲一人带大，因为地处山区家里贫穷，仅靠乡助低保和亲戚的救助为生。当年我上高二，弟弟上初二，家里无力同时供两个孩子上学，为了支持我上学，弟弟自己主动要求辍学到外地打工挣钱，供我上学和帮助家里走出困境。正是这种艰难激励着我，通过自己的努力于4年前考上了江东科技大学，家人、亲戚朋友及同村的父老乡亲们都替我感到高兴，大学高昂的学费却让家人愁容满面。特别是进入大学之后，家庭经济更加紧张。我想，在场许多同学都是同我相似的境况。所以，国家励志奖学金和国家助学金于我们，无异于是雪中送炭。所以，我很感动、也很感激！国家资助给我的不仅仅是物质上的帮助，也有精神上的激励，让我心中重燃希望之火，助我前行。

虽然我们无法选择自己的出身，但我们可以选择自己以后的人生；虽然我们无法逃避物质贫困的现实，但贫困只是暂时的，我们可以通过自己努力去改变。物质的贫困并不代表精神和思想的贫困，也不代表灵魂和内涵的空乏，我们可以通过自己的不断进取来充实自己的思想，提升自己的涵养，改变自己贫困的现状。只要脊梁不弯，就没有扛不住的大山！

滴水之恩，当涌泉相报。人以诚信为本，以知恩图报为德，我相信所有受助学生和我一样，感觉言语已表达不尽心中的谢意，唯有用实际行动去兑现自己的诺言：那便是自强不息、永不放弃，直面苦难、勇于担当，关爱他人、奉献社会，不让所有关爱我们的人失望。将来在我们有能力的那一天，我们也要将这份爱心传递给需要帮助的人。在此，请各位领导和嘉宾相信我们，相信我们会用优异的成绩来回报这份爱心，回报这个社会，定当刻苦奋斗，立志成才，做一个对国家、对社会有用的人！"

钟大伟表达了对国家和学校给予帮助的感谢之情以及自己的梦想追求，他的发言赢得了参会的校领导和同学们的阵阵掌声。

钟大伟发言后，还有5个受资助学生代表陆续发言。之后，杨副校长主持说："下面请江东科技大学党委书记、校长杨欢同志讲话，大家欢迎！"

杨校长在热烈掌声中，先起身向大家鞠个躬，然后再坐下开始讲话：

"同学们，同志们，大家下午好！今天我们江东科技大学召开的这个

"心怀感恩，励志成才"主题座谈会，我感觉开得很及时、很有必要，效果很好。刚才听了几位同学的发言，我非常感动，也非常欣慰。感动的是，你们没有被家庭经济的暂时困难所吓倒，而是积极乐观地为自己的远大理想而努力，为自己的人生梦想而顽强拼搏；欣慰的是，看到你们在国家资助政策的帮助下健康成长，顺利地在大学里迈出了成长成才的第一步。

同学们，同志们！让每一个学生成长成才，是每个教育工作者的使命和心愿。今天在座的好多受助生即将毕业踏入社会，希望你们要坚定信念，志存高远，砥砺意志，奋发图强，心怀感恩，回报社会，树立远大抱负，把个人的奋斗目标同祖国需要、家乡建设紧密联系在一起，把个人的美好梦想同国家事业融为一体，朝着正确的人生方向勇敢前行，刻苦读书，练就本领，改变自己的命运，改善家庭的条件，进而为社会做出一些力所能及的贡献！

同学们，同志们！今天受助的都是品学兼优的学生，都是知道感恩、懂得回报社会的人。像钟大伟同学所说，国家资助给他的不仅仅是物质上的帮助，还有精神上的激励，所以他立志传递爱心，去帮助更多需要帮助的人。钟大伟同学进入大学以来，一直在努力学习、积极参加社会公益活动。江东省前段时间连降大雨，因雨天路滑，连续发生多起特大交通事故，导致多人伤亡，还有几个家庭夫妻双方在这次雨灾导致的山体滑坡中意外死亡，孩子一时成了孤儿。钟大伟看到这条新闻后，立刻与省有关公益部门取得联系，在自己经济十分紧张的情况下，用自己省吃俭用、做家教的钱，并以别名资助了两个孤儿，是在钟大伟的帮助下，两个孤儿才得以恢复正常就学……"

当杨校长讲到这里时，会场情不自禁地响起了一阵热烈的掌声，顿时大家都将一种钦佩、赞叹的目光投向钟大伟。

会后，钟大伟的内心更加坚定了一种价值追求：那就是自强不息、传递爱心，帮助更多需要帮助的人。

钟大伟由于品学兼优，临近毕业被许多用人单位看中，心情一下子放松许多，有时在宿舍还时不时哼个小曲儿。一天下午，睡在下铺的张东海看到钟大伟难得轻松的样子，连忙问："唉，大伟，最近你是不是有什么喜事啦？看你每天都笑得合不拢嘴的样子。"

"呵呵，要说喜事也算是吧！唉，你说东海，前一阵子我还为找工作投简历没人回信而发愁，可现在，这几天用人单位打来电话约面试和发接收信的越来越多了，弄得我应接不暇。"

"大伟，前几天我还跟你说让你不要着急，像你这样品学兼优的大学生找不到一份自己满意的工作，那别人怎么办呀。这不，让我说中了吧，好事来了吧。你该请客啦！"张东海高兴地说。

"好，等单位确定下来了，一定请客！"钟大伟马上回答道。

为了推进企业升级改造，适应市场竞争发展，江东省山海市通达电器生产厂急需招收高校专业大学生，邢厂长在领导班子会上提出人才强厂、改革创新举措。

一天，江东省山海市通达电器生产厂技术监督科召开会议，在讨论研究选拔人才时，马科长首先想到钟大伟："我认为钟大伟是个难得人才，这学期他马上就要毕业了，我们要抓紧将钟大伟要过来！"

会后，马科长向邢厂长建议："邢厂长，钟大伟确实是个不可多得的人才，现在他毕业在即，想必许多单位都想录用他，我们要早点出手，抓紧去学校将钟大伟这个难得的人才挖过来！否则，就来不及啦！"

"对，你说的对，明天我陪你一块儿去大学！我们当面争取钟大伟本人同意！"邢厂长表示认同，立即批准同意。

一天，钟大伟在宿舍正在与张东海聊天，突然听到外面有人在敲门。

钟大伟马上从床上下来去开门，一看，原来是江东科技大学就业处的王处长和山海市通达电器生产厂的邢厂长、马科长，钟大伟顿时愣了一下，马上说："邢厂长、王处长、马科长，你们怎么来了？是找我吗？请坐。"

王处长满带笑容地说："当然是找你呀！怎么啦，不欢迎啊？"

钟大伟连忙回答道："欢迎，欢迎，当然欢迎啊！"

"大伟，你猜猜今天我们市通达电器生产厂的邢厂长来找你干什么？"王处长说。

钟大伟低头稍加思索了一下说："不会是为我找工作的事吧？"

王处长连忙说："对，你猜对啦！因为你在工厂实习时表现得很优秀，被厂里看中啦！"

钟大伟连忙说："谢谢，谢谢邢厂长！"

这时邢厂长接话说："不用谢，要谢也是要谢谢你自己，是你自己努力的结果。我都从学校了解到了，你不仅品学兼优、有理想、有抱负，而且具有开拓创新精神的。今天我们专程来找你，就是为你工作而来的。"

"邢厂长对你的综合能力素质很认可，现在我们厂里已经开会研究过了，只要你愿意，毕业后马上就可以来厂里上班。"马科长急忙补充道。

钟大伟一听，觉得通达电器生产厂这次是真心要他了。不过，这时他又想起：近段时间一些工作不错的机关事业单位和一些知名企业，打来电话约面试和发接收信，想录用自己的情景。面对多个用人单位供自己选择，钟大伟顿时又感到了那一种取舍之难，好半天只听大家讲话而不语。

面对邢厂长亲自上门要人，钟大伟在充分感受到通达电器生产厂要人的诚意的同时，又考虑到这是全国数一数二的电器生产厂家，一则经济效益好，二则所学专业也能用得上，经过一阵子思索和思想斗争后，钟大伟认为不能再犹豫了，终于开口说话了："我选择去通达电器工作，其他单位我就放弃了！谢谢邢厂长对我的信任和认可！"

此时，邢厂长站了起来，情不自禁地与钟大伟拥抱，并握着钟大伟的手说："好，通达电器等着你……"

张东海第一个得知钟大伟被通达电器录用的这一消息后，马上告诉了其他几个同学，并主动安排饭局。张东海高兴地说："我早就跟大家说过，钟大伟是我们学习的榜样，是个人才，哪里都需要。我们原来还为他找工作的事情担心，看来当时操心都是多余的。钟大伟现在被江东的一家大型国有企业，也是在本省内效益最好的一家家电生产厂——江东省山海市通达电器生产厂，也是我们国内家喻户晓的单位录用了，而且是通达电器的厂长亲自上门来要人。今天我召集大家小聚，首先我们祝贺大伟找到心仪的工作，来，先干一杯！"唯有章晓慧因想让钟大伟去美国的愿望落空而显得情绪不高，很不情愿地站起来干杯。一口气饮尽杯子中的酒之后，章晓慧便坐在座位上一言不发，之后没过多久便气呼呼地早早离开，让在场的人一时丈二和尚摸不着头脑，只有钟大伟懂得她的心思。

章晓慧为钟大伟不能一同去美国而心情十分沮丧，回到宿舍后，躺在床上放声大哭。

章晓慧离开后，钟大伟心神不定，不知道该怎么安慰章晓慧为好。聚餐一结束，钟大伟马上到女生宿舍楼去找章晓慧，却被宿管阿姨拦下："你这小伙子，我们这是女生宿舍，不登记不允许上楼。"

钟大伟一听宿管阿姨的提醒，快要跑到楼梯口又不得转了回来，着急赶紧登记。

钟大伟敲开章晓慧的宿舍门，一看她哭的鼻头泛红，一时不知所措，刚好看到宿舍只有章晓慧一人，便将章晓慧紧紧拥抱在怀里，连忙安慰道："晓慧，这都怪我，自从你知道我被通达电器录用后，心情一直闷闷不乐，我早看出来了。既然你决定去美国，我现在也已经答应去通达电器上班了，这家单位对我这么信任和器重，我一时也没办法拒绝。什么事情都没有绝对的好也没有绝对的坏，现在我们需要的是冷静。我认为，你先去国外上你的学，我留在国内上我的班，我们其中一方如果发展得好，另一方就放弃自己的事业或者学业去投奔对方好不好？我觉得这样是不是更稳妥一些？这也是对我们未来真正负责的一种态度，希望你多理解和支持我这个想法。"

章晓慧听了钟大伟的这番话后，心情好受了许多，狠狠拧他肩膀几下说："是呀，我本来不是想生你的气，但是我一听说你要去通达电器上班了，就没办法控制自己的情绪，还不是因为我太爱你了。看来你还是蛮会说的，这些道理我也认同。"

钟大伟看到章晓慧心情有所好转，顿时自己也放松了下来，然后话锋一转说："那当然了，我是谁呀！作为一个男人，如果连自己女朋友都哄不好的话，那还能干成什么大事。"之后两人紧紧依偎在一起……

"现在我宣布，江东科技大学 91 级本科生毕业典礼现在开始。请全体起立，奏国歌……"钟大伟、章晓慧、张东海和丁志强等同学一起参加毕业典礼，身穿学士服，同所有人起立高唱国歌。

主持人说道："下面进行第三项议程，请优秀学生代表钟大伟同学上台发言，大家欢迎！"

此时，全场响起热烈的掌声。钟大伟满怀自信、精神抖擞地走到发言席，用洪亮而又充满真切的声音发表感言："尊敬的各位校领导，各位同学，大家上午好！四年弹指一挥间，我们即将告别江东科大，各奔东西。我是个大山走出来的穷孩子，感谢我的父母和学校对我的培养。成绩只能代表过去，新的征程在前方等待着我们。海阔凭鱼跃，天高任鸟飞。从今天起我们将怀揣着梦想步入社会各行各业。我们的梦想与其说是一种坚定的信念，不如说是一份对国家、对未来、对生命的责任。无论今后岁月、世事发生如何变化，我们都要始终保持激情、追逐梦想。时代在前进，社会在发展，不进则退。我们当前正处在知识爆炸的年代，我们要敢于有梦、勇于追梦、勤于圆梦，在人生的道路上踏踏实实地干、扎扎实实地学，为中华的腾飞不懈努力，奋力拼搏，永做时代的弄潮儿……"

在座的校领导和全体师生认真聆听钟大伟的发言，都被他的发言所感染，内心产生共鸣，典礼现场响起了长时间雷鸣般的掌声。章晓慧在典礼现场更是被钟大伟的这种精气神所吸引，随着大家的掌声，她情不自禁地热泪盈眶。

毕业典礼结束，大家陆续从礼堂走出来。当钟大伟走出礼堂时，许多并不太熟悉的同学包括好多女同学都围了过来，有的大声说："大伟，好样的！"有的拿出电话本连忙挤过去，说道："也给我们留个联系方式和通信地址吧！"

此时，丁志强、张东海和章晓慧在礼堂前看到这一幕，都发自内心为钟大伟感到骄傲。张东海对章晓慧开玩笑地说："晓慧，还是你有眼光，你看你这个男朋友多优秀。你可要抓紧看好了，好多女生都要他的联系方式，你要时刻保持危机感啊！"

章晓慧听后，难掩内心对钟大伟的喜爱，佯装自信地说："大伟谁也抢不走，我才不担心呢！"说完，她赶紧跑到大伟身边，紧拉着他的手，故意找借口大声说："大伟，时间不早了，我们赶紧回去吧！下午我们还要准备去拍毕业纪念照呢！"

毕业典礼之后，大家各自忙于办理离校相关手续。钟大伟对张东海说："东海，我们两个都是选择在国内工作的，现在手续听说可以办了，我们一起去吧。前几次都是你们张罗的，马上都要离校了，晚上也该轮到我安排了。等我们办完离校手续后，我就去叫章晓慧和丁志强。"

张东海高兴地说："好啊！那这顿散伙饭就你来安排吧！走，咱们赶快去办手续。"

当天下午，钟大伟、张东海两个人办完离校手续后，又来到江东科技大学南大门旁边的名叫"美好时代快餐馆"的小店，把菜点好，等着大家的到来。到了六点钟，章晓慧和丁志强陆续来到饭馆。这时，钟大伟看到人已到齐，就先开口幽默地说："女士们，先生们，江东科大机械制造专业生小范围的毕业'散伙饭'现在正式开始！时间催人老，四年弹指间。在我们即将各奔东西之际，我有幸来主持这次活动，我现在宣布三条规定：第一条，能喝白酒的尽量不喝啤酒；第二条，能喝八两的不喝半斤；第三条，能说十句话的不要说八句话，尽情地畅所欲言。""好！我们干杯！"大家都自觉地倒上了白酒，举起酒杯齐声喊："Cheers！"

在钟大伟风趣幽默的主持下，大家酒越喝越浓，感情持续升温，依依不舍之情愈加浓厚。在这种氛围当中，各个都喝得醉醺醺。特别是章晓慧，一想到她即将到异国他乡告别她深爱的钟大伟时，在这种氛围中，自然地、彻底地放松自己。本来不胜酒力、很少喝白酒的她，这时也表现出惊人的水平，主动频频端杯向大家敬酒。

丁志强、张东海看到章晓慧作为女生如此能喝，他们两个男生也不甘示弱，两人分别主动敬了两圈酒后，一个倒在桌子底下，一个趴在桌子上，反而只有章晓慧和钟大伟两人保持相对的清醒。

"大伟，我想再单独敬你一杯，你也必须喝了。"章晓慧拿起酒瓶将自己杯子满满倒了一杯，一饮而尽。

钟大伟看此状况也豁出去了："好！干！"说完也拿起酒瓶倒上满满一杯白酒，一饮而尽。还边说："爽！"

章晓慧单独敬钟大伟一杯酒后，身体已经开始摇摇晃晃。钟大伟见此下意识地搀扶了一下，这时，章晓慧顺势抱住了钟大伟，同时酒杯落在地上，响起"哐"的一声。

章晓慧抱着钟大伟紧紧不放，嘴里不停地在说："抱你舒服，抱你舒服，真有安全感。大伟你要是跟我去美国多好，我们一起去美国吧！"钟大伟看此情形，大家都已喝醉，赶紧联系两个男生过来，将张东海和丁志强扶回宿舍。

钟大伟等那两男生将张东海和丁志强扶走后，静静地看着醉眼蒙眬的章晓慧，情不自禁地上前亲吻她的额头。鉴于章晓慧喝酒过多，回房间怕她影响其他同学休息，钟大伟便决定找个宾馆住下。然后，钟大伟一路搀扶着边走边吐的章晓慧，本来用一刻钟能走到，却用了一个小时才把她送到学校附近的一家宾馆住下。

钟大伟办完入住手续，将章晓慧轻轻地扶到床上躺下。看到她脸上身上留下的污渍，便拿起毛巾轻轻地为她擦拭。章晓慧睡得又香又熟，钟大伟搬着凳子就在床边坐下，看着章晓慧熟睡的脸庞，把章晓慧的小手握在自己有力的手掌里，回想起大学四年和晓慧一路走来的点点滴滴，渐渐睡意袭来……

第二天早上，章晓慧醒来发现自己并不在宿舍。再看看还趴在自己床边熟睡的钟大伟，顿时觉得昨天喝了太多酒了，她仔细看看钟大伟熟睡的样子，再拿起他厚实而宽大的手，一种幸福感油然而生，心里美滋滋地想：这就是我最爱的男人，他就睡在我身边。由于不小心用力过重，惊醒了还在睡梦中的钟大伟。

钟大伟把昨天醉酒后发生的事情都一一告诉了章晓慧，她听后深受感动，内心不免又增添几分对钟大伟的喜爱。作为一个女人章晓慧下意识地检查了一下自己的身体，发现自己昨晚睡觉一直着装整齐，便不可理解地反问道："大伟，昨夜你真的一点没碰我？"

钟大伟连忙说："碰了，我还拉了你的手呢。"

"就只是拉了一下手？"章晓慧反问道。

"对，还有，我还亲了一下额头，仅此而已。"钟大伟很诚实地告诉她。

"哎呀，我还真没看过天下有这么'笨'的男人。这样的男人少啊，但今天真的让我给碰到了。"章晓慧十分感动地说。

钟大伟与章晓慧在即将离校分别的几天，感情得到进一步的升华，特别是酒后在宾馆的一幕，让章晓慧更感到钟大伟是个有责任感的男人，是个有原则性的男人，是个值得一辈子托付的男人。他们两人一起上街购物，一起准备收拾行李，一起在学校各个地方合影留念，一起游览江东没去过的风景名胜，度过了他们人生中最难忘的时光。一天，正在钟大伟帮助章晓慧一同办理离校手续时，作为国内知名房地产开发商之一的老爸给章晓慧打来电话："晓慧，你现在怎么样了？我现在还在欧洲，听说你下周就去美国洛杉矶了，爸爸没办法赶回去送你了，我已安排助理到时派车送你去机场。"

"爸爸，你就安心工作吧，告诉您个好消息，我现在已经找到最心爱的男朋友了，到时候他会送我去机场，您不用派人过来了，不用为我担心啦！"章晓慧边牵着钟大伟的手，边看着他的脸，十分兴奋地说。

"哦，怎么从来没听你说过找男朋友的事儿呢？什么时候带过来给爸爸看看？"

"这个嘛，老爸你放心，该让你见的时候肯定会让你见到的，Bye！"

章晓慧挂完电话，又严肃地对钟大伟说："听到没，你什么时候和我一起去见我老爸？"

钟大伟听了傻傻一笑，两人又紧紧地拥抱在一起，亲了亲章晓慧的额头。

章晓慧当天下午6点的国际航班，钟大伟一大早就起来帮她收拾行李。提前打车去了机场，两人在车上一路上手牵着手。章晓慧一想到真的要离开钟大伟了，心里难以割舍，情绪波动很大，时而哭时而笑。快要到机场时，钟大伟深情地对章晓慧说："晓慧，送人千里终须一别。我们都要坚强，进机场告别的时候，希望我们都面带笑容，一定不要哭哦！"

章晓慧表现出很乖的样子，马上擦干了眼泪说："好的，我听你的，到时候我绝对不哭。"

两人下车后，拥抱话别，章晓慧按照约定没有哭，而是面带笑容，挥挥手进入了航站楼，登上了去洛杉矶的航班。

3. 人生第一份工作

踌躇满志干工作
见证企业盛而衰

1995 年 7 月，刚刚过 22 岁生日的钟大伟办好所有毕业手续，带上书籍和行李，走出了江东科技大学的校门。想到自己从今天起正式告别 4 年的大学生活，心中多少有些不舍，便情不自禁地回头驻足片刻，认真看了看这熟悉的大学校门，看了看"江东科技大学"这几个大字，心里在想："再见，我亲爱的母校！"然后，他带着对美好生活和事业的憧憬，拉着行李箱径直到江东省山海市通达电器厂正式报到，开启了踏入社会的第一步，开始了人生第一份工作。

工厂技术管理监察科的吴科长和辛师傅知道钟大伟今天上午到厂里报到，两人早早便在工厂大门口等候，亲自迎接这个大学生。吴科长看到钟大伟从公交车上下来，连忙上前迎接，边握手边说："大伟好，欢迎来我厂上班，从今天起，你就成为山海市通达电器生产厂的正式一员，我们就是同事了。"

"大伟，你好！"辛师傅也连忙上前帮助钟大伟拿行李。

"吴科长、辛师傅好，你们怎么还亲自出来迎接，真让我受宠若惊呀，以后还请多关照。"钟大伟感动地说。

吴科长边走边说："这是我们应该的。你是个人才，现在厂里上下都知道你来我厂上班了。我们先将行李送到你以后住的宿舍。邢厂长还在办公室等着你，专门找你谈话呢！"

"好的，我们抓紧！"钟大伟一听邢厂长还在等着跟自己谈话，马上加快脚步。钟大伟将行李放到两个人一个房间的宿舍后，迅速与马科长一起来到工厂办公楼二层厂长办公室见邢厂长。

邢厂长连忙起身与钟大伟握手："大伟好，我们早盼望你来呀，请坐。"

邢厂长帮钟大伟倒了杯茶水，然后坐下来说："近几年，我们通达电器厂一直在一个竞争激烈、充满挑战的商业环境中运营，在家用电器价格竞争越来越激烈的今天，想继续保持全国同行销售领先位置使我们的压力越来越大。我们厂这次专门招你进来，就是想充分发挥你的专业特长。希望你今后能够大胆地向我们多提好的工作意见建议，进行技术革新，以便更好地增强我们厂核心竞争力，持续推进企业创新发展。"

钟大伟听后点点头说："好的，谢谢邢厂长对我的信任。"

邢厂长接着将工厂的发展历程、现状及下一步发展目标向钟大伟介绍后，正式向钟大伟宣布厂党委的决定："大伟同志，鉴于你所学的专业背景，加上也在我厂实习过，厂里决定从现在起让你担任工厂技术质量监督管理科技术质量工作主管，希望你尽快熟悉工作，把这个担子挑起来。"

钟大伟接着表了个态："谢谢厂领导对我的信任，我一定完成任务……"

第二天，钟大伟一上班就到马科长办公室等待领导分配具体工作任务。钟大伟一进吴科长办公室就看到辛光明师傅也在，马上上前与辛师傅一个拥抱道："辛师傅好，今天我到厂里正式上班了，以后我要继续向您学习请教。"

"大伟，你说的对，辛师傅无论是专业技术，还是敬业精神，都是最棒的，是我们全厂员工学习的榜样！你今天之所以能来厂里上班，也与他当时极力推荐你有关呀！"马科长说。

这时钟大伟很快明白为什么邢厂长和马科长当时去江东科技大学主动点名招自己进厂，原来与辛师傅推荐有关。钟大伟回答道："谢谢辛师傅!"

"不用谢,你是好样的!"辛师傅拍了拍钟大伟肩膀说。

吴科长认真地对钟大伟说:"昨天邢厂长也给你讲了,从现在开始你就担任我们科技术质量工作主管了,希望你尽快熟悉工作,把这个担子挑起来。今天我专门将辛师傅叫过来,也希望你今后在工作中与辛师傅多沟通、多交流,不仅善于发现问题,帮助把好电器生产的质量关,而且要发挥你专业特长,力争在电器技术创新与研发上取得突破……"

钟大伟上班后,第一时间学习掌握电器生产相关信息资料、总结经验和发现问题,每天到生产车间第一线查看生产情况,与工人们打成一片。在短短3个多月内帮助厂里规范了一些生产流程和管理方式,做了大量开创性工作,特别是在推进技术创新方面又大幅度向前了一步。

这一天,工厂办公室的小陈给车间来电话:"我是厂办公室的小陈,请问大伟同志在吗?"车间的人接电话说:"在,我叫他,稍等!"这时钟大伟正在与大家讨论改进路电器生产工艺的事,他听后连忙过来接电话:"喂,小陈你好,我是钟大伟。""邢厂长找你有事儿,在办公室等你呢,让你现在过去一趟。""好的,知道啦!"

钟大伟挂了电话就直奔邢厂长二层的办公室,边走边想厂长找他会说什么事儿,还担心最近是不是有哪里做得不对。敲门进去坐下后,邢厂长面带笑容地说:"大伟,感谢你对工作的努力,你才来3个半月,就帮助厂里解决30多个技术生产难题,帮助工厂挽回经济损失达近千万元。证明我们当初主动到江东科技大学要你是对的。现在技术创新已经到了最关键阶段,需要你这样年轻人的干劲和闯劲,你们科的吴科长马上就退休了。经研究,厂里决定从今天起任命你为厂里技术管理监察科的科长,希望你再接再厉,把这个科长干好……"

担任科长对钟大伟来说实在是太突然,因为他知道科里现在还有两个比自己年龄大10岁左右的副科长，都比自己工作资格老，这属于破格提拔。一听厂里一下子提拔自己当科长，钟大伟感到十分突然，连忙说："邢厂长，我来厂里时间不长，论资历、论技术其他两个副科长都比我强，建议您还是从他们中间选厂长吧！我怕……"

"你怕，你怕什么？这是厂党委开会研究的决定，不是我个人的决定。你现在是要思考下一步如何更好推动技术创新，进一步巩固和发展好我们的核心技术！"邢厂长一下子表情严肃地对钟大伟说。

钟大伟一听邢厂长如此讲了，想到既然厂里这样决定了，也没有办法再拒绝，思考片刻只能当着邢厂长的面作了个表态："谢谢厂领导对我的信任，我一定完成任务……"

当天晚上，钟大伟一个人在床上翻来覆去睡不着，总想着邢厂长的训话，思考如何当好这个科长。这时章晓慧从美国打来电话，钟大伟将晋升科长的消息告诉了她。章晓慧在挂电话前有些不悦地对钟大伟说："你现在干得不错，深得领导和大家的赏识，你好好干吧！看来期望你来美国又遥遥无期啦……"

吴科长与钟大伟顺利地进行了工作交接。为了感谢吴科长对自己的帮助，当天晚上，钟大伟专门请客，辛师傅应约进行作陪，大家畅谈友谊。马科长动情地说："大伟，你年轻有为，有能力有本事，我看好你！将来有什么用得上我的，你尽管说！"

"好，以后我们多联系，我肯定还有许多地方到时需要您的帮助，我再敬您一杯……"钟大伟边说边碰杯，一盅白酒一口饮尽。

自从钟大伟当上厂里技术管理监察科的科长后，一方面，他主动与两位副科长处理好关系，调动工作积极性；另一方面，他为了适应竞争日益激烈的形势，提高冰箱等各类电器产品的竞争优势，抢占技术制高点，每天加班加点潜心做好技术升级换代研究和重新设计工作。特别是为了进一步提升产品质量，更好适应市场竞争，钟大伟与辛光明师傅商量，计划加快研究制订产品升级改进方案。钟大伟专门向邢厂长汇报升级改造的想法，邢厂长具有战略眼光和长远打算，注重改革创新，善于听取多方面意见，当场表示赞同和大力支持。邢厂长在厂领导班子会上对钟大伟提出的关于研究制订产品升级改进方案的想法，专门进行了肯定和表扬，倡导技术革新。

时间一晃，钟大伟当科长半年过去了。正在钟大伟研究设计成果绘制完成，准备向邢厂长当面汇报、争取支持时，这天中午，钟大伟在单位食堂与人事科的马科长一同就餐，马科长偏一下头，小声跟钟大伟说："告诉你一个好消息，由于邢厂长领导有方、业绩突出，获得山海市委市政府重用，将提拔他当山海市主管工业和企业的副市长。马上就不再担当我们厂的厂长了。"

钟大伟无意间得知邢厂长高升马上要调走的消息，深感此事突然，连忙放下手中的碗筷，很诧异地说："啊，是吗？我对电器产品进行升级改造的方案刚做好，正准备向他汇报呢！"

马科长说："先不用急了，等下周新来的厂长上任后再看看吧。"

钟大伟马上将邢厂长要调走的消息告诉了辛光明师傅，本应该为邢厂长荣升感到高兴才对，但大家却高兴不起来。钟大伟对辛师傅说："辛师傅，我担心邢厂长走后，产品升级改进方案能否延续下来？新上任的厂长还能不能支持我们的想法呢？加快产品升级改进关系到工厂的前途和发展。"

辛师傅也满脸担心地说："是呀，邢厂长是个有前瞻性和战略眼光的人，鼓励和支持企业大胆创新，如果新来的厂长思想守旧，面对全国同行如此激烈竞争，不进则退我们这个厂就完了……"

钟大伟当天心情有些不好，晚上恰好章晓慧从美国打来电话，他又将邢厂长将要调走的消息告诉了她，得到章晓慧的安慰。

第二周，市委组织部门来厂宣布新厂长任职，新老厂长在会上正式进行了交接，大家都对邢厂长的离开感到不舍。

新上任的迟厂长与邢厂长行事风格完全不同，思想保守，一上台便强调维持经营现状，他召开全厂各科室主要负责人会议发表讲话后，大家对他提出的经营管理理念不完全赞同，认为缺乏开拓创新精神，与邢厂长形成鲜明对比，大家议论纷纷。钟大伟以强烈的责任感和使命感，在辛师傅的大力支持下，专门向迟厂长汇报现在需要抓紧进行产品升级改造的想法，与事先预想的一样，不仅没有得到支持，反而遭受到沉重的思想打击。

迟厂长走马上任，先后听取厂里各科室主要负责人的工作汇报，当钟大伟将经过半年研究设计出的电器产品升级改造方案向迟厂长汇报时，明显感到迟厂长与上一任的邢厂长工作思路完全不一样，也许他初来乍到对情况还不太熟，先以稳定为主，他总认为当前厂里的竞争优势明显，实力强大，主张的是先维持现状，慢慢再进行改革创新。迟厂长严肃地对钟大伟说："钟科长，你现在主要工作就是抓好产品现场安全生产，加快生产规模，关于你提出的这个产品升级改造方案，好是好，但是时机还不成熟，先等一段时间再研究。"

钟大伟听后，心里十分难过，但表情上还是自我控制了一下，接着迟厂长的话说："好的，那就等过一段时间再向您汇报。迟厂长，电器产品升级改造方案事关提升我们产品的核心竞争力，事关提高我们产品市场占有份额和企业可持续发展，我们已经论证设计多时，希望您能尽快同意实施我们的这一方案。"说完，还没有等迟厂长回话，钟大伟转身就离开了。

辛光明师傅心情也不好，便请钟大伟去小饭馆喝酒解闷。钟大伟十分伤心地说："看来邢厂长走后，下一步厂里的发展将面临严峻挑战，如果迟厂长思想保守得不到改变，通达电器必然会失去商机，加速工厂产品的积压和经营的难度，甚至有加速通达电器倒闭的风险呀！"

"是呀，现在全厂老员工都十分怀念邢厂长在时的经营场景啊！"

时间一晃又是7个月过去了。此时的通达电器厂，果然不出所料，工厂经营状况每况愈下，经营效益急速下滑，遇到了空前经营危机。市场竞争有时是残酷无情的，由于受迟厂长过于求稳指导思想的影响，误判竞争形势，错过产品升级改造的最佳时期，使电器产品失去质量和价格优势，直接导致大量电器产品滞销，一年前还在全国排数一数二位置，现在一夜间却遭到市场淘汰风险，引起广大职工的议论和不安，都十分怀念邢厂长在时的经营场景。厂里失去往日的辉煌，电器产品在库房堆积如山，只能时常停工停产，工人工资也没法按月足额发放，有大量职工还到市政府门前上访。

迟厂长对企业经营利润的急速下滑，感到始料未及。他在办公室来回踱步，开始反思自己和进行自责，后悔当初没有听取钟大伟的意见，加快进行家电产品升级改造，导致让同行后来者居上，迅速抢占了市场的份额。心里难受至极，他拿起电话打给钟大伟："大伟，你现在赶紧来我办公室，我有事儿与你商量。"

钟大伟在车间接到电话说："好的，我马上过去！"

钟大伟从生产车间急急忙忙赶到迟厂长办公室。迟厂长想让钟大伟抓紧推动家电升级改造，但时机已晚，大势已去。没过多久，工厂不得不提出破产和改变经营模式，迟厂长也因此辞职。

面临下岗，钟大伟为当初提出升级改革方案未得到迟厂长认同导致工厂倒闭而十分难过，想用自己所学专业知识服务和回报社会却遭受如此处境，内心感到很煎熬。特别是他看到在工厂工作10多年的辛师傅也下岗了，心里就更加难过了。在为辛师傅送行时，两人紧紧拥抱在一起，都流下伤心的眼泪。

通达电器厂破产转制，这也使钟大伟感慨良多。钟大伟既看到过通达电器鼎盛的时候，也见证了通达电器飞速衰落的过程，此事对他的思想冲击很大。正在钟大伟为自己即将面临失业而感到迷茫时，在宿舍里又接到了章晓慧打来的电话。钟大伟拿起话筒，听到章晓慧说："喂，大伟吗？你现在生活怎么样？工作还好吗？"

"晓慧，我从厂里车间刚回到宿舍你就来电话了，我们已经快两个月没有通话了，你在美国学习生活还好吧？"钟大伟问道。

章晓慧说："我在这里挺好的，你工作怎么样？上次你说的你组织研制的产品升级改造方案怎么样啦？领导同意推进了吗？"

钟大伟一听章晓慧提到升级改造方案的事儿，回电话的嗓门儿立马提高八度："一提升级改造的事儿我就来气！如果厂里当时能听进去我的建议就好了，现在晚了，我们工厂快破产倒闭啦！"

章晓慧感到很诧异："快倒闭了，这么快？"

"是呀，我毕业到这里来上班，当初就想发挥我的专长，一方面锻炼一下自己，另一方面也想协助把工厂做强做大，好回报一下社会，可是没想这下事与愿违，很快我就要失业啦！"

章晓慧一听到"失业"两字，却心中暗喜，脑子反应很快："失业了好呀，你这下不能再有借口跟我分开了吧？我在洛杉矶理工大学学习一年了，再有半年多我就要硕士毕业了，我准备毕业后在美国与人合伙一起创业，也希望你能早点过来。我等你……"

这时，钟大伟也不知应该怎样回答章晓慧的话，最后还是说了句："晓慧，我明白你的想法，让我好好再想想，再见！"

章晓慧从美国打来的这一通电话，无疑让钟大伟的思绪更加混乱了……

4. 初到京都探究竟

受邀赴京都觅发展

眼界顿开决定留下

清晨京都街头，车流拥堵，人流混杂，张东海稳步走向单位，微笑着和同事打招呼，他身为刚毕业的大学生在京都国企工作待遇不错，领导对员工如家人，张东海对工作和生活现状很是满意。

结束一天工作后，张东海应友人邀请与一行人聚餐。邀请他的是张东海初来京都时结识的好友王东平。王东平大概50几岁，黝黑皮肤，膀大腰圆，是个土生土长的京都人。他是一家私企物流公司的老板，近几年京都经济发展状况较好，物流业发展迅速，生意很兴隆，加上老胡同房屋拆迁，是个名副其实的暴发户。两人谈话很投机，一来二往便成为好朋友，两人有空便时常小聚。

这边张东海过着工作顺利，社交娱乐广泛的好日子，那边钟大伟面临下岗，心情错综复杂，又充满迷茫，备感责任和压力的深重，在屋内来回踱步。同时工厂宿舍马上要收回，钟大伟发愁之后住在哪里，何去何从，心里一点儿没有底。

钟大伟所在工厂将要倒闭的消息，在电视上陆续报道着。一天，张东海从电视上看到此消息，一下子想到老同学钟大伟。为了关心钟大伟，张东海给钟大伟拨通了电话："大伟吗？我是张东海！"

正在屋内来回踱步为下一步工作发愁的钟大伟接到张东海的电话，十分高兴，眉头舒张开来，马上说："东海呀，我是大伟！我也正准备跟你联系呢！你最近可好啊？"

"我一切都好，大伟你最近怎么样？我刚才从电视上看到你们工厂倒闭的新闻，对你影响大吗？"张东海连忙问道。

钟大伟轻叹一口气说："哎，别提了，我在的工厂倒闭破产，即将转制成民企了，我也面临要下岗重新找工作。现在新的工作还没着落，我每天焦头烂额真的是不知所措。"

张东海一听，为老同学感到心急。他抖了抖手中的烟，思考片刻后说："兄弟，不如这样，你来京都看看，现在京都就业机会很多，很适合刚毕业的年轻人出来闯荡，我觉得肯定能找到适合你发展的机会。"

钟大伟以前便有去京都看看的想法，只是一直没下定决心，听老同学这么一建议，更加动心，欣然答应："好啊，我马上出发，到时咱兄弟俩好好叙叙旧，毕业之后我们俩还没有见过面呢！"

张东海深深地吸了一口烟，笑着道："好，赶快来吧大伟！我在京都等你！"

放下电话后，钟大伟开始四处在家里找自己以前工作的简历，全部收拾起来整理到文件夹里，放在行李箱最底部。把一切临走前的事情处理妥当后，马上买了去京都的火车票。

次日清晨火车站，钟大伟背着布包戴着帽子，边回头望向江东这座古老城市，边想到：这次北上京都，可能会找到从今天起到往后几年甚至几十年人生为之努力奋斗的方向。他的眼中有些迷茫，但同时又对未来的路充满了希望。

钟大伟带上行李，在山海市清晨登上北上京都的火车。火车驶动，他的身影随着火车的移动而逐渐离开山海市。

钟大伟告知了张东海自己到京都的时间。张东海对钟大伟首次来京都高度重视，自己没有车，便找有私家车的王东平商量接钟大伟的事情，想让老同学感受到首次来京都的体面，让他感到京都对他的欢迎："东平兄，今天下午你没有什么急事吧？"

"怎么啦？需要我做什么？"

"因为你有私家车，如果下午你能走的开，我想你和我一起去火车站接下来京都的大学同学。他也是我的好兄弟！"

"你的兄弟就是我的兄弟。今天下午我公司刚好没有急事，没问题，到时我和你一起去接站。"王东平非常爽快地答应了。

当天下午，张东海乘坐王东平的车一同前往京都老火车站："东平兄，今天真是麻烦你了，还要你亲自驾车帮我去接朋友。今天我要接的这个朋友钟大伟是我大学最要好的同学，我们已经好几年没有见面了。他可是当年我们大学品学兼优的学生，而且还是个大帅哥。"

王东平边开着车边说："是吗？难怪你今天对接他如此重视呢。"

"人生真是变化无常，钟大伟大学毕业后去了江东最大的家电生产厂，当时效益非常好，全国有名。许多大学生毕业都想进这个单位，最后钟大伟是以学校优秀生才进去的。没有想到面对残酷的市场竞争，这个工厂说倒闭就倒闭了。"张东海感慨地说。

"是呀，现在各类企业面对激烈的市场竞争压力都非常大。那就是说你这个同学这次来京都就是专门来找工作的呗？"王东平说道。

"这次是我主动邀请他来京都的，他是个难得的人才，你见到后会感觉到的……"

火车上的钟大伟想到马上要来到京都这座人人向往的大城市很是激动，内心暗自发誓一定要打拼出一番事业，以便让从小一个人带大自己和弟弟的母亲幸福生活，更好地报效祖国。

火车缓缓驶入京都火车站，钟大伟背着布包跟随人群走出了验票口，环视四周在人群中他一眼就认出来接站的老同学张东海，连忙向张东海招手。张东海走上前与钟大伟热情拥抱，重重地拍了拍钟大伟的肩膀说：

"好呀，盼你几年了，今天终于来了！你还是老样子，依然这么帅！"

"呵呵，你也是，也没有怎么变……"钟大伟连忙与张东海相互问候。

几年不见的老同学见面一阵寒暄后，张东海才想到介绍与自己一同来接站的王东平，他指着王东平说："大伟，刚才太激动竟然忘了介绍，这位是我在京都认识的朋友王东平王总，是一个民营企业家。今天王总他亲自驾车和我一起来接你。"

钟大伟连忙与王东平握手说："王总好，谢谢，谢谢！"

"你好！欢迎你来京都！"王东平说道。

三人走向王东平的轿车。钟大伟看到此车，不禁暗暗感叹老同学和王东平的热情接待，让自己初来京都感到面子十足。

上车时正是下午四五点的时间，太阳的余晖照着整座城市，一片耀眼的金黄，京都的城市街道很宽，钟大伟睁大眼睛向窗外看着，一切都是那么繁荣。宽阔的道路上车辆川流不息，城市高楼林立，路边的树林郁郁葱葱，充满生机，路边还有骑行的人戴着大墨镜，留着小胡子按着铃铛操着京味儿一路前行。他们路过最大的京都商圈，路过一座座立交桥，一所所正在放学的中小学……京都太美了，钟大伟将这一派繁荣的景象看在眼里，感慨万千，更加加深了要在这里立足、干出一番事业的决心。

三人一路畅谈，王东平介绍了自己的物流公司，并鼓舞两位年轻人一定要抓住适合自己的就业机会。王东平以京都发展历史见证人的角度开始谈起这些年来京都的巨变。钟大伟听着频频点头，十分惊叹。对自己今后在京都的发展充满了信心，下定决心认真找工作，发挥自己的价值。

当天晚上，张东海为欢迎钟大伟的到来，在饭馆宴请钟大伟。三人开怀畅饮，举杯相祝。王东平不时强调自己是通过这些年打拼才换来今日的富裕生活，再三告诫两位年轻人心中一定要有理想，且不能半途而废。张东海提议让钟大伟在他单位附近的宾馆先住下，以后若是找到工作再搬离。但钟大伟听张东海说他自己住两人一间的集体宿舍，刚好另一位同事外出学习进修半年，空下一张床位，心中怀念当年一起在大学住宿睡一上下铺的感觉，便提出与张东海一块住宿舍。

晚宴在欢声笑语中结束……

钟大伟与张东海二人自从大学毕业以来，各在两地，一直没有机会见面，当天是他们毕业3年来第一次见面。他们一见面话匣子就打开了，回到宿舍后他俩还有说不完的话，彻夜长谈，大学时期有趣的人与事，哥俩共同经历的趣事都浮现在眼前。钟大伟感受到自己如大学时一般又年轻了起来，对未来充满了憧憬与向往。

第二天，张东海因白天要上班，便委托王东平先开车带钟大伟实地感受一下京都的人文景观。王东平开车带着钟大伟转了一圈，同时帮助钟大伟打探就业信息，看看有没有合适的工作。作为土生土长的京都人，王东平当起了向导，一口十足的京腔，真有当地导游的感觉。

大致熟悉当地情况后，钟大伟开始四处奔波，行走于京都市多个人才招聘市场，向他中意的工作岗位投简历，渴望能在京都早点找到一份如意的工作。在多个人才招聘市场钟大伟发现有一个中年男子也与自己有类似的工作经历，大学毕业在外地一个企业工作，下岗后也赶到京都重新找工作，多天穿梭京都各区多个人才招聘市场，忙于投简历找工作。这一天，在一个人才招聘市场又碰到他，钟大伟连忙上前搭讪："你好，请问贵姓？你现在工作找的怎么样了？"

"你好！免贵姓李，叫李贵。别提了，我来京都快两个月了，到现在也没有找到合适的工作。"李贵沮丧地说。

"我听你口音也是江东人？"

"对，对，我老家就是江东山海市的。"

"呵，我们还是老乡呢！我来京都也好长时间了，我们同病相连啊，都是为了找工作。这样，现在已经中午了，我请你一块儿吃个中午饭。"

李贵一听钟大伟和自己是老乡，也是从江东来京都找工作的，自然有种亲近感，马上就答应说："好，我们都是同路人，又是老乡，今天我请你吧！一会儿我们留下联系方式，今后常联系。"

钟大伟与李贵边走边聊，来到离人才招聘市场不远的一个重庆小吃店。两人点了几个小菜，要了几瓶啤酒，边吃边聊，十分惬意，相互给对方加油打气，鼓励对方要坚持。李贵对钟大伟说："兄弟，我大学毕业后，也是先在江东一家大型企业上班，现在这家企业因换了一个老板，在管理上出现问题，不能顺应市场激烈的竞争，快倒闭了。我听说像京都这样一线城市发展机遇多，就主动辞职来京都了。谁知，在这里找个好工作并不是想象的那么容易。"

钟大伟颇有感触，举起酒杯说："来，敬你一杯！我先干了！"

钟大伟一口气将一杯啤酒喝了："没有想到我们俩人经历如此相似，以后我们多保持联系。我相信，只要我们不放弃，坚定自己的梦想，一定会在京都这片土地，闯出属于我们自己的一片天地！"

"说的好，我也认为只要我们心中有梦想，不轻易放弃，一定会在京都这片土地，闯出属于我们自己的一片天地！来，为了我们早日实现心中的梦想，干一杯！"李贵激动地举起酒杯。

"好，干杯！"

钟大伟来京都眨眼间一个月快过去了，通过一段时间对京都实际工作环境的了解，与在江东就业创业进行对比和利弊分析，他心里已经下定决心留下来了。周末的一天，张东海请钟大伟喝咖啡。张东海对钟大伟工作之事很重视，十分关心地问："大伟，这几天工作找得怎么样？找到合适的岗位了吗？"

"哎，还没有找到合适的。"钟大伟略带沮丧地说。

张东海连忙说："京都是个比较包容的城市，许多人来京都闯天下，都发展得不错。你是社会难得的人才，只是来的时间还短了一点，相信很快会找到令你满意的工作！"

钟大伟听后，连忙自信地说："对，我就不相信别人在京都能找到好工作，我就找不到。东海，我们毕竟是受过高等教育的大学生，也有一定工作阅历，社会肯定还是需要我们的。虽然暂时还没有确定工作单位，不知下一步具体要干些什么，但是我知道既然来到这个城市，就要慢慢喜欢和适应这个城市的生活与工作节奏。"

"对，你说得很好，时间能够说明一切！"张东海十分赞同地说。

"东海，现在我已经想好了，决心留在京都这座古老而美好的城市，今后无论前方道路如何，一定坚持走下去，哪怕再苦再累我都不怕。对于下一步工作，我还是想结合我们大学时期的专业，结合我在电器生产厂几年的工作经历，我想这样更现实、更稳妥一些……"

张东海听了钟大伟的一番话后感到十分高兴："来，大伟，我以咖啡代酒，为你做出留下来的决定，敬你一杯，祝你心想事成、马到成功！干杯！"

两个多月过去了，这天，钟大伟在人才招聘市场投完简历正好进了旁边一家刚开张没多久的小饭馆吃饭。突然手机响了，他一看，是老乡李贵打来的，马上接了："钟大伟吗？我是李贵！"

"是我，老乡，你现在工作找得怎么样啦？"

"我今天打电话主要是想告诉你，我工作有着落了！"

"好呀！祝贺你！你到哪个单位上班了？"

"大伟，我现在不是就业，而是创业了！京都不仅是就业者的天堂，还是创业者的天堂。上次我们见面后，我就转变观念了，现在创业的时机已经成熟，与其找不到自己愿意干的工作，不如自己创业，主动做点事儿。"

"创业？上次见面时怎么没有听你说呀。你行啊你！是不是自己当老板啦？"

"也算是吧。现在国家正提倡和鼓励有条件的大学毕业生进行创业，以创业来带动就业。你不也是大学生吗，现在你若还没有找到合适的工作，建议你也可以朝着创业的方向多考虑一下，人总不能在一棵树上吊死。"

"有道理，以后我要向你多多学习。你有什么好事儿一定告诉我，也多想到我一些。"

"好，没问题！"

"对了，差点儿忘了问了，你现在创业主要干什么？"

"我正想告诉你呢，现在国家对用电节能环保方面非常重视，刚好我大学学的是节能环保专业，我就专门成立了一家灯具节能环保技术有限公司，没想到找投资公司谈合作，许多投资公司都认为我抓住了当前的机遇，都愿意注资，相信再过不久，就会见到效益的。大伟，欢迎你有时间来我公司看看，给我指导指导。"

"好的，我有时间一定会去的。"

钟大伟接完李贵打来的这通电话后心里久久不能平静，过了半天耳边仿佛还在响起李贵的声音："大伟，我现在不是就业，而是创业了！京都不仅是就业者的天堂，还是创业者的天堂……"

京都不仅是就业者的天堂，还是创业者的天堂，钟大伟在找工作过程中，一直没有忽略创业这个问题。在投简历、找工作的同时，也没有忘记观察和分析周边个人创业的发展情况。李贵成立公司当老板的事情进一步提醒了他：如果就业不行，不如换条路试试。是选择就业还是自己创业，两条路各有利弊，该如何选择呢？钟大伟心中一时还没有答案。

5. 当起家电销售员

到家电销售店打工
准备适时自己创业

　　京都友谊商城，是京都有名的商业消费圈，里面有一家名叫京 A 家电大卖场的销售门店，属于京都连锁店之一，平时生意很好。这家家电销售店在人才招聘市场招聘人，钟大伟想到家电行业自己非常熟悉，也与所学专业对口，就投上了自己的简历。

　　投简历的第二天下午，钟大伟突然接到京都友谊商城的京 A 家电大卖场经理刘小光打来的电话："喂，你是钟大伟吗？"

　　"我是，您怎么称呼？"钟大伟连忙问道。

　　"我是京都友谊商城京 A 家电大卖场的经理，我姓刘，你在人才招聘市场投的简历我收到了。我看你各方面很优秀，还在江东一家家电生产厂工作过，对家电生产和销售情况很熟悉，如果你愿意，我们店欢迎你来这里工作！"家电销售经理刘小光看到钟大伟的简历后，对钟大伟很感兴趣，主动给他打了个电话。

　　"谢谢刘经理。我想问您一下，我去你们店里上班具体是干什么工作？"钟大伟追问道。

　　"这个吗，从市场招聘过来的员工一般都做销售员。不过，具体情况具体分析，考虑到你在江东一家家电生产厂工作过，还当过领导，管理经验丰富，到时在工资等方面肯定会比普通员工高一些。如果你愿意，建议近两天就来我们店里一趟，我们面谈一下。"刘小光连忙解释说。

"好的，您的意思我明白了，谢谢您，让我再考虑一下。"钟大伟这样回答，也等于间接拒绝了刘小光。他挂掉电话，想到自己去这家销售店只能先干销售员，瞬间流露出一种失望的表情，内心感慨自己作为一个堂堂的大学毕业生，也在全国有名的家电生产厂家好歹干过科长，当过中层管理者，现如今竟然沦落到只能打工当销售员的份儿了。

到底是先找工作就业，还是自己单干进行创业？钟大伟受外界影响，特别是受江东老乡李贵创业的影响，每天都在进行深入思考。

一天晚上，钟大伟躺在床上翻来覆去睡不着，耳边总响起李贵对他说的话，他突然一下子从床上坐起来，用手挠了挠头，仿佛一下子找到就业与创业的平衡点和切入点。受李贵的启发，钟大伟决定，无论是就业还是创业，首先必须先结合自己所学的专业，结合自己的工作经历，干自己能够掌控了的事情，这样才会得心应手，成功系数就会更高。于是，钟大伟暗自决定向李贵学习，紧紧围绕自己所学专业去就业或创业。特别是想到前两天刘小光打电话想让他去家电销售店上班，他本来间接拒绝了，但想到说不定有一天，自己也会像李贵一样，用自己所学专业进行创业，便改变了原来的主意，决定马上就去京都友谊商城，到家电销售门店去上班，先学习总结积累在家电销售管理方面的经验，如果干得顺手，可以多干一段时间，如果干得不顺利，就自己去创业。另外，钟大伟还资助着农村几个贫困孩子，平时省吃俭用，眼见这些孩子就快没钱上学了。想到自己到京都快几个月了，也应该先找一份工作挣些工资，好资助贫困儿童正常上学，以及孝敬在老家的母亲。

第二天上午钟大伟早早就去京都友谊商城，来到京A家电大卖场与经理刘小光面谈："刘经理好，我是钟大伟，前两天我们刚通过电话。"

"欢迎，欢迎，你有学历，有工作经历，有管理经验，我们店最缺少你这样的人才呀！"刘小光边说边邀请钟大伟入座。

"哪里，哪里，做销售也是一门学问呀，我也是来学习的。"钟大伟谦虚地说道。

"大伟，考虑到你的综合能力素质，我已经请示总店的领导同意，你来我们店里即可担任副经理，要比当销售员工资每月高1000多块。"刘小光微笑着说。

"不行，谢谢您对我的信任。我不想搞特殊，不想先当副经理，不想每月多拿这1000多块钱，我只想先从一名销售员做起。"钟大伟严肃地说。

刘小光顿时感到很困惑，心想招聘员工这么多年，只看到想给自己争取管理岗位和增加工资的，从来没有看到过想给自己降低工资的，稍停片刻回答道："这怎么能行？再说了我已经请示总店领导同意了！"

钟大伟态度十分坚定地说："不，如果不同意我先从普通销售员工做起，我就不来这里上班了！"

刘小光看到钟大伟态度如此坚定，只好说："好的，尊重你的意见，等干一段时间再当副经理也不迟……"

钟大伟初来乍到，在正式上班的第一天，店经理刘小光招呼店里的员工，先放下手里的活："哎，大家先停一会儿，我现在向大家介绍一下今天刚到我们店上班的新员工，他叫钟大伟，是江东科技大学毕业的高材生，而且有多年的家电生产与管理经验，他的到来，对我们店来说是一大幸事，让我们先以掌声表示热烈的欢迎！"

"谢谢！谢谢大家！"钟大伟边说边对大家鞠了个躬。

接下来，刘小光向钟大伟一一介绍其他员工。当刘小光走到秦先达面前时，对钟大伟说："这是秦先达，是我们店里一名老员工，销售业绩一贯领先。你可与他多交流，他销售经验丰富，特别擅长开展家电相关促销活动。对了，你从今天开始，先带一带钟大伟，让他尽快熟悉业务，争取在一定时间内，使店里销售额再上一个新台阶！"

钟大伟与秦先达握手并谦虚地说："你好，向你学习，以后请多多关照！"

"别客气，你是大学高材生，欢迎，欢迎！应该我向你多学习，咱们以后多合作。"秦先达微笑着对钟大伟说。

钟大伟是店里为数不多的大学生，在店里甘当家电销售员，平时又亲和肯干，与员工们打成一片，工作上认真负责，从来都是第一个到店里最后一个离开，对工作毫无怨言。时间一天天过去，一些员工对钟大伟评价很高："钟大伟是一个做事很认真，很实在的人，作为大学毕业生能够与我们一起，而且干的工作一点儿不比我们少，积极主动为顾客服务，每天销售额也不比我们老员工差。"

"是呀，有文化的人说话办事就是不一样，与顾客沟通能力也很强，很值得我们老员工学习……"

钟大伟来京 A 家电大卖场后，因对自己严格要求，工作认真负责，热情为顾客介绍产品，也无形中带动其他员工工作的积极性和创造性，对此，店经理刘小光看在眼里记在心里。一天，刘小光在办公室十分高兴地对老员工秦先达说："钟大伟是个难得的人才，来店里后不仅自己干得好，还带动了其他员工的积极性，使员工更好安心工作，创造好的销售业绩。看来，当初我打电话给钟大伟，主动录用他是十分正确的。"

在 旁的秦先达连忙说："就是！还是刘经理您有眼光，慧眼识才呀！"

秦先达也是"70 后"，与钟大伟年龄差不多，两人志趣相投，因工作结识，相互配合十分默契，两人很快成为无话不说的朋友。秦先达通过工作中的合作，越来越感到钟大伟那种无形的人格魅力，时不时与钟大伟聊天说："大伟，我一直在为你感到委屈。"

"委屈？为什么？"钟大伟反问道。

"是呀，你知道吗？来我们店当销售员的这些员工，一般学历都不高，有的还没有上完初中。我就不理解，觉得你作为正儿八经大学毕业生，还在工厂当过科室领导，管理经验丰富，为什么要来我们店上班当销售？这太有些大材小用了吧！你应该多为自己考虑，去一些大企业、大公司做管理者，争取早日当老总才对呀！"秦先达认真地对钟大伟说。

钟大伟听后笑一笑说："先达兄弟，谢谢你高看我一眼。不过，我要说的是，当下社会各行各业，各种工种都需要人干，行行出状元，现在大学毕业生越来越多，都一定要当老板吗？如果认为小事不愿干、干不好，真有一天有大的事要干，我看未必能够干好。再说了，我对家电生产与销售有着特殊的感情……"

正逢京 A 家电大卖场举办家电促销活动，刘小光让钟大伟、秦先达二人负责这次活动。两人相互帮助，宣传工作做得很到位，吸引许多顾客特别是回头客上门来购买家电。

"你好，欢迎你参加家电促销活动，在活动期间各类家电均打折销售，如果买得多，还可折扣更大一些……"钟大伟能说会道，主动与不少逛商场顺便来看家电的人打招呼。因为钟大伟对每个家电的性能都十分了解，很多人听着十分靠谱就买下了产品。

钟大伟与秦先达二人配合得相当默契，提升了整体销售额，又促进了二人的感情。

钟大伟是个天生性格直爽、正直无私的男子汉，一向以敢作敢当作为行事原则。他来店里工作不久，便发现因各种各样的商品质量问题，时不时会有顾客回到店里提出退换货。但他看到同事对顾客提出退换货的条件或不太理睬，或总是说店铺不予退换货，如果不是顾客闹得厉害，很少能及时给予退换货。特别是能不退的就不退，能晚退款的就晚退款。这与他所主张的客户第一的思想相悖。在他看来，搞销售行业第一位的就是让客户满意，认为同事的行为极不妥当。为此，他找到秦先达很气愤地说："先达，店里销售的家电有的明明有质量问题，也承诺'三包'，但是为什么出现质量问题后顾客上门不给予换货或退货呢？这样时间长了，对店里的声誉会造成很大负面影响的。这样做十分不妥！"

秦先达左右看看，小声地对钟大伟说："大伟，这个事情我早知道，也不能全怪员工，他们也没有办法，唉……"

看着秦先达摇头叹气的样子，钟大伟马上明白了员工的苦衷，更加生气地说："你不用多说了，我知道了，都是刘经理的意思，不是他主张员工这样做，员工也不会这样做！不行，我马上找他去！"

钟大伟说完便飞快地去办公室找刘小光理论，秦先达见势不妙，马上上前劝阻："大伟，你先不要冲动……"

钟大伟气呼呼地去找刘小光，也顾不上敲门，推门直接进入刘小光办公室说："刘经理，请问员工为什么对有明显质量问题的家电不给换货或退货？是你的主张吗？"

正在办公室陪人喝茶的刘小光见到钟大伟如此气愤的样子，一时不知所措，尴尬地说："是我的主张，怎么啦？"

"顾客永远是上帝！你主张这样做，不是在推进店里的销售业绩发展，而是在慢慢摧毁这个店，你知道吗？"钟大伟愤怒地说。

刘小光心里十分清楚前来退换货的顾客确实是因为商品质量问题而提出退换货，但他还是狡辩说："你才来几天，现在开始教训起我来了！你懂什么？许多客户是因为个人原因上门退换货，有些是专门过来找碴的你懂吗？有的商品质量没有问题，再说了如果每天对大小一点儿质量问题都给人换货、退货，销售秩序就会大乱的。这样每月的销售额怎么会提高！如果销售额保证不了我怎么向连锁总店交代！员工的工资和奖金怎么能提高……"

听到这里，钟大伟更加愤怒，连忙打断刘小光的话说："岂有此理，你这是什么销售逻辑！真是无稽之谈！"

刘小光见钟大伟如此生气，脸上带着无奈的笑，小声地说："大伟，你刚来这里上班时间不长，希望你能够慢慢习惯顾客退换货的情况。你是年轻人，个性太强了，对你以后不好，做事不能总以自己的风格来，遇事不冷静怎么能行。这样你今后会吃大亏的！"

钟大伟听后仍十分恼火："虽然我刚来时间不长，但我知道做什么事情一定要对顾客负责任！你要知道，现在销售的商品为电器，若出现质量问题是非常危险的，你考虑过后果和为顾客的安全着想了吗？出现任何质量问题店里都应该第一时间，无条件地为顾客退换货！"

钟大伟说完转身就走出刘小光的办公室。

钟大伟气呼呼一出门，正碰到秦先达往这边赶来。秦先达见到钟大伟连忙问："你是不是与刘经理争吵了，一定要冷静！"

"冷静？我没法儿冷静！"钟大伟甩手而去。

秦先达暗自佩服钟大伟的这种坚持和直率，觉得钟大伟的做法很正确，也对钟大伟的人品和个性有了更深一层的了解和认可。

刘小光和钟大伟发生争执的事情，很快所有员工都知道了。员工们对钟大伟的这种做法说法不一。有的同事悄声嘀咕说："你说这钟大伟平时挺机灵的一个人为什么就非要跟店经理较这点劲儿，还是个大学毕业生呢，月底的奖金刘经理肯定不会发了。"但大多数员工为钟大伟的正直果敢而叫好，都是一边倒地支持钟大伟，以十分佩服的语气说："他做得对！我们也应该向大伟学习，我们是做销售的，以后我们既要为店的利益着想，更要为顾客的利益着想……"。

"服务员，你好！请问现在能退货吗？"一天，有一个五十多岁的男子，左手拿着购物发票，右手提着一个刚买不久的电饭煲，对着京A家电大卖场的一个女销售员说。

"您好，为什么要退货？这个电饭煲有什么问题吗？"女销售员连忙问。

"这个电饭煲上周从店里买回去，刚刚用了两天，在蒸米饭时就发生几次短路，造成房间的电源总开关多次跳闸，家人都担心出现危险，所以今天我就回来了，希望快点将它退掉……"顾客向销售员说明了退货的原因。

销售员听了这位顾客的退货原因，想到刘经理平时要求顾客来店里能不退货的就不退货，顾客不愿意，情绪不好的，争取换货的所谓销售策略，便开始左右为难，犹豫了片刻之后对这位顾客说："我店里有规定，若商品真有问题，一般能换不退，现在再给您换一个如何？"

同一天在一起上班的钟大伟，在旁边看到这位顾客与销售员谈退货的整个过程，当他听到同事说能换不退这4个字时，忍不住站出来说："不！既然顾客提出来退货了，就无条件满足，马上给他办理退款手续吧。如果店里批评你，由我帮你承担……"

看到钟大伟如此认真和执着的态度，这位女销售员也只好按照顾客的要求，快速帮助他办好退款手续。顾客拿到退货款，专门来到钟大伟面前，带着一种感激之情与他道别："小伙子，今天谢谢你啦！"

钟大伟微笑着说："不用谢，这是我们应该做的！"

刘小光知道钟大伟的品性后，并没有对钟大伟与自己发生争执太斤斤计较，反而觉得钟大伟这个人正直可靠。除了让钟大伟负责京A家电大卖场平日店内的销售，刘小光还经常派他去家电大卖场加盟店进货，商议拿货合作的相关事宜。这家家电大卖场加盟店的销售总经理高大宽与钟大伟多次接触后，发现钟大伟很有经商的头脑，对货品的数量，价格，如何达到双方利益最优化等考虑得非常周全，且行事稳重又果断，认为钟大伟是个难得的人才。一天，在谈业务时高大宽对钟大伟说："经过我们多次接触，我发现你是个当老板的料呀！"

"过奖，过奖！我要向您多学习！"钟大伟虚心地应答。

"你的能力和远见做销售绰绰有余，现在也积累了做销售的经验，加上也有开加盟店的潜质。建议你现在也可以考虑开一家加盟店……"高大宽十分认真地说。

听了高大宽的一席话，钟大伟心里暖乎乎的，突然觉得更加自信起来，便对高大宽说："谢谢高总对我的信任。说实话，我之所以选择到京A家电大卖场来上班，主要就是想深入熟悉销售业务与程序。等时机成熟后，没准儿我真的开始自己创业了。当然，我一旦决定自主创业，一定会将创业梦想进行到底！"

"说得好！期待你早日创业，我相信你一定会成功！一定会梦想成真！"高大宽高兴地说。

"谢谢高总！到时我真的创业时，肯定还要麻烦您多帮忙，朋友多了路才好走呀！"钟大伟微笑着说。

高大宽紧握着钟大伟的手说："这是必须的，到时若有什么需要我做的，我必须冲上去！放心兄弟！我看好你！"

钟大伟与秦先达二人合作十分默契，经常为店铺做促销活动，一来二去，家电销售量与日俱增，也增添了不少回头客。就在这时让钟大伟没有想到的是，刘小光看到上门的顾客这么多，生意这么好，家电销售供不应求，趁着顾客多，打起加价销售的主意，却遭到顾客特别是老顾客的抗议："怎么家电说涨价就涨价了，我们老顾客经常来这里购物应该多打折才对，现在不但不打折，反而还涨价，我们很难接受……"

钟大伟坚决反对刘小光的这种没有与人商量，独自作出这个加价销售的决定。一天，钟大伟为此专门来到刘小光办公室，严肃地说："刘经理，近段儿时间我和秦先达联手搞宣传促销活动，好不容易将店里的销售人气带动起来，但您却坚持加价销售，我认为这样做十分不妥！您应多为顾客着想，坚持薄利多销，多增添一些回头客才对！如果现在突然加价，不仅会失去消费者对门店的信任，而且会有损店里的名誉，会让回头客减少。这样对门店长远利益非常不利，望您三思而后行！"

刘小光听后怒火中烧，红着脸，拍着桌子对钟大伟说："钟大伟！你没有搞错吧？我告诉你，招聘你来是让你来当销售的，不是让你来当领导的，你无权干预店里的决定！如果以后你再干预，随时可以走人！"

正当钟大伟与刘小光再次发生冲突时，秦先达来到刘小光的办公室，看到两人表情都不对劲儿，连忙上去用手拉住钟大伟的胳膊说："大伟，少说两句！我们先出去吧！"

钟大伟在秦先达的劝阻下，十分生气地从刘小光办公室走了出来："连锁总店选老刘这样不懂经营管理的人当经理，如果不将他换掉，恐怕在不久的将来这个店很快就会倒闭……"

除了对店里涨价有意见，最让钟大伟不能接受的就是刘小光对顾客因产品质量问题要求退货或换货的事还是不配合，仍然让员工找各种理由与顾客周旋。钟大伟深感此做法严重不妥，多次建议刘小光改进管理理念与方式但都无果。与刘小光志不同道不合的钟大伟，面对刘小光对顾客不负责任也不听人劝告，一意孤行的一些做法，想到自己肯定不能在京A家电大卖场久留，便开始筹谋自己下一步怎么办？也使他加快萌生了自己创业的想法，决定自己去创造条件，争取早日开一家家电销售店。

一天，秦先达专门请钟大伟在一家小饭馆吃饭，对钟大伟说："大伟，最近因为刘小光总让你生气，今天我请你出来聚聚，就是想让你先忘掉工作上的烦恼，好好放松下！今天我们哥俩好好喝几杯。来，我们干一杯！"

钟大伟一下子轻松起来，满脸笑容地说："好，来，干一杯！"

钟大伟将一杯啤酒一饮而尽，非常开心地对秦先达说："先达，我来京A家电大卖场最大的收获就是认识了你这位好兄弟。你有能力，性格好，脾气也不像我这样暴躁。只可惜你没有遇到好领导，店里还没有把你的聪明才智全部发挥出来呀！"

秦先达激动地说："过奖，谢谢你对我的信任。我也十分佩服你办事的勇气和胆识呀！这样说吧，在店里，也只有你一个人敢于跟老刘叫板和发脾气。员工们从内心里都是支持你的，包括我在内。"

钟大伟大笑一声说："先达，你确实也是个人才，以后有机会我们一块儿合作。到时我们正儿八经干些事情！"

说到这里，秦先达连忙追问："你下一步怎么考虑的？我觉得你在我们这个小店当销售太委屈你了，你得抓紧找到一个更适合你发展的工作平台呀！"

"你说的对，我已经考虑好了。我准备干满 3 个月就辞职，自己去创业！也准备开一家家电销售店。"钟大伟笑着说。

"太棒了！以你的能力，加上在店里积累的经验，你开家电销售店绝对没有问题。来，祝你创业成功！干一杯！""干杯！"

"你看这一间房怎么样？租金也不贵，每月包物业费才 700 元。虽然这是一间十几平的小房，偏京都郊区，但这里小区配套设施齐全，上下班有地铁，交通方便，人气还比较旺。"钟大伟决定长期在京都创业发展，想到总不能一直与张东海一起住集体宿舍，便悄悄找到京都一家房屋租赁公司帮助自己租房子。

钟大伟心想先凑合凑合，过过苦日子，将来混好了再改善生活条件。便微笑着说："好，我看这间小房就行。反正就是我一个人住，能放下一张床就行。"

钟大伟快速选中了这间房，与房屋中介公司签订了租赁合同。

因刘小光错误的决定，许多顾客选择在别家买电器，销售额直线下降。刘小光急了，现在生意这样糟糕他也束手无策。此时，他终于意识到自己的问题，开始反思当时没有听钟大伟的话。

刘小光专门找钟大伟谈话表示歉意，并承诺将马上采纳钟大伟原有的意见，希望在他的帮助下尽快走出销售困境。这时，钟大伟十分认真地对刘小光说："今天你找我来的正好，我正准备找你呢。再过 7 天我来店里就满 3 个月了，到时我就正式辞职。"

一听钟大伟提出要辞职，刘小光感到很诧异，连忙劝阻说："大伟，以前都是我不好，说话也不好听，你提出的许多好的意见建议我也没有采纳，都怪我！希望你打消辞职的念头，留下来我们继续合作！"

"合作？不可能！我的主意已定，任何人也改变不了！"看到钟大伟态度如此坚决，刘小光也只好尊重他的决定。

钟大伟因这两个月来工作繁忙没有与张东海怎么聚。一天，张东海找钟大伟小聚，在吃饭时问钟大伟工作近况："大伟，你现在在京A家电大卖场工作怎么样啦？干的开心吗？需要我做什么吗？"

钟大伟满脸微笑地说："东海，我已考虑好了，准备马上辞职，自己去创业！也准备开一个家电销售店。"

钟大伟将辞职的原因和创业的决心都告诉了老友，张东海表示十分理解，并支持钟大伟创业的决心。

眨眼间，钟大伟在京A家电大卖场工作满3个月了。钟大伟正式辞职，与家电销售店秦先达、刘小光等人告别。

钟大伟刚辞职后的那几天，刘小光心里总觉得不是个滋味儿。他把秦先达叫到自己办公室，通过秦先达想了解钟大伟更多情况："先达，我一直在纳闷儿，钟大伟这个人到我们店里，说来就来，说走就走，而且对我说发脾气就发脾气，我看他可不是一般的人呀！"

秦先达笑着说："刘经理，你现在才看出来钟大伟不是一般的人呀？人家才是能人，有理想抱负。他准备自己创业你知道吗？"

"创业？我没有问他，他也没有跟我说过。创什么业？"刘小光连忙追问道。

"我告诉你吧，钟大伟已经作好充分准备，马上也要在京都开一个家电销售店，与我们就快成同行啦！"

刘小光一听钟大伟也准备开家电销售店，脸色一下子变黑，瞬间从椅子上站起来，担心钟大伟以后会成为自己的竞争对手，用手摸了摸脑袋说："钟大伟来我们店说是来打工当销售员，实则为开店积累经验。他将来肯定就是我们店最大的竞争对手！坏了，坏了……"

6. 一拍即合赢共识

钟大伟留在京都打拼
张东海辞职联手创业

"谢谢大家今天能够参加我公司的开业典礼。感谢国家改革开放的好政策，今天你们看到的是我公司开的第3家酒店了，我们争取5年内在全国各省会城市都有我公司的连锁酒店……"

京都一个从体制内下海经商开酒店的黄老板，抓住国家改革开放的历史机遇，开宾馆发的大财，一天，在新的酒店开业典礼上正在满怀激情地致辞。张东海与王东平一同参加，认真听着这个黄老板的演讲，内心暗自羡慕黄老板：有一天，我也要当回老板……

王东平的一个做物流生意的合作伙伴张老板，由于生意兴旺，营利状况好，已经成了当地的一个大老板。一天，他专门邀请合作方和好友喝酒，在酒桌上，张老板站起来说："我们物流公司由小到大，一路走来，既要感谢国家好政策，也要感谢在座各位朋友的大力帮助。希望大家今后一如既往地给予支持！今天聚会主题就只有一个：答谢好友多年相助！来，服务员，给我换个大杯，把白酒倒满了！我先带头喝，以表敬意。"

接着大家也跟上喝酒的节奏，各自拿起自己旁边的酒杯，随声附和："好，干了！干了！"

王东平已成为张东海知心的老朋友了，每当有些重要朋友聚会，他都会叫上张东海一同参加。张东海在与王东平参加的一些社交活动中，看到一些民营企业、个体户发展迅速，收入要比自己在国企工资高得多，从内心深处十分羡慕那些成功的创业者。一次，张东海与王东平参加朋友聚会结束后，在同车回家的路上，他对王东平感慨地说："东平兄，这段儿时间我可没少参加你朋友组织的聚会，我发现你的朋友全都是做大生意的，个个有钱，财大气粗，让我增长见识啊！"

"是呀，我是个做生意的，认识的朋友大多是做生意的也不奇怪。有的老板，比如准备开全国连锁酒店的黄老板，原来也在体制内上班，前些年赶上下海潮，敢于辞职下海吃螃蟹！"王东平连忙说。

"我很佩服这些人当年的勇气啊！"张东海感慨地说。

"国家改革开放已经好多年了，这些年一路走来，我感到人无论在哪个行业工作，都要积极主动适应社会形势的发展，敢于和善于抓住机遇，乘势而为。有句话叫，机遇都是为有准备的人而准备的……"

张东海听后，笑了笑说："东平兄说的好，这都是经验之谈，您很善于总结啊！这段时间，我看到有一些人放弃体制内稳定的工作来京都发展，而且创业很成功，说实话对我现在工作的态度影响还是很大的。"

王东平听到张东海说到这里，连忙问："东海，你是不是也想有一天放弃体制内工作，出来自己创业呀？"

张东海笑了笑说："也不全是，现在还没有考虑好，我只是觉得很佩服那些敢于吃螃蟹的人。"

"不过，我倒是认为如果有合适机会，你真可以考虑自己创业……"王东平很赞同张东海找到合适机会进行创业。

"让我再考虑考虑，不过我要想下海创业了，到时你可要多从物力、财力等方面支持我啊！"

"没问题！这是必须的，谁让你是我好兄弟呢！"王东平快速地回答。

说来话巧，正当张东海受社会创业潮的影响，思考假如自己创业应该怎么办时，一天，在办公室上班空隙听几个同事聊天，有个同事低声说道："我们集团公司二分公司的王金全副经理上周辞职下海了。"

"啊，我上个月在集团开会时还遇见他呢！他下海干什么？"一个同事惊诧地问。

"听说去跟别人合作开家政服务公司了。"一名同事回答。

"是啊，现在国家改革开放政策好，各行各业都充满发展机遇。人各有志，现在是个创业的好时代，也是一个追梦的好时代呀！近两三年，我们集团至少有六、七个辞职下海经商的。"一个年长的同事颇有感触地对大家说。

张东海边听大家说，边想到周围下海经商、当老板的朋友生活的富足，慢慢萌生了下海经商的想法。

王小虎原来是张东海所在部门的直接领导，3年前他辞职经商，现在创业很成功，被市里评为全市十大创业公司带头人之一。一天，张东海以看望老领导的借口，专程来到王小虎的办公室，向他询问自己创业的想法："王总好，好久没见，但我们大家都一直在关注您。前段时间我们从市电视新闻里看到您被市里评为全市十大创业公司带头人之一，作为老单位的同事都为您感到自豪。今天我也是来向您学习取经，想多了解您一些创业的真实感受。"

王小虎清楚张东海的来意，交谈中他对张东海说："每个人的情况各不相同，是否选择创业要从个人家庭、综合能力、人生规划等实际情况出发，不能一概而论。如果条件具备，我是鼓励年轻人自主创业的。但是有一点，如果你真正决定创业，那就得一步一个脚印地向前推进。开弓没有回头箭，无论遇到什么困难，绝不能退缩，绝不能半途而废……"

张东海边听边频频点头……

"东海，今天晚上你下班后有事儿吗？我想请你喝酒，还在老地方，有重要事情想和你商量。"一天下午，钟大伟给张东海打了个电话。

"好呀，肯定是好事儿呗，下班后见。"

钟大伟与张东海两人当天晚上到他们俩常来喝酒的老地方时代情缘酒

吧举杯畅饮。张东海手拿着酒杯，迫不及待地问："大伟，赶快说，有什么好事儿想告诉我？"

"哈哈，也不算是什么好事儿，但肯定是个具有挑战性的事情！"钟大伟先卖了个关子。

"先别卖关子，赶紧说吧！"张东海十分着急地说。

钟大伟看到张东海着急的样子，不忍再拖下去，便对张东海说："我要自己创业了，我准备找个事情自己单干，要做到我的地盘我做主。"

张东海一听创业二字，一下子更加兴奋，一脸严肃地问："啊，自己创业？我没有听错吧？"

钟大伟马上回答："没有听错，就是准备自己创业！"

"你在家电销售店才上班多长时间，怎么突然想自己创业了？你现在辞职了？你知道创业可不是随随便便可以成功的，这可不是闹着玩的。"

"对，我现在已经辞职了。我很感谢这个家电销售店，待了3个月，让我思考了许多东西，也是这个家电销售店逼我早下决心自主创业。"钟大伟与张东海边喝边聊，谈起自己在工厂和当销售员时遇到的不如意，自己的一些改革想法、理念，工作的好的思路，都不被领导认可。张东海很理解钟大伟的经历和心情。

"严格意义上讲，真的不是我主动想创业，只是在江东家电生产厂几年的工作经历，和来到京都这家家电销售店工作的实际体验，让我清醒地认识到：要想将我们所学的知识和青春年华更好地奉献社会、创造更好的人生价值，实现自己的人生梦想，现在我必须自己干，必须走自主创业的道路……"

"好，说得好！谁让我们是爷们儿，说干就干！我全力支持你！来，干一个！"张东海端起酒杯一饮而尽。

张东海自从大学毕业到京都市这家国企集团工作，一直自我要求严格，综合能力素质好，表现突出，集团公司领导有意近期提升他为三分公司的副经理。

"最近我们集团人员流动比较大，马上需要研究提升一些年轻能干的业务骨干补充到管理层，不知道你对人选有何建议？"一天，张东海所在的集团公司王总经理与另一个管人事的领导午饭后在集团大院内，边散步边讨论近期将配备管理人员的事宜。

管人事的领导说："依我看，我们集团有个小伙子不错，平时工作认真负责，能力很强，工作业绩突出，人缘也好。"

"哦，我知道了，你说的是张东海？这个小伙子确实不错。"

"对，我说的就是张东海，看来对表现优秀的员工，我们大家看法是一致的。"这位领导笑着说。

一个周末，钟大伟买了几个小菜，在自己租来的不足12平米的小屋请张东海喝酒，详细谈了自己的创业想法："东海，今天我想跟你谈谈我的具体创业思路，不对的地方，希望你指出来，我们一块儿商量。我下一步想创立公司，先从做家电加盟销售商开始，然后再进行家电的自主研发，逐步走上连锁销售与自主研发并举之路。"

"你的这些想法很好，特别是跟我们上大学时所学的专业贴得很近，再加上你有在大型家电生产厂管理经验和一线城市家电销售店的实践经验，自主创业办公司，坚持家电连锁销售与自主研发并举，一定会成功，来，干一杯，我全力支持你！"张东海表示认同。

"你说得很对，创业如同打仗。要想打个漂亮仗，我们必须坚持理论联系实际。我这个创业制胜的法宝就是有我们大学四年的业务专攻，再加上我在工厂和销售店工作的实践经验。"钟大伟坚定地说。

"世界上有些事情就是巧，在创业方面我们可能想一块儿去了。近段时间我受外界多种因素的影响，也正在思考自主创业的事情，但没有想到你的行动还是比我快了一步。其实，我自己一直有个梦想，想自己创业，但一直没有寻找到合适的机会。"张东海将自己内心的想法告诉了钟大伟。

听张东海这么一说，钟大伟也很受鼓舞，十分高兴地说："这真是英雄所见略同呀！但是不知道你如果创业，具体想做什么？"

"我现在对创业还处于思考和初步规划阶段，不像你思考得这么充分。我认为你的创业思路非常好。"张东海回答道。

钟大伟听张东海这么一说，知道他想创业还没有找到合适的方向，就连忙说："东海，我说要么这样子，干脆我们联手一起干得了。如果我们两人联手，肯定会产生 1+1 大于 2 的效果，创业更没有理由不成功！如果你真觉得我现在这个创业方向是对的，希望你早作决定！"

张东海愉快地答应钟大伟的邀请："好，我们一起干！我近日就找机会向集团领导提出辞职……"

辞职报告

尊敬的集团公司领导：

人生不同阶段有不同的梦想追求，经过近段时间的冷静思考，我决定辞职到社会上闯一闯，实现自己的创业梦想。恳请批准同意。我从大学毕业到现在，在集团公司已经度过 4 个春秋，在我人生第一份工作即将画上句号之际，对领导和同事对我的关心和帮助表示衷心感谢……

张东海在宿舍边回顾几年来的工作，边写辞职报告。

一天，张东海看到他所在集团领导王总经理独自一人在办公室，就趁机向他提交辞职报告，他对王总经理说："王总，我准备辞职了，这是我的辞职报告。"

王总经理一听，感到事发突然，想到张东海平时工作认真负责，与领导和同事相处得都很好，是集团难得的年轻业务骨干，一下子站起来，十分诧异地说："东海，我没有听错吧，你要辞职？你不是对我和公司有什么意见吧？如果有，你就尽管说，我们会立刻纠正的，总之，我是不希望你辞职。你要知道你是我们集团公司下一步重点培养的年轻业务骨干管理人才，望你再冷静考虑一下，不要轻易下结论。"王总经理极力挽留。

"王总经理，谢谢您对我多年的教育培养，感谢领导对我的信任。但是我已决定去创业……"张东海表明了自己想辞职的坚定立场。

"你这么多年一直表现优秀，现在集团公司领导正准备上会研究，计划提拔你为集团第三分公司的副总经理呢！"

张东海听了此话，紧皱眉头沉思了一会儿，心情很复杂地说："我还是首先要感谢集团对我的培养和信任。"

"东海，今天你应该高兴才对。现在集团上下领导和同事都看好你，你在集团将来发展空间会很大，建议你不要再有辞职的想法，留下来继续好好干。"王总经理语重心长地说。

张东海边听王总经理的劝说，边思考钟大伟邀请自己一起创业的事儿，想到男人应该说到做到，既然自己想创业，而且也答应了钟大伟，就不应该反悔，更不能因被集团公司提拔而放弃创业的梦想。沉思许久后，张东海不为升职所动，还是对王经理说："王总，抱歉了，我辞职的决心已定，不会改变。您还是建议集团把三公司副总经理的位置让给其他优秀的员工吧……"

王总经理看到张东海想辞职的决心如此坚定，再劝下去也只是徒劳，一时不知再说什么为好，心情很复杂地说："唉，人各有志，尊重你个人的选择。祝你创业成功，早日实现自己的人生梦想！"

张东海辞职的消息很快传开了，周围有些朋友、同事也不同意他辞去现有很好的工作，担心他放弃美好的前程，万一创业失败怎么办，都纷纷劝他三思而后行。许多同事都在议论："张东海这是怎么了，脑子缺根弦呀，提拔他当公司副经理不干，不知是怎么想的"，"东海是个有自己梦想和追求的人呀！"

面对朋友、同事的劝阻，张东海还是坚持创业的念头不回头。一天，他当着同事的面儿，动情地说："我知道创业会处处充满风险，需要经历重重考验。我知道大家劝我三思，都是为我好，都担心我万一创业失败了怎么办。在这里我想对大家说的是：我现在顾不上那么多了，自主创业这条路我必须坚持走下去，开弓没有回头箭，我一定要闯出自己的一片天……"

钟大伟每天开始马不停蹄地为创业做准备工作。创办家电销售店，首先要解决家电供应链的问题。为了解决这一问题，钟大伟想起了前几个月自己在刘小光店里打工当销售员时认识的京 A 家电大卖场销售总经理高大宽，专门登门拜访高大宽，达成初步合作意向。高大宽对钟大伟的印象很好，十分支持钟大伟创业的想法："大伟，万事开头难，创业更是如此。我认为现在创业就是需要你身上的这种敢闯敢干的劲儿，我看好你！相信你创业一定会成功！机不可失，希望你抓住机遇，赶快行动起来！以后在家电供货上有什么需要我做的，请尽管说，我会尽力帮助你的。"

"谢谢高总的鼓励和支持，希望我们今后能有更多的合作机会！"钟大伟高兴地说。

"东海，今天集团公司正式批准了你的辞职报告，你现在可以办理相关离职手续了。这下子你可自由啦！"王总经理来到办公室告诉张东海。

"好的，谢谢王总！"张东海顺利地办好离职相关手续，与同事们依依不舍地告别……

为了庆贺联手创业，钟大伟与张东海又来到时代情缘酒吧举杯畅饮，展望美好明天。钟大伟与张东海俩人都表现出足够的自信，钟大伟动情地说："我们俩各有优势，一起创业这叫强强联合，我们没有理由不成功！我们一定会成功！来，干一杯！"

"来，干一个！"张东海说完，端起杯子一饮而尽。

张东海放下杯子，接着十分激动地说："大伟，你说得对，我们这叫强强联合，我们没有理由干不好！我们要么不干，一干肯定会比别人干得好！"

　　钟大伟与张东海俩人意犹未尽，在酒吧喝完酒，仿佛还不足够表达俩人的心情，于是他们又去一家卡拉 OK 厅唱歌去了。张东海先唱了一首《春天的故事》："一九七九年，那是一个春天，有一位老人在中国的南海边画了一个圆，神话般地崛起座座城，奇迹般聚起座座金山，春雷啊唤醒了长天内外，春晖啊暖透了大江两岸，啊，中国，中国，你迈开了气壮山河的新步伐……"

　　钟大伟接着唱了一首《走进新时代》："总想对你表白我的心情是多么豪迈，总想对你倾诉我对生活是多么热爱，勤劳勇敢的中国人意气风发走进新时代，啊……我们意气风发走进那新时代……"

7. 筹办公司忙开张

和诚公司正式创立

千头万绪乐观以对

自从钟大伟、张东海俩人联手创业后，钟大伟租来的这间不足 12 平米的小屋便成了创业的办公室，也是他俩每天谈论创业思路、研究落实具体问题的"前沿阵地"和"指挥所"。一天，在这间小屋里，钟大伟与张东海各抒己见，一起研究探讨公司名字的问题。

钟大伟对张东海说："创业首先要成立自己的公司，成立公司首先要起好一个名字。关于给公司起什么名字，我认为首先要将我们的创业理念和努力方向融入其中，赋予这个名字深刻的内涵，无论现在还是将来，最好能够对每个员工都起到激励和引导的作用。东海，公司名字就是我们的奋斗目标和追梦的方向，以名字聚焦我们创办企业的理念和宗旨，以便公司今后赢得更好的发展。"

"大伟，你简直太有才啦！谈得深刻呀！我看起名字就得按照你刚才说的方向去想。"张东海把水杯往桌子上猛然一放，十分赞同地说。

钟大伟连忙接话："这几天我一直在思考给公司起名字的问题，但目前我想到最多的就是'和谐共荣、诚赢未来'这 8 个字，可否能将其作为我们公司今后应该坚持的理念？"

"'和谐共荣、诚赢未来'？这 8 个字有些意思。"张东海嘴里边念着，脑子里边思考字中的含意。

钟大伟对此具体解释道："现在国家提倡建设和谐社会，作为创业人，首先应该想到双赢或多赢，善于以双赢或多赢调动经营中各方面的积极性，让更多的人和企业愿意长期支持我们公司的创新发展，所以，我想到的就是和谐共荣；另外，关于诚赢未来这4个字，就更好理解了。我认为，讲诚信、守信用，是成功创业、赢得社会认可的关键所在。一个不讲诚信的企业是走不远的，也是没有发展前途的。作为时代创业人，我们必须坚持诚信为本，时刻做到诚实对待国家、诚实对待广大客户、诚实对待社会各界，否则，企业是做不大的，创业也是不会成功的！"钟大伟越讲越兴奋，字字句句充满正能量。

张东海听到这儿，情不自禁鼓起掌来，边鼓掌边说："说得好！说得非常到位！看来我们江东科技大学出来的人，真是一个比一个优秀，太有才啦！"

"东海，你不要总随声附和，有什么想法就当面提出来，共同商榷，不允许藏着掖着。"钟大伟认真地对张东海说。

张东海连忙说："我真的没有意见，你讲的全都是我想说的。不过，起名字不能将'和谐共荣、诚赢未来'这8个字全用上。我想了一下，干脆截取'和谐共荣、诚赢未来'这最前边两个字，即提取'和谐共荣'的'和'字，及'诚赢未来'的'诚'字，把公司的名字定为京都和诚技术发展有限公司，以后可简称'和诚公司'或'和诚集团'怎么样？"

钟大伟一听，非常高兴："东海，我们俩真正有才的人应该是你，概括的好，'和诚公司'或'和诚集团'既体现名字的深刻含义，又能让人念起来朗朗上口，好，现在我宣布，新创业的公司叫京都和诚技术发展有限公司，我们一致通过！"

公司名字起好了，钟大伟与张东海开始按照国家工商部门的程序要求，着手正式注册公司。两人通过东拼西凑，各拿出10万元，各占50%的股份，共出资20万元将公司注册登记完毕。钟大伟拿着公司营业执照正副本，仔细打量一番后，对张东海说："从今天起，我们京都和诚技术发展有限公司正式成立了，标志着我们创业的真正开始，这也是见证我们兄弟两人深厚友谊的开始。东海，感谢你对我的信赖和支持！我们身上承担着沉甸甸的责任，包括对国家、对社会、对广大消费者的责任！我们共同努力，加油！"

"李店长吗？上次请你帮助我们租赁京都繁华商业区的店铺，我们想开一家家电销售店，你联系得怎么样啦？"为了抓紧租到心仪的场所，钟大伟又打电话催问房屋租赁中介公司的店长。

"钟先生，您好，我正准备给您打电话呢，您下午有时间吗？在京都北三环时代广场商业区的一个叫时代荣盛商场三层，有一个100平方左右的小店，我看开家电销售店比较合适。我与商场的业主沟通好了，业主和商场有关管理人员下午都在，您如果方便，建议下午抓紧来商谈一下。"

钟大伟马上回答道："好的，有时间，下午3点我们到荣盛商场三层见面详谈，谢谢李店长！"

钟大伟与张东海两人乘坐地铁，在下午3点准时赶到荣盛商场三层，经过与李店长、业主和商场有关管理人员商谈，钟大伟、张东海对这个地点，以及租赁的时间和租金相对比较满意。钟大伟说："虽然这里100平方左右的面积是小了一点，但我们创业刚刚起步，手头上的资金也不是很宽裕，考虑对这个地块比较满意，那我们就把租赁合同签了吧。"

在李店长的安排和监督下，钟大伟与业主和商场顺利签下租赁合同。

钟大伟、张东海都亲自参与装修公司的设计、现场施工等，经过近三个月的简单装修，和诚技术发展有限公司名下的第一家家电销售店已经具备对外营业的条件了。这个小店在荣盛商场三层的电梯口对面，店名就叫和诚电器销售店。这几个大字很醒目，购物者到了三层出电梯就能看得见。

和诚家电销售店装修好了，准备销售的家电产品也进货到店了，主营业务是代销冰箱、空调和洗衣机等家电，挣进货款与销售款中间差价的钱。只要销售人员到位，基本上就可以对外营业了。这时，钟大伟赶紧去人才市场招人，但由于钟大伟、张东海手头资金都不是很充裕，使招聘销售员陷入了两难境地：钱少了人不来，要钱多了，又雇不起。张东海见到钟大伟便问："你怎么就招了两个人？"

钟大伟无奈地说："别提了，现在人才市场凡是有点销售工作经验的人，一般每月工资都得 8000 块左右。可是现在我们手头资金紧张，原计划招聘 5 人，却只能先招 2 名没有销售经验的女员工，与她们签订了三年劳动合同，除缴纳社保外，每人每月 4000 元工资。到时店里人手不够的话，我可以先帮助顶一阵子。"

"你总待在店里怎么能行呢？你还有许多业务需要到外面跑。"张东海连忙说。

"关于招人的事儿，你让我再考虑一下，我想总会有办法解决的。现在门店开业在即，我们两人作个分工，我先主要负责招人和培训；你在京都时间比较长，社会关系比我广，你主要负责找投资人，帮助解决资金困难的问题如何？不过你这个找钱的任务可比我招人和培训难度大的多。现在考验你的时候到了！"钟大伟半开玩笑地说。

"好，遵命！钟总！"张东海也半开玩笑地回答。

钟大伟的胞弟钟二伟，为供钟大伟上学和照顾家庭开支，主动辍学转眼间几年过去了。现在他仍然跟自己的二叔钟友善在外地一个大型砖瓦厂打工，起早贪黑，加班加点打工挣钱还以前家里欠下的外债，来减轻母亲的经济负担。二叔在这个砖瓦厂打工时间更长，是个小包工头，钱挣得要比二伟多一些，为了方便与外界联系，前不久还专门买了一部手机。二伟一直在他手下干活，关系相处的也很好，时不时叔侄俩干完活下班，就到砖瓦厂附近的餐厅小酌几杯。一天，二叔给钟大伟打电话："大伟吗？我是你二叔，你现在干得怎么样？都挺好的吧？我新买了个手机，这是我的手机号，以后更方便联系了。"

"哦，二叔是您啊，我是大伟，您都买手机啦，看样子您没少挣钱啊。我在京都挺好的，您找时间可以来我这里看看。"钟大伟连忙说。

"我和二伟在这边就是干个苦力活，挣个辛苦钱，反正比在老家种地收入要高一些。你可记下我的手机号，有事儿随时联系我。"二叔接着说。

钟大伟说："好的，二叔，您也要多保重身体！再见！"

由于创业之初，手头十分紧张，市场招人也不好招，关键是招到合适的人，工资都要价太高，钟大伟就想到在外地与二叔一起打工的弟弟钟二伟。一天，钟大伟与张东海在讨论工作的时候，想到招人的事儿，他突然说："东海，我还有个弟弟钟二伟，这些年他一直在外地打工。如果弟弟愿意过来，他的工资可以先欠着，等公司经营好了再给他钱也不迟。这样少招一个员工，等于节约一份钱，可以用在其他需要紧急用钱的地方。"

张东海一下子笑起来说："大伟啊大伟，没钱招人，还打起兄弟的主意了。关键是二伟他愿意不愿意啊？"

"愿意不愿意都得让他过来，谁让他是我弟弟，他应该顾全我们创业的大局。"钟大伟武断地回答。

钟二伟这天晚上干完活下班，与二叔俩人又来到砖瓦厂附近的餐厅喝酒。突然钟大伟给二叔打电话："二叔吗？我是大伟，您跟二伟在一起吗？"

"在，二伟现在正和我一起吃晚饭，就在我旁边。你找他有事吗？"

"二叔，我找他有个急事，您让他接一下电话。"

"好的，二伟，大伟的电话，找你的。"二叔顺手将手机给了二伟。

钟大伟在通话中向钟二伟说明了情况，钟二伟爽快地答应了哥哥的邀请。放下电话后二伟将钟大伟这边的情况向二叔了说，二叔也通情达理，马上说："大伟自己能创业是个好事情，万事开头难，你作为弟弟，你不帮他谁帮他，明天你就辞职抓紧赶到大伟那里去。还有，等大伟和你都奋斗出人样来，当大老板了可别把你二叔忘了，到时我去给你们打工。"二叔面带笑容地说。

一天晚上，张东海单独邀请老友王东平在饭馆喝酒吃饭："东平兄，今天我请你吃饭，就是想告诉你一件事情。"

王东平连忙问："什么事情？"

"我从单位辞职了！"

"啊，怎么说辞职就真辞职啦！"

"对呀，你以前不也是鼓励我们抓住机遇下海经商吗？"

"噢，现在开始自主创业了，准备干哪个行业？"

"我的大学同学钟大伟你还记得吗？我们俩人现在开始联手创业了！"

"记得，当然记得，你们准备怎么联手创业？"

"东平兄，我们已经成立了技术发展有限公司，计划先从做家电加盟销售商开始，然后再进行家电的自主研发，逐步走上家电连锁销售与自主研发并举之路，逐步将企业做大做强……"

王东平认真听了张东海对创业的设想和已经做成了的事情，颇有感触地说："你们的创业思路很好，还是年轻人有行动力，说干就干，我佩服呀！"

张东海将酒倒进一个大杯子："东平兄，我先敬你一个，下一步的创业，我还需要你的大力帮助！"说完，张东海一口气将一大杯酒干了。

王东平看此情景，也回敬一大杯酒说："东海，我原来给你说过，你是我的好兄弟。创业是个正事儿，有什么困难你就直说！我看你是不是少一些启动资金呀？"

听了这话，张东海一下子激动地说："看来了解我的还是东平兄你呀，我们现在就是缺少创业启动资金！"

"我现在多的没有，先赞助你们 30 万如何？"王东平连忙说。

"太好了，谢谢东平兄！我再敬你一杯，我喝完，你随意……"

当天晚上，张东海与王东平喝完酒以后，抑制不住心中的喜悦，王东平将他送回到家后，他又打车来到钟大伟的小屋。这时已经凌晨 2 点多，钟大伟在熟睡中被张东海的敲门声吵醒。钟大伟开门，看到张东海大醉的样子，赶紧将他外套脱下，扶到床上躺下。钟大伟又倒了一杯水让张东海喝。张东海喝下水仿佛一下子变得清醒起来："大伟，今天晚上吃饭东平兄已答应先赞助我们 30 万，明天就可以到账！东平兄太够意思了！"

钟大伟高兴地说："这叫雪中送炭呀！难怪你这次喝的这么多。我看就是一个字：值！"

这天晚上，钟大伟与张东海俩人挤在一张小床上，一直聊天聊到天亮，两人不时击掌表示更有信心将企业做大做强。

王清雪是王东平唯一的女儿，她虽然是独生子女，从小受父母传统思想教育，但性格开朗，做事有主见，学习成绩一直很好，大学本科毕业后又考上硕士研究生，暑假回到京都等待开学。王清雪遗传父母的优点，一张瓜子脸，柳叶眉下一双炯炯有神的大眼睛，胖瘦匀称的身材，1.68 米的身高，是一个地地道道的美女。钱晓红是她初中、高中一个班的同学，出生在一个商人家庭，平时风格有些像男孩，性格豪爽，说话做事大大咧咧。暑假她们都回到京都，一天，王清雪专门去闺蜜钱晓红家聊天叙旧。钱晓红在谈到下一步人生规划时说："清雪，我不像你学习上进，还读研究生，我跟老爸、老妈已经讲了，我不打算去找工作上班了，现在国家鼓励大学毕业生自主创业，支持以创业带动就业，我准备自己找机会创业。"

听她一席话后，王清雪感到很受触动，连忙夸奖她说："晓红，一日不见得刮目相看呀，还是你有魄力，不受外界干扰，说干就干，活出自我，厉害！我也要向你学习……"

"东平兄，今天我和东海一起请你小聚，就是当面答谢你对我们和诚公司的支持。没有你的鼎力相助，慷慨出资30万，我们公司就不能如期正常运转，来，东海，我们俩一起敬东平兄一杯！"钟大伟、张东海为庆贺公司正式成立，专门请王东平小聚，3人开怀畅饮，畅谈和展望和诚公司的发展前景。

王清雪从闺蜜钱晓红家里出来，钱晓红与她手挽着手给她送到小区门口。王清雪忙挥手话别："晓红，我走了，你赶紧回去吧，Bye！"

王清雪由于出门时太着急，忘记带家里的门钥匙，当自己回到家门口时，才发觉钥匙忘记带了。说来也巧，当时爸妈都不在家，敲了半天门也没有人答应。于是，王清雪拿起手机拨通父亲王东平的电话。这时，王东平和钟大伟、张东海3人聊天喝酒正在兴奋之际，突然接到女儿王清雪打来的电话："爸爸，我出门忘了带钥匙，妈妈也不在家，现在我进不了家门了！你在哪里？什么时候回家？"

王东平这时酒刚喝到兴奋处，想到离开也不是，不回去吧，女儿又在门口等。很为难地说："忘了带钥匙进不了家门了？我现在在外面吃饭，还要一会儿结束……"

这时钟大伟反应很快，对王东平说："东平兄，你将地址告诉你女儿，让她过来一块儿吃完饭再一起回家呗。"

王东平听钟大伟这么一说，就连忙对女儿说："清雪，我现在吃饭的地方离家也不算远，要么你现在过来一趟吧，吃过晚饭一起回去，我现在把吃饭地点发给你。"

王清雪稍微犹豫了一下说："哦，那好吧，你把地址发过来，我一会儿赶过去。"

王东平通完话放下手机，3人又开始喝起酒来……

王清雪出门打了一辆出租车，根据爸爸发的短信，很快来到聚会的房间，她眼睛扫视了一下大家，然后对王东平说："爸爸，把钥匙给我吧，我先回去了，你们慢用。”

当气质非凡、漂亮大方的王清雪出现，顿时让大家眼前一亮，钟大伟连忙说："先别走，一块儿吃过饭再走吧！"

张东海连忙起身上前邀请王清雪坐下："先坐下，吃过晚饭再走吧！"

王清雪在钟大伟、张东海的劝说下，盛情难却，只好先坐了下来。这时，王东平主动介绍女儿说："这是我的女儿王清雪，今年她本科刚刚毕业，几个月前，又收到京都大学研究生录取通知书，再过两三个月又要去上研究生了。"

"腹有诗书气自华，一看就知道是个高材生。太优秀啦！"张东海赶紧接话。

王清雪无意间的出现，使得参加这次聚会的人格外开心。加上和诚家电销售店即将开业，在这种喜庆的氛围中，钟大伟高兴地说："创业首先要成立自己的公司，成立公司首先要起好一个名字。关于给公司起什么名，我认为首先要将我们的创业理念和努力方向融入其中，赋予这个名字深刻的内涵，无论现在还是将来，最好能够对每个员工都起到激励和引导的作用。那么，我们创业公司今后应该坚持的理念是什么，目前我想到最多的就是'和谐共荣、诚赢未来'这8个字！现在我们的公司名字起好了，也已经注册了。公司的名字就是截取'和谐共荣、诚赢未来'这两个词最前边的这个字，即提取'和谐共荣'的'和'字，及'诚赢未来'的'诚'字，把公司的名字定为：京都和诚技术发展有限公司，以后可简称'和诚公司'或'和诚集团'。公司名字就是我们的奋斗目标和追梦的方向，以名字聚焦我们创办企业的理念和宗旨，以便公司今后赢得更好的发展。俗话说，开弓没有回头箭。公司的正式成立，也意味着我们身上承担着沉甸甸的责任，包括对国家、对社会、对广大消费者的责任……"

钟大伟借机阐述创办企业发展的理念，赢得了大家阵阵掌声，在频频干杯中，也悄悄打动了王清雪的心。眼前的钟大伟拥有高大魁梧的身材，帅气的外表，加上不俗的谈吐，充满朝气、敢想敢做的气概，王清雪顿时被钟大伟这种强大的气场所吸引，她感到心跳加速，觉得这个男人正是自己将来想要找的白马王子。

这次聚会上，钟大伟想到当前因资金紧张正在为招人的事发愁时说道："现在公司运营刚刚起步，头绪繁多，和诚家电销售店开业在即，但由于种种原因，现在销售员工还没有招齐。实在没有办法，前两天我只好将在外地打工的弟弟钟二伟叫过来，先免费帮一阵忙。"

当钟大伟提到自己招人时的困境时，王清雪站起来端杯给钟大伟敬酒："来，我敬你一杯，你很优秀，以后我还要向你多学习。"

"谢谢，谢谢！常联系！"钟大伟礼节性地与王清雪碰了一下杯。

王清雪站在钟大伟旁边，突然说："你现在正需要人，你觉得我怎么样？我给你们当销售员如何？"

"你，你别开玩笑了，你是个高材生，怎么能让你当销售员呢！"钟大伟连忙说。

"我不是开玩笑，我是说真的。这个暑假我愿意到你们公司当义工，就当参加社会实习课了。"王清雪十分认真地说。

自己女儿事先也没有与自己商量，擅自提出暑假去和诚公司打工，坐在旁边的王东平顿时感到很突然，表情极不自然。但碍于大家的情面，也没有当场反对女儿这样去做。

聚会结束了，王清雪坐上父亲王东平的车一同回家。在回家路上，王东平对王清雪在酒桌上突然提出帮助和诚公司当义工的事表示不满："今天都怪我，不应该让你过来就好了。你作为女孩子怎么第一次与钟大伟见面就这么热情，而且还主动提出当销售员，你说话也不动动脑子。你不能真去当义工，权当在酒桌上大家开个玩笑得了！"

"老爸，你思想太保守了点儿吧，我去当义工相当于参加社会实习课有什么不好吗？再说了，我已经答应人家了，怎么能说不去就不去了呢？

人不能言而无信呀！我明天就去！"王清雪却不以为然地对爸爸说。

王东平紧皱眉头生气地说："你今天是怎么啦？我就是不允许你去！现在你要以学业为主。"

钟大伟与钟二伟通话后，钟二伟马上赶到京都。钟大伟将二伟带到自己小屋促膝长谈，回顾兄弟之间的往事，仿佛就在昨天。钟大伟动情地对弟弟说："二伟，你当初为了减轻母亲负担，好让我安心上学，主动辍学外出打工挣钱补贴家用，作为哥哥我首先还是要谢谢你！你是我的好弟弟，你为了咱们这个家作出了巨大牺牲和贡献！"

"哥，这都是过去的事情了，这些是我应该做的，以后不再提此事了。都是因为当时家里实在太穷！"钟二伟连忙说。

钟大伟想到当前自己正在进行的创业，接着又对钟二伟说："二伟，现在你哥被逼无奈走上了创业之路，创业要想成功并不是那么简单，需要方方面面共同努力，形成合力才行。我现在创业正处在起步阶段，头绪繁多，叫你来我这里，你在工作上应该比别的员工，更加严格要求自己，要主动多干活，多锻炼提高自身工作能力，需要你协助渡过创业艰难时期。至于你的工资，可能一时半会儿还给不上你，先等公司运转好了一些再说，谁让我们是亲兄弟，你没有意见吧？"

"我没有意见，听哥的！"钟二伟十分真诚地说。

8. 出师不利火烧眉

公司运营出师不利

多重压力接踵而至

在人员流动密集、消费人群集中的荣盛商场里，三层电梯口对面的和诚电器销售店正式开业了。和诚电器销售店门口还放着友人送的花篮，花篮的飘带上写"开业大吉"字样。钟大伟、张东海等人都在现场，忙于开展开店促销宣传活动，迎来众多消费者前来选购物和观望。

王清雪不顾父亲的反对，说到做到，真的如约赶到和诚家电销售店。她从三层电梯口出来，老远就看到和诚家电销售店，加快脚步走过去。走进店里看到钟大伟正在与消费者互动交流。王清雪就在旁边观望，等钟大伟闲下来时，她面带微笑上前说："钟总好，从今天起我就来你们店里正式上班了，你看我能做些什么？"

钟大伟看到王清雪后愣了一下，半天没有缓过劲儿，有些尴尬地说："啊，你好！不好意思，我以为上次你说的是开玩笑的话呢，没有想到你……"

这时，王清雪打断钟大伟的话说："怎么啦，没有想到我说来真的来了是吗！你要知道，本女子是个讲信用之人。只要我作出的决定，从来都说话算话，决不反悔！"

钟大伟连忙说："从上次聚会我已经看出来了，你确实是一个非常有主见的女生。有个性！相信你今后一定能成就一番大事业！"

王清雪看了钟大伟一眼说："钟总过奖，过奖！"

王清雪的到来，给刚开业的电器销售店仿佛带来了更多的人气。张东海也忙于上前与王清雪打招呼，握住王清雪的手说："清雪你好，欢迎，欢迎！"

钟大伟带着王清雪又一一向店里的员工打招呼，当走到钟二伟面前时，停下脚步向王清雪介绍说："这是钟二伟，也是我的亲弟弟。因为店里开业急需有人帮助做销售，我就让他将上一份工作辞了，来我这儿打工。"

"是呀，你们兄弟俩感情多好呀。为了你，二伟把工作都辞了，你以后当大老板了，可不能忘记你这个兄弟当初的无私帮助啊！"王清雪连忙说。

王清雪说完话，让在场面的人都笑起来，张东海连忙接话茬说："是呀，王清雪说得对，以后等大伟成了大老板了一定不会亏待二伟的，到时我们都会作证……"

王清雪学历高，脑子聪明、反应快，工作态度认真，主动来和诚电器销售店上班后，一点儿没有千金小姐的架子，与钟二伟等销售员一样，穿着工作服热情为顾客服务，主动介绍产品，为店里聚焦越来越多的人气儿。钟大伟对王清雪的表现看在眼里，乐在心里。

一天下班，钟大伟对王清雪说："我看你还真是个人才，现在顾客买东西都喜欢去你这边找你谈价格，高学历知识分子就是不一样呀！如果每个销售员都具备你这样的能力素质和亲和力，我们店里的销售额就不愁上不去。"

这是王清雪来店里上班，第一次听到钟大伟的表扬，心里乐滋滋地说："谢谢钟总的表扬！我们无论学历高低，都应当干什么吆喝什么，干一行、爱一行呀！"

钟大伟借鉴以往在京A家电大卖场当销售员的经验，以开业为契机，组织大家开展低价促销宣传活动，吸引众多消费者前来购买产品，也算得上是赢得了一个开门红。靠赚取进货与卖货的差价，刚开业一周算了下账，觉得销售额还算可以，大家都信心满满。一天，钟大伟高兴地对王清雪说："我们店开业赢得了一个开门红，生意总体不错，这都是与大家的辛勤付出分不开的。我在这里，要特别感谢你，你不愧是销售员中的佼佼者，应该说贡献是最大的！"

王清雪又一次得到钟大伟发自内心的表扬，十分高兴，在工作中干劲更大了……

开家电销售店，要想多营利，其中最重要的是，要保证货源充足，进货价格合理。由于钟大伟手头资金十分紧张，对进货非常发愁。高大宽是京都一家规模比较大的家电产品批发商，为了畅通进货渠道，钟大伟自然想起了以前多次与高大宽打交道的经历。一天，钟大伟又主动登门拜访高大宽，想取得他对自己创业的大力支持。高大宽也热情接待："大伟呀，你现在辞职创业，终于不受刘小光领导了，你自己当老板我看好你！首先祝贺你大胆迈出创业的第一步，相信你开家电销售店一定能大获成功！"

"高总，我们销售店刚开业不久，生意还算不错。但现在是白手起家，我手里的周转资金还不充足，进货严重受影响。"

"大伟，我听出来了，你不就是资金紧张，影响进货量对吗？现在自己出来创业的人，刚开始十有八九周转资金都会紧张的，这个很正常，我非常理解。这样，我们都是生意人，也算是老朋友了，你需要从我们这里进多少货，先付一半钱，另一半可先欠下，一个月内还上即可，你看如何？"高大宽认真地说。

钟大伟想到一个月之内是不是时间有些短，万一钱还不上失去信誉多不好，连忙对高大宽说："高总，对欠下的这一半钱能否再给延长一个月，我保证在两个月内还给你！"

高大宽很理解开始创业的难处，便爽快地答应："没有问题，两个月，就两个月！"

　　家电销售店开业时间不长，找到高大宽刚刚解决好进货渠道的问题，却又赶上全京都市同行之间竞争激烈，相互降价搞促销，利润空间大大压缩，钟大伟一时不知所措。开业没过多久，就遭遇"滑铁卢"，导致电器销量一直上不去，突然造成货物积压，资金回流太慢，时刻面临资金链条断裂等风险。

　　面对商品滞销，钟大伟与张东海两人十分发愁，及时商量对策。张东海说："大伟，这几天我一直悄悄去别家家电销售店，看看别人的销售情况，同时也通过一些朋友，打听到现在销售额好的那些店，都有平时积累的一些像京都机关、事业、企业各大单位作支撑。这些大客户平时一般不会买，但一买就是一个大订单。不像我们店，仅靠顾客上门购买这一条渠道。现在我们应该总结学习借鉴别的店好的经验做法，加强与京都相关大单位的沟通协调，去拉一些购买电器产品的大客户。"

　　钟大伟听了张东海的话频频点头，马上表态说："东海，你刚才说的建议挺好，下一步我们工作的重点就是要向别的销售额高的销售店学习，想方设法去社会上拉一些购买电器产品的大客户……"

　　张东海和钟大伟四处奔波，想方设法去拉一些单位和公司要买商品的大客户，因为社会关系网都还不够熟悉，效果不够明显。

　　张东海通过请人吃饭、登门拜访等方式，利用过去老同事、当地结交的朋友的关系帮助联系大客户。好不容易等到朋友们回话，但他们普遍反馈说："东海，你找有消费需求的大客户的心情我十分理解，但他们购买电器往往时间不固定，有的一年买一次，有的几年也不买一次……"

　　张东海每次也只有耐心地回答："那好吧，只有慢慢等待了！无论怎么说也还要谢谢你主动帮助联系呀！"

　　钟大伟由于刚来京都，在社会交往方面时间还不长，认识的单位和熟人更有限，后来通过在各单位和街道社区等公共宣传栏张贴大客户购买电器优惠广告，时间过了许久，也未见一个人回电话联系。钟大伟在苦苦等待中也陷入了沉思……

投入启动资金不足，再加上商品滞销，造成资金回流速度放缓，给钟大伟与张东海经营带来巨大思想压力。特别是让钟大伟最为难的还有一件事就是，王清雪很快就要离开上研究生了，还要招人来接替她。因为资金短缺，用高薪招高素质的专门销售人才也不现实。一想到此事，钟大伟就夜不能寐。

"你是钟大伟吗？"一天，穿着商场物业管理人员制服的人员来到和诚家电销售店，催交房租费、水电费。

"我是钟大伟，你们要收水电费是吗？"

"是的，我们是商场物业的，你除了交水电费，还有要交的房租费，共计 35000 块，按照合同，你们上周三就应该交了。请你务必在下周三前交上。如果到时不能交上，每天就会收一定的滞纳金。"

"好的，我们争取下周交上……"

由于经营遭到困难，交房租、水电费用等都成了问题，公司运营一下子处于难以为继的状态。

由于资金十分紧张，钟大伟为了节省钱，每天只喝粥、吃馒头，日复一日。为了省钱，钟大伟专门从旧货市场用 30 块钱买了一辆二手自行车，在京都周边，再远路程也不愿意花钱坐公交车、坐地铁，能省则省。张东海对此心里也不好过，但也很无助。一天王清雪主动找到张东海，很关心地问："张总，我发现钟总近日脸色发白，精神也不太好，与员工说话也变少了，是不是公司出现什么问题了？"

张东海深深地叹了一口气说："唉，主要是当前店里经营状况不好，面临周转资金短缺等问题一时都不好解决。钟总之所以脸色发白，精神不太好，都是思想压力太大呀！"

王清雪低头沉思了一下说："是呀，创业当老板不是件容易的事儿，有梦难，圆梦更难呀！"

"你可能不知道，大伟现在为了省钱，每天只喝粥、吃馒头，严重缺乏营养，这样他脸色能好看吗？还有，他为了省钱，专门从旧货市场买了辆二手自行车，他住在京都郊区，平时无论上下班还是跑业务，都骑车去，能省则省……"

王清雪听了张东海这番话，心情一下子变得沉重起来，一时不知该怎么回答……

公司成立以来面临如此困境，王清雪看在眼里，记在心上。特别是钟大伟这种吃苦耐劳精神和勤俭节约意识，深深打动了她。一天，王清雪专门请闺蜜钱晓红出来喝咖啡，主要想向她倾诉对在和诚电器销售店上班的感受和对钟大伟的印象，听听她对自己下一步的建议。王清雪详细讲述了钟大伟当前创业初期的一些表现后，钱晓红马上说："我看出来了，你现在已经被钟大伟那种独特的魅力所吸引，特别是他那种吃苦耐劳精神和勤俭节约意识。"

"是呀！不过这也是当前店里销售遇到困难所逼出来的，我现在真担心如果长时间走不出当前经营的困境，钟大伟咋办？不会到时创业失败了不说，身体也垮掉了吧？"王清雪焦急地说。

钱晓红以一种坚定的语气说："你放心，钟大伟曾经也是个优秀的大学生，又经过多年的社会实践和历练，我的直觉告诉我，对他来讲困难只是暂时的，以后他的创业一定会成功！清雪，我现在也正准备自己创业，你有机会一定帮我引荐认识一下钟大伟这个人，我也要好好向他学习取经呀！"

王清雪听后，仿佛更加坚定了对钟大伟的信心，便双手合十道："我也相信他，但愿如此！有机会我帮你引荐认识一下！"

钱晓红半开玩笑地说："钟大伟是个好男人，我们女人哪个不喜欢？

他这种男人以后在社会上会越来越吃香，你若对他真有想法，可要抓紧啊！"

王清雪听后瞪了钱晓红一眼，有些不好意思地说："讨厌，你又开始贫嘴了……"

钟大伟是个热爱公益事业的人，一天在上班的路上，看到许多人在流动献血宣传车旁边排队献血，他便主动加入献血的队伍，排队等待献血。等到医生给自己抽血时，他对医生说："大夫，我是O型血，属于通用型的，再加上我现在年轻，身体也好，您可以多给抽一些。"

医生看了看钟大伟，发现他脸色并不好，反问道："我看你脸色并不好，身体没有什么毛病吧？献血的事情不能太勉强自己。"

钟大伟连忙解释说："大夫，我最近可能没有休息好，身体没有大碍。您尽管抽吧……"

钟大伟抽完血，意外收到京都血站给的1500元的营养补助费，又骑上自行车赶往和诚电器销售店。

钟大伟抽完血在赶往和诚电器销售店的路上，突然想到马上要交房租和水电费，于是决定赶到商场，先去找物业的领导李经理："李经理，我是商场三楼和诚电器销售店的，今天我是过来交房租和水电费的。不过，我现在店里资金十分紧张，手里只有1500元。我想跟您商量一下，马上交费最后期限就要到了，共计需要交35000元，我先将手里的1500元交上，剩下的等下个月再交如何？"

商场物业管理公司的李经理看了看钟大伟，本想说不行的，突然想到周边认识钟大伟的人都说他人很正直，办事很靠谱，也知道他现在创业初期困难多，便改变态度，十分友善地说："哦，你就是钟大伟，我听过好多人都说过你，你现在刚创业也不容易，那就按你说的办，先交1500元，剩下的等下个月再交吧！"

钟大伟感激地说："谢谢！您放心，下个月一定会交上！"

答应在两个月内支付家电连锁店供货商高大宽剩下的欠款，日期眼看就要到了。钟大伟从商场物业刚返回和诚电器销售店，就接到家电连锁店供货商高大宽的电话："大伟吗？我是高大宽。你现在店里开业生意怎么样？还好吧？"

"高总你好，店里生意还好，不过受销售同行不良竞争的影响，近日销售额一直不见好转，也上不去。"

"我知道家电同行销售竞争激烈，甚至出现一些不良竞争。今天我打电话的意思就是担心你生意受影响，你答应在两个月内还上欠款，时间快要到了。我们虽然是老朋友，但一切都应按生意规则办事，今天就是想要提醒你一下，别忘记按时还款。否则会影响今后我们的合作。"

钟大伟听了，知道按时还款难度十分大，但为了信用，他还是态度明确地说："高总，您放心，我会想尽一切办法将欠的货款还给您……"

钟大伟在公司开业不久，难事接踵而至，就在不知下一步如何更好应对之际，女朋友章晓慧从美国洛杉矶打来国际长途电话。钟大伟向她介绍了公司开业的困局，章晓慧听后不是想替钟大伟想办法解决问题，而是将问题引开，借机再劝钟大伟放弃当下的事情，尽快去美国那边深造或创业，意味深长地说："大伟，你当前遇到的困境可能是老天安排好了，是在提醒你赶快来美国与我工作和生活在一起。现在是你放弃国内工作来美国发展的最佳时机。亲爱的，你一定要把握住时机，我在洛杉矶等你！"然后就将电话挂掉了。

钟大伟与章晓慧通过电话后，心情十分复杂与苦闷，在床上翻来覆去睡不着，联想到当前创业困局和近期发生的一件件意想不到的事情，不敢想下一步会发生什么……

9. 贵人相助忙解围

创业困境贵人鼎力相助

愈加相信坚持就是胜利

　　王清雪看到公司困境，也替钟大伟着急。特别是每当想起闺蜜钱晓红对自己半开玩笑的话："钟大伟是个好男人，我们女人哪个不喜欢？他这种男人以后在社会上会越来越吃香！你若对他真有想法，可要抓紧"，心中便更加对钟大伟充满期望与关心。想到钟大伟当前面临的困境，王清雪思来想去，便约钟大伟下班后到一家咖啡厅喝咖啡，钟大伟愉快地答应了邀请。在咖啡厅，王清雪主动找话题聊天，在两人很快进入一种轻松愉快的谈话氛围不久，王清雪便切入正题，脸色稍显严肃地说："钟总，我们言归正传，你知道我今天邀请你喝咖啡的主要目的是什么吗？"

　　"主要目的？不清楚！不过，我想肯定与我工作有关。"钟大伟笑着说。

　　"是呀，肯定与你工作有关呀！当时我第一次见到你时，听到你对创业思路理得如此清晰，对实现创业梦想如此充满自信，我真的受感染了，否则我不会当场提出来店里帮你当销售员。为此，我回到家里还遭到父亲的坚决反对的。"

　　"这点我清楚，谢谢你当时对我的信任！我也十分佩服你的勇气。"

　　"当我这段时间来店里工作才发现，理想与现实的差距之大让人难以想象。理想固然美好，但现实依然残酷。看到你当前面临一个接一个的困难，不知你对下一步的创业还能不能保持足够的信心？"

　　钟大伟一听到王清雪追问自己对下一步的创业还能不能保持足够的信

心时，马上打断对方，镇定自若地说："俗话说，万事开头难。这是创业办公司不可逾越的阶段，必须坚持初心、勇往无前。我相信办法总会比困难多，相信只要我们大家齐心协力，一定很快会走出困境的，我对我选择创业始终充满信心，绝对不会轻言放弃！"

王清雪连忙说："好，有骨气！既然创业，就不能半途而废。我也相信只要心中有梦想，始终充满信心，就没有战胜不了的困难！"

钟大伟听后，十分认真地说："你说得对，我赞同！任何创业的成功，都离不开自信和较强的执行力。现在创业不成功的多数人，都是因为想得多、行动得少，缺乏应有的坚持和定力。晚上想想千条路，早起继续磨豆腐。只思考不执行等于零，好的开始等于成功的一半，坏的开始等于成功的三分之一，总之一定要开始做才有可能成功，一定要努力去做、去大胆地尝试。只有充满自信和拥有过硬的执行力，才能盼到圆梦的这一天！"

王清雪很赞同钟大伟的观点，对坐在对面让她仰慕已久的这位男人动情地说："我理解你！支持你！如果今后有什么需要我做的，我会竭尽全力！"

面对产品滞销、资金周转不足等压力，钟大伟一时喘不过气来。一天晚上下班，钟大伟独自一人来到门店旁边的成都小吃店，仅点一个凉菜，要一瓶京都当地产的 15 元一瓶的白酒，独自喝酒解闷。

王清雪在下班前早发现钟大伟当天的心情不对，就一直留意他的行踪。发现钟大伟独自喝酒解闷后，王清雪经过思想斗争，来到钟大伟对面坐下。此时，独自喝闷酒的钟大伟看到王清雪突然来到自己的面前，一时不知所措，连忙惊慌地说："你，你，你怎么来这里了？"

"怎么啦，不欢迎呀！我来陪你喝几杯如何？服务员，再拿一个小酒杯过来！"王清雪等服务员把小酒杯拿来后，自己将酒斟满。接着，连忙与钟大伟共喝了 3 杯酒。

看到钟大伟因资金紧张，桌子上仅点一个凉菜，王清雪又向服务员招了一下手说："服务员你过来一下，再帮点几个菜！"

钟大伟连忙说："好，好，再多点几个菜！"

这时，王清雪半开玩笑地说："我现在钱包里的钱肯定比你的多，今天吃小吃我请，下次吃大餐你请！"

王清雪知道钟大伟当前面临的压力，便主动聊一些开心的话题，积极帮他出主意、想办法。钟大伟心情一下子放松下来，在他们即将吃完饭离开前，钟大伟表现出足够自信，坚定地对王清雪说："创业肯定是个艰辛的历程，没有压力和挑战也是不现实的，我早有思想准备。面对这些压力与挑战，我现在正冷静思考如何一步步去化解它，而不是惧怕、回避它！请你相信我，困难只是暂时的，坚持就是胜利……"

王清雪与钟大伟相谈甚欢，晚上 11 点半才回到家。父母都担心她，没有睡觉一直等她回来。王东平看到王清雪开门进来，马上指着墙上的时钟，表情十分严肃地说："现在快夜里 12 点了，你这么晚才回家，干什么去了？"

王清雪在老爸的追问下，将如何陪钟大伟吃饭喝酒的事情全部一一告诉了他："老爸，你别生气，钟大伟现在创业上遇到了一些困难，怕他失去信心，是我主动去开导他的。"

"怕他失去信心，主动开导他？你作为一个女孩子，懂不懂做事的规矩和原则。这么晚了，单独陪一个男人吃饭喝酒成何体统。我不让你去钟大伟店里上班，你不同意，死活要去。现在你如此放肆，真是气死我啦！"王东平十分生气地批评王清雪。

"老爸，我现在已经长大了，已是成年人了，我有我选择社会交往和生活方式的权利。与钟大伟单独接触就不行了吗？你思想不要太僵化、太保守好吗？你放心，你女儿不傻，社会上现在谁也不会轻易骗了我！"说完，王清雪"砰"的一声关上了自己卧室的门，倒床睡觉去了。

王清雪躺在床上，又来回翻身睡不着，眼前全是与钟大伟在一起的镜头。王清雪很认同钟大伟的创业思路，更被钟大伟这种不怕万难、艰苦奋斗、雷厉风行的精神所打动。她在睡觉前自问："与钟大伟在一起有什么错？他不正是我喜欢的这种男人吗？"

和诚电器销售店除了王清雪和钟二伟，当初从人才招聘市场共招聘了5名销售员。由于店里受同行乱降价销售，搞恶性竞争，使得本来销售额比较平稳的店也面临资金链条断裂等风险。这5名销售员，看到店里困境，担心工资和奖金以后没有保证，思想开始出现波动。

张静和王琪这两位女销售员，思想波动最大，两人在工作之余总在一起议论不断，很难再安心工作。张静对王琪说："王琪，现在京都许多大型电器商场都招人，我前两天专门去看了，发的工资都比和诚电器销售店这家小店高，关键是这些大店有实力，抗风险能力也强，不像和诚电路销售店资金紧紧张张，按时发工资都不一定有保证。等过两天这月工资领到手，我就准备辞职到大店去上班。"

"琪姐，你辞职了我也要辞职，我们姐妹俩不能分开！我也跟你一起走！"王琪不假思索地说。

尽管和诚电器销售店资金非常紧张，当月还是按时给员工正常发了工资。张静和王琪二人随便编一些理由正式向钟大伟提出辞职，钟大伟看出她们俩去意已决，再劝也没有多大意义，还是十分关心地对她们说："你们二人都很优秀，在这里工作十分努力，也是我和诚电器销售店第一拨招进来的员工，是我们和诚公司创业起始阶段的历史鉴证者，在此感谢你们对公司的付出与贡献。人各有志，今天你们既然选择离开，那我就在此衷心祝福你们今后一切顺利！"

"谢谢钟总，谢谢钟总！"张静和王琪异口同声道。

钟大伟此刻有些动情，面对自己创业招聘的第一波员工辞职，心里难免有些难过，在与她们两人道别时又连忙补充道："对了，我们相识都是缘分，以后你们若有什么需要和诚公司帮助的你们尽管说！我们会全力帮助的！再者，和诚公司将是一个包容的大家庭，相信很快有做大做强的那一天，我们随时欢迎你们再回来！"

张静和王琪仿佛也被钟大伟发自内心的祝福和承诺所打动，两人又异口同声道："钟总，您是好人，感谢您的照顾！""也祝钟总早日创业成功！"

当给王清雪发工资时，遭到她的断然拒绝："我不要，我来到这里上班不是冲着钱来的。"

钟二伟看到王清雪这月工资先不领，表示十分赞赏。自己也主动找到钟大伟提出这个月先不领，过几个月等公司资金宽松一点再说。

张静和王琪二人的辞职，给和诚公司的运营又增添新的挑战。因公司周转资金困难，没有办法及时招人将空缺补上。为了店面经营正常进行，钟大伟自己亲自接替销售的工作，一人干两人的活，与大家一起上下班。有一名销售员小李在店里风趣地对钟大伟说："钟总，你突然当起员工与我们一起面对顾客，我们一下子有些不适应了，你还是去当领导为好，别总在我们身边待着……"

钟大伟也开玩笑地回答："噢，我知道了，你这小子！我在你旁边成监工的了，当然你不自在了，工作你不好意思再偷懒了对吧？当然希望我离开。"

在场的王清雪、钟二伟等人都大笑起来。

"姨妈，我是小雪，上次我给您说的帮助找大客户的事儿，有信儿了吗？您的这位朋友黄总在这家大公司当老板，新办公楼要装修，正是要购买电器的时候。"王清雪给在一家国企任老总的姨妈打电话，询问帮助联系大客户的事情。

姨妈连忙解释道："小雪，我一直帮你盯着，购买电器的事儿上次我跟黄总说过了，他现在到国外考察去了，过一两天就回京都了。等他回来有什么信儿，我第一时间告诉你！你放心！"

"谢谢姨妈，我所在的和诚家电销售店物美价廉，到时您让黄总一定多买这边的电器，机会难得，千万不能让他错过呀！"

"你这个丫头，对姨妈的话还不放心呀！"

"好的，亲爱的姨妈！等事情成了，我请您和妈妈一起吃大餐！"

王清雪给姨妈打完电话，接着又给闺蜜钱晓红打电话："亲爱的，上次跟你说的帮助找购买电器大客户的事情有眉目了没？还需要我做什么吗？"

"小雪，我正准备给你打电话呢。昨天我那个在一家大企业当副总的朋友回话了，他刚好分管后勤，他说他单位现在又新建一个办公区，马上进行内部装修，需要采购大量电器产品，他已经将下一步需要采购电器的计划报到老总那里去了。可能很快会审批下来！"

"啊，太好了！晓红，这件事情全拜托你了，劳驾你多盯紧了！"

"你放心，我肯定会的……"

一分耕耘，一分收获。王清雪积极行动，事先也没有和钟大伟商量，主动利用自己在当地的亲戚朋友关系，终于见到成果。

一天，王清雪在店里正忙于工作，突然接到闺蜜钱晓红打来的电话："小雪，告诉你一个好消息，刚才我那个朋友唐总回电话了，说他上报的企业购买电器计划公司已正式审批同意了，马上就可以与你们和诚电器销售店洽谈了。"

王清雪听后，激动地说："晓红，你帮了个大忙，对于和诚电器销售店来说，简直太及时了！你让唐总马上与我联系吧……"

王清雪接完钱晓红的电话，抑制不住内心的喜悦之情，快步跑到钟大伟跟前，告诉了他这一天大的喜讯。钟大伟听后，露出久违的笑容，开心地说："清雪，我没有看出来，你的人脉关系很广呀，等这个大订单做下来后我好好奖励奖励你！"

王清雪听了钟大伟表扬的话，心里美滋滋的，正准备回应时，她的手机又响了，她一看是姨妈打来的。这时，她低声对钟大伟说，是我姨妈打来的，没准儿又给带来好消息了，说完王清雪就接通了姨妈的电话："小雪呀，姨妈告诉你一个好消息，黄总从国外考察回来了，他已经同意采购和诚电器了，他已安排企业下面的负责人跟我联系了。这可是个大订单，到时你别忘了请我吃大餐呀。"

王清雪听了后十分激动："太好了，太好了！姨妈，亲爱的，您等着到时我请您吃大餐呀！我先挂了姨妈！"

王清雪挂了姨妈的电话，心情十分激动，连忙与钟大伟击掌，连声说："好了，我们胜利了！我们胜利了！"

紧接着，王清雪通过姨妈和钱晓红拉到的这两家大客户陆续派人来和诚家电销售店采购大量电器产品。这两个大订单，一下采购冰箱、空调和洗衣机等家电1200多件，共约2600多万元。经核算，纯利润达520多万元。

王清雪的母亲还有个在京都做酒店大生意的弟弟，经济实力雄厚，在圈内影响力大。为缓解钟大伟当前的经济压力，王清雪想到了她这个有钱的舅舅。一个周末，王清雪专门去舅舅家看望他。舅舅看到王清雪来家里，想到几年也见不到她一面，感到很稀奇地说："小雪，今天你怎么来了？你可是个大忙人呀！我们又有几年没有见面了吧？你肯定有什么事情找我。"

王清雪为了借钱，讲究说话技巧，连忙套近乎，有些撒娇地说："舅舅是个大老板，见过大世面，世上有什么事儿都瞒得过舅舅的眼力。是呀舅舅，您猜对了，今天我就是无事不登三宝殿，如果您不答应我，我可一直住在您家不走了！"

舅舅一听，大声笑道："你这个丫头，有什么事儿赶快说，舅舅能帮的一定帮！"

王清雪将她在和诚公司的事情全部告诉了舅舅，说自己和钟大伟一起创业，急需创业启动资金。舅舅作为有钱的商人，同时他本人十分支持年轻人创业，于是便答应先供给王清雪50万创业启动资金。借到了钱，王清雪心情十分高兴，在与舅舅告别时激动地说："还是舅舅最了解我、支持我、疼爱我，有了您这50万，将会为我们创业创造奇迹！舅舅，等我创业成功了，我会加倍还您的……"

王清雪回到店里上班，第一时间将从舅舅手里借出50万元创业启动资金的事情告诉了钟大伟，再一次让他刮目相看，既感激又佩服的对王清雪说："你这个小姑娘看不出来呀，怎么会有这么大的能耐？你为什么要这样如此认真帮我？如果我创业失败钱都还不上来咋办？"王清雪撒娇地说："我也不知道为什么，就是想帮帮你，谁让你一下把摊子铺这么大的……"

"来，东海，我们俩先把酒倒满了！一块儿敬清雪一杯！"钟大伟、张东海为了答谢王清雪的无私相助，一天晚上专门安排在饭馆3人小聚。

张东海马上说："好，清雪是我们和诚公司的大贵人，我们应该多敬几杯，以表达对大贵人的感谢之情呀！"

王清雪看到两个男人对自己如此重视和感谢，顿时觉得前段时间为和诚公司所做的一切都值了，微笑地对他们说："你们不用太客气，这都是我自愿和应该做的，来日方长，大家不必总挂在嘴上……"

自从钟大伟从京A家电大卖场辞职后，大卖场的生意就一天比一天惨淡，作为店经理的刘小光干着急也没办法。一天，他去连锁总店进货，无意中从高大宽那里得知钟大伟开店还欠款从高大宽这里进货，他当时十分不悦地对高大宽说："高总，钟大伟在我手下打工3个月，我对他特别了解。他这个人特立独行，鬼点子多，您与他打交道千万要当心。再说了，他现在也开店，自己创品牌，又没有从咱们总店加盟，将是我们最不利的竞争对手，建议今后您断绝与他的合作！"

高大宽边听边思考，不由得觉得刘小光说的似乎有些道理，便对刘小光小声地说："你今后多注意观察钟大伟开店的动向，随时评估对我们加盟店的威胁有多大！"

刘小光表情严肃，连忙配合说："好！对，高总，我问您一下，钟大伟还欠总店多少钱？据我所知，他现在销售量也不怎么大，周转资金十分困难，肯定很难按时归还欠款。到时我们可拿这个说事儿！"

高大宽连忙问："那你的意思是，到时如果钟大伟不能按时还款，就可以收拾他？"

刘小光又笑说："高总，如果钟大伟不按时还款，到时听我的，比如收他高利息，或者强迫他加盟或收购他的门店等，办法多的是……"

正当刘小光与高大宽反复讨论钟大伟之际，高大宽的手机铃声突然响了，一看是钟大伟打来的，高大宽赶忙接电话，让刘小光先不要出声："大伟呀，你好！"

"高总好，我是大伟。今天打电话主要想告诉您，我们马上可以提前几天归还您欠款了！谢谢您当时对我们的大力帮助！"

"不用谢！前几天还听你说周转资金紧张，怎么这么快就有钱啦？"高大宽感到有些意外，连忙反问道。

钟大伟大笑着说："高总，这几天上帝比较偏爱我们，让我们接到几个大单位的大订单，一下子帮我们解围了！"

高大宽接完电话，感到钟大伟还是十分诚实守信。而在一边听的刘小光知道钟大伟有钱可以提前归还高大宽欠款时，脸色一下子沉了下来，为他的下一步计划落空而感到失落……

和诚公司周转资金明显有所改观后，钟大伟为了诚信，还不忘吩咐钟二伟第一时间赶到商场物业，将上个月还没有交完的3万多元房租和水电费交上。物业的领导李经理对钟大伟说："你回去代问你哥好，他是个讲诚信的人，创业不是一件容易的事儿，今后如果在物业上有什么需要我做的，我们会大力支持！"

"谢谢李经理，以后可能少不了给您添麻烦！"

面对销售员工人手少，加上公司运转资金好转起来，一天，钟大伟找到张东海："东海，现在我们手头资金稍微宽松一点了，我们二人下一步还要加强对外联络，需要经常到外跑业务，不能总都拴在和诚电器销售店。你抓紧去人才市场再招几个优秀的销售员。"

张东海听后，连忙说："你说的有道理，近几天我也在思考招人的问题，我马上带着钟二伟，去人才招聘市场一趟，让他帮助把一下关，尽量选一些有销售经验的人。"

张东海与钟二伟一同到人才市场，又挑选了3名有工作经验的销售员入职。和诚电器销售店工作人员齐了，又恢复了当初正常营业状态。

王清雪虽然来和诚公司时间不长，但是这段时间正是创业开好局、起好步的关键时期，她全力以赴、想方设法地帮助很快缓解了和诚公司当前的压力，公司经营状况又慢慢好转起来。张东海来到钟大伟宿舍，钟大伟从街上买来几个小菜，两人喝起酒来。张东海在喝酒中，很有感慨地说："大伟，与其说王清雪贵人相助，不如说你的人格魅力强，对优秀女生有强大的吸引力。王清雪无私地帮助和诚公司，是冲着你来的，你今后一定要好好善待她。"

钟大伟也坦诚地说："清雪是个非常明白事理的女孩，她支持我也等于认同我们的创业理念，如果我们与她长期合作，一定会加速实现我们的创业梦想的。唉，只可惜，她考上研究生，马上要去上学了……"

眼看王清雪开学上研究生的时间快到了，大家没有看出她半点想离开的意思，只看到她与其他员工一起说说笑笑，正常工作的样子。一天，在销售门店里，钟大伟、张东海准备在小办公室开个总结会，回顾创业以来的工作，进一步理清下一步创业思路。张东海在开会前突然提出："大伟，最好把王清雪也叫过来，她是个有思想、有主见的人，我们应该多听听她的意见。"

"你说得有道理，我去把她也叫过来！"钟大伟连忙说道。

王清雪与钟大伟、张东海一起参加了在小办公室召开的创业总结会，在肯定创业所取得的成绩时，钟大伟、张东海都频频提到王清雪，表扬她对公司创业所作出的重大贡献。王清雪在发言中，颇有激情地说："万事开头难。和诚公司创业思路很清晰，也与当今时代发展形势高度契合。只要和诚人敢于追梦，顺应时代，和诚人的创业梦想就没有理由不成功！我看好和诚！支持和诚！"

听了王清雪充满激情的发言，钟大伟、张东海情不自禁地为她鼓掌："说得好，说得好！"

开完会，钟大伟想到王清雪马上要离开和诚公司返回学校上学时，感到十分不舍，感慨道："清雪，你帮了我大忙，真心感谢你！我心里都有数儿。只可惜暑期结束你马上要去上研究生了，若是你能长期留下我们一起创业该多好……"

10. 血气方刚两男儿

创业路突生分歧

两男儿断然分开

钟大伟曾经在刘小光京 A 家电大卖场工作 3 个月，为提高销售管理水平积累了丰富经验。为了扬长避短、吸取教训，让和诚电器销售店逐步走向正轨，钟大伟经与张东海商量后，决定召开全店员工会议，进一步统一大家的思想。会议由张东海主持："今天，是我们和诚电器销售店开店以来召开的第一次全体员工会议，首先请钟总讲话。"

钟大伟接着说："大家都知道，我们和诚公司是个刚成立的新公司。当前我们最重要的任务是将和诚电器销售店开好。如何才能开好这个店，根据以往我的经验，认为最关键的是我们每个员工必须始终信奉顾客至上的理念，特别是对顾客提出的退货、换货等要求，无论是有没有产品质量问题，都要无条件满足他们的要求，以诚信和优质的服务赢得更多客户的满意和支持。我相信只要大家把顾客当作上帝，全心全意为顾客服务好，我们和诚电器销售店就大有可为！就能做大做强……"

钟大伟的讲话引起大家共鸣，在座的全体员工都情不自禁地为他鼓掌。会议结束后，员工们都说："钟总讲得好，服务是第一位的，如果不将顾客服务好，哪有回头客？"

钟大伟在全店员工中倡导顾客至上理念后，和诚电器销售店的信誉越来越好，吸引大量的回头客，使得运营销售额与日俱增。公司初步走出困境，钟大伟第一件事就想到了电器产品自主研发。此时，钟大伟觉得提出自主研发时机已经成熟。一天,钟大伟找张东海商量自主研发的事儿。钟大伟十分认真地对说:"东海,我们倡导顾客至上思想以来,店里销售额一天比一天好,但是我觉得单纯做电器产品销售,赚取差价,对我们来说只是权宜之计,不可持久,必须走自主研发之路。这是我当前做梦都想做的事!"

"大伟,你这个创业总体思路很好,但你要考虑当前企业实际的运营状况。搞自主研发是个慢活儿,是个系统工程,见效也慢,现在我们资金周转十分困难,建议自主研发这件事儿可再等一等。等公司运转资金再宽松一些进行也不迟。"张东海保守地说。

钟大伟是个急性子,一听等一等这 3 个字,马上反驳道:"不行!商场如战场,我们如果不搞自主研发,搞普通代理社会上任何人都容易干!我们作为有专业背景、有抱负的大学生,不应该在自主研发上走在前面吗?现在电器市场竞争日趋激烈,当前靠当代理商,赚差价,虽无太大风险,但要想把企业做强做大,必须走自主研发之路。要逐步将企业由代理商向制造商转变。"

张东海性格也急,考虑到当前和诚公司刚有点起色,就搞这么大的动作,立场坚定地说:"大伟,搞自主研发,现在不行!我反对,坚决反对!"

钟大伟很生气地说:"你反对不反对这事儿都要干!一定要早谋划、早落实,一定要快点干!"

两人互不相让,气氛十分紧张。这场对话,最终以两人互拍桌子,张东海"砰"的一声关上门而收场。

血气方刚两男儿,都为了和诚公司更好发展,因两人在创业思路出现严重分歧,各不相让,大吵了一架,当天晚上各自心情久久不能平静,都躺在床上辗转反侧睡不着。钟大伟回到宿舍虽然对自己因提出自主研发与张东海发生冲突而感到自责，但是当他一想到江东家电生产厂先后两个厂长因经营理念不同，特别是后来的迟厂长因他思想因循守旧，不主张自主创新，导致这家全国知名的家电生产销售大厂在残酷的市场竞争中，一夜间衰败下来，直至破产，顿时又坚定将自主研发走下去的决心。钟大伟躺在床上总是睡不着，原单位不堪回首的破产历史，十分惨痛的教训，像放电影一样一幕幕重现在眼前……这时，他越想越生气，突然一下子从床上坐了起来，联想到当下和诚公司下一步的发展，他心中不禁喃喃自语道："不行，一个公司要想不被时代淘汰，赢得商机，必须坚持走自主创新之路，和诚公司一定要不断抢占科技创新的制高点……"

当天晚上，张东海同钟大伟一样，回到宿舍也迟迟睡不着，想到自己当时对钟大伟的态度也不好，但一想到现在公司刚起步资金十分困难，不宜过早介入自主研发这个花钱的无底洞，担心前功尽弃，顿时觉得自己的坚持是对的。

尽管钟大伟、张东海双方都知道不应该以吵架的态度解决问题，但都各自始终坚持当前自己的观点是最正确的，谁也不会轻易因此让步，使两人关系瞬间陷入一个尴尬期。

钟大伟是个有想法马上就会行动的人，他认定了一定要坚持走电路销售与自主研发并重之路，结合大学所学专业以及在江东家电生产厂时的工作经验，便开始利用休息时间，亲自构思起草家电自主研发计划，包括对自主研发需要的人才、经费等支持，都认真进行了思考。

张东海从大学时期就十分了解钟大伟的脾气，知道他一旦作出决定，如果没有特殊情况，就不会轻易改变。为了和诚公司创业发展大局，张东海还是不想轻易放弃对钟大伟的劝说。于是他想到一个人：王清雪。他认为王清雪没准儿能够说服钟大伟。张东海为此主动找到王清雪，悄悄地对她说："清雪，你也知道前两天，因和诚公司进行自主研发电路的事情，我与大伟发生一点分歧。和诚公司在你的大力帮助下，当前好不容易才运转正常。我担心现在急于搞自主研发，会让成果前功尽弃。现在仅靠我一人想说服他很难，我知道钟大伟对你比较信任，麻烦你好好去劝劝他，先推迟对自主研发的经费投入，等过几年，我们和诚公司名气做大了，有足够钱了，我想那时再专心做电器自主研发也来得及……"

王清雪认真听了张东海的这一番话，觉得说得有一定道理，于是就爽快地答应："没有问题，你说得有道理，等再过一阵子资金雄厚了，再做电器自主研发也不迟，有些事情也是急不得的，我马上找机会劝劝钟总。你放心！"

"钟总，前两天你与张总因自主研发发生分歧的事情店里员工全都知道了。今天我找你单独谈谈，就是想说一说此事。如果你认为我说得对，就听，认为说的不对，也可以不听。我现在想问你一下，你提出所谓的当前就进行自主创新是否有些操之过急？再等一等如何？"王清雪利用下班时间，主动来到钟大伟在和诚电路销售店的小办公室找钟大伟谈话。

"清雪，我没有听错吧，你什么意思？什么操之过急？"钟大伟十分严肃地说。

"钟总，你不要激动。今天我想与你说的是，关于要不要先进行自主研发，我与张总的观点差不多，我认为虽然自主研发、树立自己的品牌，有自己的核心竞争力，是推进和诚公司可持续发展的关键，但是我觉得应该坚持一切从实际情况出发。大家都知道，现在和诚公司刚起步，底子薄，资金还不够充足，先推迟对自主研发的经费投入，等过几年，我们和诚公司名气做大了，有足够钱了，我想这时再专心做电器自主研发也来得及……"王清雪既带有自己的主张，也代替张东海，专门找到钟大伟表明了对自主研发问题的看法，目的就是想劝钟大伟先不要急于推动家电自主研发。

钟大伟等王清雪将自己想说的话讲完后，便语气平和地对她说："清雪，说实话，我比谁都清楚当前和诚公司的现状，既缺钱、又缺人才，创业刚刚起步，还不怎么具备电器研发的基本条件。你和张东海两人都是本着对公司负责、推进公司稳步发展的角度考虑问题的，你们的心情我十分理解。你知道我为什么如此在意和着急自主研发吗？这都与我以前的工作有关。"

"与你以前工作有关？"王清雪有些不解地问道。

"是呀，如果没有以前我在江东家电生产厂的工作经历，现在我也会与你和张东海的想法一样，肯定不会如此急于搞自主研发。你知道当时江东家电生产厂这家全国同行数一数二的知名大厂，为什么在残酷的市场竞争中，一夜间衰败下来，在很短的时间内就破产了？就是因为先后两任厂长因经营理念不同造成的，特别是后来的这位迟厂长他思想因循守旧，不主张自主创新，上任后要求停止自主研发方案，导致同行抢占了家电科技创新的制高点，很快反超了江东家电生产销售厂。我是这家大厂兴衰的亲身见证者，教训十分惨痛，每当回想起江东家电生产销售厂破产的历史，就为此感到无比惋惜。就因为工厂倒闭了，才迫使我来到京都寻找发展机会。当今世界，家电行业的竞争说到底是人才的竞争、科技的竞争，优胜劣汰！我经过深思熟虑之后，现在选择了自己创业。科技创新是第一生产力，和诚公司不能总是简单地重复进货到卖货挣差价这种模式，这只是权宜之计。联想到当下和诚公司下一步的发展，我始终坚信一个公司要想不被时代淘汰，赢得商机，必须坚持走自主创新之路，和诚公司一定要不断抢占科技创新的制高点……"钟大伟详细地向王清雪讲述为什么自己如此要坚持抓紧进行自主研发原因。王清雪边听边思考……

对于电器自主研发，王清雪听了钟大伟、张东海两个人各自的意见后，一下子陷入迷茫，认为两人说的各有各的道理，不知听谁的为好。当天夜里已10点多钟了，她还是忍不住打电话向钱晓红请教："晓红，休息了吗？"

"没有怎么啦，有事儿你说。"

"晓红，你的社会经验比我丰富，我有一个问题想让你帮我分析一下，现在我所在的和诚公司两个创始人，对于当前用不用加快推进电器自主研发的问题，发生严重分歧，我现在不知如何去解围，否则这两个创始人要是真为此闹得太凶，到了无法收场的地步和诚公司就惨啦……"王清雪在电话中将钟大伟、张东海因为自主研发问题发生分歧的前前后后，都告诉了她的闺蜜钱晓红。

钱晓红认真听了王清雪的详细介绍后，建议王清雪："小雪，对于电器自主研发，我认为钟大伟、张东海两个人说的各有各的道理，并没有谁对谁错。这样的事情他们之间会自行妥善解决，只是时间长短的问题。你现在毕竟还不是正式员工，再说了，你马上就要离开了，建议你在这个时候，最好保持中立……"

王清雪想了想，感到钱晓红说得很有道理，便对她说："你的建议让我再考虑一下。好的，晚安！"

张东海周日在宿舍一天没有出门，来回踱步，思考如何解决好与钟大伟之间的分歧问题。这时，王清雪打来电话："张总，我是王清雪。"

"清雪，你好！我正准备等一会儿给打电话呢。对了，你这两天见到钟总了吗？他现在对自主研发的态度有些改变吗？"张东海连忙问道。

"是吗，哎，别提了，我见到钟大伟了，他现在态度依然很坚定，无论我怎么劝，也一点儿没有听出他想改变态度的意思。现在弄得我也左右为难，你们两人各说各的道理，真让我不知下一步该支持谁啦！"王清雪严肃地说。

"我不会让你为难，我会与大伟很快处理好此事的……"王清雪将钟大伟想搞自主研发的坚定立场告诉了张东海，让他又进一步陷入苦闷与思索之中……

张东海几经思索，他认为与钟大伟之间没有谁对谁错的问题，只是创业理念不同罢了。他认为此时与钟大伟分开是最好的选择，自己单干后，一定会干出个名堂给大伟看看，同时还可以证明自己的见解和创业理念是对的。两个都是血气方刚的男人，为了不伤和气，让钟大伟甩开膀子创业，他的主意已定，做出人生一个最痛苦的决定：主动离开和诚公司，自己另谋出路。

第二天，张东海来到和诚家电销售店，在办公室如往常一样，与钟大伟聊天，但是谈的全是社会上当时发生的一些交通、娱乐等新闻事件，谁也不主动提自主研发之事。张东海看到钟大伟当时心情不错，便趁机正式向钟大伟提出辞职的要求："大伟，我今天想正式跟你说一件事儿，我准备辞职。"

"辞职？东海，你辞职？开玩笑吧！"钟大伟没有半点思想准备，顿时愣了一下，十分严肃地说。

"是的，我没有开玩笑，我今天向你正式提出辞职！从现在开始我就不任和诚公司副总经理了。"张东海以一种肯定的语气回答。

"东海，我们既是多年的同学，又是和诚公司创始人，现在公司经营刚刚有点起色你就提出离开，不是因为我主张马上进行家电产品自主研发吧？再说了，我来京都还是你主张让我过来。现在我们好不容易在一起开始创业了，你倒好，怎么说辞职就辞职呢？"钟大伟感到十分困惑，从椅子上站了起来，越说情绪越激动。

"大伟，你别激动，我们都不是小心眼儿的人，我辞职不是全因为自主研发的事儿，我与你之间没有谁对谁错的问题，只是创业理念不同罢了。我们现在都年轻，血气方刚，我离开后，更有利于你甩开膀子创业懂吗？"张东海辞职的主意已定，钟大伟怎么劝他也不会听。

张东海提出辞职后，出于对多年老朋友王东平的尊重，当天晚上给王东平打了一个电话，告诉他自己辞职的消息："东平兄，我从和诚公司那里正式辞职啦……"

"辞职？你与钟大伟是老同学，你还为了能与他一同创业，把你在国企这么稳定的工作都辞了，怎么刚创业说辞职就辞职呢？"王东平有些不太理解地反问道。

王东平在电话中亲口听到张东海说自己已经从和诚公司辞职，感到很惊诧，听了原因后，他也很无奈地说："东海，你知道吗，现在创业最难的不是缺少资金和人才问题，最难的是难以找到志同道合的合伙人。"

张东海连忙解释说："我现在与钟大伟总体上讲还是志同道合的朋友，我对他创业的规划方向是认同的，否则我当时也不会轻易辞职，答应他一起创业。现在只是在用不用急于自主研发问题上想法不同，谁也不会让步。他的性格与我一样，都有个性。我们谁想改变谁都难呀！"

王东平笑了笑说："东海，自主研发投资链条长，见效慢，弄不好会得不偿失。我赞同你的观点，以和诚公司当前状况，这么急于搞自主研发，是很难达到预期目标的。既然现在你与钟大伟在这个问题上已出现严重分歧了，这时选择及时离开也不一定是个坏事儿，总比今后闹出大矛盾再出走要好得多。所以我觉得，既然是这样，早走比晚走好……"

张东海打电话给王东平本来是礼节性的，没有想到王东平还十分赞同自己离开和诚公司独自闯天下，更让自己感到作出的决定是及时正确的。

张东海来到和谐电器销售店收拾好自己的东西，主动将自己负责的一些业务与钟大伟进行交接。钟大伟还是不想张东海离开，紧紧握住张东海的手，强力进行挽留："东海，关于自主研发的事情，我已经想了好几天了，你的观点也有道理。我答应你，我们先暂缓推进。无论是现在还是将来，我们的友谊永远是第一位的。我不能因此伤了我们多年老同学的感情呀！"

张东海也动情地说："大伟，我是最懂你的朋友！你说的对，无论是现在还是将来，我们的友谊永远是第一位的。为了和诚公司下一步能够有更好更快发展，或许我这时选择离开是最正确的，我先走了，祝你和和诚公司一切顺利……"

张东海与钟大伟进行业务交接后，两人相拥而别，钟大伟和全体员工都对他依依不舍，有的含泪将张东海送到电梯口，直至张东海离开……

王东平得知张东海从和诚公司辞职后，心中暗喜。当天晚上，等女儿王清雪回到家便找她谈话，抓住时机劝王清雪不用再去和诚电器销售店上班："小雪，张东海从和诚公司辞职了你知道吗？你知道这意味着什么吗？"

"张东海辞职我知道呀，这意味着什么？"王清雪反问道。

王东平脸色一下子严肃起来，大声说："你还看不出，钟大伟下一步麻烦了，很快就会成为孤家寡人啦！张东海这么优秀的人都不愿意跟他合作了，他这一辞职，就意味着和诚公司离倒闭不远啦！你从明天开始就不用去和诚上班了，好好准备开学上研究生吧！"

王清雪听了父亲这番话，不以为然，十分生气地说："老爸，我看你思想很有问题，张东海辞职看你幸灾乐祸的样子！再说了，你怎么知道张东海一走，和诚公司马上就会倒闭？你这是什么逻辑？在这一点上，我与你的看法恰恰相反，张东海的出走，不但不会让和诚很快倒闭，反而会促进和诚公司的快速发展！不信你走着瞧！"

王东平连忙解释说："好好好，我不跟你多讲，我讲不过你好吧。再说了，下一步和诚公司发展如何关我什么事儿？我的意思就是希望你早点远离钟大伟这个小子，赶紧准备上学！"

王清雪听后，对王东平很不客气地说："老爸，我早跟你讲过多少次了，我已经是成年人，我的事情我做主！唉，以后我的事情你尽量少掺和。"

王东平一听，大怒道："你这个死丫头！真是气死我啦！……"

钟大伟与张东海是大学同睡上下铺的 4 年同学，张东海的突然辞职，让钟大伟一时不知所措，从感情上一时很难接受。钟大伟想到当时为了成立和诚公司时，张东海还东拼西凑拿出 10 万元，马上将钟二伟叫到办公室询问公司资金周转情况："二伟，最近我一直让你在负责公司财务和经营情况统计，我问你，现在我们公司账上能拿出 10 万元吗？"

钟二伟低头稍微想了想说："10 万元，加上这两天的销售额，肯定够。不过，你不是让后天去进货吗？去掉这 10 万可能进货太少了。这 10 万急用吗？再过几天应该会好些。"

钟大伟急忙回答道："肯定有急用！进货的事情过段儿时间再说。你马上去落实一下，准备好 10 万元现金，晚上你跟我一起，去看望张东海一趟！"

钟二伟看到钟大伟很着急的样子，立刻说："好的，我现在就去银行将钱取出来！"

当天晚上 8 点多钟，钟大伟与钟二伟兄弟二人，专程到张东海宿舍来看望张东海，张东海一开门看到他们，马上说："哦，是你们兄弟二人，快进来吧！"

钟大伟看到张东海正在收拾行李，像要马上出远门的样子，连忙问："东海，你收拾行李，这是准备外出呀？"

张东海连忙说："是呀，现在辞职了，一身轻。准备外出一趟，一是看看朋友，二是顺便考察一下市场行情，寻找一下商机。"

钟大伟又深情地说："东海，我真心不希望你离开和诚。但是既然你已经决定了，我只有尊重你的意见和祝福你。希望你能够抓住商机，早日听到你的好消息。今后如果需要我做什么，一定告诉我，别忘了我们是哥们儿！"

张东海连忙说："谢谢大伟，我们永远是哥们儿！"

钟大伟连忙说："东海，你还记得吗，为成立和诚公司你当时东拼西凑拿出 10 万元，今天我已经让二伟准备好带过来了，你一定收下！"

张东海一听钟大伟要将当时成立公司拿出的 10 万元钱退给自己，感到很突然："大伟，你这是怎么啦？我知道现在和诚公司刚成立时间不长，资金非常紧张，你……"

钟大伟连忙打断张东海的话说："东海，你不用说了，我理解你的心情，但我也要为你着想呀！下一步你自己也要创业，要用钱的地方太多了，我不能太自私，不去考虑你的实际情况。这钱你必须收下！"

在一旁边的钟二伟也连忙劝张东海说："东海大哥，你就收下吧，你的经济状况也不太好。"

张东海看到反复推脱也没有用，便感动地说："好！这钱我先收下……"

王东平因张东海从和诚公司辞职，第一时间找到张东海在一饭馆两人小聚。他对张东海说："东海，你现在辞职了，我想钟大伟下一步公司经营很难顺利开展。我也不看好和诚公司的发展，说不定哪天就倒闭了。"

张东海连忙解释说："东平兄，你太低估钟大伟的能力了，和诚公司不会因为我的离开而倒闭，再说了我也不希望和诚倒闭。"

王东平此时有些不解地问："东海，你如此相信钟大伟，为什么还要辞职呢？"

张东海笑了笑说："唉，现在我不想再谈论这个问题，我的离开是我自有考虑，等以后你就会自然明白的。"

王东平连忙说："好，咱们换个话题。对了，东海，和诚公司我还投资 30 万呢，你走后这个问题怎么办？当时我是冲着你创业才资助的。不行，既然你现在辞职了，我马上找钟大伟把这 30 万要回来！"

张东海一听，马上急了："老兄，你千万不能这样做！我人虽然离开了，但我和钟大伟还是好朋友，并不是仇人。再说了，他也是你的朋友呀……"

王东平在张东海的劝说下，最后才打消了此念头："好，我听你的，这笔 30 万资金我先不找他要了！你放心！"

张东海微笑着对王东平说："谢谢东平兄，来，我再敬你一杯！"

张东海走后，钟大伟几天伤心不已，和诚电器销售店全体员工都看在眼里。一天，王清雪主动到钟大伟办公室进行安慰道："张总的离开实在太突然，大家都没有想到。钟总，既然张总走了，你要赶紧振作起来，否则，全体员工的精神状态、工作干劲儿，都更会受影响。"

钟大伟仍十分难受地对王清雪说："东海这个人我最了解，他是个很直率的人，也是个讲情谊顾大局的人，我感到他是在变相支持我而走的，我要把张东海这位挚友的分开作为自己加倍努力的动力，一定要按既定的创业思路，努力把企业做大做强，不辜负东海对我的期望……"

王清雪认真听着钟大伟的话语，时不时点头表示赞同。

11. 屋漏偏逢连阴雨

女友章晓慧提出分手
失恋加困境心情煎熬

章晓慧在美国洛杉矶留学期间，因人长得漂亮，性格活泼，平时也喜欢参加一些美国当地的社交活动，有许多当地的美国男同学经常向章晓慧发求爱邮件、邀请她喝咖啡、送花等，主动示好，想与她谈朋友。面对美国当地众多同学的追求，章晓慧因心中只有钟大伟一个人，一直没有给别人更进一步接近自己的机会，都被她断然拒绝。

一天，章晓慧与同学们上完课独自走在校园里，一位有非洲血统的美国籍男同学阿齐，从她后边追过来，气喘吁吁地说："晓慧，晓慧，我这几天给你发了好几封邮件你都看了吗？你为什么不回复？我是真心喜欢你……"

"阿齐，我再次告诉你，我不喜欢你！我们只是一般同学，我现在以学业为主，再说了，我在国内已有男朋友啦！不可能和你谈恋爱你懂吗？"当章晓慧再次听到阿齐的表白，有些不耐烦了，态度十分坚决，及时给阿齐打发走了。

美国当地一个叫莫力的男同学，也是非常喜欢与章晓慧接触，经常缠着她不放。一次，章晓慧自习课在教室看书做功课，莫力悄悄走过来，迅速在章晓慧旁边的座位坐下，向章晓慧递上一张字条，用英文写道："晓慧，我爱你！今天晚上我想单独请你看电影可以吗？"

章晓慧看完这张字条，抑制不住怒火，当场将字条撕掉扔到了地上，表情十分严肃地说："莫力，请你不要老纠缠我了！"说完，章晓慧拿起书又挪到另一排坐下。

莫力看到章晓慧如此生气，当着许多同学的面，一点儿也不给自己面子，脸一下吓得发白，连忙说："对不起，对不起！我走开！"

说完，莫力灰溜溜地走出了教室。

大卫，是土生土长的美国洛杉矶人，几年前章晓慧刚刚到美国，通过爸爸在美国朋友介绍认识并聘请为自己的法律顾问。在美国有什么问题，章晓慧也经常找他咨询和帮助，时间长了，大卫对章晓慧的身世特别是对她出生在中国一个富商家庭，十分感兴趣。大卫虽然主营律师行业，但他还兼顾做一些投资生意，偶尔周转资金紧张还找章晓慧借钱。章晓慧出于大卫是熟人介绍认识的，平时对自己帮助不少，也尽力将钱借给他应急。

这一次，大卫因投资失败，欠下从高利贷市场借的100万美元大额债务，对方紧急催要一时让大卫喘不过气来，他找到自己一个好朋友密发到酒吧喝酒解闷。密发是美国社会一个闲杂人员，游手好闲，没有稳定的工作和收入，通过大卫也认识章晓慧，知道她出生于中国一个富商家庭，经济条件很好，他为大卫早日还下大额债务出了个馊主意，傻笑着说："大卫，这次你要想及时还上你欠下的巨债，我看只有一个人能帮上你的忙。"

大卫连忙问："这个人是谁？"

"从中国来的，章晓慧！"

"章晓慧？不行，这几年我已经从她那里借过很多次了。当然，前几次我借的都是小额的，都按时还她了。不过，我这次欠款缺口比较大，若向她借大额的，恐怕会遭到拒绝。"

"你呀，你借小钱可以，借大额的她肯定会拒绝！因为你在她心目中还没有达到让她足够亲切、放心的地步。"

"密发，你说我怎样才能达到让她足够亲切、放心的地步？"

"我有个办法，你不一定会听的！"

"你说一说，我看是什么好办法。"

这时，密发将头偏向大卫这边，对着他耳朵小声地说："你可以想办法多接触她，早点儿占有她，假装想娶她为妻……"

大卫听后，大笑一声说："哈哈，我已经结婚，而且章晓慧自己也知道。你出的什么馊主意！她就这么容易被骗？不行！"

"大卫，你欠的钱已经超过半个月了，你再不给钱，我们就会采取特殊制裁措施！"高利贷市场又一次派出几个彪形大汉，身上都带着枪，上门找大卫还债。

大卫看到几个彪形大汉很不友好的样子，心里十分恐慌，有些哀求道："对不起，对不起，我马上会想办法将钱还上。放心！"

催债的凶狠狠地问："到底什么时间能够还清？"

大卫沉思一下，又哀求道："都因这次投资考虑不够周全，轻易相信朋友，导致投资失败。为了保证能够还款，再给我两个月的时间如何？你们可将利息再多要一个点可以吗？"

催债的听到大卫说缓两个月，再增加一个点，他们先商量一下说："好，就按你说的办，两个月如果还不还款，我们就不客气啦！走！"

因为急于还债，大卫整天急的焦头烂额。大卫本来不怎么赞成密发帮自己出的馊主意，此时，突然觉得密发这个馊主意真可行。无奈之下，他开始按照计划，以已经离婚又恢复单身为借口，假装想娶章晓慧为妻，频频接近她，以达到骗钱、骗色的目的。

一天，趁章晓慧学校晚上没有安排，心情也不错，大卫和密发约章晓慧一起来到洛杉矶一个酒吧喝酒。大卫喝了几杯酒后，假借酒劲儿谎称："晓慧，今天我想告诉你一个消息，我与我的太太两个月前刚离婚。我现在又恢复单身生活了，我又成了自由人啦！"

章晓慧一听，愣了一下，心想你离婚了与我有什么关系，便说："哦，离婚了。你自己就自由了呗！"

"是呀，我自由了，你在美国想到任何地方我随时可以陪你去。哈哈！"

大卫笑着说。

接下来，大卫和密发边花言巧语，边轮流向章晓慧频频敬酒，一会儿让不胜酒力的章晓慧招架不住了，脸色通红，失去自控力。看到此状，密发对着大卫的耳朵小声地说："大卫，现在章晓慧已经醉了，时机已经成熟，快走！"

大卫和密发趁她头脑不清醒时，将章晓慧送到洛杉矶一间酒店住下。密发对着大卫做个鬼脸说："好，我先走了，我不打扰你们好事儿！"

密发说完转身就走了，将房间的门紧紧锁上了。

章晓慧醉酒后，被送到酒店房间倒在床上就睡，完全失去记忆。大卫坐在旁边仔细观察章晓慧的表情，确认章晓慧熟睡后，便暴露出自己的动机：他迫不及待地将章晓慧的衣服脱个精光，后将自己的衣服脱光，然后……

第二天上午8点多钟，章晓慧终于从醉酒中醒来，发现自己不是躺在学校宿舍的床上，下意识觉得不好，一下子从床上坐起来，看到大卫也在一旁，便急忙问："我这是在哪里？怎么会来到这里？"

"晓慧，你不要惊慌，这是酒店，很安全！"大卫连忙说。

当章晓慧再低头看到自己身上什么衣服都没有穿，一下子明白上了大卫的圈套，想到自己的女儿身就这样被这个黄头发的老外给糟蹋了，当下疯狂起来，她情绪失控，恼怒地骂道："大卫，你这个王八蛋！你欺骗我对你的信任！你害了我，我要报警！我要报警！"

在大卫多次请求下，才慢慢让章晓慧平静下来。

大卫与章晓慧发生性关系后，给章晓慧心理带来巨大创伤，章晓慧每天晚上都会做噩梦，联想醉酒后发生的一幕幕，就会突然惊醒。发生此事后，最让章晓慧难过的是，她认为最对不起她心爱的男朋友钟大伟。每当再次想到钟大伟，章晓慧总是以泪洗面、伤心不已。

密发游手好闲惯了，在社会又突然想做起倒卖毒品生意，由于需要帮手，他知道大卫急于用钱，于是一天又找到大卫说："大卫，我们是多年的老朋友了，请你相信，只要你配合我，我保证在一两个月内能将你欠下高利贷市场的钱还上。你找章晓慧借钱，万一她不借，这也是一个方案对吧？"

大卫听了觉得有一定道理，为了着急还钱，他虽然作为律师，知道这样违法，但是此时也顾不上倒卖毒品是犯罪，便答应说："好，我配合你！你千万不能出卖我！"

大卫为了着急还高利贷，便开始一边哄骗章晓慧借钱，一边以一种侥幸心理伙同密发做起了倒卖毒品的生意。

很有戏剧性的是，当大卫与章晓慧发生性关系后，大卫进一步表现出很听话、很爱她的样子，争取得到她的原谅。章晓慧一个女人，远在异国他乡，在大卫"爱"的包围下，渐渐对大卫产生了一种依赖感。章晓慧想到多次打电话给钟大伟让他来美国一同创业都遭到拒绝，心里突然觉得冰冷。此时，章晓慧或许处于无奈，便答应与大卫继续交往。大卫看到章晓慧情绪逐渐趋于稳定，便把章晓慧带回自己租住的房子里，亲手做西餐给章晓慧吃。大卫趁机骗章晓慧说："亲爱的，以后这里就是我们俩共同的家！"

章晓慧连忙说："你是不是又在骗人？"

大卫装出一副认真的样子说："不会的，这里就是我们共同的家！我除了当律师，现在正搞创业基金投资，等以后发大财了，我们小日子会越过越好的！"

章晓慧接着说："你平时不是当律师吗？怎么还搞创业基金投资？"

大卫连忙解释道："你知道吗，当前在美国搞创业基金投资，帮助千千万万个有创业需求的人去创业，美国政府是大力支持的，因此投资回报也非常高。我现在在投资上，还需要 100 万美元，你能否从你父亲那里帮我借一下？反正我们都是一家人，我的成功也是你的成功……"

正在章晓慧犹豫如何回答大卫借钱的问题时，突然听到外面有人敲门。当大卫将门打开后，看到当地五六个警察在门口，他们出示警察证件后，严肃地问："你是大卫吗？"

大卫惊恐地说："警官，我，我是大卫……找我有事吗？"

接下来，一位警官严肃地说："你涉嫌贩毒已被批准逮捕，先搜查完房间，再到警察局接受进一步审查！"

另外几个警察开始仔细搜查房间的每个角落，没过多久，一个警察突然从床下面搜出一大包毒："报告长官，这里发现有隐藏的毒品……"

章晓慧在现场亲眼看到警察抓捕大卫的前前后后，回到宿舍开始更加责怪自己人际交往经验不足，悔恨交往不慎，致使自己犯下人生一个又一个错误。

或许章晓慧这段时间经历的坎坷太多，经过多天的调适，仿佛一下子变得成熟起来。章晓慧硕士毕业后仍不打算回国，决定先在美国就业，在美国洛杉矶入股一家国际家电品牌代理商，担任业务主管。想到自己不可能一时回到中国，特别是想到自己的遭遇，十分对不起心爱多年的男朋友钟大伟，经过多天思想斗争，终于决定主动提出与钟大伟分手。

这一天下午，钟大伟在和诚电器销售店快下班的时候，突然接到章晓慧从美国打来的电话："晓慧，好久没有听到你声音了，怎么样？你现在在洛杉矶还好吧？"

章晓慧听到钟大伟的声音，感到无比亲切，但一想到她这段时间在洛杉矶发生的一些烦心事儿，心情顿时沉重起来，停了好久，才低声说："你过得还好吗？你今后不用管我了，我只要你过得好就行。"

"我还好，就是和诚公司刚刚运营，头绪还有些乱，工作忙一些。我听到声音不对劲，你怎么啦晓慧？"钟大伟感觉到章晓慧情绪低落，连忙追问。

章晓慧听到钟大伟的声音几次想哭都强忍下来，又以十分复杂的心情对钟大伟说："大伟，我来到美国就一直期望你能早点过来，我们一起生活、一起创业。可是我已经等你好几年了，现在我硕士已经毕业了，我要在这里上班了，你迟迟下不了决心，现在我也不怪你了！为了我们各自前程着想，我已经下定决心与你分手，以后我不会再打扰你了。祝你今后工作、生活顺利！祝你早日找到一个好妻子……"

在国内突然接到章晓慧提出分手的电话，钟大伟一时不知所措，不知怎么回答对方，拿着电话许久，才慢慢将电话挂了。

章晓慧打完分手电话后，想到与钟大伟在大学 4 年相处的点点滴滴，独自一人在宿舍失声痛哭……

钟大伟挂断这个分手电话后，在办公室回想他与章晓慧的大学时光、相处的点点滴滴，想到她这么优秀而不嫌弃自己是个贫苦农民孩子出身，愿意与自己交往并对自己帮助有加……现在就这么分手了，感到伤心不已，也情不自禁地泪流满面。此时，钟二伟因销售价格的事情准备进门请示一下哥哥，一进门发现钟大伟如此状况，感到很突然，十分担心地问："哥，你这是怎么啦？到底发生什么事情啦？需要我做什么吗？"

"我没事儿，你赶快出去！我要静一静！"钟大伟情绪很低落，大声让钟二伟出去。

钟二伟回到自己的工位上，表情严肃，一直在想哥哥今天是怎么了，到底发生什么事情让他如此伤心和难过？从小到大，第一次看见他如此伤心和难过，思来想去，总觉得有些费解。

王清雪与钟二伟的工位紧挨在一起，看到钟二伟从钟大伟办公室出来后情绪有些反常，便小声问："二伟，你今天是怎么啦？感觉你情绪有些不对劲儿呀？"

钟二伟叹了一口气说："唉，刚才我去哥办公室，发现他脸色不对，一副十分伤心的样子。"

王清雪连忙问:"他为什么会这样子,你没有问他发生什么事儿了吗?"

钟二伟摇了摇头说:"我问了,刚一问,他火气更大了,然后我就出来了……"

王清雪从钟二伟这里得知钟大伟下午突然如此伤心和难受,心里暗想,莫非是因为张东海的离开?不对,他亲口对我说过,张东海的出走是在变相支持他而走的,要把张东海这位挚友的分开作为自己加倍努力的动力,不辜负张东海对自己的期望,可以排除这种可能;是因为当前和诚公司经济和工作压力太大?不对,钟大伟是个抗压性极强的人,这点儿压力对他来说应该还不算什么;那是因为什么呢?王清雪一直也没有想明白,但有一点她清楚,肯定是钟大伟当前又遇到另一件让他很意外、很伤心的事儿。出于对钟大伟的关心,于是她开始更加留意钟大伟的一举一动。

当天和诚电器销售店员工全都下班了,王清雪晚走等了一会儿,还没有看到钟大伟从自己的办公室出来,正准备敲门进去看看究竟时,便看到钟大伟走出办公室,低头不看人,拎着手提包径直向商场外边走去。

钟大伟从和诚电器销售店出来后,并没有下班回宿舍,而是独自一人来到一家酒吧,一杯接一杯,喝起闷酒来。

王清雪知道钟大伟今天情绪不对,看到钟大伟从和诚电器销售店出来后,就一直跟着他。她透过窗户看到钟大伟独自喝起闷酒,一杯接一杯,内心也为钟大伟着急。

王清雪在酒吧外边等了一个小时了,看到钟大伟脸色通红,已经快喝醉了,实在忍不住了,便径直走进酒吧来到钟大伟对面坐下。钟大伟喝了一杯酒放下一抬头,看到王清雪出现在自己面前时,愣了一下说:"清雪,你,你怎么会来这里了?"

清雪连忙回答道:"怎么啦?这酒吧你来我不能来呀?"

钟大伟深深地叹了一口气说:"能来,能来,欢迎,欢迎!你可是我们和诚的大贵人。来，我敬你一杯！"

钟大伟边说边给王清雪倒上一杯酒。

王清雪看到钟大伟酒已经喝得太多，劝道："钟总，酒还是少喝一点。你已经喝了不少了，身体要紧。"

钟大伟连忙说："没关系，我没有喝多。来，再敬你一杯！"

王清雪连陪钟大伟喝了几杯后说："钟总，我看出来了，你今天肯定有心事儿，如果你相信我，不妨讲给我听听，或许我可以帮你出出主意、想想办法。"

钟大伟是一个性情耿直开朗的人，听到王清雪这么一说，又深深地叹了一口气，便将失恋的事情告诉了王清雪："我女朋友今天下午打电话，提出与我分手啦！"

王清雪一听钟大伟是因失恋而伤心，笑了笑，连忙安慰道："哦，今天你生气是因为这个呀！你知道吗，二伟和我都在担心你，怕你出事儿，所以我才跟着你来到酒吧。"

钟大伟连忙解释说："章晓慧是我大学同学，既是我的女朋友，也是我的恩人。她大学毕业后去了美国，一直希望我也能去美国留学和工作。可是我不想离开中国，我一直认为在国内工作、发展比较好。大学毕业回报祖国、回报社会大道理我不多讲了，关键是我老娘在国内、我扶持的贫困儿童也在国内，我要真是出国留学就业了，那他们怎么办？再说了从我所学的专业来讲，也更适合在国内发展。我是个很现实、很注重实际的人，所以，我迟迟没有答应章晓慧，一晃几年过去了，今天她提出分手了，应该说主要责任在我。"

王清雪认真听钟大伟说完，继续安慰道："你的心情我十分理解。过去的事情，就让她过去吧。男子汉大丈夫，能拿得起、放得下才对。和诚公司当前事务繁多，哪件事情都需要你精心把关，千万不能因为失恋而影响创业发展。"

钟大伟感激地说："清雪，你说的有道理。放心，我会尽快调整好心态的。"

这时，王清雪看了看表，已经快夜里 12 点了，马上向服务员招招手说："服务员，过来买一下单！"

王清雪最后扶着钟大伟出门打了一辆出租车，将钟大伟先送回宿舍，然后再回自己家。到家后，看到母亲还没有睡觉，一直在等自己，连忙说："妈，这都凌晨一点多了，您怎么还没有睡呀？"

申贵珍连忙接话说："我和你爸现在都担心你呀，我是睡不着，你爸也刚睡着。最近因为你爸怕你去和诚公司上班实习影响下一步学业，也与你生气好多天了，现在他每天也在我面前提起这件事儿。小雪，我想你爸说的对，他都是为你着想，你可不能因为和诚公司和那个钟大伟影响你的学业呀。"

王清雪一听到妈妈说不能因为和诚公司和钟大伟影响学业，马上打断她说："老妈，都这么晚了，睡吧，先不要提影响学业的事情行吗？"

王清雪说完还没有等妈妈再说话，就走进自己卧室对妈妈说："老妈，晚安！"

然后就将门关上了。

12. 恰如你来我梦中

王清雪弃学遭父亲反对

执意留下联手共同创业

王清雪当初答应实习 1 个月，而现在快 3 个月了。钟大伟虽然非常需要王清雪这样的人才，希望她能够留下来，但是他也清楚，王清雪毕竟是个高材生，王东平从不主张她从商，希望她完成学业能够在体制内谋一份稳定而体面的工作。

看到王清雪还没有半点儿想离开准备上研究生的意思，钟大伟觉得有些反常，为了怕耽误她的学业和美好前程，钟大伟也着急起来。一天，王清雪到钟大伟办公室汇报完工作后，钟大伟专门对王清雪说："清雪，当初你说来我们和诚实习 1 个月，而现在快 3 个月了。虽然我们现在人手紧缺，特别需要你，但是你与别的普通员工不一样，你好不容易考上硕士研究生，建议还是以学业为重，你可以从今天开始不用来我们这里上班了。"

王清雪笑了笑说："钟总，你放心，我自有安排，如果我想上研究生肯定不会耽误的。"

钟大伟连忙说："好，你自己能够安排好就行。你家庭条件好，学习成绩也好。我可不希望因为留下你多工作几天，耽误你的学业，影响你的美好前程呀！"

眼看暑期就要过去了，王清雪因内心喜欢钟大伟，她也想与钟大伟一起创业而迟迟不想离开。一想到马上离开京都市去外地高校上研究生，心里就发愁。

钱晓红知道王清雪马上将要离开京都去外地上研究生了，一天，作为闺蜜的她，突然召集以前关系比较好的十来个中学同学聚会，主题就是庆贺王清雪考上研究生，马上离开京都去上学。大家频频举杯向她庆贺，本应该高兴才对，可她只是在勉强自己笑着应对。同学们感到当天王清雪情绪有点不对，私下议论："清雪是不是今天有什么心事？看起来怎么不是很高兴？""我看也是，她今天心情有点儿不对劲儿……"

在吃饭快结束之际，有一个男同学，现在已经下海当老板，仿佛感到大家聚会交谈还不够尽兴，突然站起来说："清雪是个才女，马上又要上研究生，可喜可贺，今天我们老同学难得一聚，吃完饭我请大家去唱卡拉OK怎么样？"

"好，好！现在就去！""现在就去！"大多数同学赞成道。

在这位男同学的组织下，接下来大家又转场去卡拉OK厅唱歌。大家都在高兴地唱歌，钱晓红将王清雪叫到一边问道："小雪，你今天怎么啦，有什么心事？今天大家都为你而来，你应该高兴才对呀？"

这时，王清雪实在忍不住了，向钱晓红吐了真言："晓红，这几天我已经想好了，我不想去上研究生，我不想离开京都！"

钱晓红一听，十分惊诧地问："你说啥？你决定不去上研究生了？"

王清雪连忙说："是，我决定不去上研究生了，我也要向你学习，去创业！"

钱晓红顿时明白了，笑了笑说："哈哈，我知道了，你不就是舍不得离开钟大伟，有话直说怕啥。就业创业有啥不好，上了硕士，还有博士、博士后，到头来不还要就业创业！我支持你！"

王清雪听钱晓红这么一说，心情仿佛好了许多："你说得对，这回我要做一次真正的自己，我要将创业进行到底！"

这时，钱晓红又追问一句："对了，你说不去上研究生了，你爸妈都同意吗？他们什么意见？"

　　钱晓红这么一问，王清雪刚刚好了一些的心情，一下子又变得沉重起来，表情严肃地说："唉，别提了，现在最让我头疼的就是我爸妈两个老人家了。我虽然现在还没有正式向他们提起这件事儿，但我知道他们二人，特别是我老爸，会百分百反对！所以到现在我还不知该怎样向他们说为好。"

　　钱晓红又连忙说："也不一定，你到时若表示真心不想上了，他们看到你已经下定决心，拿你也没有什么办法了，没准儿就同意了。"

　　王清雪无奈地笑了笑说："这些年，我对老爸老妈的想法太了解了。他们二人都是那种思想比较传统的人，特别是我老爸做了一辈子生意，当了一辈子商人，不想让女承父业，总希望我先以学业为重，等以后读完硕士或博士，到体制内找一份正式体面工作，这样他才觉得有社会地位，出去有面子。"

　　钱晓红听王清雪这么一说，又为王清雪发起愁来："唉，小雪，我看这次你不去读研究生，恐怕很难过你爸妈这道关呀！"

　　王清雪连忙说："是呀，所以我现在无比发愁。特别是我老爸，思想很固执，在他的观点里，始终认为作为一个女孩子，等学业完成后还是到一个体制内正规的单位上班为好，甚至偏激地认为做生意、经商创业都是男人的事情。对于老爸的这些想法，我心知肚明，太清楚不过了。"

　　钱晓红越听越为王清雪发愁，她也不知应该怎么帮助王清雪，便说："小雪，关于你不想读研究生的事情，我们先聊到这儿吧，同学们都在里面唱歌，我们总不进去也不太好。"

　　王清雪与钱晓红一同回到卡拉OK包厢，与同学们唱歌跳舞……

　　马上要开学了，王东平多次提醒王清雪不要再去钟大伟那里上班了，为了不与爸爸发生冲突，王清雪只好表面答应。于是，王清雪与父亲捉起迷藏，趁他不在就悄悄过去上班。一天，晚上 8 点多王东平还没见王清雪回家，专门开车准备到和诚电器销售店看看究竟。

王东平刚一出电梯，正好碰到王清雪与钟大伟在一起等电梯。王清雪也第一时间看到了他，表情十分严肃地说："老爸你怎么来了？"

王东平看到王清雪仍然来店里上班，始终在骗自己，此时十分愤怒，顾不上旁边有人没人，大声道："你是怎么回事儿？你不是答应我，说不来这里上班了吗？你太让我失望了。"

钟大伟看到王东平如此生气，连忙走到他旁边说："东平兄，您别生气，都怪我，我保证不让王清雪明天再上班了。"

王东平以很不友好的表情看了看钟大伟说："钟大伟，如果我女儿是因为你耽误了学业，我和你没完！小雪，咱们回家！"

王清雪看此情况，连忙劝老爸说："老爸，来不来这里上班，是我的决定，与钟大伟没有关系。要怪就怪我，这与他没有关系。"

发生这一幕，正赶上商场下班，怕聚集看热闹的人越来越多，王清雪赶紧拉着爸爸下楼开车回家。在车上，王东平表情十分严肃，王清雪不敢再主动与他说话，父女二人一路沉默无语。但是，一回到家里，王东平想到去商场找王清雪的一幕，开始大发雷霆，指着王清雪说："你这个死丫头，今天你给我丢死人啦！我问你，钟大伟有什么魔法让你如此难离开？他是从山沟里走出来的穷孩子，见过什么大世面？现在市场竞争如此激烈，只有一个好朋友张东海能帮他，但是现在张东海也走了。你以为钟大伟开公司、搞创业，真的能成功？你如果明天还去他那里，我跟你没完！"

王清雪听老爸如此说话，自己也一下子怒火冲天："王东平，我告诉你，你对我有意见可以随时批评，但你对钟大伟这个人没有了解清楚之前，请你不要对他轻易下结论！他是山沟里走出来的穷孩子怎么啦？有什么错吗？"

王东平听到这儿，马上打断她气愤地说："王清雪，你还是我女儿吗？你太过分了，都怪我当初不应该让你与钟大伟见面认识，更后悔当时我答应让你去他那里实习。你明天绝对不能再过去了！"

申贵珍看到父女二人如此动怒，赶紧出面说："好啦，你们有话好好说，都这么大嗓门，也不怕左邻右舍听到笑话！"

王清雪此时情绪接近失控状态："王东平，你不让我明天过去，我明天偏要去！"

王清雪说完就转身进卧室了，"砰"的一声将门关上。

申贵珍劝王东平冷静一些，安抚他的情绪。

王东平到和诚电器销售店大发脾气，表明不想让王清雪再来店里上班后，顿时让钟大伟陷入更加困惑之中。他想到自己虽然非常需要王清雪这样人才，但是和诚公司只是个民营企业，如果耽误她的学业，自己可承担不起影响她美好前程的责任。第二天下午已经快3点了，钟大伟发现王清雪没有正常过来上班，他认为王清雪肯定不会再过来了，想到即使她再过来也要劝她以学业为重，不用再来了。于是，钟大伟松了一口气。

眼看快到下班时间了，正当钟大伟忙于业务时，王清雪匆匆忙忙又来到电器销售店。钟大伟看到后，再次找到王清雪当面提醒她从明天起，就不用再来上班了，劝她要以学业为重。对于钟大伟的劝说，她似乎并不领情，反而情绪激动，控制不住流出了眼泪说："钟大伟，我不听你的，你不要再说啦！你不理解我！"

说完，就气呼呼地跑回家了。这让钟大伟丈二和尚摸不到头脑，不知所措。反问自己："这是怎么了？她怎么如此态度？"

王清雪回家后"砰"的一声关上卧室的门，倒在床上辗转反侧怎么也睡不着，闭上眼睛想到的全是钟大伟英俊潇洒的身影、与时俱进的创业理念和敢闯敢干的那一股子冲劲。经过长时间的思想斗争，她放弃上研究生的态度更加坚决，一心想着与钟大伟一同创业。她实在憋不住，凌晨3点多了，还是打电话将钱晓红从睡梦中叫醒："晓红，我正式下决心不去上研究生了。我要与钟大伟形影不离一起创业……"

王清雪第二天又来上班了，专门将钟大伟从销售门店叫到商场一侧，正式跟他说："大伟，今天我想告诉你，我经过长时间的思考，决定留下来，继续帮助你干活，不知你是否愿意留下我？不过，你愿不愿意我都要留下来。反正，我已决定了，研究生我先不去上了！"

一听这话，钟大伟都不知应该怎么接，一下惊呆了，半天没有反应过来。

王清雪深知如果不去上研究生，肯定过不了父亲这一关。她就先做通妈妈的思想工作，与妈妈套近乎："妈妈，我的好妈妈，我不想上研究生了，你一定要同意，这样我也好在您的身边每天陪伴您……"

王东平从妻子那里得知女儿要放弃学业，表示坚决反对，火冒三丈，立刻敲王清雪卧室的门："小雪，你出来一下，我有话跟你讲！"

王清雪出来装糊涂地问："老爸，今天您怎么了，有什么事儿吗？"

王东平十分生气地说："我坚决反对你放弃学业，从明天开始不允许你再去钟大伟那里上班了！"

王清雪表示反对，气得王东平拿扫帚就要打过去，幸好母亲申贵珍在场及时拉住王东平。王清雪"砰"的一声把门关上并插上门，再也不理睬他。

王清雪执意留下继续当销售员，是钟大伟万万没有想到的，找个时间，钟大伟把王清雪约到了咖啡厅。钟大伟还是劝她去上研究生："虽然现在公司非常需要你，但考虑你的前程和家人的感受，你这样做也给我思想造成莫大的压力。再说了，万一我创业失败如何对你和家人交代……"

王清雪根本听不进去，反而更加生气："你怎么就不多理解和支持我呢?"这回又搞个不欢而散。

王清雪回到家后，发现妈妈早早在等着自己。无论妈妈怎么劝，王清雪就是不答应，对妈妈一再强调："您不用劝了，不用再做无用的功了。这个研究生我肯定不会去上的。创业有什么不好，我的同学钱晓红今年本科毕业，不也自己创业了吗? 我就要和钟大伟一起创业……"

王清雪执意留下，全身心投入工作中，一心甘当钟大伟创业的坚强支持者、参与者。店里员工议论："考上硕士研究生不去上，专门到这里当销售员，脑子是不是有病呀。""唉，常言说的好，爱情的力量是伟大的"。

钟大伟深知王清雪顶住家里这么大的压力决定留下来，帮助自己创业，内心充满感激。每天看着王清雪开心在店里上班的样子，钟大伟既感到高兴，又感到有压力，心里总有一种说不出的感受，总觉得一切都像做梦一般。

王清雪留下后，她边工作边对钟大伟进行思想疏导："男子汉大丈夫，应当拿得起放得下，不能因失恋而影响创业的进程，再说了，现在你有什么困难，还有我支持你呢……"

钟大伟在王清雪的细心开导下，很快走出失恋的阴影。

13. 抢占山头攻难关

倾注所有攻难关
孤注一掷搞研发

20 世纪 90 年代，随着我国改革开放和经济建设飞速发展，国家对节能环保越来越重视，国内外各大新闻媒体对此都陆续报道。钟大伟敏感地意识到围绕节能环保对家用电器进行升级改造这项技术的重要性。钟大伟是一个平时喜欢看书学习、研究思考问题的人，特别爱关注国家经济发展等方面的政策和新闻。在公司经济状况紧张的情况下，仍然坚持订阅了几种报纸杂志，及时学习了解国家经济政策走势，加强对家电产品自主创新理论与技术上的研究。即使在店里工作时，也总会趁无顾客购物之机进行看书读报、思考自主研发相关问题。

钟大伟在学习研究的基础上，利用每天晚上休息时间，不断修改完善家电产品自主研发的设计方案。一天，钟大伟拿着自主研发方案，专门听取王清雪的意见和看法，争取获得她的支持："清雪，国家对节能环保越来越重视，不知你关注了没有，近期国内外各大新闻媒体对此都陆续进行了大量报道。当前，随着我国改革开放不断深入发展，国家倡导各行业都要进一步做好节能环保工作。我们就是要围绕节能环保对家用电器进行自主研发，也需要你大力支持。我最近初步起草了关于家电产品自主研发的设计方案，你好好看看，抓紧提出修改意见。"

王清雪边翻看钟大伟的自主研发设计方案边说："我看你是真下功夫写了，方案这么厚。没有问题，我支持你，大胆做吧！你需要我做什么吗？现在关键是我们都不懂技术怎么办？"

钟大伟自信地说："你还不知道吧，我大学时期就是学设计制造及自动化专业的，是有点专业基础的，另外你还不知道吧，我大学毕业第一份工作，就是去江东省山海市通达电器厂上班。虽然短短几年，但我还专门进行过相关产品升级改造方案的设计。"

"太好啦！太好啦！"王清雪高兴地说。

过了几天，为了自主研发，钟大伟紧接着召集王清雪、钟二伟 3 人在办公室开会："今天召集你们俩过来，算是开个非正式的小会。你们知道我想干什么吗？就是想加快推进家电产品自主研发。为确保自主研发工作按计划顺利推进，我经过深思熟虑，决定先成立一个专项自主研发团队。"

王清雪、钟二伟俩人一下子摸不着头脑。钟大伟看着大家迷惑的表情接着说："当前，自主研发的日程十分迫切，这直接关乎我们和诚公司的前途和命运。我们当前为了快点赚些钱，积累一些资本搞销售赚差价，这终究不是长久之计。我们只有主动适应国家政策和市场竞争发展，才能真正有可能把和诚公司做大做强。"

王清雪、钟二伟都认真在听，还不时点头表示赞同。王清雪连忙说："我在销售中，早已发现现在有许多厂家生产的家电产品在节能环保方面技术还不够过关，有的耗电量大不说，还不环保。如果这些厂家还不抓紧进行技术升级改造，等国家再出台家电相关节能环保行业标准，就会被市场淘汰出局。"

钟大伟点了点头，笑着说："对，清雪判断的非常对。如果那些节能环保不达标的厂家，还不抓紧进行技术升级改造，技术含量得不到提升的话，到时肯定会越来越被动。因此，我们的机会来了，我在自主研发上做文章，如果做的顺利，完全有可能实现弯道超车。"

钟二伟很赞同，兴奋地说："哥，我们抓紧，来他个弯道超车！"

钟大伟接下来认真地说："我们创业刚起步，是最困难的时期。人力、物力、财力还都不够好，加上我最信赖的同学张东海也离我而去。你们两位目前都是我最相信和必须依靠的人。二伟是我亲兄弟就不多说了，清雪你既然决定留下来，说明你对我很信任。因此，我们必须携手奋进，把自主研发的事情抓紧推动起来。自主研发团队就先由我们3人组成，我们下一步在不影响销售门店生意的同时，要把主要精力放在自主研发工作上。"

王清雪连忙问："你说，我和二伟下一步应该怎么做？"

钟大伟又笑了笑说："你们不要着急，我正要说这个事儿呢。

我认为搞自主研发，现在有两个重点：一个是要有人才特别是专项人才去攻关；另一个是要一定的资金作支撑。在找人才方面，由我负责，你们不用管了；在筹集资金方面，清雪你在京都当地比我熟悉，亲戚朋友也比我多，发挥你的优势，看看能否找一些社会关系，吸引一些人和公司到我们和诚来投资。"

说到这儿，王清雪点了点头说："好的，谢谢你对我的信任，我尽力去争取！"

此时，钟二伟有些不解地问："那让我在团队干啥？"

钟大伟笑着对钟二伟说："差点儿忘了，团队除了找人才和筹备资金外，事情还多着呢，包括以后日常管理协调、后勤保障、保安等，你都要主动想着点，把事情干明白了。"

钟二伟听后也高兴地答应："好，都听你的！我尽力！"

"晓红，今天想跟你说一个事情，我们和诚公司下一步重点要走家电产品自主研发之路，现在已经成立自主研发团队，我还是成员之一。下一步我的重要任务就是帮助筹集研发资金，你要多帮助宣传和诚公司的创业理念，让更多的人愿意拿出钱投资合作。"王清雪领到筹集资金的任务后，就开始一直思考怎么样才能更好地把任务完成好，每天满脑子都在想怎么筹钱。虽然感到压力大，但她很乐意积极主动去争取。她第一个想到的，就是给闺蜜钱晓红打电话。

"好呀，像电器等制造产业搞自主研发、提高企业核心竞争力，是应对当前激烈市场竞争的关键。说明你们老板很有战略眼光，我看你选择与钟大伟创业合作是完全正确的。"钱晓红本人就是在做投资行业，很赞同和诚搞自主研发。

"那你一定别忘了帮助和诚公司搞融资呀！"王清雪高兴地说。

"好的，我平时给你留意一下，你放心，有消息我告诉你！再见！"钱晓红表示愿意帮忙。

王清雪先后与钱晓红等人联系，积极想办法帮助和诚公司筹集研发资金。

几天过去了，王清雪在销售门店找到钟大伟说："钟总，筹钱的事儿正在联系着，有确切消息再告诉你。对啦，你负责招聘专业人才的事，现在怎么样啦？"

钟大伟笑着说："我也正准备告诉你们呢，也算是个好消息。我近几天突然想起来一个人，如果他能来，也许能帮上我们大忙，我们这个自主研发一定能搞成！"

王清雪很想知道这个人是谁，着急地问："这个人是谁？他愿意来吗？"

钟大伟接着说："他就是我大学毕业后从事第一份工作时，在通达电器厂一块上班的同事，名叫辛光明，平时大家都叫他辛师傅，是电器生产技术员，他工作敬业，业务精湛。我知道他去年与我一块儿下岗了，只是不知道他现在在干什么，愿意不愿意过来。"

王清雪连忙说："辛师傅应该是个难得的有丰富实践经验的技术人才，你现在抓紧打电话联系他，想办法把他请过来。"

钟大伟听了王清雪的话，回到办公室就拿起电话拨通了辛师傅家里的电话："辛师傅吗？你好！最近还好吧？你听出我是谁了吗？我是大伟呀。"

"哦，大伟你好！我自从下岗后，一直待在家里。你怎么样？都挺好的吧？"辛师傅接到钟大伟的电话很高兴。

"辛师傅，今天我打电话有一件事儿想请您帮忙，高薪聘请您为自主研发团队高级顾问，进行家里自主研发……"

"大伟，我们一年多没有联系了，没有想到你现在变化这么大，有思想、有闯劲儿，好呀！现在年轻人就得有一股子冲劲儿。我们已经老了，也要向你学习呀！"

辛师傅当时刚好待业在家，被钟大伟的诚意和创业精神所感动，他马上答应了钟大伟担任自主研发团队高级顾问。

钟大伟挂完电话，快步走到销售门店，无比高兴地对王清雪说："辛师傅愿意来我们这里啦！过两三天他就来京都！"

王清雪和店里员工看到钟大伟如此高兴，都感到很振奋，对和诚公司下一步的发展充满期待。

辛师傅如约而至，钟大伟带上钟二伟一块儿去京都火车站迎接，辛师傅一走出火车店，钟大伟与辛师傅两人先来个大拥抱。钟大伟十分激动地说："辛师傅，您辛苦了！欢迎您来京都。欢迎您加入我们和诚家电自主研发团队，我这几天夜里一直没有睡好觉，就等您来呀！"

"大伟，我们有一年半的时间没有见了吧？我发现你人还是没有变，仍然这么帅……"辛师傅与钟大伟在返回的路上，高兴地说个不停。

辛师傅与钟大伟原来在一起工作时，两人相互理解、相互尊重、相互帮助，关系处得非常好。为表达对辛师傅的敬意和感谢，接到辛师傅的当天晚上，钟大伟组织和诚全体员工，为辛师傅举行了一个温馨而简单的欢迎宴会。钟大伟站起来敬酒时说："今天是个好日子。我们和诚人迎来了技术上的领路人、工作上的好帮手、生活上的好大哥，也是我的老同事辛师傅。辛师傅不仅为人厚道善良，而且技术精湛，从今天起，辛师傅就是我们和诚家电产品自主研发团队顾问，让我们以最热烈的掌声表示欢迎！"

大家报以热烈掌声后，钟大伟又高兴地说："现在我提议，为了辛师傅在和诚能生活开心、工作顺利，也为和诚创新发展，干杯！"

这次聚会也是和诚公司成立以来第一次全体员工聚会，大家相互敬酒，尽显一种和诚人团结合作的精神风貌。

在研发中，辛师傅发挥其独特的实践优势，钟大伟发挥其专业特长和理论优势，两人优势互补、默契配合，整天加班加点一块设计图纸、校正工艺、反复实验等工作，辛苦并快乐着，内心充满期望。

一天，王清雪在销售门店售货，接到闺蜜钱晓红打来的电话："清雪，你上次说的筹集资金的事儿，我一个朋友认识一位姓姜的大老板，这几年抓住机遇做实体经济投资生意发大财了，现在他手头有钱，刚才给我回话了，他对你们公司自主研发很感兴趣，说愿意合作。不过，他说必须还要到公司来实地考察，与公司领导详细了解创业的发展规划等，主要看企业发展前景如何。如果他到时满意，随时可以签订投资合作协议了。"

王清雪十分开心地说："晓红太好了！随时欢迎姜老板过来面谈……"

王清雪与钱晓红通完电话，立刻把这个好消息告诉了钟大伟。钟大伟十分高兴地说："太好了！随时欢迎姜老板过来面谈……"

姜老板在钱晓红的陪同下，来到销售门店实地考察，钟大伟、王清雪、钟二伟等人热情迎接。之后，钟大伟安排姜老板在旁边一个咖啡厅坐下来详谈。当姜老板听完钟大伟的情况介绍特别是和诚公司创业发展理念的介绍，顿时被钟大伟那种敢为人先的精神所打动，立刻表达了投资的意愿，愿意拿钱加强与和诚公司自主研发项目的合作，当场就与和诚公司签订了投资合作协议。

钱晓红陪同姜老板考察，也是第一次见到王清雪三天两头对她提到的钟大伟。钱晓红等考察结束即将上车告别时，专门将王清雪拉到一边说："难怪你连研究生都不去上了，被他迷的神魂颠倒。今天我算明白了！钟大伟这个人实在太帅，而且谈吐得当，有上进心，很有抱负，今后一定会大有前途！你就美吧你！我上车了，你抓紧把他搞定呀。"

王清雪听后，心里美滋滋的，暗想：没错，钟大伟我一定搞定！

钟大伟经与辛师傅商量后，决定家电产品自主研发先从空调做起，图纸和工艺设计好了，也有投资公司投资了一笔研发资金，万事俱备，就等正式生产了。产品的生产是个系统工程，在管理上要求很高。钟大伟正在为招聘这方面的管理人才发愁时，辛师傅找到钟大伟，提出自己的想法："大伟，你还记得你在通达电器上班时我们技术管理监察科的吴科长吗？"

"当然记得，他不是退休了吗？我还是从他这儿接任的科长呢。"

"没错，吴科长现在退休在家，身体状况还好，他在管理上很有一套，水平很高。如果你能请他过来搞管理，他一定会把生产线抓好。"

"好，您提醒得太及时了，我马上就联系吴科长，一定请他出马！"

钟大伟深知产品的生产是个系统工程，在管理上要求高，不能有半点闪失。听从辛师傅的建议，钟大伟决定亲自去山海市一趟，以最大诚意邀请吴科长担任和诚家电产品生产技术管理总监。当钟大伟来到山海市敲开吴科长的家门时，吴科长一看是钟大伟，感到很突然，连忙说："大伟，是你？来来来，快进屋！"

吴科长与钟大伟也几年没有见面了，格外热情，边招呼钟大伟喝茶、吃水果边说："大伟，前两天辛师傅给我打电话了，说通达电器厂倒闭后，你去了京都自主创业了，现在发展不错，我们都为从通达电器厂走出你这个人才感到高兴呀！"

钟大伟连忙说："吴科长，您过奖了，我现在在京都创业才刚刚起步，还差得远呢。虽然我离开通达电器了，但我现在从事的还是家电销售与研发工作，今天我专门从京都来拜访您，就是还想让您出马，能够担任我们和诚家电产品生产技术管理总监，希望您看在我们过去都在通达电器的份上，答应我的这一请求。您可是出色的家电生产行业领导管理人才，希望您继续发挥在家电生产管理方面的优势，为我国家电产品转型升级作出应有贡献呀！"

吴科长想到钟大伟亲自从京都赶到山海市当面邀请他出马，表现出足够的诚意，深受感动，于是很快答应了钟大伟的请求："大伟，我知道你创业刚起步，工作非常忙。你有事儿打个电话给我讲就行了，还大老远专门来山海市一趟。凭这一点我也得答应你。你品学兼优，是个难得的人才，加上你凡事考虑的如此周到，我相信你一定会创业成功的。"

钟大伟听到吴科长答应了，高兴地站起来说："谢谢吴科长，您这两天先在家里收拾一下行李，过两天我们京都见！那我现在就赶回京都了。"

吴科长看到钟大伟提出要马上走，连忙说："大伟，你大老远来一趟，怎么也让我请你吃顿饭喝几杯再走吧？"

钟大伟笑了笑说："不了，我得赶紧回京都把好消息告诉大家。等您来我们和诚公司了，我还要专门您喝酒呢……"

吴科长在电器的设计、生产、维修，特别是管理等环节有实践经验，他来到京都担任和诚家电产品生产技术管理总监后，无疑又将钟大伟创业成功大大向前推进了一步。在钟大伟的授意下，吴科长积极帮助租房、建造生产车间、引进生产设备、采购生产原材料、招聘专业生产员工等，带领员工们加班加点，克服种种管理和技术难题，在短短的几个月，自主研制的第一批"和诚"系列空调顺利生产下线了。此时，吴科长、辛师傅和生产车间全体员工看到自己产品下线，就像看到刚出生的小孩，大家情绪一下子沸腾了："和诚能够研发生产空调了！""和诚可以卖自己生产的空调了！"

生产出来的空调，必须通过政府质检等部门严格的检验，认为产品各项指标达标，领到产品合格证方能上市销售。自主研制的第一批"和诚"系列空调顺利生产下线后，钟大伟主动邀请政府质检等部门的人员对产品进行质量检验，大家都在焦急地等待着质检的结果。当生产出来的空调，顺利通过政府有关质检部门的检验，允许上市销售时，在厂员工情不自禁鼓起掌来。这时，钟大伟和吴科长、辛师傅紧紧拥抱在了一起……

质检部门工作人员好奇地问道："钟总，你在这么短短的时间里，研制出这么好的在全国领先的节能环保型空调，是怎么做到的？"

钟大伟回答道："'和诚'系列空调能够研制成功，除了我们具备专业背景和工匠精神外，重要的一条就是我们和诚人执着的坚持和信心……"

14. 多变的市场形势

同行经营举步维艰

和诚发展一枝独秀

"和诚"系列空调研制成功后，钟大伟又开始考虑如何更好销售的问题。一天，钟大伟将王清雪、钟二伟二人叫到办公室："经过和诚人共同努力，'和诚'系列空调成功研制生产，现在也通过政府有关部门检验，允许上市销售。下一步，我建议将我们自己研制生产的系列空调放在和诚家电销售店混合在一起销售。我交给你们二人一个重要任务，就是在京都再找一个地儿，咱们先开一家和诚空调专卖店，尽早看看市场消费者对我们产品的认可度。"

王清雪听后，十分高兴，幽默地说："这是个好事儿，我和二伟保证能找到一个好地点。再说了，完成选址开店任务，要比拉赞助、找投资商，容易多了。"

王清雪、钟二伟二人马上联系房屋租赁中介公司，请他们帮助在全京都进行店址选择。很快找到让大家都比较满意的一个商业区，开了第一家和诚空调专卖店。

和诚空调专卖店正式开业，虽然也搞了不少开业优惠活动，上门看的顾客也不少，但是总是看的人多，购买的人少。许多顾客对新上市空调的名字没有听说过，对产品质量还不是很放心，每天也卖不了多少台空调。

看到这种情形，王清雪重新调整产品宣传推广方案，突出对"和诚"

系列空调在同行技术领先水平的宣传，特别是围绕节能环保方面的领先优势作广告，有针对性地开展减价促销活动，来店里购买产品的人逐渐多起来，销售量得到大幅提升。看到此景，钟大伟来到和诚空调专卖店，表扬王清雪："清雪，我看你在产品营销宣传方面也是一把好手呀！"

王清雪微笑着说："不是我宣传广告做得好，准确地说是和诚空调产品的科技含量高，节能环保正是国家提倡的，是自主研发的好。如果空调产品质量不好，我再会宣传恐怕也没有用，消费者看中的还是产品的质量。"

钟大伟听了点了点头说："哈哈，那就是你宣传做得好，我们产品的质量更好对吧？自主创新无止境。现在和诚空调的技术研发上只是取得初步的胜利，下一步，我们还要加大研发投入力度，不断提升我们和诚产品的核心竞争力。我们还要共同努力加油！"

20世纪90年代，国际国内经济形势复杂多变，美国等一些西方国家经济危机对我国经济也造成一定冲击，也直接对家电产品的国内外销售产生一定影响，产品价格下跌，经济效益下滑，家电生产和销售行业迎来了最困难的一年。特别是国家加强对家电生产和上市的监管力度，进一步提高了产品质量认证的标准，对不符合国家节能环保认证标准的一律不准上市销售。国内大大小小有许多家电生产厂家因缺乏前瞻性和改革创新精神，受到国际国内经济形势和国家提高产品节能环保认证标准双重影响，经营销售雪上加霜，举步维艰，经常出现倒闭的现象。

面对复杂多变的市场形势，多个家电生产厂家倒闭，市场上一些家电产品代理商日子也不好过。要么进不到符合国家政策标准要求的品牌产品，要么进的产品质量不过关，顾客提出退换货量大大增加。钟大伟原先在京A家电大卖场打工的这家大型家电销售门店也难以幸免，生意变得更不好，特别是顾客提出退换货的人越来越多。店经理刘小光对秦先达发牢骚说："先达，我们店生意本来就不是很好，怎么这么倒霉，什么国际金融危机、什么国家提高产品节能环保认证标准，让我们进到符合国家政策标准要求的品牌产品难，进到了产品销售更难，每天还有顾客总来店里闹着退换货，再这样持续下去几个月，我们店非倒闭不可呀！"

秦先达连忙说："唉，现在家电经营销售生意我看越来越难做了。我们必须尽快转变我们销售服务模式，否则，情况会越来越不好。"

刘小光平时也十分关注同行的经营情况，这时他忽然想起钟大伟，连忙对秦先达说："先达，我们店里的生意不好，你近两天不妨去了解一下钟大伟的店近日生意如何？如果他们在销售管理服务上有什么好的经验做法，我们也好学习借鉴一下……"

反观钟大伟这边，与刘小光家电销售店相比，由于钟大伟有先见之明，具有前瞻性眼光，他提早就开始思考和坚持走自主研发之路，十分符合形势发展需要和国家相关政策要求，这边风景独好。一天，秦先达受刘小光之命以顾客买家电的身份，悄悄来到和诚家电销售店打探究竟。一进门看到与刘小光经营店不一样的景象：来买家电的顾客明显很多，售员服务态度也好，顾客都在排队结账，两三个收银员忙个不停。秦先达看到与刘小光经营店形成鲜明对比的这种场景，顿时感到惊叹。秦先达为了解顾客对和诚家电销售店的看法，还专门在店外，主动找刚刚从店里购物出来的一些顾客交谈。有一位 50 岁左右经常到和诚家电销售店购物的老顾客，刚购完物，听秦先达说："这位大姐你好，我现在想购买家电，请问您经常购买和诚家电吗？您对购物满意吗？"

这位大姐一听秦先达也是想购物，她便笑了笑说道："对呀，我可是和诚家电销售店的老顾客了，最早我在京都好多店买过家电，后来一比较还是觉得和诚家电靠得住，物美价廉不说，关键是讲诚信，服务态度也好。你看，现在和诚家电店里的生意多好，好多顾客都是回头客。你到这家店买东西没错！"

秦先达连忙笑着说："是吗？那就好，我听您的，一会儿我进去好好看看，也买一些。谢谢大姐！"

这位大姐看到秦先达要转身离开时，又接着对秦先达说："小伙子，我不知道你现在要买什么家电，听说和诚家电的老板很有前瞻性，生意越做越大了，边销售各类家电，边搞起自主研发。听说他自主研发的系列空调质量很不错，又节能又环保，专门在另外一个商场开了一家专卖店，很受广大顾客欢迎。如果你买空调，可以先去他那个店去看看，我也正准备过几天去那里给家里换一台空调……"

秦先达认真听了这位大姐的话，连声说："谢谢，谢谢！"

看到钟大伟现在企业做得风生水起，再联想到刘小光当下所作所为，秦先达内心不是个滋味。他偷偷看完"和诚"家电销售店后，按照那位大姐说的，又偷偷来到另外一个商场"和诚"系列空调专卖店。当时，来店里购买空调的顾客络绎不绝，生意非常好。走进门店第一个映入眼帘的就是大门外悬挂的这条横幅，横幅上"真诚服务为您创造健康、舒适的生活环境，是和诚人永远的追求！"几个大字格外醒目。

门前还专门有产品宣传员，他们手拿着宣传册，时不时向咨询的顾客介绍："由我们和诚公司自主研发的'和诚'系列空调，核心技术在 3 个方面处于全国同行领先地位：一是在节能环保方面，采用目前国际通用的 R410A 环保冷媒，符合欧盟环保标准，避免破坏臭氧层。提高了冷媒的换热效果，降低压缩机耗电量，更环保，更高效，低碳节能。二是在舒适省电模式方面，和诚独创舒适省电模式，其舒适省电模式温度变化曲线在人体最佳舒适度范围之内，有利于人体健康。三是在人性化睡眠模式方面，和诚经过深入研究人体睡眠与体温节律变化的关系，建立了睡眠数据库。在该模式下，根据睡眠的空调器所设置的模式温度，空调器的微电脑会自动做出判断，并按系统预设的'温度—时间'数据库运行，全面呵护睡眠温度……"

秦先达正在听产品宣传员介绍"和诚"系列空调新产品时，突然发现有许多家电销售商慕名而来谈合作，想当和诚空调代理商。他们都向产品宣传员询问："请问和诚公司的钟大伟先生在吗？"

产品宣传员连忙上前热情接待："你好，你们找钟总有事情儿？与他预约了吗？"

这些家电销售商连忙说："哦，是这样，我们对和诚公司研发的系列空调很感兴趣，听说节能环保，科技含量高，我们专程从外地赶过来，就是来谈销售合作的，如果价格合适，我们可能多买一些，或者当和诚空调的代理商……"

产品宣传员听了这些家电销售商的来意，马上说："好的，你们稍等，我现在就向钟总报告一下。"

"刘经理，我回来了，这次你让我去看看钟大伟开店经营状况，感慨太多了！现在钟大伟干的全是大事儿，创业进行得有模有样，太值得我们学习借鉴了……"从和诚家电销售店再到和诚系列空调专卖店，让秦先达大开眼界，心里久久不能平静，感慨昔日的同事钟大伟创业发展之快令人难以想象。他回到京 A 家电大卖场后，第一时间向刘小光作了全面的汇报。

刘小光听后，十分诧异，有些妒忌地说："什么？钟大伟门店生意特别火，创业有模有样？还自主研发了什么空调？"

秦先达连忙回答道："我说的都是实话，现在钟大伟企业走的是家电代理销售与自主研发并重之路，特别是自主研发的'和诚'系列空调取得重大技术突破，我还看到全国各地有许多家电销售商慕名而来谈合作，想当'和诚'空调代理商呢。"

刘小光听了秦先达的这番话，顿时脸色大变，十分恼火地说："看来这个钟大伟还真有两下子！我早看出来了，他与我们同在京都市，现在应该是我们最大的，也是最危险的竞争对手，我们不得不防呀！现在我觉得我们生意之所以不好，是因为有我们的一些老客户跑到钟大伟那边去消费了。"

秦先达一听，当场反驳道："刘经理，你说的有些话我可不完全赞同，你只知道指责别人，为什么不去总结自己生意不好的原因，以务实的态度向别人学习呢？你不是总因为钟大伟曾经在你手下打工，现在各方面超过你了，你就不甘心，你不觉得这样会让别人更看不起吗？"

刘小光听了心情变得更加复杂，但他还是有些自知之明，没有发火，却低声对秦先达说："唉，先达，想一想你批评的也对。不过，下一步恐怕我们生意更难做了……"

为了更好地做好"和诚"系列空调的研制与销售，一天，钟大伟召集吴科长、辛师傅、王清雪、钟二伟等人开会。他充满激情地说："经过大家的共同努力，我们和诚公司在自主研发上取得阶段性成果，为我们提高和诚公司核心竞争力已迈出扎实的一步。首先要向大家表示感谢，这些成果的取得，都与和诚全体员工，特别是与在座各位的努力是分不开的！今天召集大家开个短会，一方面想总结一下前段时间的工作，另一方面想听听大家对做好下一步工作的意见建议。大家可以畅所欲言。"

吴科长说："和诚公司虽然成立时间不长，但是这么短的时间里取得如此成果实属来之不易啊！这都首先归功于钟总有前瞻性眼光和果敢的勇气，坚持搞自主研发太及时了！"

王清雪连忙接话说："除了自主研发，我们在家电销售方面都比同行做得好。特别是钟总一贯倡导顾客是上帝的理念，以顾客满意为工作标准。我们作为普通员工在销售过程中，就敢于向顾客承诺并做到产品在一定时间内包退包换等，现在已经获得市场和广大消费者的高度认可。"

钟二伟听到王清雪这么一说，马上补充道："王清雪说得对，现在来我们店购物的有许多都是回头客。这也是在市场竞争十分激烈的情况下，我们销售门店生意持续向好的关键。"

辛师傅在会上也作了建议性发言："自主研发是个系统工程，任重道远。从最近顾客要求退换货情况看，说明我们研制的空调还有很大的改进和提升的空间。"

钟大伟听完辛师傅的话，连忙说："我很赞同辛师傅的说法。产品升级改造无止境，是一项长期任务。下一步我们的工作重点之一，就是不断总结自主研发工作经验，加快研制生产出多种型号、物美价廉、科技含量高的系列空调，惠及社会大众更多的普通家庭……"

本来计划开个短会，大家踊跃发言，积极为公司发展献计献策，很快已经到了晚上下班的时间。王清雪看到大家都言犹未尽，主动对大家说："今天晚上我请客，我们在饭桌上接着聊怎么样？"

大家都表示同意，钟大伟看此情况，马上说："不行，今天是公事，怎么能让清雪请客呢。我们自主研发取得阶段性成功，也该举办一个聚会答谢一下大家了。今天晚上公司请客，一会儿我们饭店见……"

当天晚上，钟大伟以和诚公司名义，召集自主研发团队全体人员在京都一家饭店答谢大家，也对下一步继续研发提出希望。钟大伟主动向每个人敬酒，大家开怀畅饮，氛围非常和谐，大家既对和诚取得现在的成绩感到自豪，也对和诚下一步更好的发展充满期许。

钟大伟为了不断推进自主研发进程，将和诚公司销售利润几乎都用在自主研发上，放手让吴科长和辛师傅带领研发团队和管理人才，着眼电器行业发展趋势，开始抢占科技制高点，特别是针对顾客反馈回来的产品质量问题，加班加点进行潜心研究，反复论证，一时又让和诚公司陷入资金紧张的窘境。吴科长和辛师傅看到这种窘境，都为钟大伟着急，吴科长对辛师傅说："老辛呀，搞自主研发，经费投入是个无底洞。现在攻克技术难关，又要急需再投入一些研发创新经费。当前，和诚公司已经倾力投入了，我真担心再向大伟提出增加研发经费，会严重影响和诚公司正常运营。"

"是呀，我也在思考这个问题。但是，如果没有必要的经费支持，研发项目只能停工了……"辛师傅十分感慨地说。

一天，吴科长和辛师傅二人思来想去，还是一起去办公室找钟大伟，汇报了攻克技术难关，急需经费支持的情况。辛师傅为难地说："我和吴科长都知道当前和诚公司经济已经非常紧张，但是研发之路是漫长的，技术难关会一个接一个，而且难关一个比一个难，如果资金跟不上，可能会造成前功尽弃。"

"是呀，我非常理解。你们预算目前至少还需要投入多少钱？"钟大伟连忙问道。

"大约需要 300 至 400 万吧。"吴科长说。

"好，我知道了。我马上会想办法去解决资金缺口的问题，绝对不能为此造成自主研发前功尽弃！"钟大伟表达继续对自主研发工作的坚定支持。

接下来，钟大伟又开始为筹集资金发起愁来。一天，钟大伟将公司自主研发资金缺口大的问题告诉钟二伟："二伟，现在公司自主研发资金缺口很厉害，如果继续下去，我们自主研发的成果可能就会前功尽弃了，我不知道你还有什么好办法？帮我出出主意也行。"

钟二伟思考了一会儿说："我真没有什么好办法，我感到现在能帮助你的，还是王清雪。你可以去找她说一说情况，她肯定会帮助你的。她这个人对公司贡献大……"

钟大伟听钟二伟这么一说，便笑了起来说："让你帮我出主意，你说让我去找王清雪，等于是你什么都没有说。王清雪上次刚刚给争取到一大笔投资资金，现在继续找她，我一时难以张口呀……"

尽管和诚公司运营经费一直处于紧张状况，但却做到从不拖欠每个员工的工资。月底又到了公司为员工发工资的时间，吴科长在车间找辛师傅商量，他们两人决定先不领取工资，尽力减轻钟大伟的经济压力。对此，钟大伟亲自来到生产车间，找到吴科长和辛师傅说："你们二人既是我昔日的好同志、好领导，更是我们和诚自主研发的功臣。每月给你们的工资本身就不多，但你们必须像其他员工一样，一定要领走。否则，我内心更说服不了自己。再说了，即便你们每月工资不领了，也解决不了和诚公司研发经费的缺口问题呀。"

吴科长与辛师傅放下手中的活，再次向钟大伟表达了他们两人决定不领取工资的想法。吴科长动情地说："我们来京都是冲着你的为人而来的，是冲着有意义的创业事业而来的，而不是冲着钱而的。"

"是呀，吴科长说的对，如果只为钱，我们当时是不会从江东赶到京都的。现在和诚公司又面临资金困难，我和吴科长心里都是为你着急呀！"辛师傅补充道。

吴科长与辛师傅的话，让钟大伟十分感动，只好接受他们的建议，眼含热泪说："好吧，我听两位大哥的！工资以后再说……"

15. 追梦征途结良缘

置父母反对于不顾
没有仪式登记结婚

"清雪，既然你决定留下来，继续和我们一道共同为和诚打拼，从这个月开始，也应该给你正常发工资和奖金了。考虑到你既是一个称职的销售员，还为公司筹集资金、做销售管理，比其他员工付出得更多、贡献得更大，今后每月在奖金上可能要比公司其他员多发一些……"王清雪自从到和诚公司工作，无论实习还是决定弃学正式留下来，和诚公司向她支付薪酬她一直没有要，都被婉言拒绝。钟大伟想到既然王清雪已经成为和诚的正式员工了，就应一视同仁，不能再不给她支付薪酬，于是在办公室找王清雪谈话，专门说给她正常发工资和奖金的事情。

让钟大伟没有想到的是，王清雪听了之后，态度与吴科长、辛师傅完全一样："大伟，现在和诚公司又面临资金困难，我从内心也为你着急呀！关于我的工资，我想公司当然应该给，但是我建议可以晚些时间给。"

钟大伟连忙说："晚些时间给？不行！"

王清雪在帮助钟大伟创业过程中，越来越理解和喜欢钟大伟，对钟大伟的感情也越来越深，并开始对钟大伟有依赖感，便笑了笑说："大伟，晚些时间给就是让你不要着急给的意思。记得上次你要给我发工资和奖金时我已经跟你进过了，我决定弃学正式留下来，是冲着你这个人，冲着有意义的创业事业而来的。我知道，凭我一个人这点工资也帮不了大忙，也不能很好缓解当前周转资金的困难，但是，这样做起码可以表达我对你创业支持的态度！"

钟大伟听后，感动地说："谢谢你，谢谢你一直对我的理解和支持！现在我们和诚公司又遇到资金困难，既然你这样说了，我就尊重你的意见，每月应该给你发多少工资和奖金，我先让财务记好账，到时一并将其转成你的股份得了！"

王清雪开心地说："好呀，这个我赞成，等以后和诚公司做大做强了，你可多给我一些股份，那时我肯定会要的……"

"小雪，自从我上次带着投资人去和诚公司见到钟大伟以后，我终于明白了，你为什么如此喜欢他这个人。"一天晚上，钱晓红又约王清雪喝咖啡，两人主要话题都聚焦在钟大伟身上。

王清雪笑了笑说："你这个人呀，当天我就看出来了，你当时哪是带人去谈投资，是专门帮我考察选择男朋友去了，你的眼神全投在钟大伟身上了。"

钱晓红连忙说："那可不！你是我的闺蜜呀，我替你把把关是必须的。不过，我见了他以后，就感觉他可不是一般的创业者，他既有男人的帅气，又有一名准企业家的潜质。如果他能够娶你，你们今后一定会很幸福！你就偷着乐吧你！"

王清雪听后，本来应该十分高兴才对，却突然表情严肃地说："你说他帅，我比较赞成，他是和诚公司公认的大帅哥，但是我想他若成为一名大企业家，现在还差得远呢！现在创业刚起步就欠下一屁股的债，而且现在还有很大的资金缺口，如果不能很快解决这一问题，公司自主创新很有可能就要停下来，这样就会导致技术创新成果前功尽弃，现在大家都为他着急呢。"

钱晓红笑了笑说："哎呀，我说小雪，你说现在大家都为他着急，我看是你最为他着急吧。我听出来了，你虽然还没有嫁给钟大伟，其实你已经早不把他当外人，你现在已经知道替他操心了，钟大伟真要娶了你，也是他一辈子福气。"

其实，正如钱晓红所说那样，王清雪早已将钟大伟当成未来的老公看待，钱晓红的一番话正说到她心坎上，她便向钱晓红透露道："晓红，不瞒你说，现在我从心里已爱上他了，已离不开他了，他已是世界上唯一让我喜欢的男人。"

钱晓红听到王清雪说钟大伟是世界上让她唯一喜欢的男人时，故意开玩笑地说："哎，小雪，你说得不一定对，男人还有你老爸呢？你应该这样说：世界上除了老爸，钟大伟是让你唯一喜欢的男人。"

因反对她上班、弃学，王清雪一直在生她老爸的气，一提到老爸，她马上说："老爸，我原来可以，现在我太讨厌他了，他是个老顽固！"

钱晓红一听，赶紧说："哦，我知道了，你老爸不就是这次反对你放弃学业！你现在还在记恨他呀！"

王清雪低头不语，心里在想，老爸以前反对她上班、弃学，下一步，我要真想与钟大伟结婚他肯定还是会反对的，那应该怎么办呀……

钟大伟为筹集自主研发经费在发愁，他虽然没有找王清雪谈及此事，但王清雪还是每天积极主动想办法筹钱，尽可能帮助缓解钟大伟资金的压力，按计划推动研发进程。一天深夜，她在睡梦中突然醒来，想到两年前暑假期间和爸爸一同去工商银行存款的情景："小雪呀，今年以来我的物流生意一直不错，收入可观，趁我现在手头资金富裕，一会儿我陪你去银行一趟，帮你存一笔钱，以后留给你专用。"

"老爸，我现在不需要钱，还是你自己用吧，我有需要再找你要。"

"小雪，我和你妈就只有你一个宝贝女儿，我挣钱都是为了你。你现在已经上大学了，以后工作了就面临找对象、结婚买房等，都需要花钱。先去银行以你的名字存个200万，好为你今后用。"

"你为我考虑得那么远，谢谢老爸！"

　　"二伟吗？我是王清雪，你知道我们和诚公司账号吗？我一会儿转账要用。"早上一起床，王清雪就开始翻箱倒柜，好不容易找到了两年前工商银行那张 200 万的银行储蓄卡。她高兴地拿上银行卡飞速来到这家银行拿号排队，等待将这笔款转入和诚公司的账户。她趁在银行排队转账之机，拿起手机给钟二伟要公司的账号。

　　钟二伟接到电话连忙说："王姐好，公司的账号我知道，你转账用是吧，我马上用短信发给你……"

　　好不容易轮到自己了，银行一位女营业员告诉王清雪："你好，对不起，你的这笔存款属于 5 年的定期存款，还有两年多时间到期，现在还不能转账。"

　　王清雪一听，连忙焦急地问："哎呀，我现在急用钱怎么办？有什么办法可以提前使用这笔存款？"

　　女营业员告诉王清雪："如果你真的特别需要用这笔存款，只要交一些违约金和不要利息了，就可以提前使用了。"

　　王清雪一听有办法让提前使用这笔存款，立刻答应："可以，利息不要了，违约金多少？现在我就交，只要能让提前使用这笔存款就行。"

　　接着，银行营业员按照王清雪的要求，收一定违约金和取消利息后，便将 200 万存款转入和诚公司的对公账户。

　　这时，钟二伟打来电话："王姐，公司的账号和开户行名称刚才短信发给你了，收到了吗？"

　　王清雪连忙说："收到了，现在我在银行，已将钱转到公司账号了。刚才忙于转账，没有及时回你短信。"

　　"苏老板，我现在公司周转资金紧缺，先借你 100 万，一年以后还清，你看怎样收费？如果合适，我们马上签贷款协议。"钟大伟为了维护公司正常运营，实在没有办法，通过朋友介绍，认识民间放高利贷的苏老板，计划先从他那里借钱周转一下。在自己办公室正在与上门考察 公司经营状况的苏老板谈贷款事宜。

"钟总，我刚才简单评估了你公司的经营状况，你现在的负债率超过了百分之一百，像这种情况，一般借贷公司不会给你放款的。不过，看朋友介绍的份儿上，我可以答应借给你 100 万，但是利息有点儿高，不知道你是否接受？"放高利贷的苏老板以一种你贷不贷无所谓的态度，与钟大伟周旋。

"利息你想要多少？"钟大伟连忙追问道。

"2 分 5 的利息，也就是每月除了还 8.3 万的本金，另外还要支付 2.5 万的利息。"

"8.3 万的本金，加上 2.5 万的利息，那么我每个月需要还将近 11 万的钱？这么多？"钟大伟是人生第一次借高利贷，一算账，自己顿时觉得压力很大，是贷还是不贷心里开始在犹豫。

王清雪从银行转完账后，急忙赶回和诚公司上班，第一时间敲钟大伟办公室的门，一进去看到钟大伟正在与苏老板谈事情，连忙说："哦，有人，你们先谈，我过一会儿再来。"

钟大伟看到王清雪进来了转身就要走，连忙说："清雪，你来的正好，先不要走。我正在与苏老板谈借钱的事儿，你帮助好好参谋参谋，看借还是不借。"

当着苏老板的面儿，钟大伟将苏老板刚才提出的贷款条件一一向王清雪说了，王清雪听后非常不客气，板起脸，当场问苏老板："唉，苏老板，你们要的利息太黑了吧？2 分 5 的利，还等额本息付款，加起来，每个月将近还 11 万？不行，你走吧！我们不借了！"

王清雪当时这么一说，场面十分尴尬，苏老板顿时站起来连忙说："这个没法谈了，我走了，你们想贷我也不会贷给你们了！现在等着向我们贷款的人多的是！"

钟大伟连忙劝苏老板："苏老板，别生气，先别走，我们再单独聊聊。"

钟大伟怎么劝苏老板都不听，只好看他气呼呼地走掉了，钟大伟转身对王清雪说："清雪，我好不容易通过朋友介绍找到苏老板，他刚准备答应借钱给我们，你这倒好，一发火，别人不干了，现在我们急需企业运营资金呀……"

王清雪看到钟大伟如此着急的样子，忍不住笑了笑说："钟总，男子汉大丈夫，要拿得起放得下，别人不愿意借也勉强不得，再说了这么高的利息你也敢借？"

钟大伟无奈地说："是呀，我也知道利息高，但现在又有啥办法呢，总不能让和诚公司现在就关门吧？"

王清雪连忙笑着说："大伟，好了好了，你现在给我开心一点好吗？我告诉你一个好消息，我现在找到一笔钱了，和诚公司肯定一时半会儿不会停业关门的。"

钟大伟一听，连忙问："真的，你又找到一笔钱了？"

这时说来也巧，钟二伟有事儿推门进来，王清雪连忙说："二伟，你来的正是时候，我问你今天上午我给公司账户转的钱收到了吗？"

二伟高兴地说："王姐，我正准备找你说这个事儿呢，刚才我专门让财务查了一下，你转入的是 200 万吧？这笔款已收到了。"

王清雪连忙说："好，收到就好！"

在一旁边的钟大伟丈二和尚摸不着头脑，皱起眉头问："你们说什么呢？往公司账户转 200 万？"

"是的，是 200 万，这钱是我转的……"等二伟出去了，王清雪单独将提前取出爸爸以自己的名字存的 200 万 5 年定期存款的事情一一告诉了钟大伟。

钟大伟听了，觉得就像梦幻般的不可思议，十分感动地说："清雪，你为我付出的太多了，我这个人真的如此值得你帮助吗？你这样做如果让你爸知道了，他会同意吗？我欠你的债恐怕一时半会儿难以还清啊！"

王清雪从资金等各方面对钟大伟帮助很大，当天晚上，钟大伟躺在床上想到王清雪为了自己，提前取出爸爸以自己的名字存的 200 万 5 年定期存款的事，心存感激，一直睡不着，越想越感到自己身上的压力很大，担心自己万一创业失败，还不上她的钱和人情，没有办法向王清雪交代。

第二天上午，钟大伟专门将王清雪叫到自己的办公室说明自己心中的顾虑："清雪，你一直这么无私地在帮我，我真不知道何时能还上你的人情？说实话，你这样对我好，我实在压力太大。特别是你在没有经过你父母同意的情况下，竟然将 200 万定期存款提前取了出来，现在创业风险无处不在，如果我万一创业失败怎么办？你想过没有？为此，昨天我一夜未眠，经过慎重考虑，我觉得这 200 万我不能用，建议你把钱赶紧还存进银行，以免让你老爸知道了不好解释……"

王清雪一听钟大伟找他是为了不想用她这 200 万的事，觉得钟大伟还没有真正将她当成知己，顿时感到有些伤心："大伟，我放弃学业一直跟随你创业，为了就是一心一意帮助你，你懂吗？"

钟大伟沉思了片刻，小声地说："谢谢！我很理解你的心情！不过，我钟大伟做事向来有原则，你这 200 万无论如何我都不能用，因为这是你老爸帮你准备的嫁妆钱、买房钱，我怎么能随意去用呢？我不能用！"

王清雪感到钟大伟在资金如此困难之时，自己好不容易将这 200 万从银行取出来，他却不肯用，认为她对钟大伟的一片真心没有被接受，情绪突然变得焦躁起来："钟大伟，我不理你啦！"

说完，就气冲冲地从办公室出去了。

王清雪生气后怎么也想不通，当天晚上又找到闺蜜钱晓红喝咖啡倾诉对钟大伟不接受 200 万借款的不满："这个钟大伟，真是气死我了，我对他那么好，他怎么一点儿也不领情呢？"

钱晓红听后，半开玩笑地说："小雪，我有个主意，我不知你敢做不敢做。你既然如此喜欢他，有些心里话总不对他说透，难免会造成不必要的误会。与其这样，还不如你主动示爱，让他真正从内心接受你。到了那时，就离谈婚论嫁不远了，他当然就会把你当成一家人了，你老爸给你那200万的出嫁钱就会自然而然接受了！"

王清雪听了钱晓红这么一说，心里仿佛好受许多："晓红，你说我真按你说的这样去做，是不是显得我太主动了一点？一般都是男生主动呀？"

钱晓红笑了笑说："小雪，现在什么社会了，男女都是平等的，只准男的主动，就不准女的主动呀！再说了，你现在已经太爱他，急需帮助他渡过创业难关，还不如有话直说，把话挑明了，如果他接受了，一切事情都好办了……"

王清雪听后，连连点了点头。

王清雪对钟大伟的爱，他心里一直很明白，其实在王清雪刚来和诚公司实习上班、自己与章晓慧还没有分手的时候，就感觉到她对自己的那种信赖与依恋。虽然现在他与章晓慧分手了，从内心深处也十分喜欢王清雪，但是考虑到王清雪老爸坚决反对女儿弃学的情况，一点儿也不敢往与王清雪谈情说爱的方向想。一天，钟二伟到钟大伟出租房兄弟二人一起吃饭聊天，钟二伟问："哥，现在我们哥儿俩年龄也不小了，我没有找对象，你也没有找对象，妈妈为这事儿十分着急。现在你与章晓慧已经分手好久了，我觉得王清雪这个人挺好，对你一直很关心，很有好感，我看你娶她当我嫂子合适，你就主动一点儿吧！"

钟大伟叹了一口气，连忙说："唉，我也知道王清雪是真心对我好，不然她不会放弃学业来我们这样没有什么名气的民企打工。王清雪属于高材生，综合能力素质好，我从内心也十分喜欢她。只是，在通过我与王清雪父亲的交往中，感觉他是非常不愿意让自己的女儿与我交往的。"

钟二伟不解地问道："为什么？他瞧不起我们！嫌弃我们穷还是人不好？"

钟大伟连忙说："王清雪她的父母思想都属于比较传统的那种，他们家里富足，不希望女儿再经商和创业，只希望拥有高学历、谋取一份稳定和有社会地位的工作。现在她老爸既然坚决反对她弃学，如果我再与王清雪深入交往，他父亲不跳起来才怪呢！"

钟二伟边听边点头："是呀，按照你的分析，王清雪如果真想嫁给你，恐怕也不好过她父母这一关……"

王清雪与钟大伟二人相互喜欢对方，在工作中都能感受到对方的那种无声的感情。听从闺蜜的建议，为更好缓解钟大伟思想压力，王清雪想加快爱情的步伐，能够早日与他结婚。一天，王清雪邀请钟大伟来到一家咖啡厅喝咖啡，主动握住钟大伟的手真情表白："大伟，我爱你！如果你真的爱我的话，我愿意马上嫁给你！"

钟大伟听了王清雪的真情告白，感到有些意外，心脏"怦怦"跳得厉害，四目相对，沉思片刻，终于说出多天想说还没有敢说出的话："清雪，我也爱你！"

王清雪与钟大伟自从相互表露真情后，两人在工作和生活上变得更加紧密，两人经常一起聚会、看电影，感情迅速升温。一天，她下班后与钟大伟一起看电影，从电影院出来，边走边聊，王清雪这时觉得时机已经成熟，突然站住紧紧抱住钟大伟，温柔地说："大伟，我考虑好了，我们结婚吧！"

"结婚？现在就结婚？"钟大伟有点诧异地问道。

"是呀，我说的就是现在！"王清雪连忙说。

"这个吗，是不是太仓促了一些，让我们都再冷静考虑一下吧。"钟大伟严肃地说。

"我不需要什么冷静了，我早已考虑好了！你太不理解我啦！"王清雪一听让她再冷静考虑一下，十分生气，气呼呼快步走开。

钟大伟见状，连忙追上去："清雪，你别生气，听我说……"

钟大伟连忙追上来，看到王清雪流着伤心的眼泪，紧紧抱住了她，不顾周围刚刚看完电影的行人，亲吻几下她的额头说："清雪，我爱你，我都听你的……"

王清雪被钟大伟这一亲近举动所打动，心情很快好了起来，笑容满面地说："大伟，这次你一定要听我的，我们马上登记结婚。告诉你，我们结婚了就是一家人了，这样你就不用再顾虑用我爸给我准备的这200万出嫁的钱了。"

钟大伟一听，笑了笑说："哈哈，你动机不纯呀你！我明白了，原来你急于想与我结婚，就为了我能收这200万，帮助我缓解创业上资金周转的压力呀！"

钟大伟直起腰身，长长地叹了一口气说："唉，结婚是人生大事。我知道你老爸反对你弃学、反对你与我交往，如果你跟你爸妈讲了想和我结婚，他们会同意吗？如果不同意怎么办？我们总不能因为这个事儿让你爸妈伤心呀！"

王清雪一听，连忙安慰道："大伟，我理解你，我知道你有这种顾虑是很正常的。我会做老爸老妈的工作，到时我相信他们会同意的，你就放心吧……"

"你说啥？你准备与钟大伟结婚？小雪，我没有听错吧？绝对不行！我不同意我想你爸更不同意！"王清雪担心父母不同意，想到老妈好说话，趁老爸到外地谈生意不在家，便先去做老妈的思想工作，没想到老妈情绪如此激动，当场表示反对。

一听老妈当场反对，王清雪就大哭起来说："妈妈，你们对钟大伟不了解，都有偏见！这是我个人感情的事情，请你相信和支持我的选择好吗？"

老妈十分生气，半天没有缓过劲儿来："小雪，你怎么这么不听话，钟大伟他有什么好，现在能给你迷成这样！作为女孩子能不能矜持一点？简直气死我了……"

老妈为女儿的事情一生气便像生了一场大病一样，精神瞬间低沉下来，等到外地谈生意回家的王东平，看到老伴儿精神不振，躺在床上，觉得不对劲儿便问："贵珍，你怎么啦，生病了吗？"

"唉，还不是因为小雪的事儿。她现在准备与钟大伟结婚啦……"申贵珍长长叹了一口气，将王清雪前两天向她提出要结婚的事儿，全部告诉了王东平。

"什么，小雪说准备与钟大伟结婚？不行，我坚决反对！她无法无天了，眼里还有没有我们这个父母……"王东平听后情绪更加激动，一时不知所措。

当天晚上，王清雪回到家，王东平见到她便大发雷霆："你现在怎么回事？我当时不让你去实习，你偏要去；不让你放弃学业，你偏要放弃。现在倒好，又想与钟大伟结婚，你真气死我啦！"

王清雪看到老爸如此生气的样子，连忙安慰他说："老爸，钟大伟真的很优秀，他对你也十分尊重。你不能因为他出身农村和经营民企就反对我与他交往。他有梦想有追求，创业理念先进，为人处世考虑周全，我相信他创业一定成功，我一定要支持他。如果现在我能与他结婚，更有利于一起推进创业成功。"

王东平根本听不进女儿的话，嗓门更大了："小雪，我告诉你，如果你偏要与钟大伟结婚，我就与你断绝父女关系，你以后就别回这个家了，权当我没有养你这个女儿……"

申贵珍其实是个软心肠，看到王东平如此发脾气，说与王清雪断绝父女关系等狠话，心又软下来，开始有些自责，连忙上前劝王东平："我说东平啊，刚才我又想了一下，小雪现在也不是三岁小孩，已经是大学毕业了，找对象结婚就由她自己选择吧。"

王东平严肃地说："不行！如果她真敢与钟大伟结婚，我就和她断绝父女关系！"

王清雪听到老爸如此反对，一下子绝望了，伤心不已，回到卧室把门关上放声大哭……

"大伟，这两天我把我们的婚事都告诉老爸老妈了，虽然他们一时有些想不通，但是经过我作了一番细致的思想工作，最后他们总算同意了！"尽管遭到父母坚决反对，当王清雪静下来想到对钟大伟的依恋，特别是想到帮助钟大伟早日走出创业困境，依然初衷不改，决定施计"骗"一下钟大伟。于是，第二天仍然坚持正常上班，来到钟大伟办公室故装出十分高兴的样子，谎称父母同意婚事。

"哦，真的？你老爸老妈真的这么快就同意了？你不会骗我吧？特别是你老爸从一开始就反对你到我这上班，反对你弃学，说白了，他压根儿就瞧不上我这个穷小子。如果他真是同意我们的婚事，真是难得呀！"钟大伟脸色凝重，半信半疑地说到。

"唉，别提了，刚开始他们态度很坚决，特别是老爸脾气倔。我就改变策略，先做通老妈的工作，再与老妈一块儿去做老爸的工作，……然后老爸就勉强同意了。"王清雪边说边笑，故意神情自然，慢慢地让钟大伟相信了她的话。

钟大伟在王清雪的主动坚持下，第二天上午便一起去京都当地民政部门办理结婚手续。他们拿着结婚证亲密地挽着手走出民政办事大厅时，王清雪突然停下来，拥抱着钟大伟含情脉脉地说："大伟，从今天起，你就真正是我的男人了！以后不允许你欺负我！你要听我的话！"

钟大伟凝视着对方，并连亲几下额头，笑了笑说："从今天起你就成了我老婆了，在中国听老婆的话是美德。好，我一定会听老婆话的……"

"大伟，下班了一会儿我要跟你一起回宿舍？你欢迎不？"

"好，当然欢迎！现在就走吧！"

领证的当天，王清雪晚上下班并没有直接回家，而是直接来到钟大伟远郊区的出租房。时间一晃快到夜里 12 点了。钟大伟相对是个传统的人，这时他想到两人虽然领了结婚证，但毕竟还没有举办婚礼，如让王清雪留宿暂时还不合适，便说："清雪，现在时间不早了，你快点儿把衣服穿上，我送你回家了，否则，你爸妈会担心的。"

这时，王清雪撒娇地说："我不想回去了，你在哪里，哪里就是我的家……"

钟大伟看了看王清雪，笑着说："先不着急，等我们举办婚礼了，我们天天都可以在一起了！快起床，我打车送你回家去……"

领了结婚证，正是钟大伟要加快对"和诚"系列空调产品进行升级改革，并把产品推向市场的关键时期，公司工作千头万绪，最让钟大伟头疼的还是周转资金问题。王清雪从钟大伟那里得知自己从银行提前取出来的 200 万的出嫁钱打到和诚公司账户至今还没有使用，便来到办公室找钟大伟，微笑着说："大伟，我听二伟说我那 200 万公司还没有用。我现在从法律上讲已是你的妻子了，这 200 万是我老爸老妈为我准备的出嫁钱，现在你说可以用了吧？"

钟大伟一听，马上大笑起来："对，对，这钱现在能用了！这叫一家人不说两家话，以后我们就不分彼此了……"

王清雪是背着父母悄悄与钟大伟登记领证的。由于她每天回去都要面对父母，特别是老爸坚持反对她与钟大伟结婚的压力，每天吃不好、睡不香，身心疲惫。细心的钟大伟看在眼里，记在心里。一天，趁王清雪来办公室谈工作时，便关心地问："清雪，你最近有什么心事吗？我们已经领证结婚了，你应该高兴才对，总看到你最近少言寡语的，脸色疲惫，你不应该这样。你若有什么心事可以跟我说，这样你心里会好受一些。"

王清雪听了钟大伟这番关心自己的话，当场流下眼泪，鼓起勇气说："大伟，对不起，我不该骗你，你能原谅我吗？"

钟大伟沉思了片刻，急忙安慰她说："没有关系，你说吧，无论你做了什么我都不会怪你的！因为，我知道你做的一切，都是为了我们好。"

王清雪在钟大伟的鼓励和安慰下，终于说出了内心的苦衷："大伟，我与你登记结婚前你的判断是对的，我爸妈是坚决反对我与你交往的，特别是老爸至今还在反对我们两人的婚事，但是为了我们的爱情，为了实现我们共同的创业梦想，所以我才这样做……"

钟大伟听后，想到王清雪为了自己付出如此大的代价，更加理解王清雪对自己的一片真情和良苦用心，不但没有责怪她，反而用双臂将王清雪紧紧抱在怀里："清雪，你这样做都是为了我，我不怪你。你爸如此反对我们交往，自有他的道理。我想，在不久的将来，我会用自己的实际行动，让天下的人包括你的爸妈都感慨：当初王清雪选择与钟大伟结婚一同创业是正确的！"

王清雪听后，十分感动，觉得自己为钟大伟所做的一切都值得，与钟大伟紧紧拥抱在一起……然后动情地说："反正我不想每天都回家了。从明天开始，每天晚上我都要与你一起住宿舍了……"

"现在反正我说什么你们都不听，只知道除了让我学习深造，就是想让我到大学当老师给你们争面子，不给我选择第二条路的机会。我现在正式告诉你们，我与钟大伟已经生米煮成熟饭了，我们已经登记领证了。我们从法律上已经是夫妻了，现在我知道得不得到你们的祝福，但我不希望你们再阻难生事儿！从明天开始我要与钟大伟住在一起了，就不能每天回家陪你们啦！"王清雪得到钟大伟的充分理解和信任后，回到家里不顾父母反对，当着他们的面儿，直接"摊牌"，关上自己卧室的门儿就睡觉去了。

王东平夫妇听到王清雪已经与钟大伟登记结婚了，心情十分复杂，两人表情十分严肃。王东平对着申贵珍十分气愤地说："我们以后不管她了，就当没有这个女儿吧！"

申贵珍连忙接话劝王东平说："我说你呀，事到如今能不能再别这样动不动就发大脾气了。关键是你发大脾气又管什么用呢？再说了，我感到钟大伟这孩子有上进心、能吃苦，以后说不定会有大出息。他们既然悄悄领证了，我们就接受吧！"

王东平此时仍然听不进去申贵珍的话，生气地说："我说你现在怎么开始替钟大伟说话了，没有搞错吧。我与你看法相反，我非常不看好钟大伟。不行，当初我看在张东海的面子上，还为钟大伟公司赞助30万，我一定要找他要回来！"

王清雪亲口告诉父母她与钟大伟已经领证结婚后，真的不顾父母的反对，从第二天起，与钟大伟在他那间租来的小宿舍开始了夫妻同居的幸福生活。一天晚上，钟大伟专门将与王清雪约到酒吧温馨小聚，以一种十分喜悦的心情对王清雪说："清雪，今天约你来酒吧，一是庆贺我们领证，二是想商量一下举行婚礼的事情……"

正当二人难得温馨小聚展望美好未来之时，钟大伟突然接到王东平语气生硬、很不友好的电话："你是钟大伟吗？今天我有事情对你说！"

钟大伟连忙说："我是钟大伟，您有事儿请讲！"

王东平接着说："因为你已经严重影响我女儿的发展前途了，也是因为你，她与我们当父母的关系紧张，气死我了！我永远不想在京都看到你！都怪我当初看走眼了，还给你赞助30万，这个钱你马上退还给我！"

王东平说完就将电话挂掉了，钟大伟心情一下子又变得沉重起来，看到王东平现在这个态度，简直不敢相信。王清雪听到老爸与钟大伟如此不友善的通话，情绪也一下子崩溃了，自言自语地说："王东平，你等着，我以后跟你没完！"

此刻钟大伟动情地说："清雪，我爱你！我永远爱你！"

等两人情绪渐渐冷静后，钟大伟紧紧握住王清雪的双手，十分理性地说："清雪，不管怎么说我们已经领证了，现在我娶了你这么优秀的姑娘为妻，真是三生有幸呀！本来今天我想与你商量一下准备近期把我们的婚礼办了，这样也算对你有个交代呀，否则，我会自责一辈子的。现在我正想考虑下一步如何让你老爸老妈好好消消气，以便请他们二老参加我们的婚礼呢，可是没想他在电话中还如此反对我们之间交往。看来我们的婚礼只有再往后拖一拖了……"

王清雪一听到钟大伟提到她老爸，马上又表情严肃地说："今天别提他了，简直气死我了！"

钟大伟沉思了一会儿，紧紧握住王清雪的双手，以一种十分认真的态度向王清雪承诺："清雪，鉴于当前你爸妈还在反对我们的婚事，加上现在我们工作实在太忙，还正处在创业起步关键时刻，将我们的婚礼往后拖一拖也好。在此，我郑重向你承诺，等到不久的将来，我们和诚公司做大做强，成立了集团公司，我一定要为你，为我们举办一场更加温馨幸福、不平常的婚礼……"

王清雪表示理解，连连点头，特别是想到当下自己父母还没有接受钟大伟，以一种复杂而无奈的心情回答道："那好吧，我等着，你一定说话算话！"

钟大伟此时果断自信地说："我钟大伟从来说话算话，请相信我，举办婚礼是必须的。我们举办婚礼的那一天，就是我们创业圆梦的那一天！"

王清雪听后，又泛出激动的泪花……

16. 喜获创业首桶金

创业迎来第一次营利高峰
为员工增福利为母购住房

受国际金融危机的影响，加上"和诚"系列空调刚刚研制成功上市销售时间不长，还没有得到广大客户的认可，和诚公司营业收益时好时坏，员工的工资收入和奖金也不稳定，又引起一些员工心里不安。

一天，门店两个女销售员小刘与小王在工作空闲时贴耳低声聊天，准备干到月底结完工资提出辞职。小刘对小王说："老妹，最近家电的销售额一直上不去，我们的工资和奖金肯定又受影响，老这样一个月 4000 左右的工资能干个啥？前几天，我有几个在京都一家大酒店上班当服务员的姐妹，说她在那里活也不重，每个月干得好的话，加上奖金可以拿到 8000 多。说我这边工资收入太低，她那边大酒店现在正招服务员，她想让我去她那里上班。"

小王听了，顺着小刘的话说："刘姐，到酒店上班该多好呀，每月工资拿 8000 多，你要是辞职到酒店上班别忘了也带上我。"

小刘高兴地说："是呀，我们都是好姐妹，这两天我再与老乡沟通一下，争取在和诚公司干到本季度结完奖金提出辞职，我们一起去酒店上班……"

针对国内外经济大环境的影响，钟大伟为了提高销售额，提振公司员工的信心，专门找到王清雪在办公室商讨对策。钟大伟对王清雪说："清雪，虽然我们和诚公司以诚信赢得众多消费者的认可，所以在这次国际金融危机相比其他同行的日子好过一些，但是总还受到一定影响。现在我们必须找到好办法，尽快提高销售额，提振公司员工的信心呀！"

王清雪连连点头，沉思片刻后对钟大伟说："当前，市场同行竞争十分激烈，要想提高销售额和提振公司员工信心，我们必须抓紧做好两方面的工作，就是一手抓产品质量，一手抓产品宣传，做到两手抓，双促进。"

钟大伟听后高兴地说："说得好！就按你说的办！抓宣传是你的强项，由你全权负责，争取让更多的人及时了解我的产品、相信我的产品，喜欢我们的产品。抓产品质量，那就由我直接与吴科长、辛师傅沟通吧，一定将和诚系列空调升级改造进行到底！"

王清雪接着说："我的宣传是建立在你保证产品质量的基础之上，产品质量越好，我对外宣传就会越有底气……"

钟大伟连忙说："对，你说很对！从明天开始我就到产品研制和生产第一线，与吴科长、辛师傅一道，切实把好质量关……"

接下来，通过王清雪在平面媒体和电视媒体刊登广告，开展与顾客面对面宣传促销活动，加上产品不断升级改造，和诚空调上市销售逐渐得到客户的认可，社会各大电器代理商纷纷上门谈合作事宜，很快销售额逐渐攀升，市场前景十分可观。一天，公司财务主管小高到钟大伟办公室高兴地将近期和诚公司经营利润财务报表递上说："钟总，您看这是这个月的利润财务报表。这个月除了顾客到店里实地购物人数成倍攀升外，主要是各电路代理商太信赖我们产品了，大订单一个接一个。这个月的利润与前几个月相比，翻了3倍还多呀，纯利润已达到1000多万元……"

钟大伟边听边看当月的利润财务报表，十分激动地说："小高，这个成绩来之不易，这应该说是我们和诚公司成立以来获得的真正意义上的第一桶金，都是我们和诚人共同努力的结果，每个人都有份！这样，为了不让大家白辛苦，以后更加努力工作，我决定从这次利润中拿出100万元当作奖金，在这月底马上发给大家！你现在就可以根据每个员工工作岗位和工作量大小等不同情况进行核算，确保公正公平，让大家以付出多少、贡献大小得到应有的奖励！"

小高听后，十分激动地说："钟总，您对员工们太好了！大家今后一定会更加努力工作的。我马上按照您的要求抓好落实，我先走了！"

月底到了，小高按照钟大伟的要求，除了给大家发工资，还及时发奖金，以付出多少、贡献大小让和诚全体员工得到应有的奖励，全公司员工欢欣鼓舞。

"和诚"系列空调升级改造成功和销售额度逐渐攀升极大地增强了整个公司向更高目标迈进的信心，特别是和诚公司成立以来获得的真正意义上的第一桶金后，钟大伟果敢决定拿出100万元当作奖金发给大家，大大鼓舞了员工们的士气，大家都对钟大伟此举赞不绝口。门店两个女销售员小刘与小王原计划准备辞职的，可是当她们领到丰厚的奖金，再加上员工们普遍感到和诚公司将来一定会有光明的前景，也从内心深处发生改变。一天，销售员小王主动找到小刘说："刘姐，我们钟总是一个有眼光、有魄力、有才华的老总，这里工资还不算高，原来我打算辞职换工作的，现在我不辞职了，我想一直跟着钟总干！到大酒店当服务员的事情我先不考虑了。"

小刘笑了笑说："唉，看来我们姐妹俩就是一样，凡事都能想到一块去。我也正准备找你说此事儿呢，我也不想辞职了！你想，现在钟总将和诚公司管理的这么好，前景一片光明，再一个给我们的奖金也很高，傻子才会走呢！"

京A家电大卖场，由于店经理刘小光经营理念落后，跟不上市场形势的发展变化，销售额急速下降。许多员工议论纷纷、跳槽出走。

刘小光看到一个个员工离他而去，心情十分沉重，就在此时秦先达来到办公室也向他提出辞职了："刘经理，我已经想了好久，我决定辞职了。"

刘小光一听秦先达想辞职，马上情绪紧张起来："好兄弟，你可是我们店销售专家,是顶梁柱,别人可以辞职,你可千万不能辞职,你走了我们店的销售彻底没有指望了。如果你对我有什么不满你就直说,我马上改正,再给你涨工资行吗?"

连秦先达这样优秀的老员工,因许多好建议得不到刘小光店长认可,也不顾刘小光的强烈挽留而决定辞职:"刘经理,你不用劝我了,我已经给你多次机会了,为了这个店好,我提了许多好的建议你都听不进去,只知道怪别人,而不知道反省自己。现在店里出现这种经营不善的局面全都你一手造成的。我辞职的主意已定,不可能再改变。我们道不同不相为谋,我干到这月底就不来上班了……"

刘小光看到秦先达辞职的意愿如此坚定,内心十分酸楚,只能无奈地摇头,默默感慨自己没有善待好秦先达这个人才。

"清雪,我们'和诚'系列空调研制成功,经过反复论证和升级改造后,产量大大增加,接下来抓好销售量是摆在面前一个紧迫问题。下一步,我们要在销售这个环节上大做文章,可专门去高薪聘请一个懂销售的人。"一天,钟大伟在办公室找王清雪谈话,商量如何找到一个销售方面的经理。

"对,我想也是。生产环节上去了,销售环节也应该及时跟上……"

正在钟大伟与王清雪热烈讨论问题时,突然有人敲门。钟大伟上前打开门一看,惊讶地说:"先达!你怎么来了?你怎么知道我在这里呀?"

"怎么了,我来你不欢迎呀?你可是整个京都市乃至全国家电生产和销售同行的名人了,现在谁不知道呀。"秦先达连忙解释说。

"欢迎,欢迎,快,快坐下。"钟大伟连忙给秦先达倒茶水。

"大伟,自从你离开京A家电大卖场,虽然我没有主动与你联系,但是我每天都会想到你。我真没有想到过去你跟我说的梦想追求,在这短短的时间内就实现了,让我佩服佩服呀!"

"过奖了兄弟,我们现在所取得的成绩,只是我们和诚公司创业万里长征迈出的第一步，下一步还要有很长的路要走呀！"

"大伟，不瞒你说，今天我就是冲着你来的。现在你是可出名了，市场家电各大经销店都知道你的经销店经营得好，而且还坚持走自主研发之路，让人佩服你的眼界和胆识。如果你能看得起我，用得上我，我今天就准备不走了，就跟你干了！"

"先达，你怎么了？已经从京 A 家电大卖场辞职了？"钟大伟表情一下子严肃起来，急忙问道。

"是呀，我已经从京 A 家电大卖场正式辞职了，现在就是无业游民一个。京 A 家电大卖场的情况你应该最了解，当前竞争形势这么严峻，让刘小光这种听不进去别人劝告的人当经理能行吗，经营理念和营销手段如此落后，让这个店要死不活的，现在快要倒闭了。"秦先达十分伤感地说。

"先达，你可是我来到京都打工，最先结识的好兄弟了！我们两人年纪差不多，你性格耿直开朗，脑子反应快，善于宣传沟通，是个销售的能手，这方面你可是我的老师呀……"钟大伟顿时想到自己来到京都 A 家电大卖场打工 3 个月，一同与秦先达当销售员，两人性格相投，愉快相处的点点滴滴。

秦先达接着动情地说："我在京 A 家电大卖场工作近 5 年，这店现在之所以走到倒闭的边缘，让我清醒地认识到：技术是产品质量的根本保证，是成为品牌的关键所在。但是市场永远是客观和无情的，技术再好，如果不能及时得到市场的认可也是白费，必须加大对电器管理销售规律的研究力度，一切按市场销售规律办事。当时，我给店经理刘小光多次建议加强市场调查和营销宣传活动，可是一直没有采纳。我们都是老朋友了，如果你这边需要我，我肯定能做好家电市场营销，特别是把'和诚'系列空调新产品销售量提高上去！我有这个能力和信心！"

秦先达的到来，让钟大伟喜出望外："先达，你在市场运营等方面的知识和经验丰富，今天你来的正是时候，你正是我要找的这个人。"

168

坐在一旁的王清雪连忙补充道："对呀，刚才我和钟总正在讨论怎样去找一个销售方面的经理呢。"

钟大伟当即宣布："我现在就聘你为'和诚'系列空调销售经理，明天就可以来上班！"

秦先达一听，高兴地站了起来，紧紧抱住钟大伟说："谢谢大伟！我们兄弟又有缘分在一起啦！"

秦先达来到和诚公司上班后，针对和诚公司电器销售与自主研发并重的实际情况，根据自己多年的销售经验，主动起草了一份和诚公司电器销售总体方案，到钟大伟办公室将这个方案递给钟大伟说："钟总，我通过这几天对和诚电器销售情况的调查，结合当下市场的发展变化，起草了和诚公司电器销售总体方案，请你先仔细看一下，如果你认为可行，我马上按照此方案，争取尽快在销售这一环节有所突破。"

钟大伟接过这个销售总体方案，迫不及待地翻看了一遍又一遍，十分满意，然后笑着说："先达，你可以呀，这个销售总体方案写得很好，很切合我们和诚的实际。特别是你提出的坚持电器销售与自主研发并重，走'大销售'之路非常好，你就按照这个方案大胆地尝试吧，有什么问题我替你兜着。"

秦先达一听，十分高兴："好，有你这句话就行！还是你比刘小光有胆识、有魄力呀！在销售这一块下一步你就看我的……"

接下来，秦先达先从加强营销团队建设入手，在钟大伟的大力支持下，亲自从人才市场招来十几个有销售经验的年轻人并有针对性地集中进行培训："你们都对和诚很信任，不然我们也不会走到一起。和诚坚持电器销售与自主研发并重，将走'大销售'之路。换句话说，和诚将要扩大销售规模，小到京都，大到在全国进行连锁经营。你们干好了，很快都有当各个分店经理的机会，当前和诚快速发展的机遇，也是我们快速成长、提高工资待遇的机遇……"

培训之后，被培训的销售员相互之间都感到收获很大，特别是对和诚的明天充满期待："我准备长期在和诚干下去，因为我很认同和诚公司的发展理念。"

秦先达运用网络等多种营销手段，不负众望，让公司销售利润越来越好。对此，钟大伟感到十分高兴。一天，钟大伟在办公室当着王清雪、秦先达的面儿，给公司财务会计小高打电话："小高，你将近期经营利润情况报告表打出来一份，马上来我办公室一趟，听一下你对近期经营利润情况的汇报。"

"好的，钟总，我马上打出来一份。"小高连忙接电话。

小高接完电话，赶紧打印报告表，急匆匆来钟大伟办公室，向他汇报："钟总，近段时间以来，产品销售比较迅速，特别是综合运用网络进行产品宣传推介和送货到家，营业额显著增加。经财务统计，近 3 个月时间，总营销额过亿元，纯利润达 4000 多万，其中我们自主研发的'和诚'系列空调占比 85% 以上。"

钟大伟边看财务报表，边听小高汇报，听到小高说到近期总营销额达过亿元，纯利润达 4000 多万，十分高兴地说："好呀，这样的成绩来之不易，都归功于大家，特别是先达你来到我们和诚之后，营销宣传做得有声有色，很值得表扬和肯定呀！"

在一旁的秦先达一听，连忙谦虚地说："不是我宣传工作做得好，而是你作为和诚公司的创始人，经营管理理念好呀！"

"大伟，无论是销售宣传，还是坚守在研发和生产第一线的员工，受上次喜获创业首桶金的影响，大家工作干劲儿更高了，都很希望和诚公司有更大发展，我建议找个时间开个庆功会，对贡献突出的员工要进行重点表扬。"王清雪向钟大伟建议。

"清雪这个建议很好，我们在公司尽快开个庆功会，进一步激发大家工作的积极性和创造性！"钟大伟立刻作了决定。

钟大伟办事雷厉风行，第二天专门安排和诚空调生产厂房，主持召开和诚公司成立以来第一次庆功会："经过大家的共同努力，我们和诚公司逐步走向了正轨，公司的营业额每月都在大幅增加……为表扬先进，进一步激发大家工作热情和主人翁意识，今天公司决定，对在自主研发和诚系列空调方面作出突出贡献的吴科长、辛师傅和销售宣传专家秦先达提出表扬，并给他们每人奖励 30 万元的奖金……绝对不能让老实肯干活的人吃亏。"

当场大家掌声雷动，许多员工感动地说："钟总不仅有能力有魄力，待人也是有情有义呀！""是呀，钟总是个仁义的老板，公司挣到钱了，发奖金首先能想到我们员工很难得呀！"

收获创业第一桶金后，钟大伟想到为员工增发奖金和福利之外，还想起了远在老家农村的母亲，躺在宿舍床上流泪，却被王清雪发现，她连忙上前说："大伟，你这是怎么了？现在和诚公司效益这么好，慢慢就可以把外债还掉了，应该高兴才对，你怎么还流起泪呢，是不是有什么心事儿？"

在王清雪的追问和安慰下，钟大伟才坐起来开口说："清雪，我不知道怎么了，特别想念在老家的母亲，她老人家现在孤独一人在山区生活，要是她现在知道我创业已经取得初步成功，她老人家该多高兴。在我和二伟小的时候，我娘为了全家生活和供我们兄弟二人上学，省吃俭用没过上一天好日子，每天都盼着我和二伟今后能够有出息，走出大山，成为对社会有用的人……"

王清雪很理解钟大伟此刻的心情，并主动提出："大伟，我们赶快把婆婆接到京都与咱们一起住吧，这样就可以让我们好好孝敬一下辛苦大半辈的老母亲了。再说了，我从认识你到现在，还没有见到我这个婆婆呢。"

钟大伟一听王清雪想把母亲接到京都一起生活，顿时高兴起来，并夸奖："还是媳妇善解人意呀！好，我听媳妇的。我工作走不开，就让二伟最近抽时间回老家一趟将老母亲接过来。"

为了表示妻子对自己支持的感谢，当天晚上钟大伟带上王清雪到大商场帮她买化妆品和衣物，还专门陪伴妻子看了一场电影，让王清雪感到十分温暖幸福。

王清雪想到马上把远在山区的婆婆接过来与自己一起住了，不能大家还挤在这一间宿舍居住吧，便在家对钟大伟说："大伟，我想与你商量一下，马上婆婆过来了，我们在这一间小屋生活都不太方便了，咱们抓紧买一套房子吧！等我们把房子买好、装修好入住以后，再让二伟回老家接母亲更好。"

钟大伟一听，低头想了想觉得说的有道理，马上回答道："对啊，母亲来到京都，如果看到与我们生活在一间屋，没准儿住两天就待不住想回老家了。不过，我们手头上的钱与前些年相比宽松多了，听老婆话，我们就在京都买套房吧！明天刚好是星期天，我们一起找房屋中介谈谈，看看市场楼市行情。"

王清雪高兴地说："好了，在京都马上就有属于我们的房子啦！"

房屋中介连忙说："钟先生，我知道您买房是为了孝敬母亲，放心，现在楼市比较稳定，我保证今天能够帮你找到你们想要买的这套房子。"

在房屋中介的带领下，钟大伟与王清雪从上午到晚上，整整一天，实地去看京都北3环至4环之间多个住宅小区的多套房屋，终于看上了某小区一套127平米的房子，钟大伟与王清雪又对房间每个角落仔细看了一遍，两人都觉得满意，最终以银行按揭的方式，花400万左右买下了这套房子。

"大伟，房子买了，下一步就是抓紧装修等待迎接老母亲了。你平时工作太忙，我已经联系好一家装修公司，接下装修的事情就不用多管了，全由我负责，到时保证你会满意。"王清雪考虑到钟大伟平时都在忙于干大事，主动承担起装修的任务。

"好的，装修的事情我就不管了。老婆的标准就是我的标准，老婆满意我就满意！"钟大伟笑呵呵地对王清雪说。

"就是，到时你不满意也得说满意！这事儿听我的。"

"二伟，这次我准你一周的假，安排你一个任务。"一天，钟大伟专门将钟二伟叫到办公室说让其回老家接母亲的事情。

"安排我一个任务，什么任务？"钟二伟连忙问。

"二伟，就是想让你回老家一趟，把老母亲接过来，与我们一起居住，以后就不让她再回山区农村老家了。"钟大伟解释道。

钟二伟一听，一下子高兴起来："好，太好啦！咱妈辛苦了大半辈子，到现在连我们县都没有去过。我明天就买火车票回去！"

钟大伟想到老家曾经帮助过全家走出困境的人，接着嘱咐说："二伟，这次你回老家除了要将妈接过来，还有一个任务就是看看家乡发展变化如何？看看还有没有贫困的人需要我们的帮助。在我们小的时候，全村左邻右舍都没有少帮助我们呀！现在我们创业初见成效，也到了当回报一下家乡父老的时候了！告诉家乡父老，虽然妈妈将离开老家到京都了，但我们兄弟无论到什么时候都不会忘本，一定会找机会看大家的……"

钟二伟边听边不时地点头，表示认可。

王清雪边上班边兼顾家里的房子装修，终于告别了租住 12 平米小房的历史。乔迁新居，和诚公司吴科长、辛师傅、秦先达等人上门道贺聚餐，王清雪和钟大伟亲自下厨，张罗了一桌饭菜，大家放松心情，举杯祝贺，氛围十分愉快。当天吴科长喝得有些多，突然站起来单独向钟大伟、王清雪二人敬酒："钟总、清雪，你们乔迁新居可喜可贺呀。以前每次看到你们结婚那么久，还一直住租来的那间 12 平米的小屋，我心里也为你们着急呀。现在好了，你们也应该早买这套宽敞的房子了。来，我敬你们夫妻二人一杯，祝你们乔迁之后生活更加幸福美满，早生贵子……"

辛师傅看到吴科长敬酒，也起来向钟大伟夫妻二人敬酒："来，我也敬你们夫妻二人一杯！乔迁之喜，祝你们心想事成。今后我和老吴周末没事儿，就能来你们家蹭饭了，你们可提前有个思想准备啊。"

王清雪笑了笑，连忙说："没事儿，我的厨艺还可以，欢迎你们随时过来……"

"妈，我回来了！"钟二伟回到蒙山县大湾子乡钟家村，走进他老家的大门口，就赶紧向妈妈喊话。

钟二伟的母亲陈子贞听到二伟的声音连忙从屋里走出来："二伟，是二伟吗？你怎么回来了？"

"妈，是我哥让我回来的，您都还好吧？……"然后，钟二伟将钟大伟现在工作和生活情况都告诉妈妈，陈子贞听后高兴地说："唉，大伟自己已经当老板了，看来是有出息了，你可要多帮助你哥呀……"

"妈，你说得对呀，我哥现在可是个大老板了，手下的员工加起来已经有几百号人了，大家对他都可尊重了。对，哥哥现在已经成家买了房子了，再加上近几个月以来，公司的效益特别好，这次回来是我哥让我专程接您到京都，以后就与我们一起生活了！以后您就不用再操心种地了！"

"我在农村待了大半辈子，一下子到城里生活我怕不习惯呀！"

"没事儿，您去城里先感受一下，如果到时真不适应再说。再说了，我嫂子您也还没有见到吧，这次还是她先提出让您到京都与她生活在一起呢。"

"真的？哎哟，大伟的命可真好，娶了个好媳妇。这次我听你们的，等这两天我把家里东西收拾好，就跟你去京都……"

母子二人，一年多没有见面，一时有谈不完的话。

钟二伟回家接母亲到京都的事儿，瞬间在全村传开，全村沸腾了。各户村民男女老少纷纷到陈子贞家里看望。老村支书钟永富听到消息后，挂着拐棍也赶过来了，看到二伟，在远处就说："这是二伟吗？你好几年没有回来了，又长高长胖了。"

"爷爷好，我是二伟。我正准备吃过午饭一会儿去看望您老人家呢，没想到您先过来。您现在身体还好吧？"二伟走上前，与老支书边说话问好边握手。

"身体还可以吧，只是年纪大了，时常还在腰疼，走路有些不利索了！"

"爷爷快点坐下，您腰疼病都是与您年轻时过度干体力劳动有关。您现在不要再操劳了，要多注意保重身体了。我现在京都与哥哥大伟一块上班，我回来之前哥哥专门交代，让我代他看望问候您老人家呢。"

"谢谢孩子。你和你哥大伟现在都有出息了，全靠自己打拼走出了一条好路子，都不容易呀。特别是大伟，现在都成企业家了，我们经常在电视上看到他，家乡方圆几十里，山区大大小小村庄都知道他，都是每个家庭教育孩子学习的好榜样啊！"

这时二伟妈陈子贞给老支书端来茶水，动情地说："大叔，大伟现在有出息了，都与当初老支书对我们家的关心照顾是分不开的。如果当初不是村里救济，大伟不上大学哪会有今天呀……"

老支书连忙说："子贞呀，这都是过去的事儿啦，都是我应该做的。听说大伟这次专门让二伟回来接你去京都，是个好事儿，你也该享一下清福了。你一个人在农村，年纪越来越大了，不在他们身边，他们兄弟肯定不放心。再说了，你去京都了，到时还可以帮大伟、二伟看孩子。"

陈子贞一听到帮助大伟、二伟看孩子，马上认真地说："哎呀，是呀，您看我们村子里与大伟年龄差不多的人孩子有的已上中学了。我到京都以后，就是准备帮助他们带孩子的，要不然，我没有事儿做该多着急呀……"

老家的乡亲们都羡慕陈子贞养了两个争气的儿子，特别是钟大伟已经是民营企业家了。二伟老家隔壁的王大婶、金大妈们在村里见面了就议论："前两天，你从电视新闻看到了大伟吗？我又看到他接受记者采访了。说他的企业搞什么自主创新？规模搞得越来越大啦！""你看子贞命多好，把大伟培养成一个企业家了！唉，我的儿子一点儿都不争气，没有上完初中，就上外地打工了。"

钟二伟回村子几天帮助收拾好行李、安排好，陪同陈子贞离开村子时，邻居们都来到村头公交站为陈子贞送行，等陈子贞母子二人上了车，老邻居王大婶、金大妈们都依依不舍，眼里满含泪水。王大婶说："子贞，你到京都可别忘了我们，我们盼你经常回来！"

金大妈也边挥手边说："子贞，代问大伟好，等过两年我儿子大学毕业了，也让他到大伟的单位上班。"

"好的，好的，孩儿他大婶、大妈，我先走了！"公交车开动了，陈子贞含着泪隔着车窗玻璃，挥手向朝夕相处的老邻居们告别。

"大伟，你说不知道怎么回事儿，马上在车站要见到婆婆了，我心跳突然加快了。我和她从来没有见过面，不知道以后她喜欢不喜欢我。"王清雪为了迎接婆婆，专门穿了一套新衣服，与钟大伟一道，打车去京都西站准备接晚上六点从江东省到京都西站的火车。

"哈哈，丑媳妇总得见公婆。但是你可不丑，在我心目中你是全世界最漂亮的女人！我喜欢，我想我妈一定会喜欢。再说了，我妈的脾气性格都很好，应该今后你们很好相处……"钟大伟十分开心地说。

火车准时到站，钟大伟和王清雪看到二伟陪同母亲一同走出出站口，两人连忙上前，与母亲来个大拥抱。之后，钟大伟向母亲介绍说："妈，这就是您的儿媳妇王清雪！"

"妈，您辛苦了。我和大伟一直盼望您早点过来呢，你以后就与我们一起住了。"王清雪双手挽着陈子贞胳膊，连忙接话。

　　陈子贞上下看了看王清雪，十分高兴地说："清雪呀，你好！你好！"

　　陈子贞被接到大伟新家后，一进门王清雪就将婆婆领到卧室："妈，这间屋您喜欢吗？这就是您的卧室，以后您就住在这儿。"

　　陈子贞看了看房间，连忙高兴地说："很好，很好，比在农村的屋子干净多了。谢谢清雪。"

　　王清雪接下来下厨又简单准备了饭菜，钟大伟、钟二伟与母亲团聚，一起吃饭聊天，甭提母子间多高兴了，总有说不完的话……

　　钟大伟从此过上母子团聚的幸福生活。

17. 自家困难谁知晓

多年坚持做扶贫济困事

公益情怀终被亲人理解

一天，财务主管小高向钟大伟汇报完工作正准备走，钟大伟马上又想到近日账务收支情况："小高，对了，你先不要走，我还想问你一下，现在我们公司账面资金如何？如果当前需要再拿出一笔自主研发资金，最多能拿出多少钱？"

小高一听马上回答道："钟总，关于公司当前账面资金情况，正好我今天才刚刚算过。应该说我们和诚公司喜获首桶金，接着创业迎来第一次营利创收高峰之后，资金周转压力明显减小。但是，因在几个月前急需加大研发经费的投入，还加上引进生产设备等，对外借的欠款都要到期了，如果还及时还上，就会影响公司信誉和收取滞纳金。"

"我听明白了，你的意思是说除了还上当前急需还的欠款和日常正常开销，账面结余还是很少对吗？"钟大伟连忙追问。

"是的，您说的没错。从账面结余情况看，当前最多可拿出500万左右的可用资金。"小高连忙解释说。

听后，钟大伟又叹了口气说："唉，开公司不容易呀，方方面面都需要用钱。不当家不知柴米贵。以后我们还是要继续坚持艰苦奋斗、厉行节约的作风，一定要把钱花在刀刃上，断不能讲排场，乱花钱。"

小高听后，连连点头说："是，钟总，我作为财务主管，一定要严把账务关，能节省的一定节省。"

和诚公司虽然经营收益情况好了，在社会已经有了一定名气，自己的收入也高多了，但钟大伟还是坚持当初一贯做法，为了省钱，仍坚持省吃俭用，每天骑自行车上下班。一天，秦先达在早上上班时，又碰到钟大伟骑自行车上班，有些不解地问："哎，我说钟总，你现在可是大老板，公司经济效益已经很好了，要是别的公司老总早就配专车了！你现在还在坚持骑自行车上下班，太艰苦奋斗了吧！"

钟大伟听后笑了笑说："先达，骑自行车上下班有什么不好的？既节能环保，又锻炼了身体，国家不是正在提倡吗？再说了，虽然近期公司经营状况趋稳向好，但是别忘了，我们自主研发计划、引进人才计划才刚刚开始，以后用钱的地方多着呢。配专车的事情可先等一等，看下一步公司资金周转情况再说。如果到时效益好、有必要，可以多买几台，给你们经常跑业务宣传的、搞自主研发的人，尽量都配上专车。"

秦先达听后高兴地说："好，钟总考虑问题总是先人后己。这方面今后我们都要向您多学习！"

钟大伟无论经济条件紧张与否，一直坚持扶持贫困家庭孩子就学初心不改。从大学到创办和诚公司，帮扶困难家庭孩子从少到多，已达20多人。想到中小学生马上又要开学了，需要用钱，一天，他准备了钱，又去银行帮助这些孩子转账汇款。

快办完汇款手续时，这家银行的一女营业员，看到钟大伟一下子帮助20多个不同地方的贫困生汇款，专门抬头认真看了看钟大伟，顿时觉得面熟，又一下子想起汇款的钟大伟是老客户了，便既好奇又敬佩的问道："钟先生，我记得您前段时间不是已经汇过一次款？这次您又给20多个孩子汇款，您是在慈善机构上班吧？"

钟大伟笑了笑说："对，上次是在今年的六一儿童节前，我想起来了，当时也是你帮助办理的。我不在慈善机构上班，资助贫困家孩子就学是我自愿的。"

这位营业员连忙追问:"哦,那你是以你个人名义捐助的?"

钟大伟连忙回答:"对,是我个人捐助的!"

营业员又仔细看了看汇款凭据单,看到落款的人名叫"党恩泽",又追问:"你叫党恩泽?汇款备注栏写的党恩泽,怎么与你身份证件上的名字钟大伟3个字不一致呀?"

钟大伟又笑了笑说:"我从上大学就开始捐资助学,对外一直用的是笔名,现在习惯了。"

这位营业员顿时以一种很敬畏的语气说:"你可真是大好人呀……"

钟大伟汇款走后,这位营业员心里一直在想,天下还是好人多呀。这时,她的另一位同事走过来问道:"我问你,刚才你搭讪的那个帅哥是谁?你认识?"

这位营业员连忙解释说:"我不认识他。主要是因为他是老客户了,开始我还以为他是在慈善机构上班呢,后来一问才知道他是专门以个人捐资助学的,他从上大学开始到现在,已经捐助20多个贫困学生了。"

这个同事听后深受感动,连忙说:"佩服,佩服,天下还是好人多呀……"

"妈,您刚来城市生活,这里的生活条件与农村都不一样了,您别着急,我会帮助您慢慢适应。"陈子贞在农村生活了几十年,一下子来到大都市生活一时很不习惯,连怎么使用热水器洗澡、用微波炉热菜、用洗衣机洗衣服、用电饭煲做饭等,王清雪都给她进行耐心的示范,反复手把手地教。

"清雪,我小时候家里穷,在山区只上了两年小学就下学了,现在大字不认识几个,看不懂说明书,连个电器都不会用,你会怪我吗?"

"妈,看您说的,我怎么会怪您呢!现在我一教,您学得够快了,再过几天您肯定会用了！"

在清雪的帮助下，陈子贞也慢慢开始适应城里的生活习惯，婆媳二人相处还比较融洽。

陈子贞虽然慢慢适应一些城里的生活习惯，但没有过多久，由于水土不服，又开始生病、拉肚子等。王清雪看在眼里记在心里，等晚上钟大伟回家见面后，连忙说："大伟，你妈现在又出现水土不服，这两天上吐下泻的，要抓紧去医院了。我想明天向公司请一天假，带她去医院一趟。"

钟大伟一听，十分高兴，连忙说："好呀，那明天就辛苦老婆你啦！"

王清雪接着有些撒娇地说："我知道，我老公现在是干大事的，工作忙、走不开，我就不劳驾你了。当老婆的就多干家里一些具体的事儿呗。老母亲的事儿就交给我，你就不用管了。"

第二天，王清雪带着婆婆来到京都一家大医院看病，经过化验检查，医生对王清雪说："她是你的婆婆是吧？你家庭的经济条件还可以吧？"

"是的，她上个月刚从农村老家来京都，与我们一起居住。"

"她现在生病看似因水土不服引起，其实主要因为她身体基础差，长期营养不良，免疫系统功能弱化，特别是小时候患下的风湿病一直没有得到根治，现在如果再不及时进行治疗，她的双腿有瘫痪的可能。"

王清雪一听说婆婆如果不及时进行治疗，就存在双腿瘫痪的可能，表情一下子严肃起来，紧张地问："大夫，过去婆婆在山区农村医疗条件不好，她的病都耽误了。既然现在您已经提出当前需要及时治疗，就抓紧进行治疗吧！我们全力配合治疗！"

大夫接着说："如果你们经济条件允许，建议今天就留下来，进行住院治疗。这样治疗效果会好一些。"

王清雪一听，没有多想，立刻表态："钱不是问题，就听您的，今天就安排婆婆住院治疗！"

坐在一旁的婆婆陈子贞，对大夫与儿媳妇的对话听得一清二楚。一听自己的病还很严重，住院治疗需要花更多的钱，马上说："清雪，我不用住院，让医生给我开一点药吃吃就会好了，我不想一来京都就给你们添麻烦。"

王清雪马上反驳道："不行，有病必须及时治疗！这事儿您得听我的！"

按照医生的要求，王清雪当天就帮婆婆办理了入院手续，开始了对婆婆的全方位的检查和治疗。经过住院十多天的系统治疗，婆婆病状明显好转，特别是在风湿病的治疗上有了很大的进展，走起路来再看不到原来那样跛脚了。看此情景，钟大伟与王清雪两人非常高兴，准备办理出院手续，回家长期进行静养。

钟大伟来到医院账务结算窗口排队结账准备出院。当他拿起结算单一看，医疗费、药费、住宿费总共十二万多时，心里一愣：怎么这么多？原以为三五万就够用了。这样，我就不能许诺给清雪买个小汽车了……

钟大伟办理完出院手续，与王清雪一起陪同母亲回到自己温馨的家。虽然住院花了十几万的钱，但是看到妈妈身体好了，特别是多年的风湿病得到彻底的治疗，大家都十分开心。

当天晚上，钟大伟怎么也睡不着觉，王清雪看到他有心事，连忙追问："大伟，老娘今天出院了，病好多了，你应该高兴才对呀，怎么看你情绪不太对啊！"

钟大伟一听，马上从床上坐了起来，长长地叹了一口气说："清雪，自从你嫁给我以后，我连一样像样的东西都没有送给你。现在和诚公司逐步走上发展的快车道，我们的收入也高了许多。我本来内心许诺准备30万块钱，近期带你去买个汽车送给你。可是没有想到母亲这次不巧又住院，花了十几万块钱，一下子打断了我给你买车的计划呀。"

王清雪一听，十分感动，紧紧依偎在钟大伟身边说："谢谢老公！我只要你有这份心就足够了！"

钟大伟思索了片刻，又接着说："清雪，这样也好，等晚一点买，到时和诚公司效益更好了，我们的收入更高了，我再给你买一个更好的……"

一天晚上，钟大伟、王清雪和陈子贞3人正在家里吃晚饭，钟二伟敲门进来了，表情十分严肃。王清雪赶紧招呼他坐下一起吃饭，又问道："二伟，看你一脸严肃肯定有什么事吧？你赶紧说一说。"

这时，钟二伟对着母亲说："妈，我们老家邻居王大婶现在也在京都。"

陈子贞连忙追问："王大婶现在也在京都？她来干什么？我知道她在京都也没有亲戚呀！"

钟二伟连忙解释道："现在王大婶生重病了，在京都住院呢。我也刚刚接到王大婶儿子虎子的电话，他说上个月王大婶突然发现自己身体不适，紧急转到老家县城医院治疗，医生诊断为胃癌。由于县城医疗条件不好，现在就来到京都东方医院住院治疗，等待做手术了。"

王大婶是钟大伟老家几十年的邻居，与陈子贞平时关系好，对钟大伟全家也没有少照顾，陈子贞一听王大婶患了胃癌，大吃一惊："啊，什么？王大婶在我前两个月离开村子时身体还是好好的，怎么会得胃癌呢？她可是我们家的恩人呀，当初你们兄弟二人上学家里没有钱，我经常向她家借，她每次都会尽力帮助。不行，我得马上去医院看看她去！"

钟大伟连忙说："妈，今天时间太晚了，医院肯定不会让人进去探视的。这样，明天中午我们全家都一起去王大婶。看她还有什么需要我们帮助的。"

王大婶突然患病，钟大伟全家都被惊动了。第二天中午，钟大伟、钟二伟、王清雪都放下手中的工作，陪同母亲到京都东方医院探望王大婶。在去医院的路上，钟二伟还提示："对了，虎子说了，王大婶患胃癌的事情，怕她思想压力太大，医生还没有告诉她，大家都在瞒着她。到时我们见了大婶，说话也要注意。"大家都表示知道了。

"陈婶，大伟哥，我妈生病的事儿给你们添麻烦了。"虎子在医院门口迎接大家。王大婶看到陈子贞感到十分突然："子贞？你怎么来了？"连忙翻身想坐起来。

"孩儿他婶，你不要动！不要动！"陈子贞赶紧上前扶着大婶的胳膊。

"大婶，我是大伟，这是我的媳妇清雪。"

"大婶您好！"

"大婶，您要安心养病，等好了，我要接您到京都我的家多住几天。到时您也好与我妈两人好好叙叙旧。"钟大伟和王清雪急忙向王大婶问候。

王大婶对钟大伟全家突然来看望自己，感到十分激动："我知道你们都很忙，还都来看我，谢谢你呀。特别是大伟，你现在可是大企业家了，咱们老家的人都为你感到无比骄傲……"

钟大伟连忙握住大婶的手，拉起家常，一起回顾自己小时候在老家生活的情景……

钟大伟全家探视完王大婶，虎子连忙送别。钟大伟又追问虎子一句："虎子，大婶什么时候做手术？"

虎子连忙说："今天是星期四，医生说，如果医生能安排开，没有特殊情况，下周二下午就做手术了。说我妈患的病属于胃癌中期，送来就医还算及时。如果手术成功，还是可以治好的。"

钟大伟连忙说："好，你就多辛苦一点。就按照医生的要求，积极配合治疗。如果需要我们做什么的，你跟我或二伟说都行。等手术做完后，我们一定会再来探望大婶……"

没过两天，钟大伟正在外边与一个大客户谈业务，突然接到钟二伟打来的电话："哥，刚才虎子给我打电话，说他和大婶明天办完出院手续就要回老家了！"

"这是怎么回事儿？大婶下周才做手术，怎么没有做就提前回家呢？"钟大伟不解地问。

"是呀，虎子说他们来京都之前带的一万块钱早花完了。现在要是做手术医院说至少要准备好五万到八万块钱。现在他们拿不出来，实在没有办法，只好打算先回去进行保守治疗。"二伟连忙解释说。

"唉，我们老家山区农村现在生活还不富裕，如果不做生意什么的，十万八万都是天文数字，谁家能轻松地拿出来！现在我们帮助大婶治病当紧，她没有钱我们帮助想办法。你现在赶紧去医院安慰他们不让大婶出院。随后，我也赶过去！"钟大伟当机立断，立刻决定帮助拿钱给王大婶治病。

"好的，我马上赶到医院跟虎子说。"钟二伟与钟大伟通完电话后，起身赶往医院了。

钟大伟想到当前帮助大婶治病当紧，马上对客户说："对不起，我现在要赶往医院看我老家的一个病人，商业合作的事情我们改天再谈好吗？"

这位客户听到钟大伟与钟二伟的通话后，也被钟大伟助人为乐精神所感动："钟总，我很佩服您的为人呀。好，您先去医院，我们改天再谈。"

"虎子，我们是邻居又是一起长大的伙伴，你的事儿，也是我的事儿，遇到困难我们大家一起面对。现在大婶治疗最要紧，一定要让医院如期把手术做了！"

"谢谢二伟。做手术前，医院必须先让交六万块押金……"

当钟二伟与虎子两人在医院正为如何交钱做手术发难之时，钟大伟也急匆匆赶到了医院："虎子，不着急！刚好我现在手里还有一些钱，我把我的银行卡带来了，走，现在去医院财务交钱去！"

钟大伟、钟二伟陪同虎子到医院财务窗口排队，及时将六万押金交上了。之后，王大婶如期进行了手术。手术做得十分成功，钟大伟全家又来到医院探望，王大婶紧紧握住陈子贞的手，十分动情地说："子贞，你们全家都是好人呀……"

当出院需要结账的时候，钟大伟又出现在虎子面前，陪同虎子用自己的银行卡结清了住院所要支付的全部的账目：97690 元。虎子拿着结算单，内心难掩感激之情："大伟哥，您是我妈的救命恩人！我也不知道什么时候能够还上你的这些钱呀！"

钟大伟连忙安慰道："虎子，只要大婶病治好了，我们都高兴。这个钱，以后你们不用还了，我也不会要的。如果今后你奋斗好了，有钱了，你可以拿出一些钱，我们一块儿去做些慈善，帮助社会那些需要帮助的人，你看怎么样？"

虎子听后，高兴地笑了："好的大伟哥，我听你的！你是我们全村人的骄傲，我今后一定要向你学习！"

"老婆，这次王大婶手术做得很及时、很成功，我真的为她高兴。如果不及时做手术，等胃癌转成晚期了那就麻烦了。我当时决定帮助拿钱给王大婶治病太及时了，你不会生气吧？"钟大伟拿钱帮助王大婶看病的事情，一天在家吃饭他主动告诉给了王清雪。王清雪是个通情达理之人，听后并没有表现出不悦，而是半开玩笑地说："大伟，你这样做是对的，我怎么会生气。不过，你又花掉小十万，看来你要给我买小汽车的时间，又要往后延期啦！"

钟大伟听后，又笑了笑，半天说不出话来……

一天，钟大伟从电视等媒体看到国内 S 省发生严重地震灾害，又坐不住了，当天他在公司紧急开会动员大家："灾情就是命令。在关键时刻，危难关头，我们和诚人一定要展示我们的精神风貌，发扬我们友爱互助、团结一心的优秀品质，为做好抢险救灾工作，作出我们和诚人应有的贡献……"钟大伟关于参与抢险救灾出发前的讲话，极大鼓舞了和诚人参与抢险救灾的士气。

S 省地震发生后，钟大伟带领 120 名操作手和 60 台大型机械组成的救援队千里救灾，救回 131 个生命，其中他亲自抱、背、抬出 200 多人，救活 14 人，还以和诚公司名义向地震灾区捐赠款物超过三千万元。当地政府主要领导在救灾现场看到钟大伟，紧紧握住他的手称赞他说："大伟同志，你是个有良知、有道德、有感情、心系灾区的企业家，我代表政府和当地老百姓感谢你，向你和你的救援团队致敬！"

"这 3 个孩子我个人认养了，他们在上大学之前，所有的学习费用和生活费用，都由我个人资助。"S 省地震灾情又让许多正在上中小学的孩子，因父母双方遇难，一时成为孤儿影响就学。钟大伟主动通过政府联系，认养了 3 个中学生。

当地政府民政部门的一位领导十分感动地说："谢谢钟总的善举。我代表政府感谢你……"

随着和诚公司快速发展，对外联络的业务越来越多，钟大伟从工作考虑，决定为主要骨干配备业务专车。一天，钟大伟专门召开和诚公司高管会议："我们和诚公司下一步对外加强业务联系的任务非常重，现在公司效益还好，为了提高工作效率，专门留出预算，先为吴科长、辛师傅、秦先达 3 人每人配备一辆专车，希望大家再接再厉，在各自的岗位上再创佳绩！"

大家听后，都情不自禁地给以热烈掌声。这时，秦先达突然站起来，有些不解地说："我说钟总，你作为公司老总没有配专车，而先给我们下属配，我们怎么好意思坐？建议公司先给钟总配一辆专车，大家说对不对？"

大家齐声说："对，钟总得先配！"这时，王清雪心里也在想：大家说的对，钟大伟作为和诚公司创始人，老总，论资历、论贡献，都理应优先配备专车。这样，与他一同乘车上下班也好沾一沾光；家里也不用先买私家车了。

"谢谢大家对我的关心。现在公司虽然效益越来越好，周转资金越来越宽松一些，但现在用钱之处也比过去要多得多。等你们车先配上，再将公司的业绩向前推进一步，到时我再买专车也不迟……"王清雪一听钟大伟这样说，心里又一下子难受起来。

开完会，王清雪等人都出去了，单独拉住钟大伟的胳膊，十分生气地说："大伟，你脑子没出问题吧？别人公司能配车，你作为老总凭什么不能？再说了，论资历，我和二伟都比吴科长、辛师傅、秦先达来的早，从和诚公司一成立我们就来了，按道理也应该给我和二伟也配车才对呀？"

钟大伟连忙解释说："你说的对，就因为我是总经理，你是老总的夫人、二伟是老总兄弟，我们才要这样做。否则，我们怎能充分调动大家工作的积极性和创造性呢！现在创业才是刚刚开始，困难还在后边，用钱的地方会越来越多，我们必须做好长期艰苦奋斗的准备！"

王清雪还是十分生气地说："大伟，你除了每天让我们艰苦奋斗、艰苦奋斗，还能为我们想些什么？如果这次公司给配专车了，我们的私家车以后就不用买了。这样，也好给家里省些钱……"

王清雪难以控制自己的情绪，向钟大伟发了一顿脾气，最后又弄得个不欢而散。

吴科长、辛师傅、秦先达3人每人配备专车了，员工们都很羡慕，但是钟大伟仍然坚持骑自行车上下班。公司员工纷纷议论："钟总的做法就是与众不同，当老总没专车，先给下属配，真是不按常理出牌。""钟总就是钟总，要是凡事跟别的公司学，恐怕和诚公司效益就没有现在好了。"

"兄弟，听说你近几年做水产生意不错，如果你资金充足的话，先借我15万如何？我想近期为我老婆买一辆车子。"钟大伟内心十分疼爱王清雪，每当想到她对自己始终给予最有力的支持，虽然领证结婚了，到现在也没有给她一个女人最在意的婚礼，现在创业初见成效了，想给她买一辆自己喜欢的小轿车，又一拖再拖，感到很惭愧。加上，在公司下属都开专车了，自己还骑自行车上下班的确总让人议论不已。为此，他并没有向公司的财务借款，而是公私分明，专门请几年前认识的一个做水产生意的老板喝咖啡，向他借钱。

"钟总，没有问题！我们是几年的老朋友了，现在我手头资金还算宽裕，你把账号用短信发到我手机上，我马上就转给你！"这个水产老板很爽快地答应下。

"清雪，明天是星期天，我陪你去京都车市转转吧？"钟大伟考虑别人总说自己当老板的还骑自行车上下班，想到月底公司的奖金又有所增多，便想提前为王清雪买一辆小轿车，这样可以蹭她车一起上下班，就不用总骑自行车上下班了。

"哦，你又不买车，光去转转有啥劲儿呀！"王清雪反驳道。

"你错了，去了当然看有合适的车型就买啦！"

"给谁买？"

"当然是给你买的呀！这个月的工资和奖金，加上我又从朋友手里先借了15万，准备了20多万，先按这个钱给你买如何？"

"谢谢老公，明天我们去车市……"

第二天，钟大伟陪同王清雪到车市去买车，两人在车市来回走动，反复比较，很快买了一辆让王清雪心仪的小轿车……

到公司上班时，他们夫妻边开车边聊天，别有一番滋味。突然王清雪半开玩笑地说："大伟，我觉得不对劲儿，一是我们没有享受到公车私用不说，现在反而成了私车公用，以后的加油钱，公司一定要给报销；二是我现在还成了你的专职司机了，是不是公司以后再给我加一份工资？"

钟大伟一听大笑起来："哈哈，谁让你是我老婆呢……"

王清雪又接着说："大伟，就你动不动就讲什么公私分明，仿佛我们总占公司什么便宜似的。要是当时你同意公司给你配专车该多好，就省得我们找人借钱买这辆私家车了。其实你完全有资格享受专车待遇。"

钟大伟听后又安慰道："清雪，不要太计较了，我们有私家车开也不错，以后周末我们外出游玩会比公车更方便……"

钟大伟从大学开始，为了怕忘记定期给资助学生或监护人账号汇款，多年来习惯随身装上一个本，记录要汇款的姓名、金额、时间等。一天，钟大伟换衣服，因工作忙，自己西服暗兜里装的这个小本子一时忘记拿走，被王清雪帮他洗衣服时发现了。她对钟大伟多年来认养的20几个贫困学生的情况全知道了，当时她虽然为钟大伟的善举所感动，但她作为妻子想到现在家里忙于创业，经济十分紧张的状况，顿时又很生气，想等到钟大伟回家后见面问个究竟。

这天晚上，钟大伟从外边吃饭应酬回家已经快十点了，他一进门，王清雪就上前问他："大伟，我知道你出生于贫困家庭，有同理心，喜欢做善事儿。我问你，你现在一共还在供养多少个贫困孩子？"

钟大伟一看王清雪情绪不对劲儿，说话变得也小心翼翼："哦，让我想想，大约七八个？"

王清雪一听大怒："你骗人！骗人！"

她马上将那个小本子甩掉地上："你这个小本子都记着呢，还在骗我！我作为你的妻子，你应该有什么事儿主动告诉我，与我商量一下。"

钟大伟一看大事不妙，忙安慰道："老婆，都怪我，怪我没有跟你商量。以后我都听你的，遇事与你商量好吧。"

王清雪仍然难以平息心中的怒火，边说边流泪："现在我不是反对你去做慈善，而是反对你不从家庭实际经济状况出发！你认养一个两个可以，可你现在总共认养了20几个，我真的不能理解！婆婆生病住院花了十来万，王大婶来京都看病又花了近十万，我们还欠多笔的外债，现在这个月连还房贷的钱都没有啦，你知道吗？"

钟大伟尽管觉得站在一个家庭经费开支的角度来看，王清雪说得十分有理，但他还是认为自己多年来坚持这样做没有错，于是便大声地说："我这样做没有错！今后我还会坚持做下去的……"

王清雪因认养了20几个贫困孩子的事情，与钟大伟发生了口角冲突……

王清雪对此感到心情很难过，第二天主动打电话给钱晓红，向她讲述了钟大伟多年来认养20多个贫困生的故事："晓红，外面的人都以为大伟现在创业很成功，很有钱，其实不然，当前家里经济条件十分紧张。特别是现在大伟认养了20多个贫困生，我真有些想不通……"

钱晓红听后被钟大伟的善举所感动，更加钦佩，反而鼓励王清雪多理解和支持钟大伟："清雪，我觉得大伟这样做也没有什么错，家庭经济状况困难只是暂时的。你现在已是为人之妻，就尽可能地支持老公的想法和做法……"

王清雪与钱晓红通过电话后，心情仿佛好受一些。

又过两天，钟大伟与王清雪两人都冷静下来后，专门商量下一步帮扶贫困家庭孩子就学的事情，各自发表看法。钟大伟慢慢讲述了他的人生经历和回报社会的心路历程："清雪，你也知道，我出生的老家山区的这个村子，是一个以贫困闻名的地方。对贫困最直接的感受在我小时候的记忆里有两件事：一件是打从生下来起，直到10岁之前，几乎没吃过肉；另一件就是好多家庭因贫穷，让孩子还没有上完中学或小学就下学了。我与老家村子里那些早年下学的同伴相比，显然幸运了许多！"

"我觉得关键是婆婆有远见呀！在她一个人最艰难的时期，还是坚持让你上学读书，实属不易呀！"

"所以，现在每当我看到或想到那些贫困家庭的孩子没有学上，我就会想到自己小时候所听所见的往事，就会情不自禁地想帮助他们……"

钟大伟向王清雪讲述扶贫济困的心路历程，王清雪听了也改变了态度，拥抱着钟大伟说："老公，我理解你！以后，你再要扶贫济困，我会全力支持你……"

18. 心急难吃热豆腐

市场销售情势判断失误

扩规模让企业陷入险境

20世纪90年代末，各知名电器销售企业为了提高竞争力，扩大销售额，流行以家电及消费电子产品零售为主在国内全国连锁销售，对钟大伟触动很大。钟大伟是个急性子，因为"和诚"系列空调研发和销售已初见成效，进一步增强了他的工作自信心和参与市场竞争的底气。他与同行竞争开始不甘示弱，为了急于扩大销售量、增强营业额，时常难免有些思想膨胀和操之过急。

一天，钟大伟专门召集由秦先达、吴科长、辛师傅和王清雪等人参加的公司骨干会，十分自信地对大家说："和诚公司创立初始，我就觉察出京都家电市场的巨大潜力，并确定了始终坚持薄利多销，服务当先的经营策略，依靠准确的市场定位和不断创新的经营策略，使得我们和诚公司得以蓬勃发展。要把和诚公司做强做大，我们必须着眼于长远，不仅要占据京都家电销售市场领先位置，下一步还要加快占据全国家电销售市场领先位置！"

秦先达一听，连忙接话说："钟总的意思是想在全国进行连锁销售。您具体有什么规划？下一步打算怎么去运作？"

钟大伟很自信地说："对，就是先要在全国进行连锁销售！下一步，我们要继续坚持'薄利多销，服务当先'的经营策略，争取早日打破百货店经营家电的垄断局面，使和诚家电销售迅速占领全国更多销售份额。我初步计划将实施'三步走'发展战略：第一步，计划两年内在全国近300个大中型城市拥有直营门店1300多家，旗下拥有全国性和区域性家电零售品牌，年销售能力要达1000亿元左右；第二步，等内地一级市场网络布局全面完成后，我们要将和诚家电连锁销售迅速向二三级城市以及香港、澳门拓展，为和诚公司未来走向国际市场奠定基础；第三步，和诚公司要持续领跑中国家电零售连锁业，并本着'商者无域、相融共生'的企业发展理念，与全球知名家电制造企业保持紧密、友好、互助的战略合作伙伴关系，成为众多知名家电厂家在中国的最大的经销商。将来要为消费者提供个性化、多样化的服务，让和诚品牌得到国内外广大消费者的青睐。"

钟大伟讲到这里，大家既为他为和诚定下的这"三步走"发展目标而感到鼓舞，同时也觉得目标有点遥远，相互低声地议论起来。辛师傅尤其感到担心，赶紧插话说："钟总，搞全国连锁销售不是小事儿，这都是有雄厚财力的大企业当前干的事儿。如果我们干得好当然好，如果急于求成干坏了，就有可能把和诚当前创造的利润全部赔进去。还是希望多进行市场行情调查研究，然后再作决定也不迟。"

钟大伟接着说："辛师傅，这一点您不用担心。我想，现在的和诚已经不是几年前刚成立时的和诚，现在国内其他知名家电销售企业能够做到的事情，我们一定也能做到，而且我们做得一定不比他们差！"

吴科长也表示担忧道："钟总，我认为你刚才提出的'三步走'发展战略非常好，也算是对和诚公司当前和长远发展作了一个系统规划。但是我觉得现在市场竞争非常残酷，你计划两年内在全国近300个大中型城市，开1300多家直营门店，这可不是个小项目。我同意刚才辛师傅的意见，建议你还是多进行市场行情调查研究，不能急于求成，一定要积极稳妥推进。"

钟大伟对吴科长的话十分赞成，马上回答道："大家说得都对，当前一定要先搞好调查研究工作……"

　　一天，钟大伟在办公室正在上网浏览新闻，收集关于全国家电销售连锁相关信息，秦先达敲门进来了："钟总，我这两天思考了一下，认为稳妥起见，建议不妨先在京都开两家直销门店，搞一下试点，积累总结一下经验，如果到时觉得效果好，时机成熟了，我们再进行复制，再在全国各地多开连锁销售门店。"

　　钟大伟听后表示十分赞成，迅速站起来说："对，你说得很对，我们先搞个试点运行！"

　　秦先达十分高兴地说："现在京都租连锁销售门店的地点我也想好了，前两天我也实地去考察了商业环境和租赁价格，很适合开店。如果今天你有时间，我现在可以陪你先去看看，如果可行，我们可马上租下来进行开店前的装修。"

　　钟大伟说行动就行动，马上说："看来你准备工作做得很充分。走，我们现在就过去看看。如果位置和价格合适，马上租下来开店。"

　　秦先达开专车陪同钟大伟对开店地点认真进行了考察，钟大伟感到非常满意："先达，这两个地点我看都适合开店。美中不足就是离京都中心城区稍微偏远一点儿。"

　　秦先达连忙解释说："钟总，如果这两个地方离中心城区近，租金就不是这个价格了，肯定会翻倍，这样经营成本就高了。再说了，老城区商场比较集中，家电销售店也较多，我看以后四环境到五环每个刚开业的商业区，都是开店的好地方，都应及时增开我们的直销店和连锁店。"

　　钟大伟对秦先达的话十分认同："你说得有道理。京都包括外来人口以后大多数在四环外居住，人会越来越多，消费能力不可小觑。你接下来再与租方好好谈谈合同，抓紧定下来。对了，先达，这两个新店确定了，你得抓紧从你的销售团队选两个最得力的干将来当这两个店的经理呀！选好店经理，就等于开店成功了一半。你可不能让我们的门店出现第二个刘小光。"

秦先达听后，大笑起来说："哈哈，我早已将两个店经理人选考察好了，就等你最后拍板，到时肯定会让你满意！绝对不会出第二个刘小光。请钟总放心……"

在京都开的这两家店连锁销售门店，在秦先达加班加点的推进下，很快进行开业运营了。

"京都和诚家电销售连锁店1店开业典礼现在开始！首先请和诚公司创始人、总经理钟大伟先生剪彩！大家欢迎！"秦先达主持开业典礼。钟大伟上前剪彩……

"京都和诚家电销售连锁店2店开业典礼现在开始！首先请和诚公司创始人、总经理钟大伟先生剪彩！大家欢迎！"秦先达主持开业典礼。钟大伟上前剪彩……

在同一天，钟大伟出席京都和诚家电销售连锁店1店开业典礼后，又紧接着赶到连锁店2店出席开业典礼。开业当天，各方面企业朋友送来花篮等，以示庆贺，加上和诚公司开展灵活多样的开业大优惠促销活动，营造出一派生意兴隆的景象……

"在京都开的这两家门店已满一个月了。今天叫你们二人来我办公室主要是算一算账，对这两个店的经营效益、管理方式以及下一步发展进行评估，如果认为好，我们马上在全国开连锁销售门店。"京都和诚家电销售这两家连锁店，开业刚刚过去一个月，钟大伟就迫不及待地召集公司财务主管小高和公司销售主管秦先达开会。

小高主动发言，向钟大伟汇报近一个月的财务收支情况："钟总，从一个月的运营情况看，这两个门店的生意都不错，纯利润已达375万，应该说迎来了开门红……"

钟大伟听了汇报后，十分高兴，更加坚定加快推进全国连锁的决心，马上拍板决定说："先达，刚才小高汇报你都听见了吧？我们迎来了一个开门红，可喜可贺呀，你功不可没。说明我们试点是成功的，是可复制的。接下来，你的任务将会更重了，抓紧做好在全国开设门店的工作。"

秦先达一听，觉得钟大伟有些操之过急，马上说："钟总，我们这两个店开业才刚刚一个月，虽然迎来了个开门红，但是也与我们搞系列开业大优惠促销活动有一定关系。建议再等两个月看看再说。"

钟大伟不以为然："先达，时间就是金钱。我们必须抢占先机，尽早打断同行垄断局面！否则，我们很难按计划完成和诚'三步走'发展目标！"

秦先达看到钟大伟加快推进全国连锁销售的决心如此坚定，也就不再多说一些什么了，只好按照他的要求抓好落实。

为了拓展业务，秦先达根据钟大伟的要求，他与钟二伟二人，驱车赶到京都以外的几个省市实地调查市场需求，着手选址开店。

"钟总，我与二伟经过半个多月的系统评估和对外地市场行情的实地调查，我们认为现在如果开店没有一两年的准备，是很难实现的。需要我们提前做好人力、物力、财力的准备，否则，肯定会赔本。"

"哥，先达说得对，开连锁销售门店必须提前做好充分准备，特别是我们和诚有足够资金没有？有足够多的管理人才没有？提前宣传工作做到位了没有？否则，生意肯定不好做。仅选拔培训店经理和装修，也是个大工程。"

秦先达、钟二伟二人都感到扩大经营规模时机还不成熟，不赞同现在急于在外地开设太多的门店。他们二人返回京都后，第一时间到办公室向钟大伟进行了汇报。

钟大伟听了他们二人的汇报，并没有完全退让和改变初衷，而是表情严肃，思考许久后，站起来严厉地说："我知道了，你们说的都有一定道理。不过，我认为实践最重要。这个时代机遇往往与挑战并存，我们要大胆尝试、大胆闯！这样吧，现在我决定，将原计划近期在全国每个省会城市至少开一家店，现在改为先选 5 个省会城市开 5 家连锁销售店，看看效果如何再决定是否扩大连锁范围。请你们现在抓紧在全国确定 5 个省会城市，争取在半年内把连锁销售门店开起来！"

秦先达、钟二伟二人听后，顿时觉得氛围紧张起来，半天无语。

秦先达从钟大伟办公室出来后，想到钟二伟是钟大伟的同胞兄弟，便对他说："二伟，半年之内在京都外开 5 家门店你认为可行吗？"

"哎，是呀，时间太紧张了，关键是和诚的品牌效应还没有真正打出来，担心到时顾客不买账。"

"有些话别人不方便多说，你作为他亲弟弟，建议你在他心情好的时候，再提醒一下，建议他先通过电视或平面媒体刊登广告，在全国有一定知名度时再推进全国连锁进程比较稳妥。"

"你不去提醒他，我也不可能再去提醒！因为我对哥的性格太了解了，他一旦作出决定，如果不遇到挫折什么的，他一般不会轻易改变主意的。随他去吧。"

秦先达与钟二伟二人对钟大伟的决定感到很无奈。

钟大伟不顾秦先达、钟二伟大的反对，半年内，执意主导在 5 个省会城市开 5 家连锁销售店。果然不出人所料，由于和诚家电连锁销售时间不长，好多消费者不认这个牌子，销售量一直上不去，竞争不过其他家电品牌，远远没有达到预期成效。钟大伟感到情势不妙，在秦先达、钟二伟的陪同下，亲自到外地这 5 家门店逐一检查和发现问题。

钟大伟先来到东部某一个省会城市的销售门店，这家门店的店经理和 4 名店员上前迎接欢迎。在交流中问这个店经理："你来这店当经理之前是干什么工作的？以前干过家电销售吗？"

这个店经理略显有些紧张地说："钟总，我之前自己开过一家小超市，卖过日常生活用品，但干家电销售还是头一次。"

钟大伟又看了看其他4名店员问道："你们4人之前干过家电销售吗？"

大家都说："没有。"

钟大伟听后，表情严肃地说："先达，为什么当时不去招有当过家电销售经历的人呢？经营管理人才准备不够，都缺乏管理经验，销售额怎么会搞上去呢？下一步要专门抽出时间，加强对店经理和店员的培训，进一步提高他们的管理能力和营销水平。"

秦先达听后，只好说："好的，好的。"

钟大伟接着又来到西部某一个省会城市的销售门店，他在实地检查的近一个小时的时间，发现几百平米的销售门店，前来购买产品的顾客寥寥无几，产品无人问津。对此，钟大伟不解地问这家门店的经理："今天是个双休息日，应该顾客多才是。平时顾客是不是更少？"

这家门店的经理便如实回答道："您说的很对，今天是双休日，在平时前来买家电的人会更少。"

钟大伟连忙追问道："主要是什么原因造成的？"

店经理思索了片刻，又回答道："钟总，据我平时的观察，主要有两种原因造成的：一是和诚家电是个新牌子，还没形成品牌效应，当前顾客还不认；二是近几年家电市场活跃，像在省会城市的居民家电该买了都买了，市场需求量不足……"

钟大伟听后点了点头："你总结的有一定道理，下一步，我们要逐一解决好这些问题。"

钟大伟到外地这5家门店实地检查和发现问题，返回京都的当天即叫秦先达、钟二伟二人来办公室："外地这5家门店经营效果一直不理想，责任主要在我，通过这次实地检查，我们要从中吸取教训，马上改正！"

秦先达连忙说："说实话，如果当初准备工作作充分了就不会出现这些问题，比如，在宣传引导方面，当时没有拿出足够的资金作宣传广告，和诚家电许多消费者不买账，因此生意冷冷清清。在市场开发方面，各省会城市家电销售店多，用户量趋于饱和，因市场开发能力不足，致使销售量一直上不去。在营销活动方面，门店家电经销不能及时的抓住各大商机（如各种节假日等）来加强临时促销，吸引顾客源。在促销能力方面，门店家电销售员不是专业的销售人员，缺乏电器销售的专业知识，更多的是靠着自己怎么想就怎么干，一些销售的技巧等他们自己在实践中慢慢摸索等，都会直接影响家电连锁销售成效，必须加以改进。"

钟二伟一想起当初钟大伟不听大家的劝告，显得十分无奈，以责怪的口气对他说："你自己刚才说的对，这次连锁销售出现如此严重失误，责任全在你！而怪不了别人！办事太急于求成，如果你这个性格还不改，不善于接纳吸收别人好的意见建议，今后还会吃大亏的！和诚公司从成立到现在好不容易走上正轨，创造一些利润，现在瞬间又亏损啦！企业下一步怎么办？"

秦先达看到二伟越说越生气，嗓门越来越大，不停地责怪钟大伟，又赶紧劝说："二伟，钟总心情已经很难受了，你能不能少说几句？"

这时，钟大伟已陷入深深自责，连忙对秦先达说："先达，你不要拦他，二伟责怪的对，让他把话说完吧。"

"高主管，又快到月底了，'和诚'系列空调这月的自主研发经费什么时间到位？否则项目又要先停止了。"辛师傅又一次找公司财务催要当月的自主研发经费。

"唉，辛师傅，其实我与你一样着急。可是公司的钱大都投到京都外的连锁门店了，资金一时半会儿很难回来啊。"小高很无奈地说。

"喂，你是和诚公司财务高主管吗？"

"我是，您是？"

"我是大东家电生产公司的李总，你们公司上个月买我们 7000 元的货款上星期就该支付了，如果这两天还支付的话，我们每天要收取滞纳金的。请你转告你们钟总。"

"好的，我们争取尽快将欠款支付给你们。谢谢你对我们和诚公司的支持。"

财务主管小高又接到催要货款的电话。

由于扩大经营规模时机还不够成熟，大量资金投入到扩大经营规模上，在京都之外的5家连锁门店销售远远没有达到预期，只有投入，不见产出，直接造成了和诚公司企业资金链条的紧张。

一天，公司财务主管小高向钟大伟反映："钟总，公司运营资金已经严重不足。现在公司账面处于严重亏损状态，自主研发经费无法保证不说，现在到月底了，员工的工资和资金怎么办？还有上个欠几家的货款现在每天都在催要，资金已经不够正常周转了。"

钟大伟听了小高的汇报，双眉紧锁，心情万分焦急："好，我知道了！你先回去吧，我马上想办法解决！"

京A家电大卖场的生意一直惨淡，店经理刘小光把钟大伟一直当成最强竞争对手，对其记恨在心，总认为是钟大伟在京都影响了他的生意。钟大伟的生意做得越好，刘小光越妒忌。因此，他平时十分关注和诚公司的发展和钟大伟的一举一动。一天，京A家电大卖场的一个员工与刘小光聊天时无意说道："刘经理，我前两天听一朋友说，钟大伟现在企业快不行了，可能下一步会出大问题。"

刘小光一听，心中暗喜，面带微笑连忙追问道："他怎么了？出什么问题了？快说！"

"听说钟大伟急于扩大经营规模，他执意主导在5个省会城市开的多家连锁销售店失利，造成企业濒临资金链断裂，欠别人的外债都找上门去了，已让他创办的企业陷入险境了。"

"好，他的公司倒闭了我们店的销售额肯定就会好起来了。天助我也！"刘小光边笑边感慨。

"刘经理，我也只是听朋友这么一说，钟大伟当前到底是不是这个情况？我也不敢确定，您自己当作参考即可。"

"谢谢兄弟，今天你给我提供太重要的信息了。我知道，钟大伟上个月又欠我们加盟总店高大宽高总1000多万的进货款。不行，我明天就去找高总，也让他抓紧找钟大伟要钱。否则，欠别人的外债都找上门去了，如果高总不抓紧想办法，钟大伟企业到时真的倒闭了，钱就更难要回来了……"

"高总，今天我告诉你一个好消息，钟大伟的企业恐怕快要倒闭了……"第二天，刘小光急匆匆赶到京A家电大卖场连锁总店找高大宽，把他从外边了解到的关于钟大伟的近况全都告诉了他。

高大宽在刚认识钟大伟的时候，对钟大伟很好，但随着钟大伟创业生意越做越大，再加上刘小光不停地说坏话，也开始对钟大伟设防了，害怕将来市场竞争不过和诚公司，有一天会被钟大伟"吃掉"，听了刘小光的建议后，笑了笑说："小光，你说的有道理，上个月他欠下我们总店1000多万元的货款，我已要了两次，他还一点没有还，可能他真的无力偿还了。"

刘小光此时连忙补充道："是呀高总，我们的目的不就是想让他企业快点倒闭吗，你这1000多万元的货款他一时半会儿肯定还不上，但我还有一个办法，如果您听我的，绝对比要钱还划算！"

高大宽一听，连忙追问道："你快点说，你有什么好办法？赶快说我听听。"

刘小光小声对高大宽说："让他限期还款，等还不上款后，就让钟大伟将他开的京都和诚家电销售连锁店1店作抵押。我以前曾派人去考察过，这个店生意一直很火，地理位置也不错。等抵押后可以顺势将此店改成我们京A家电大卖场总店的一家加盟店……"

高大宽从商业利益考量，越听越觉得刘小光说的有些道理："好，就按照你说这样去办！你先不要吱声，我现在就给钟大伟打电话！"

高大宽拿起手机拨通了钟大伟的电话："大伟，你现在欠我的货款准备怎么样了？你当时答应半个月给我们钱，现在快过一个月了！"

钟大伟十分客气地说："高总好，不好意思，最近我们公司出现一些问题，导致资金很紧张，不然早就还给您了。高总，看我们多年老朋友份上，您能否再多给我半个月的时间？"

"半个月？不行！大伟，我现在总店资金也十分紧张，等着急用！这样吧，我再给你三天的时间，到时如果你还不还，你就把你京都和诚家电销售连锁店1店抵押给我们吧！"

钟大伟一听，感到十分突然："高总，如果我三天时间仍还不上，你就把我们京都和诚家电销售连锁店1店作抵押，这样做是不是不太合适呀？"

高大宽十分严厉地说："钟大伟，你给我听好了，君子无戏言。三天时间过后，你欠的钱如果还没还，别怪我不把你当朋友了，到时你京都和诚家电销售连锁店1店就成我们的啦！"

说完，还没有等钟大伟把话说完，高大宽就把手机挂了。

"对不起，我们是京A家电大卖场连锁总店的，因为和诚公司欠了我们1000万的货款早已到期，现在只有把你们这家店作抵押啦！我们现有可以一起盘点一下货物，看看这家店可抵押多少钱？"眨眼间三天过去了，钟大伟由于资金困难，无法还上欠款，高大宽与刘小光趁火打劫，专门从社会上找十几个身强力壮的无业男子，来到京都和诚家电销售连锁店1店强行盘点和占领该店，并声称："从明天起，这个店就成为我们京A家电大卖场连锁总店的一个加盟店了。"

"不行，现在是法治社会，请你们抓紧离开，不要乱来！否则，我们就报警啦！"这些人的做法立刻遭到和诚家电销售连锁店1店全体员工的坚决反对，大家情绪激动，两波人相互叫嚣，接下来又厮打在一起，场面十分混乱，引起众多顾客和路人围观。最后幸好和诚家电销售连锁店 1 店的一员工主动报警，才避免了一场流血冲突。等秦先达等人从外边赶过来，民警已经将事态控制住了。

高大宽与刘小光的计划落空后，两人十分恼火。高大宽又当着刘小光的面给钟大伟打电话，以十分不友好的态度，大声呵斥道："钟大伟，你给我听着，你欠钱不给，以门店抵债你也不肯，反而报警。既然你无情，那也别怪我对你不客气啦！"

说完，高大宽就将手机挂断了，也不给钟大伟说话解释的机会。

在一旁的刘小光心里暗喜，连忙接话说："高总，你别生气，你放心，接下来我会再想办法收拾他……"

"先达，当初到外地开连锁店是我让你和二伟一起去推动的。现在和诚困难当头，从明天起我还派你们二人抓紧想办法在当地能将这 5 家店能转让的转让，不能转让的就作清仓处理，能收回多少成本就收回多少。"为了维持公司生存，受情势所迫，钟大伟不得不将外地刚刚开设的 5 家门店关闭，资金损失近两千万元。

秦先达对和诚公司的现状十分了解，听了钟大伟的这番话，感到心情很沉重："唉，好吧，我和二伟明天就出发，尽可能将成本多收回一些，以偿还债务。"

"大伟，我今天下午去找我中学时期的一个同学，他现在在京都市朝阳区一家银行当行长。我将和诚公司面临的资金困难都给他讲了，他表示愿意帮忙。他建议可以用和诚公司生产厂房作银行抵押贷款。"王清雪为缓解和诚当前周转资金困局又开始四处奔波。

"太好了，告诉你同学，现在随时欢迎他们银行的人来公司考察，尽快帮助我们从银行贷一笔款出来。等事情办成了，我渡过这一难关，请他吃饭好好感谢他。"钟大伟十分渴望银行能够早点把钱放出来。

说来也巧，当时京都各银行非常喜欢给有房屋或工厂的个人和企业作抵押贷款，加上和诚公司生产厂房面积较大，这笔贷款办得非常顺利，没有半个月就给和诚公司批了1700多万元。有了这笔款，钟大伟第一件事，就是马上给高大宽的欠款还上，把和诚公司员工的工资补发上，略让他松了一口气。

一天，钟大伟在公司骨干会上首先作自我检讨："为了扩大经营，在没有进行充分市场调研、没有做好经营管理人员培训、没有做好前期广告宣传的情况下，急于求成，一意孤行，才造成和诚如此被动的局面。这个责任全怪我，怪我自己当时没有听在座大家的意见建议，不应该照抄照搬其他公司的做法，脱离了和诚公司当前经营状况的实际。现在就请大家发言，对我进行批评和提醒，我一定虚心接受……"

吴科长、辛师傅、秦先达、王清雪等与会者，都在认真倾听钟大伟发自内心的检讨，默默无语。当钟大伟提出让大家主动对自己进行批评和提醒时，谁也不肯先发言。等了半天，吴科长看还没的人说话，自己就主动站起来了："大家不说，我先说说。我认为，虽然钟总之前在扩大经营规模方面是有些操之过急，但是我觉得钟总他提出的下一步推进和诚公司发展的'三步走'总体思路是对的，只要接下来适当调整一下时间进度，一切从和诚公司发展实际出发，我们的目标就一定会实现。创业就像人生，有高潮就会有低谷，不可能事事顺心。希望钟总尽快从这次扩大经营规模失利的阴影中走出来，我们和诚人永远会支持你，与你站在一起！"

大家一听吴科长富有激情的发言，情不自禁都站起来给他掌声："好，吴科长说得对，我们支持钟总！相信钟总！"

大家对和诚公司下一步的发展更充满期待。

扩大经营失利后，钟大伟心情有些不好，每天回家都少言寡语，夜里总睡不好觉。总在自责和思考下一步怎样才能积极稳妥推进和诚公司快速发展。王清雪很理解他。一天夜晚，当安慰他时，钟大伟反而情绪一下子激动起来："清雪，这一下，让我们创业好不容易赚的钱，一夜晚间又蒸发了。都怪我！是我连累和诚公司！是我连累了大家！"

19. 当头棒喝遭波折

和诚遭受政府调查和严惩

钟二伟涉嫌妨碍公务入狱

家电销售行业竞争日益激烈，钟大伟虽然在外地开连锁店失利，但是在京都的几家门店生意一直很好。一天，钟大伟主持召开和诚公司骨干会议："今天开会，主要是分析当前市场行情，听听大家的意见，总结布置一下近期工作，大家可以畅所欲言。"

与会人员心情都比较轻松，公司财务主管小高面带微笑，率先汇报当前公司经营状况："钟总，由于这段时间以来，清雪姐和秦先达经理，运用互联网等不断加强对我们和诚公司产品的宣传，越来越多的消费者认和诚这个品牌了，应该说成效十分明显。从近期销售情况看，在京都，无论是和诚家电销售还是和诚自主研发系列空调销售，销售额都创历史新高。如果这样良好局面持续下去，我估计不用半年时间，就可以全部还清因公司在外地扩大经营规模失利而的欠款，实现扭亏为盈了……"

秦先达连忙谦虚地说："在公司品牌宣传推广上，主要是钟总重视，清雪姐策划组织得好，否则不会取得这么好的结果的。我只是在中间做了一些力所能及的工作。"

辛师傅一听，十分高兴地说："太好了，太好了！这下子又可以大大鼓舞员工们的士气啦！"

吴科长也连忙说："是呀，辛师傅说得对，前段时间员工们看到公司陷入困境，都为钟总和和诚公司的下一步发展捏一把汗。现在企业马上扭亏为盈了，但是面对残酷无情的市场竞争，我们应从长计议，还是小心谨慎为好，一定要认真总结经验和吸取教训，不能重蹈覆辙呀。"

钟大伟边认真听大家的发言，边作记录，听完大家的发言后说："当前，和诚公司扭亏为盈在即，这些成绩的取得凝聚着全公司员工的心血和汗水，特别是与在座各位的直接领导和参与分不开的。在此，我衷心感谢大家！刚才，大家说得都很好，下一步我们的任务会更重……"

钟大伟生意越红火，越遭到京都同行的妒忌。面对激烈的市场竞争，刘小光所在门店生意冷淡，濒临倒闭，心情十分郁闷。

"兄弟，我们再干一杯！""好，我们干！干了！"一天，刘小光心情沉重，请平时相处较好的销售员小吴到一家小饭馆喝酒解闷。两人要了两瓶白酒，点了几个小菜，碰了一杯又一杯……

两人喝得尽兴之时，刘小光激动地对小吴说："钟大伟这小子，当时他在我店里打了3个月的工，本事学到了，马上出走自行创办公司，也开设家电销售门店，与我们抢生意。现在他生意风生水起，早超越了我们，对于这一点我一直想不通！这口气我真的很难咽下去。"

小吴一听，马上以铁哥们的姿态表示："刘哥，您心情不好我心情也不好受！您说我能为您做些什么？我倒不信，我们一块儿还收拾不了这个钟大伟？"

刘小光听到小吴如此给力的话，情绪显得更加激动起来："你这话我爱听！好兄弟！来我再敬兄弟一杯！"

小吴又与刘小光碰了一杯酒后说："刘哥，我觉得钟大伟这个人挺奇怪的，论管理经验他没有你从事家电销售时间长，应该说他还是你的徒弟；论经济条件他也没有你经济条件好，为什么他的和诚电器销售都比我们的好呢？还能形成品牌呢？我想一个重要原因就是当时你这个师傅带的好！"

刘小光听小吴这么一说，自己也觉得好奇与无奈，内心更加难过，便对他说："兄弟，我突然想了一个办法，要想收拾钟大伟，我们必须打到敌人内部去！"

小吴连忙追问："打到敌人内部去？"

刘小光马上以一种商量的语气说："兄弟，我是这样考虑的，我想让你假借去钟大伟门店里去当销售员，这边的工资和资金还照常发给你。"

"我到钟大伟那里去当销售员？"小吴连忙追问。

"是的，就是想让你到钟大伟那里去当销售员。这样，一来好仔细观察和诚公司经营管理之道，尽可能把他的核心管理经验学过来；二来也好打探一下他们公司在管理上有什么漏洞，比如在偷税漏税等方面存在严重问题，我们就先取证，到时就可以举报他！如果举报成功，我再给你增加资金！"刘小光马上解释道。

"好，我都听刘哥的！"小吴碍于哥们儿关系，果断地答应帮这个忙了。

"听说，钟大伟几乎每个月都去人才市场招聘销售人员，你明天就可以去人才市场看看。因为你有丰富的销售经验，我估计很容易被和诚公司录用。"

"好的，我明天就去！"

第一天，小吴拿简历，来到人才市场，果然如刘小光所说，和诚公司正好有人过来招聘销售员。小吴连忙将自己的简历递给和诚公司招聘带队人秦先达："这是我的简历，我有当销售员的经历，刚刚从一家家电销售店辞职。现在我想到和诚电器上班。"

秦先达看到小吴也是从刘小光店里辞职的，连忙说："你好，我是和诚公司主管销售的经理，我也曾在刘小光这个店里干过。谢谢你对和诚电器的信任。我想问你一下，你为什么辞职以后想来和诚电器干销售？"

小吴连忙说："秦经理好，您是我的前辈，以后我要向您多学习。和诚电器影响力大，应该说我是慕名而来。和诚公司在家电销售和自主研发行业影响力越来越大，加上上家每月发的工资也不高，于是我就果断辞职了……"

秦先达考虑小吴有销售工作经验，现加上他对月薪也没有过高的要求，当时就与他签了劳动合同，两人握手："小吴，恭喜你！从今天开始我们就是同事了。祝你今后工作顺利！"

"谢谢秦经理，谢谢！"

小吴来到京都和诚电器一家门店上班当起销售员，由于他有过销售经验，业务娴熟，很快适应工作环境，并与其他销售员打成一片，也很快赢得了秦先达的信任。于是，他感到时机成熟，按照刘小光事先交代的，边工作边观察和总结和诚好的管理经验，同时还挖空心思找公司经营违纪违法漏洞。

小吴工作没多久，通过跟内部员工深入接触聊天等，掌握大量关于和诚公司的经营信息和管理信息。

"今天我叫你们两人来我办公室，主要商量一下公司在财务和纳税方面等问题。我们和诚公司要主动与工商、税务等部门搞好关系，依法纳税、依法经营……先达，我平时事务多，你多年从事销售，与工商、税务等部门打交道的经验丰富，我们和诚公司要一切按他们的要求去做，至于交税、办理营业执照等，全由你和小高二人负责，不能出现问题……"钟大伟平时只顾思考加快创业步伐，提高创业效率和增加营业额度，很少思考和研究当地政府部门对企业发展方面的各种政策规定。在税务、财务、工商管理等方面直接交由秦先达和财务小高管理。

"钟总，谢谢你对我的信任，我和小高一起一定会处理好与工商、税务部门的关系的。"秦先达自信地说。

"没问题，我会全力配合先达做好相关工作的，请钟总放心。"小高也表达了信心和决心。

由于钟大伟平时工作忙，很少自己亲自过问，日积月累公司在税务、财务、工商管理等方面也确实出现一些问题。

一天，当地政府税务部门的两名税务员，前来门店检查纳税情况，秦先达和公司财务主管小高连忙上前迎接，配合税务员检查。经过检查，税务员在离开门店之前，严厉地对秦先达、小高说："通过检查，发现店里存在偷税漏税的现象，还有店里的账目也有些混乱……"

秦先达态度很好，马上回应："好的，我们马上按你们要求进行整改……"

小吴当时在现场，税务人员与秦先达、小高之间的对话，他全部听得一清二楚。

小吴想到刘小光给他的任务，抑制不住内心的喜悦，当天晚上便约刘小光到一家小饭馆，把他对和诚公司掌握的所有信息都告诉了刘小光。

"刘哥，目前为止，我收获太大了！"

"你赶快说给我听听！"

"刘哥，钟大伟现在生意做得很大，用手里赚到的钱在京都开了许多门店，既有和诚电器销售连锁店，也有和诚空调专卖店。他现在扩大经营规模心切，在京都又新开3家门店可能还没有来得及办完营业执照就营业了，并且还有偷税漏税之嫌……"

刘小光听了频频点头，咬着牙说："好，你抓紧搜集证据举报他！钟大伟，你小子这下完了！来！哥我敬你一杯！"

小吴此时感到很有成就感，与刘小光碰杯一饮而尽后便说："哥，请你放心，你交代的任务我保证完成！对我来讲，这都不是什么大事！"

小吴根据刘小光的要求，利用在和诚门店上班的机会，特别是利用秦先达和店里员工对自己的信任，继续四处观察、打听和搜集钟大伟在京都门店有关违规证据。

"秦哥，感谢您对我的信任，以后我就跟您干了，以后有事儿随时盼咐。"小吴利用与秦先达一起吃工作餐的机会与秦先达套近乎。

"小吴,你虽然来和诚工作时间不长,但你上手快,工作干得很出色,要再接再厉。"

"谢谢秦哥对我的鼓励。我这个人有个特点,干事情要么不做,要做肯定会想方设法去干好。我的工作这一块,您尽管放心,我一定会干好的。秦哥,听说和诚刚开业的门店有的营业执照还没有办下来?是真的吗?"

"对呀,办个营业执照是需要一个时间过程的,少也得几个月,我们租的店面费用很贵,如果不及时开业,生意就会赔的。"

"哦,那如果工商部门来检查怎么办?"

"哈哈,我与工商、税务打交道多年,关系已经很熟悉了。他们真的上门查了,我就说执照正在办理,我想他们一定会给我一点面子……"

"兄弟,我们是好同事、好朋友,今后我们得相互关照!来,我敬你一杯!"小吴又利用业余时间专门请门店的一个销售员兼财务的小伙子喝酒吃饭,拉近关系。

"谢谢,好,干杯!"

"你是专门做产品和财务统计的,我想问一下,平时和诚公司各门店都按实际销售额去纳税吗?"

"哦,这个吗,有时是按实际销售额去纳税,有时也是要做些手脚的。现在销售行业市场竞争压力大,生意不好做,有时难免偷税漏税……"

"刘哥,经过近段时间的深入了解,我完全掌握了和诚公司违纪违规经营的证据。现在我全部给整理出来打印好了,请你看看。"小吴专门收集整理相关证据,又找刘小光一起喝酒,邀功寻赏,表达自己对刘小光的忠心。

"好兄弟,你真够哥们!好样的!你收集整理的很全面,这正是我要的。下一步,我会重重奖励你!你一会儿再去多复印几份,我明天就寄给政府各部门去投诉和诚公司。这回我一定将和诚公司弄倒闭不可!"刘小光凶狠地说。

"我看，钟大伟这次恐怕在劫难逃。"小吴十分得意的说。

"来来来，我们干杯！"

第二天，刘小光亲自到邮局，将收集整理的投诉举报材料寄向政府工商、税务、信访等部门。他从邮局出来后，觉得自己做了一件很重要的事情，于是他想到了一个人：高大宽。他便拿起手机给高大宽打电话："高总，我今天想告诉您一声，上次您说关于收拾钟大伟的事儿全搞定了！"

高大宽一听，连忙接话说："全搞定了？好呀！你说给我听听！"

"高总，马上政府部门就会查办了，很快钟大伟就有好戏看了……"刘小光满带笑容地，将如何收集整理材料，投诉举报钟大伟的来龙去脉都告诉了高大宽。

"好，你干得好！对竞争对手出手就要稳准狠，不能心太软。如果这次钟大伟的门店倒闭了，我们马上就想办法全部给收购过来，变成我们的连锁店！"高大宽告诉刘小光。

"高总放心，这次钟大伟完了，我们一定要将他的门店马上变成我们的门店……"

小吴觉得打入和诚公司内部，自己已经完成了刘小光交给的"使命"，没过两天就找个客观理由从和诚公司辞职，又回到刘小光的身边……

"工商、税务、信访等部门收到举报材料后，引起市政府的高度重视，市里分管领导已经作出重要批示，要求将和诚公司经营状况调查了解清楚，对有违纪违法行为的要坚决严厉惩处。今天市政府信访联席会召开成员单位会议，根据大家的意见，现决定成立联合调查执法组，近期对钟大伟经营情况进行彻查……"京都市政府信访部门的主要领导牵头召开会议，决定对和诚公司进行全面检查。

王大婶患胃癌，上次来京都钟大伟及时帮助拿钱看病，病情得到好转，又逐步恢复了健康。王大婶全家上下十分感谢陈子贞一家特别是钟大伟的帮助，在老家经常念钟大伟的好。一天，王大婶在老家对儿子虎子说："虎子，我现在病好了，多亏大伟主动拿出那么多钱帮助治疗，让我又捡到一条命。大伟拿出这么多钱，我们无论如何都记住还上呀！"

虎子连忙说："妈，我知道。不过，我们家还这么穷，光种地恐怕一辈子也还不上呀！"

王大婶连连叹气说："唉，欠这么大的人情让我们咋办呀。"

虎子劝妈妈说："妈，您不用太发愁，我有办法，不知道您同意不同意。我想去京都找二伟，我与他小时候关系最好，让他帮我在大伟面前多说说好话，让我到他们的公司去打工。大伟哥现在的公司名气很大，口碑好，听说工资待遇高，我能去他那里干上两年没准儿就能将钱还上了……"

王大婶听了虎子这一番话，觉得说的很有道理，马上同意说："好，好，你这两天就去京都找二伟吧，如果大伟能要你，你一定好好干。"

虎子十分高兴地说："妈，您放心。"

虎子背上行李，急忙赶到京都找到了钟二伟。钟二伟在和诚公司新开的一家销售门店当销售员兼保安员，当天中午见到发小，儿时的玩伴虎子十分高兴："虎子，你来了太好了。大婶的病怎么样啦？"

"我妈的病全好了，多亏你们全家的帮助呀！"

"走，中午了，为了欢迎你的到来，我们到旁边的一个饭馆喝几杯去！"

钟二伟与虎子从小一起长大、一起上小学、初中，两人感情很深，中午两人一喝起酒来，有说不完的话，你敬我一杯，我敬你一杯，两人很快都一下喝高了。

"钟总，不好了，不好了！现在市里工商、税务、信访等部门来人了，专门突击检查我们的门店，还说让你马上过来配合调查……"市政府组织由工商、税务、信访等部门组成的联合调查执法组，对和诚公司在京都的多个销售门店进行突击调查，现场检查和指出存在的问题。秦先达突然看到联合调查执法组过来了，马上给钟大伟打电话。

"什么？来人了？突击检查我们的门店？我们没有什么违法漏洞吧？我现在在远郊区洽谈业务，最快也要两个小时后才能回去。"钟大伟因在远郊区洽谈业务，一时赶不回来，就委托秦先达和小高全程陪同。

"这家店从今天起，开始停业整顿，未经工商部门允许，不准再营业。现在就将大门贴上封条！"联合调查执法组来到钟二伟工作的这家门店，因没有营业执照当场进行查封。这一下子，搞得秦先达、小高以及全店员工不知所措。但没有办法，只好配合工商等待部门接受检查。有的顾客不解地问："和诚电器是我们信赖过的产品，怎么这个店开业没有俩月，就让停业整顿了呢？"现场出现一些群众围观，聚集的人越来越多。

"虎子，时间不早了，你随我回店里上班吧，下午我们在店里接着再聊。"钟二伟想到下午还得上班，便带着虎子，二人醉醺醺地往店里走。

当钟二伟快走到店门口，老远就看到许多人聚集，顿时感到很纳闷。赶紧走上前，正好碰上工商、税务的人在门口贴封条，让关门停业、限期整改。钟二伟对此不以为然，情绪一下子失控，大叫起来："你们这是干什么？干什么？我们违什么法了，为什么要封门？不行，你们都赶紧给我离开……"

这时钟二伟酒劲正浓，边大声喊叫，边飞快上去将封条撕掉。执法人员看到钟二伟此番动作，连忙劝诫道："这位同志，我们是执法组，请你要冷静，不要冲动！不能影响我们正常执法。否则后果自负！"

这时钟二伟怎能听进去执法人员的劝诫，继续去撕封条。执法人员几个人连忙上前制止无效，钟二伟反而与公务人员拉扯起来，还给一名公务人员打了两个耳光，推倒在地，又踢了几脚，场面一片混乱，到处都是围观群众。

执法人员看到自己的同事被打，立刻将钟二伟紧紧包围起来，向钟二伟发出最严厉的警告："你这样做已经触及法律底线，你已经违法了知道吗？"

刚从农村走出、没有社会经验的虎子，看到钟二伟被执法人员围住，相互在拉扯，想到钟二伟是自己的发小，亲如兄弟，误以为执法人员会打人，担心钟二伟挨打吃亏，情绪一下子也失控了："请你们让开，让开！谁也不能动手打二伟！"

虎子边说边上前，用双手狠狠地将拉扯钟二伟的执法人员脖子摁住，摔倒在地，并狠狠向前踹上几脚。另外一些执法人员连忙劝阻，也被钟二伟和虎子二人打倒在地。秦先达和小高上前劝阻也无济于事，现场更加混乱……

联合调查执法组，看到这种失控状况，连忙边报警，边和公安部门取得联系。

不一会儿当地多位民警赶到现场，立刻将钟二伟和虎子制服，戴上手铐，送进警车，带到当地派出所接受审查。民警对着他们说："你们不许乱动，必须配合我们的工作……"

秦先达看到执法人员被钟二伟和虎子打伤，觉得大事不妙，连忙打120，叫来救护车将被打伤的执法人员送进救护车紧急去医。

此时，钟大伟匆匆赶到事发现场，眼睁睁看到钟二伟和虎子被警车拉走，看到被打伤的执法人员紧急送医，一时不知所措，连忙问秦先达："这是怎么回事儿？"

"二伟和虎子二人今天喝醉酒啦……"秦先达连忙解释。

钟大伟和秦先达等人第一时间赶到医院协助执法组帮助被打伤的执法人员办理入院手续和紧急治疗。同时，钟大伟不断向执法组的领导道歉："领导同志，很遗憾执法人员被我们公司人员打伤，这都是我们公司的责任。我作为公司的负责人郑重向你们道歉，愿意接受任何惩罚，住院治疗的一切费用由我们公司承担……"

联合调查执法组执法检查被打事件在社会上产生不良影响，引起社会媒体的广泛关注。联合调查执法组召开紧急会议，组长宣布对和诚公司作出最严厉的处罚决定："一、对和诚公司营业手续不齐全的门店一律关停，责令停业整顿，严禁无照经营。二、除了正常补缴税款外，处以 350 万元罚金，并在 1 个月内上交。三、钟二伟、虎子打人行为，已经涉嫌妨碍公务罪，要依法追究刑事责任……"

钟大伟事后，连忙赶到当地派出所，打听钟二伟的消息。一位民警告诉他："钟二伟和虎子犯的错误很严重，涉嫌妨碍公务罪，正在接受审查。今天他们肯定回不去了。"

钟大伟连忙追问："最多能待多长时间？"

民警告诉他："按照国家相关法律规定，根据钟二伟和虎子犯罪的事实，恐怕要判 1 年至 3 年的有期徒刑。"

钟大伟听了民警的这番话，想到两个人，一个是一直支持自己的同胞兄弟，一个是母亲患胃癌刚刚好转的老家邻居，心里顿时感到十分难过。

当天晚上，钟大伟回到家里将钟二伟和虎子可能被判刑坐牢的事情告诉了母亲和王清雪。陈子贞得知钟二伟和虎子被抓，可能会判刑，顿时放声大哭："大伟呀，二伟可是你的亲弟弟，你们小时候家里穷，你们哥俩都上学，学费都交不起，他主动提出外出打工，减少家里开支供你上大学。你开公司需要人，他又二话不说就放弃其他工作来京都帮助你。现在他也已经是二三十岁的人，还没有找到媳妇，他这次去坐牢了，恐怕一辈子也找不到媳妇啦！"

王清雪连忙上前安慰道："妈，您不要太伤心，二伟不会关太长时间的。他找对象的事儿到时包在我身上，我肯定会帮助他找一个让您满意的好媳妇。"

陈子贞想到虎子也受牵连，显得更加激动和伤心，对大伟说："大伟，你说如果二伟一个抓走了就算了，怎么还将虎子抓走呢？虎子他妈的病还没有全好，你大婶知道儿子被警察抓走了，肯定会着急和伤心的，如果她的病再犯了怎么办？再说了，被警察抓走了，人的名声就坏了，在村里传开了对虎子全家多不好，你都想到了没有？"

面对突如其来的钟二伟和虎子被抓、公司上交大额罚金、关闭门店，钟大伟始料未及，迎来了他创业以来最艰难的时段，心情一下子跌到谷底。看到妈妈如此伤心和难过，钟大伟也只好对妈妈说："妈妈，我错了，都是我的不对……"

为了在1个月内将350万元的罚金交齐，钟大伟不得不将和诚系列空调产品、销售门店的家电以低于市场20%的价格对外销售。由于好几个门店被政府查封，只剩3个门店在经营，尽管以低价促销，但1个月眨眼间就要到了，还有近50万的资金缺口。对此，钟大伟焦急万分。

和诚公司员工对钟大伟当下遭遇十分清楚，大家都为钟大伟着急，都不想和诚公司在发展势头刚刚有些起色之时破产，纷纷表示愿意筹款帮助渡过难关。吴科长、辛师傅、秦先达3人更是不例外，积极主动想办法筹钱帮助钟大伟。

再过几天，1个月的时间就到了。这天，钟大伟在办公室来回踱步，正在为最后的筹款发愁时，突然吴科长、辛师傅、秦先达3人敲门进来了，吴科长开门见山地说："大伟，我们都知道你当下的难处。都知道再过几开就要交齐罚款。我和辛师傅、秦先达3人共筹集30万，其他员工们也自发筹集了25万。现在我们将这55万转到公司财务账户了，小高已经确认收到了。大家都希望尽自己的能力帮助和诚渡过这次难关呀！"

这笔钱无疑是雪中送炭，钟大伟听了吴科长这番话，激动地半天没有说出话来，调整了半天情绪，有些哽咽地对大家说："谢谢大家！在公司遇到重大困难和严峻考验之际，和诚人愿意与我共度时艰，让我非常感动，这也是大家对我钟大伟的信任。这笔钱，关乎我们和诚公司的成与败，下一步我们要严格按照政府有关部门要求进行整改，争取尽快让和诚重新走上正轨……"

"这回钟大伟和诚公司受到严惩的消息，都被媒体报道了。小吴，你是好兄弟，为我们狠狠出了一口气，功不可没，必须奖励。从这个月开始，每月多给你增加 2000 块钱的工资……"销售竞争对手刘小光知道举报投诉成功，钟大伟受到严惩后心情十分高兴，专门召集小吴等人在饭馆喝酒，举杯畅饮。

小吴一听每月多给他增加 2000 块钱的工资，马上高兴地说："谢谢刘哥，谢谢刘哥……"

小朱是刘小光店里一名老员工，性格耿直，在秦先达还没有从刘小光店里辞职之前，他们两人是好同事。这次喝"庆功"酒刘小光也把小朱叫上了。他对刘小光和小吴这种做法看不惯，感到很不以为然："唉，刘哥，同行之间竞争很正常，我们应该以提高我们自身服务水平和诚信度，来保持我们门店的竞争优势才对，不应该采取投诉的方式，去达到搞垮对方的目的。搞恶性竞争，对谁都没有好处！"

"小朱兄弟，我这样做也是没有办法的办法，再说了总部的高总也支持我们这样做。"刘小光提到高总，马上又想到给他打电话，又拨通了高大宽的电话："高总好，上次跟您说的关于钟大伟的事儿，全搞定了！"

高大宽正在外地出差，接到刘小光的电话很高兴，连忙说："好啊，我已经从这两天的媒体报道看到了，干得不错。我正准备给你打电话，等过几天我出差回去后，我们见面好好商量一下，下一步对钟大伟应该怎么办……"

喝完"庆功"酒后，刘小光这种行为，让店里的老销售员小朱实在看不下去了。他回到家里思来想去，还是忍不住拨通秦先达的手机："秦哥，我是小朱。"

"小朱你好，好久没有联系了，你这么晚了打电话有什么急事吗？"

"急事倒谈不上，我主要想告诉你一声，你知道为什么有联合调查执法组去调查你们和诚公司吗？"

"不知道，但我这天也一直在思考这个问题，总感到这件事情很蹊跷。你肯定掌握了什么信息对吗？你赶紧说说。"

"今天我本来不想对你说的，但我实在看不下去了。联合调查执法组去调查你们和诚公司，主要是因有人举报投诉。你知道是谁举报投诉你们吗？……"

小朱将自己知道的刘小光、高大宽和小吴一起举报投诉的事情，全部告诉了秦先达。秦先达听后顿时感到刘小光等人的险恶用心，十分恼火，忍不住大骂："刘小光，真是个小人！他们的阴谋绝对不会得逞！总干损人不利己的事情，相信苍天有眼，这样的人，不会有什么好下场的！"

20. 凤凰涅槃获重生

认真总结痛定思痛抓整改
群策群力待时机重振雄风

"你知道为什么有联合调查执法组来调查我们和诚公司吗？我已经掌握确切信息，是刘小光他们投诉举报的，他们想置我们于死地……"和诚家电销售门店被查封限令整改后，钟大伟虚心接受，对创业经营管理认真进行总结和反思。一天上午一上班，秦先达急急忙忙赶到钟大伟的办公室，连忙将了解掌握刘小光等人举报投诉的事情告诉了钟大伟。

"你从哪里知道的？"钟大伟反问道。

"当初我在刘小光店里工作的时候，店里有一个新来的销售员小朱与我关系很好。他现在也成一个老销售员了，他说刘小光知道和诚公司被政府处罚后，心情大好，还专门组织一些老员工喝'庆功'酒。小朱是一个很有正义的人，昨天夜里他实在忍不住了，便悄悄打电话告诉我……"秦先达将小朱的话一一转告。

"这一点我早就猜着了，肯定是竞争对手举报的。不过这种事也只有刘小光这种人能干出来！他一直在嫉妒我们，还经过长时间准备收集整理资料后才举报的。他们用意十分明显，就是盯住我们在公司管理上的漏洞和疏忽，通过举报投诉，借政府之手搞垮我们！"钟大伟对刘小光的所作所为一点都不感到意外。

"刘小光的险恶用心一定不能让他得逞！"秦先达气愤地说。

"你通知大家，下午我们专门召开一次公司骨干会议，认真查找公司存在的问题和不足,就如何抓好整改广泛听取大家意见。"钟大伟立刻责令秦先达安排召开会议。

"是,我马上通知大家!"秦先达立刻行动起来。

下午,钟大伟亲自主持召开公司骨干会议,首先主动自我检讨:"这次发生被举报查处事件,首先不能责怪竞争对手刘小光,而是要怪我自己平时对政府管理要求学习研究不够,政策法规意识不强,造成管理上的漏洞和缺失,才给举报人提供了机会。不过,我要说的是,这次被人举报并不全是坏事儿,从另外一个角度,我们还要感谢刘小光,是他在提醒我们,从今天开始,必须加强和诚公司规范化、制度化建设。既然已被政府查封限令整改,我们就要虚心接受,对创业经营管理认真进行总结和反思,严格按照政府有关部门要求进行整改。我们要把坏事儿变好事儿!仅这一次被人举报是压不垮我们和诚人的!"

钟大伟讲到这儿,大家情不自禁地为他鼓起掌。

和诚公司遭到联合调查执法组严厉的调查和警告,钟大伟虽然没有批评秦先达,但秦先达心里非常清楚都是因为自己平时管理不严格造成的,每天都在自责和深感不安,一天专门找公司财务主管小高一起喝酒解闷:"小高,这次和诚公司遭到调查,主要责任在我,都怪我存在侥幸心理,在没有等到营业执照正式批下来就先营业,在税务管理上也没有严格执行国家有关要求,是我思想认识不到位、管理不到位造成的,都与钟总没有关系。现在我心里真的难过,我对不起钟大伟对我的信任。"

小高边喝酒边对秦先达说:"要说责任,我也有份儿,如果在纳税问题上我坚持严格一些,就可避免出现问题,即使有人举报我们也不用怕。也都怪我,这一点真与钟总没有关系。事到如今,也没有见钟总批评我们,越是这样,我心里就越难受。"

秦先达连忙说:"是呀,钟总若真能够狠狠批评我们一顿,没准儿心里还好受一些。唉,钟总真是一个非常有涵养的人,我相信他今后一定能成大器……"

当晚，秦先达与小高两人一醉方休。

秦先达与小高商定，第二天上午一上班，两人一同来到钟大伟办公室向钟大伟承认错误，表达下一步干好工作的决心。秦先达先作诚恳地道歉："钟总，真的对不起，这次和诚公司遭到调查，给整个公司造成重大损失和不良影响，主要责任在我，我愿意接受任何惩罚。"

小高也连忙补充道："钟总，我错了，您多批评我们吧！下一步，我们会积极配合整改，坚决杜绝类似问题再发生！"

钟大伟看到秦先达、小高二人承认错误的态度如此好，连忙安慰他们说："行了，行了，过去的事情就让它过去吧。既然问题发生了，我们正确面对就是了，关键是下一步，我们要认真学习研究国家的相关政策规定，再不能出现任何管理上的漏洞呀，一切要按照国家的规章制度办事，不能随意搞变通，给想举报的人创造机会！"

"是，这次教训太深刻了，这一点请钟总放心，今后我们一定会做得让您满意。"秦先达连忙表态。

"原来办营业执照、交税等，都是由二伟具体协助你们去干的。唉，他现在被抓，也不知何时回来。从现在开始，你们二人要主动作为，抓紧配合政府部门这次调查，尽快将营业执照等办好，该补交的税抓紧补上，该上交的罚款抓紧交上……"钟大伟想到二伟被抓，伤心地对秦先达和小高提工作要求。

陈子贞自从得知钟二伟和虎子被公安抓走后，一直担心不已，每天茶不思、饭不想，一下子病倒在床。钟大伟、王清雪在工作之余，还得照顾她、安慰她。她见到钟大伟、王清雪就问："二伟和虎子现在怎么样？不会在监狱里总挨打吧，他们什么时候能出来？"

钟大伟和王清雪总以类似的话安慰道："妈，您放心吧，二伟和虎子没有大事，过一阵子就会放出来的。若有什么消息我们会第一时间告诉您。您多保重身体……"

钟大伟和王清雪一起来到当地派出所，打探钟二伟和虎子的最新情况。王清雪上前问一位民警："警察同志，请问钟二伟和虎子现在情况怎么样？你们准备怎么处理？他们平时都是守法公民，那天他们是喝了酒了，请警察同志宽大处理……"

民警告诉钟大伟、王清雪："你问的是妨碍公务打伤执法人员的钟二伟和虎子吧？他们昨天已从派出所转到市看守所了。在案情审理期间，家人不允许探视，只有律师可以见到本人。建议你们回去抓紧帮助他请一位律师……"

钟大伟、王清雪听了民警的建议，去了一家律师事务所聘请了一名叫王波的律师。他们将案情告诉律师后，律师分析道："如果钟二伟涉嫌妨碍公务罪成立，要判的刑期在半年至3年之间。听你们的介绍，我感觉情况还是比较严重的，你们还是要做好最坏的思想准备。"

钟大伟连忙说："事到如今，只有走司法程序了。关于后续许多事宜如何处理，我们全权委托您了，还望王律师您多费心。钟二伟和虎子现在在看守所心情肯定很难受，希望您明天就去看看他们，代我把话说到，让他们主动配合警方调查，保持好的态度，争取宽大处理……"

王律师连连点头说："好的，我明天就去看守所看望他们，把你的意思告诉他们。请放心。"

钟大伟在返回的路上心情十分沉重，一路无语。王清雪见状连忙劝导道："大伟，上次你在全公司骨干会议上说要把坏事儿变好事儿，我认为你讲得非常好，我很赞同。现在钟二伟和虎子被抓了，已成事实，无论怎么伤心、难过也不解决问题。当务之急，是要切实从此次事件中吸取深刻教训，真正彻底清查整治公司在经营管理上的漏洞和疏忽，加快推进和诚公司健康、可持续发展。我们应当化被动为主动、化伤心为动力，尽快让和诚走出困局……"

钟大伟听了王清雪的这番话，突然觉得心情好了许多，连忙说："清雪，你说的有道理。对，我们不能因为被别人告了，就一下子被打倒在地下站不起来了，这样正是竞争对手乐见的，更让人瞧不起。我们绝对不能沉寂下去，而是加强改进工作，真正做强做大自己，不能让竞争对手的阴谋得逞！"

王清雪看到钟大伟能听进去自己的话，又连忙建议："最近我经常看到一些大企业之间加强互动，相互学习取经的新闻。我认为要想将和诚公司做强做大，光自己埋头苦干还不行，也应该走出去，到一些有名的企业多看看别人是怎么做的，把别人先进的经验为我所用。换句话说，就是善于踩在巨人的肩膀上前进。"

钟大伟十分认可王清雪的说法："你这个建议非常好，这也是我近几天正在思考的问题。我考虑你和我一路、吴科长等人一路、秦先达等人一路，共分3路，专门拿出半个月的时间，分别到全国多家管理经验先进的大企业学习取经。"

王清雪高兴地说："好，这个主意好。兵分3路，等取经回来后，大家再一起好好总结梳理别的企业好经验好做法，这种对进一步理清和诚公司下一步经营管理思路绝对有好处。"

按照和诚公司的统一安排，大家兵分3路，先后赶赴全国多家知名大企业学习借鉴先进管理经验去了。

"我们专门拿出半个月的时间，让大家到全国多家知名大企业学习借鉴先进管理经验。首先我个人觉得这次安排大家外出学习考察十分有必要，我个人感到收获特别大。现在大家全都回来了，为了加快推进和诚公司发展步伐，今天专门召开一次我们和诚公司发展模式研讨会，主要想听取大家对外出学习取经的感想，特别是想听听大家对和诚公司下一步发展的意见建议，大家可畅所欲言。"学习取经结束后，钟大伟马上主持召开会议，大家都感到此次外出学习考察收获大，纷纷争先发言。

吴科长带头发言道:"我先谈谈感受。首先感谢钟总能让我有机会参加这次外出考察,我感觉收获很大。我感到和诚公司要想做强做大,必须着眼更加符合现代企业发展的需要,加快推进企业制度化、规范化和科学化管理。我建议我们和诚公司可以学习别的大企业的一些先进管理经验,比如可以在征求公司员工意见的基础上,加快制订出台《和诚公司经营管理手册》,详细明确各岗位的职责规范,建立完善的经营管理框架。只有这样,今后才能经受起政府各部门的监管和检查,也能为和诚公司今后走出京都、走向全国打下坚实的基础。"

钟大伟边认真听,边不时点头,表示认同:"吴科长说得好。加快推进企业制度化、规范化和科学化管理势在必行,你提的建议我赞同,我们可以马上制订出台《和诚公司经营管理手册》,这个任务就交给你,你负责牵头完成。"

吴科长听到钟大伟赞成自己的想法,十分激动,立刻答应道:"好,请钟总放心,我马上行动,保证完成任务!"

秦先达连忙接话说:"钟总,我通过这次外出学习考察,感到收获也比较大,现在我想提一条建议:在家电的供销模式上我们要大胆地进行尝试,可重新调整和诚公司经营发展思路,及时创新家电流通业的供销思路,脱离中间商,与厂家直接接触,搞包销制。"

钟大伟对秦先达的观点非常认可,连忙打断说:"先达的这个建议很好,这也是我这几天一直在思考的问题。在供销模式上,下一步我非常主张脱离中间商,与厂家直接接触,搞包销制。为此,我们要马上着手对和诚电器统一门店名称、统一商品展示方式、统一门店售后服务、统一宣传,建立起低成本、可复制的发展模式,逐步形成在全国家电零售连锁模式,彻底让企业脱胎换骨。"

大家都十分赞同,连连点头。辛师傅连忙说:"脱离中间商,与厂家直接接触,搞包销制,这是个好主意,这也可以说是和诚公司在家电流通业内供销模式首创，如果搞好了，和诚电器的影响力会越来越大的。"

王清雪连忙补充道："推进供销模式的改革，做好相关宣传十分必要。建议大力宣传和推广送货上门服务。我们可以争取在《京都消费者报》刊登相关广告，借助广告这一现代营销手段引导顾客消费，走出了坐店经营的传统模式。"

财务主管小高连忙说："我赞同清雪姐的意见建议和诚公司加大服务力度，大力推广送货上门服务。比如可以推出80公里免费送货、免抬服务，同时可以开通免费咨询电话、建立顾客档案、实施电话回访、厂商联保等服务措施。这不但突出了和诚家电专营业态的专业化服务特色，也极大地方便了顾客。"

钟大伟听完大家积极踊跃发言后，又作了总结性发言："刚才大家所提的意见建议都很好，我完全赞成，下一步重点就是抓好落实。看来这次安排大家外出学习考察是及时的、正确的，今后还要定期不定期地组织大家外出学习考察。外边的世界很精彩，我们和诚人绝对不能做井底之蛙。我们和诚公司虽然因种种原因被政府部门调查过，但是从我们和诚公司自成立营业以来，还没有遭到一个顾客对我们的投诉。这是跟我们多年倡导和牢固树立的以顾客为中心的理念是分不开的。因此，请大家充满信心，只要我们和诚人继续坚持以顾客为中心的理念，继续走'自主研发、品牌优先'之路，规范管理、合法经营，就没有战胜不了的困难，更不害怕同行竞争者举报……"

大家给予热烈的掌声……

"钟总，我们和诚公司被查封的几家店都顺利通过政府部门要求的整改，现在全部可以正常营业了。"秦先达每天跑工商、税务等部门积极配合办理完有关手续，京都的几家门店在查封不到几个月的时间里又可重新营业了。

"好，我们要切实从中吸取深刻教训，走规范化管理之路，今后绝对不能再打政策的'擦边球'……"钟大伟严厉地对秦先达说。

公司发生被查事件后，吴科长、辛师傅心情也不好，为继续把和诚系列空调自主研发搞上去，提高产品核心竞争力，他们更加努力工作，每天加班加点带领研发团队进一步加强集中攻关，以此支持钟大伟东山再起，大家工作干劲儿十足……

和诚系列空调坚持自主研发，不断推出新产品，加强服务和宣传到位，深受广大消费者的认可。

钟大伟以政府部门责令整改为契机，坚持群策群力，重新调整经营发展思路再出发，很快扭转了公司被动的局面。特别是和诚公司尝试脱离中间商，与厂家直接接触，搞包销制大获成功，全面提升了企业管理水平和品牌形象，加上利用网络和报刊不断宣传，使和诚电器在全国的知名度一夜之间迅速得到跃升。由此，和诚公司还被京都市消费者协会评为"售后服务诚信单位"，也受到广大消费者特别是电器制作与销售同行们的广泛关注和评论。

和诚公司在全体员工的共同努力下，逐步走出了被查事件的阴影，大家工作起来氛围变得更加宽松和谐，特别是钟大伟等公司管理层在讨论和交流工作时，时时笑声不断，自然流露出对未来企业发展的自信。

秦先达看到和诚公司难得又恢复正常销售与生产秩序，一天，在他的建议下，钟大伟爽快答应在公司一定范围内举行一次聚餐，以示庆贺和答谢大家。聚餐由公司骨干和部分职员代表参加，大家欢聚一堂，想到之间加强互动，氛围十分轻松愉快。

在这次聚餐会上，财务主管小高心情大好，主动给自己倒满一杯白酒，站起来说："今天我心情真的特别高兴，我集中敬大家一杯，首先我想祝贺我们和诚公司被京都市消费者协会评为'售后服务诚信单位'，这个荣誉来之不易，是我们和诚公司全体员工共同努力的结果，更是钟总集思广益，英明决策的结果。"

"说得好，说得好！"秦先达、吴科长等人连忙插话说，大家情不自禁地鼓起了掌。

"我的话还没有说完，在这里我顺便向大家报告下当前的公司财务状况，我想大家听后一定会十分高兴，现在我们公司近两个月的利润呈现300%的增长率，特别是和诚公司尝试脱离中间商，与厂家直接接触，搞包销制大获成功，既全面提升了企业管理水平和品牌形象，也使得营业额度大幅攀升，今后大家工资和奖金会更高的……"

大家对财务主管小高的话产生强烈共鸣，氛围一下子变得活跃轻松起来……

和诚公司没有因为被查而倒闭，刘小光等人看到和诚公司发展反而越来越强，心里更加气愤。刘小光一直对钟大伟和诚公司的发展高度关注，一有风吹草动马上都能掌握。当他从各媒体报道和跟踪打探到的消息，得知和诚公司被京都市消费者协会评为"售后服务诚信单位"，受到广大消费者特别是电器制作与销售的同行们广泛关注和好评，他更加坐立不安，担心进一步影响自己的生意。一天，在上班中很气愤地对小吴说："小吴呀，我们的招数不行啊！我就想不通，我们怎么越打击钟大伟他发展越好呢？真是邪了门啦！"

"是呀，我这几天也在纳闷，政府对他们的好几个店查封解禁不到几个月，就又被什么被京都市消费者协会评为'售后服务诚信单位'？真是奇了怪啦……"小吴也感到惊奇。

接着刘小光和小吴两人又开始商量用什么好招数，计划下一步继续阻止和诚公司的发展。

和诚公司尝试脱离中间商，与厂家直接接触，搞包销制大获成功后，引起全国各大知名电器生产厂家的关注，纷纷上门谈合作。钟大伟在公司三天两头与大生产厂老板洽谈业务，商签供销合作协议，加强合作。在供销合作协议签约仪式上，钟大伟经常说："脱离中间商，与优质家电厂家直接接触，搞包销制，这是我们和诚公司在家电流通业内供销模式的大胆创新，这样既能及时帮助生产厂家把货销售出去，提高生产厂家投入周转资金周转的速度，又能让广大消费者买到物美价廉的产品，是个多赢的事情，我们一定长久坚持下去……"

供销合作协议签约仪式时常引起媒体的关注，一天，有一家国内知名电视媒体记者采访与和诚公司刚刚签订供销合作协议的知名家电品牌生产厂家的王总经理："王总你好，请问你们作为国内知名的家电生产厂家，为什么专门选择与和诚公司合作？"

王总经理笑了笑回答道："你这个问题问得好。我们之所以选择与和诚公司合作，主要看中的是和诚公司的以人为本的服务理念和创新精神，像这样有社会责任、讲诚信的好企业我们没有理由不合作！"

记者又追问："您能具体谈谈对和诚公司改革创新方面的印象吗？"

王总经理连忙回答道："当然可以。应该说和诚公司在推进供销模式方面，是开创性的，也顺应了时代发展和业态发展的需要，这一现代营销手段引导顾客消费，走出了坐店经营的传统模式。对此，我很赞成。比如，和诚公司加大服务力度，大力推广送货上门服务，推出80公里免费送货、免抬服务，同时可以开通免费咨询电话、建立顾客档案、实施电话回访、厂商联保等服务措施。这不但突出了和诚家电专营业态的专业化服务特色，也极大地方便了顾客。作为家电生产厂家，我们很愿意与有这样开拓创新精神的企业合作……"

高大宽做生意是以当中间商挣差价起家的，当钟大伟主张脱离中间商，与厂家直接接触，搞包销制大获成功后，他开始对自己企业的发展有一种无形的危机感，意识到在京都乃至全国钟大伟可能是自己最潜在的竞争对手，对钟大伟内心充满恐惧和恼怒。在高大宽手下当市场经营部副总经理的老邱，他一直很关注钟大伟和诚电器的发展，也从内心佩服钟大伟的那股改革创新精神，到高大宽办公室汇报工作时，情不自禁地对高大宽说："高总，现在钟大伟创办的和诚电器影响力真是越来越大了，不知最近您关注了没有，和诚公司已被京都市消费者协会评为'售后服务诚信单位'啦！恐怕以后我们与国内知名大的家电生产厂家合作越来越困难，如果我们不提早找到应对之策，在京都的生意恐怕就不能可持续发展了。"

高大宽深深地抽了一口香烟，非常担忧地说："是呀，现在钟大伟已经成商界名人了，我们与他的差距越来越大了。我是一直在关注他，特别是钟大伟这次重新营业，主张和诚公司尝试脱离中间商，与厂家直接接触，搞包销制，突出以商品经营为核心，提供低成本、高效率的供应链平台，以后一定会对我们做中间商生意造成很大影响的。如果他们与厂家直接接触，搞包销制持续得到广大消费者认可的话，下一步我们当中间商的日子就会更不好过了！"

老邱听后，连忙感慨道："钟大伟这个小子不简单。听说他通过开放ERP信息化平台，在订单、库存、对账、结算等环节与供应商实现信息共享，以提升周转效率、降低缺货率；并提高了与供应商合作效率，降低交易成本，效果非常好……"

高大宽在与老邱交谈中，既佩服钟大伟这个竞争对手的创业胆识，又对自己公司下一步的经营而感到无比担忧。这时，刘小光匆匆忙忙敲门进来了："高总，邱总，你们都在呀，我刚好有事儿向你们汇报。"

高大宽连忙说："老刘，你来的正好，我正准备找你呢。看你急匆匆的样子，你先说，你今天来有什么急事儿？"

刘小光十分认真地说："高总，不知您从媒体了解到了没有，现在钟大伟公司越做越大了，听说每天都从全国各地的家电大生产厂家来京都与他谈合作，这样对我们企业的发展十分不利，必须继续采取一些制约措施呀！"

高大宽一听刘小光说还必须继续采取一些制约措施，马上想到上次举报没有达到让和诚公司破产倒闭的预期成效，脸色一下子阴沉下来，十分生气地对刘小光说："老刘，今天你提起制约钟大伟的事儿我不得不批评你几句，上次你说通过收集和诚公司违纪违规证据向政府投诉举报、紧急催要购货款等，结果呢？相反，不但没有让和诚公司倒闭，反而倒逼钟大伟他们推进公司改革创新、完善制度机制，走向一个发展的快车道。要不是上次让这样去举报，他们还不会有这么快被京都市政府评上'售后服务诚信单位'呢。你知道吗？钟大伟公司能有今天，他最应该感谢的是谁？就是你！你知道吗？"

刘小光看到高总如此大发脾气，一下子变得更加紧张起来，脸色变得发白，连忙说："对不起高总，上次还是我考虑的不够周全，没有达到预期效果都怪我！这次您放心，我现在又想到新的策略，保证不会再失手！"

高大宽追问道："现在又有新策略、新点子了？到底行不行？别再像上次那样，打草惊蛇要不得！要么就不出手，出手就要稳准狠！"

这时刘小光以一种自信的表情，连忙向高大宽详细讲述了自己下一步对付钟大伟的行动计划……

高大宽边听、边插话、边点头……

21. 经受挖墙脚考验

人才屡屡被别人挖走

倒逼钟大伟机智应对

面对激烈的市场竞争，同行企业之间相互挖人，把懂技术、懂管理、懂经营的骨干，往往以高薪等手段将其吸收到自己的公司，已成普遍现象。刘小光与员工小吴看准了这一点，为了搞垮和诚公司，绞尽脑汁，反复推演，最后他们决定专门找多家有名的猎头公司，不惜一切代价，尽可能将和诚公司人才挖走。

小吴来到刘小光办公室对他说："刘哥，现在企业之间的竞争说到底是人才的竞争。要想快速让和诚公司倒闭，挖人墙脚我看是关键的一招！"

刘小光连忙问："你赶快说给我听听，怎么才能把和诚公司人才都挖走？什么人还算得上人才？"

小吴笑着解释说："刘哥，我最近专门研究过了，现在企业容易被挖的人才往往分这几类，一是做出成绩，名声在外的明星主管和骨干容易被挖；二是专业技术人才容易被挖；三是相对对手有很大优势的业务团队主管和骨干容易被挖；四是管理能力比较强的主管容易被挖。我有一个认识多年的老朋友老王，他在一家猎头公司当老板已经十多年了，前两天我已经与他沟通了一下，他说只要我们舍得出钱，你想挖谁就能挖到谁。"

刘小光看小吴说话的语气如此肯定，高兴地说："好，你与你的朋友老王说，钱不是问题，抓紧让他赶快行动，能挖走的全给他挖走，直到公司倒闭为止！"

小吴一听刘小光这么一说，连忙拨通猎头老王的电话："王哥好，我是小吴，上次我跟你说的让您帮助挖人的事情，现在我已经与单位的领导说好了，就按原计划办，您现在抓紧行动吧！"

猎头老王在电话里说："好的兄弟，你们放心，我做猎头已经十几年了，请你们领导放心，我一定把问题搞定！如果我一个猎头公司搞不定，我还可以再帮助找个十家八家的，总之，一定会将和诚公司的人才都挖走……"

小吴连连点头说："好的，好的，谢谢王哥，改天我请您喝酒，好好再敬您几杯……"

猎头老王也很讲义气："别客气，这点小事儿不算啥，等成事之后再说吧。"

和诚公司发展很快，雄心勃勃地提出要尽快推动落实年度业务拓展计划，还准备大举从社会上招一些人来补充力量。刚刚过完春节公司一上班，钟大伟就召集公司管理层开会："今年我们的任务很重，无论是销售门店，还是搞自主研发，都急需增加管理人才和技术人才。"

秦先达分管公司人力资源工作，他主动接话："是呀，钟总说的我完全赞成。现在企业同行之间的竞争就是骨干人才力量的竞争。我马上去起草一个我们和诚公司引进人才的规划，确保公司发展有后劲。"

钟大伟连连点头，对秦先达说："好，公司人才规划的事情，你就多费心，主动想办法从社会上挖掘一些人才过来。如果因人才选用没有跟上，影响了公司下一步的发展，我就拿你是问！"

秦先达站起来，自信地说："是，请钟总放心，如果公司人才队伍建设的事情出现问题，由我一人负责！"

猎头老王受刘小光和小吴的委托，让自己的手下发挥"专业"作用，对和诚公司从上到下挖了个遍，除了吴科长、辛师傅等有定力的人内心没有动摇，还真的有一些员工特别是一些大学生毕业时间不长的管理业务骨干，受到外单位加薪、晋升职务等条件的诱惑，在猎头老王的鼓动和操作下，陆续跳槽出走，公司一时又陷入被动，和诚公司一些销售业务特别是自主研发进程，一下子放缓或停滞，让钟大伟始料未及。

钟大伟连忙将秦先达叫到自己的办公室狠狠批评了他一顿："老秦，前段时间你在会上还向我保证，如果公司人才队伍建设的事情出现问题，由你一人负责，这个责你能负得起吗？现在人才没有挖来一个，反而我们的骨干屡屡被别的公司挖走！你这个主管怎么搞的！"

秦先达虽然内心感到有些委屈，但表面还是以自我检讨的方式对钟大伟说："我检讨，人出走了，都与我平时观察和与大家沟通交流不够有关，下步一定改正。"

这时秦先达手机响了，一看是辛师傅打来的，便接了："先达，我听说我们公司的小向和小梅也要准备辞职了，是真的吗？"

"什么？小向和小梅也要准备辞职？"

"是呀，你要多想想办法，能挽留一定要挽留，人才已走这么多了，不然公司就不能正常运转了。"

"好的，我知道了，现在我就在钟总办公室了，我再向他报告一下，先挂了。"

秦先达挂了电话说："钟总，又不好了，小向和小梅她们……"

懂技术的小向和懂销售管理的小梅都是大学毕业的高材生，经过两年多的培养，进步都很快，已成为公司的骨干力量。平时钟大伟对她们很看好，也经常表扬她们，她们突然辞职，钟大伟感到十分不舍。钟大伟在旁边已经听到了辛师傅与秦先达的大致通话内容，脸色顿时变得发白，便打断说："行了！不用说了，我都知道了，你现在赶紧去做一下小向和小梅的工作，问一下她们要辞职的主要原因，看看她们都有什么需求，都尽量满足她们。你就对她们说这是我说的，说话算话，争取不让她们辞职！"

"好的，我马上找她们两人谈谈！"

刘小光对实施的猎头挖人计划十分满意，感到已经初步达到了"目标"，满脸喜悦，急忙给高大宽打电话："高总，这次猎头计划很成功，先后从和诚公司已经挖走十来人了，听说和诚公司当前销售和自主研发的业务大受影响了！我看和诚公司下一步有好戏看了！"

"好，干得不错，继续努力。不过，一定要吸取上次投诉举报没有成功的教训，不能再让钟大伟逃过一劫，越早点让和诚公司倒闭越好！要么不出手，出手就要稳、准、狠！"

"放心吧高总！这回一定会成功！"

"你可别高兴太早，钟大伟可不是一般的人呀！他可是很难对付的，一定要考虑周全！不惜一切代价将他拿下，我全力配合你！"

"好的，有您这句话，我更有信心了！对了高总，让猎头挖人才不能都往外公司输送呀，是不是我们也应该留几个？"

"对呀，有好的人才我们自己也可优先留下。我们的企业想做大做强也离不开人才呀！"

"告诉您一个好消息，前两天猎头通过许愿出高薪、留职位，又做通过和诚公司小向和小梅两位骨干的思想工作，懂技术的小向和懂销售管理的小梅可都是国内名牌大学毕业的高材生呀！"

"真的吗？可以考虑将这两个人全留在我们公司里。"

"好的，告诉您一下，小向和小梅两位全都是大美女，小向技术很全面，建议就到您身边工作，帮您当总经理助理得了。"

"好的，可以。那么小梅怎么安排呢？"

"我也考虑好了，她学的是销售经营管理专业，我现在门店正需要这样管理人才，我想让她到我们门店当副经理怎么样？"

"好，就这样，我现在就批准了！"

　　小向和小梅都是未婚女性，刚好平时都住在公司安排的同一间宿舍，两个人即将跳槽的事儿相互都早通过气。这天中午休息，小向和小梅正在宿舍聊天，谈有关跳槽的事儿。小梅对小向说："哎呀，我们姐儿俩在这间宿舍住了两年多，马上我们要走了，真有些不适应呀！"

　　"我也是。不过，好在我们即将到的新单位听说还是一个系统，平时联系和见面的机会还是较多的。"

　　"对了，下一步你就是我的上级领导了。你被安排在京都比较大的这家家电销售平台公司当总经理助理，我只是在你下面的门店当副经理，以后你还要多多关照我呀！"

　　"呵，咱姐儿俩还分谁是谁呀。"

　　正在这时，听到门外有人敲门，小向起身开门："啊，是秦经理呀，您怎么来了？请进！"

　　秦先达走进门，笑着说："怎么？不欢迎啊。"

　　小向和小梅异口同声道："欢迎，当然欢迎呀！"

　　秦先达在椅子上坐下："刚好你们两人都在，我受钟总委托今天找你们正式谈一谈工作上的事情。听说你们俩人受外界影响也有辞职的打算？"

　　小向和小梅听了相互看了看，小向先开口："秦经理，我们正准备明后天向你正式递交辞职报告呢，今天您就来了。"

　　小梅说："秦经理，我们不是打算辞职，现在是已经决定离开了！"

　　接下来，秦先达苦口婆心地劝她们不要辞职，也转达了钟大伟对她们的问候与挽留，但是她们一时受高薪和职位的诱惑，当场就拒绝了。小向说："秦经理，谢谢您的好意，也请您转告钟总，我和小梅去意已决，你们不用再劝了！""是呀，谢谢秦经理，您不用劝了，我们辞职了，以后也不影响我们与您的交往，还是好朋友！感谢您这几年对我们的关心和照顾！"

秦先达劝说无果，心情十分沮丧，回到自己办公室正在思考如何向钟大伟报告此事时，钟大伟敲门进来了："先达，找她们二人谈了吗？谈的怎么样？"

秦先达连忙站起来说："钟总，您来了，我正准备一会儿向您报告此事呢。哎，别提了，小向和小梅她们早就做好辞职准备了，去意都十分坚定，再劝也没有意义了！"

钟大伟笑了笑说："哈哈，这也是在我意料之中，她们想走就走吧！即使留下了也不会安心，不必难过。不过，现在我们和诚公司最近出走的人才可不是她们两个人呀，已经十几个了！我也注意到了，我们平时在发工资、奖金等方面不能跟同行最高的比，但跟一般的比，还是高得多呀。"

"是呀，我也是想不通，前阵子大家工作积极性都很高，怎么突然说辞职就都辞职了呢？"

"所以，这一点正是值得我们总结和反思的。我想员工想要离职总是有林林总总的原因，但是不过只有两点最真实：要么是钱没给到位，要么是受委屈了。这些归根到底就一条：干得不爽！和诚公司是个很惜才的公司，要善于包容人才。既然人才要出走了，说明我们还有做得不够好的地方，我们慢慢改进。我们就主动成全和配合他们辞职，注意在办理辞职手续时一定不要为难他们，工资奖金等一分钱也不能少给人家，以免让人说闲话和看不起我们！"

"好的，我们积极配合做好辞职相关手续！"

小向和小梅如其他辞职的员工一样，离开了和诚公司又开始到外公司从事新的工作。骨干人才屡屡被人挖走，引起钟大伟的思考与不安。钟大伟召开全公司骨干大会："大家都知道，最近我们公司业务骨干离职出走严重，直接影响了我们和诚公司的正常经营和生产秩序。今天召集大家开会，主要想听听大家对如何加强公司人才队伍管理的意见，多提出一些防止人才出走的措施和办法。"

辛师傅很气愤，第一个急于发言："最近我们和诚公司人才出走潮，主要是刘小光和高大宽他们在后面搞的鬼！上次他们投诉举报想搞垮和诚没得逞心不甘呀，接着想通过挖墙脚的方式继续使坏，其目的只有一个，盼望和诚倒闭！"

与会人员听到辛师傅这么一说，当时就纷纷议论起来，有人就说："真有这回事儿？刘小光和高大宽他们这样做也太不光明正大了吧？他们这样做一定成不了大气候！"

吴科长站起来说："辛师傅说的没有错，的确是刘小光和高大宽他们在后面搞的鬼。他们是出高价钱雇用猎头公司专门干挖墙脚的事儿，专门针对的都是管理和技术业务骨干，还有科班出身的高材生等，包括我和辛师傅两位老同志也被猎头盯上了，说什么只要我们离开和诚到别的公司上班，可以支付比这边多两倍的工资和奖金。"

听了吴科长这么一说，又有一名骨干站起来说："前几天也有猎头通过我在外企工作的同学找到我，做我思想工作，想让我离开和诚。但我觉得和诚公司是个很有理想、很有社会抱负和美好前景的企业，虽然工资待遇与同行相比还不是太高，但我感到在这里工作很开心、很舒适，我当场就拒绝了。"

"对，前一阵子也有猎头找过我了……"曾经被猎头找过的骨干纷纷站起来，表达准备长期在和诚公司与大家一起打拼的信心和决心。

钟大伟听后十分感动："今天在座的各位都是和诚的骨干和领导层，都是猎头被盯的对象。你们今天还能参加这次会，还没有被挖走，没有被外公司的高薪和职位所吸引，充分表明大家对和诚与我本人的信任！在此我要给大家鞠个躬！谢谢大家！"

大家报以长时间的掌声，然后钟大伟又发表自己对人才被挖的看法：

"我觉得一个企业在发展的过程当中，一定要重视人才的培养。人才是第一位的，没有人才一切归零。技术是天生的吗？是要有人才。人才哪里来？这就是当前我们应该面对和思考的问题，这是一种社会责任。"

秦先达听到钟大伟这么一说，想到人才被挖走十分恼火，连忙插话说："对，自己企业培养不出人才，光靠从外边挖人才算什么本事！刘小光、高大宽的做法卑鄙、可耻！"

钟大伟接着强调："和诚的发展重中之重靠的就是自主研发和自主创新。和诚走到今天，已经不是在想做什么样的技术，而应该是怎样培养人才，还希望我们培养的人才走向世界。因为只有当我们的人才走向世界，就像现在企业希望引进一个外国人才这样的一天来到的时候，我们中国制造自然而然就是最强大的，中国制造自然而然受世界尊重，中国制造将真正的服务于世界。和诚现在只有70多人的技术开发队伍，这还远远不够，下一步我们还要根据企业资金情况，不断加大对技术开发人才队伍的培养，到时可有1万人甚至更多，这些直接关系到和诚发展的未来。现在我们和诚70多名技术开发人员，除了吴科长、辛师傅，全部来自我国的高校，有大专生、本科生、硕士、博士，但不论是什么学历，到了和诚，我们都要给他们创造一个自己再深造、再学习的机会，只要他们有想法，我们就尽可能地让他们去实现。只有这样，我想和诚公司才能真正做强、做大，才能不怕人才出走和被人挖走！"与会人员又报以长时间的掌声。

过了不久，钟大伟又将秦先达叫到办公室谈加强人才队伍建设的事儿："先达，前一阵子公司多人被挖，说实话到现在我心里还是比较难过的，但是我不怪他们，他们出走各有各的道理。不管怎样，他们的确都是人才，风水轮流转，我想只要把我们和诚公司的事情办好，将公司真正做强、做大，各方面吸引人才的措施和办法制定好，这些人才还是有人愿意回来的。"

"到时他们真的回来了，您欢迎还是不欢迎？"

"是人才，我当然欢迎！不是人才出走了在外公司也会很快被淘汰的，即使他想回来也觉得自己不够格了。我们和诚要紧紧盯住优秀人物的贡献，紧紧盯住他们的优点，学习他们的榜样。这要成为一种文化，这就是哲学。你有从和诚公司出走员工的电子邮箱吧？"

"有，原来都有登记。您准备做什么？"

"我已经想好了，准备通过发邮件的方式，给出走的每位员工写一封信，一来感谢他们曾经为和诚作出的贡献，二来鼓励他们在新的岗位长本事、干出样子，三来就是若有一天想回和诚，我们随时欢迎他们再回来！和诚始终是他们的家，是他们圆梦的地方。"

"钟总，您这样做我想其他企业是很难做到的，我很赞成，这种高明的做法充分体现了我们和诚掌门人的爱才惜才的博大胸襟和眼光。"

秦先达起草了关于和诚公司加强人才队伍管理的方案，送给钟大伟审定："钟总，经过与外边同行公司纵向和横向比较，结合和诚实际，特别是考虑到当前企业相互挖人现象严重，切实能够更好地留住人才，使人才才尽其用、各得其所，起草了人才队伍建设的方案，请您审阅。"

钟大伟认真看了一遍方案，高兴地说："先达，写得不错，正合我意。这样，马上召开公司高管理会议，再听一下大家的意见，然后印发执行。你现在就通知大家开会。"

"好的。我现在就做好会务工作。"

钟大伟主持召开高管会议："今天临时召集大家开会，就只有一个议题，那就是关于加强和诚公司人才队伍建设的事情。希望大家多提修改意见。在此，我要强调的是，方案一旦通过，我们公司将会严格执行，不打折扣。下面，先请先达将具体方案给大家介绍和汇报。"

秦先达接着说："为了推进和诚公司长期稳定快速发展，加强人才队伍建设，学习借鉴国内外先进管理经验，计划实施以下几条具体措施：第一条，坚持以事业留人，让利于员工，推出员工代薪持股措施，将员工的利益与公司的利益紧密联结在一起，以便更好地增强员工们的责任意识和主人翁意识。第二条，推行激励工资制度，按贡献大小付薪，多劳多得，打破干好干坏一个样。第三条，有针对性地加强人员培训，提升大家综合管理能力，打造一流管理团队形象。第四条，加强企业文化建设，开展各类文体活动，积极营造和诚独特的企业文化氛围。第五条，定期公费组织大家轮流到国内外参观考察，增强见识和开阔眼界……"

秦先达汇报完毕后，大家以长时间的热烈掌声通过了此方案。

从和诚公司出走的员工到另外的公司干了一段儿时间后，感觉并没有想象的好。包括小向、小梅通过电子邮件收到钟大伟亲自发来的慰问信后，十分感动。但对是否返回和诚公司，大家一时都犹豫不决。

小向与小梅在和诚公司两人关系相处不错，再加上是室友，出走到另外公司上班后，她们俩也经常联系，相互交流跳槽后的一些心得。小向给小梅打电话说："梅子，我前两天收到和诚的钟总给我发的电子邮件，心里感到好温暖，说不出那种感觉。"

"向姐，我也收到了，跟你的感觉一样。姐，说实话，我现在虽然工资比和诚高些，有个副经理的职位了，但从企业经营发展理念上，我还是更认同和诚公司。特别是我们门店的经理刘小光，在经营管理理念上与钟大伟相比实在太落后了，别人好的意见也不听，我行我素，让我都无语了！"

"唉，我也感觉当时有些太冲动，上猎头公司的当了。我来到这里上班后，发现高大宽与刘小光也差不多，眼界也不够开阔，经常还说和诚公司一些坏话，我也快受不了。不比不知道，我还是认为今后和诚公司发展前景更光明。"

在刘小光店里工作的小朱，看不惯刘小光的为人，一直找机会想跳槽，就打电话联系秦先达："先达哥您好，我是刘小光店里的小朱。"

"小朱兄弟好，今天怎么想起给我打电话来了，都挺好的吧？"

"唉，别提了，现在在这里上班感觉一点都不好，干的没劲。我感到只要刘小光当店经理，这个店迟早会黄。我真羡慕您当初决定去和诚，这是对的，哥，和诚现在还需要我这样的人吗？"

"怎么啦，也想跳槽呀？从和诚公司这边刚跳槽到你那边的小梅干得怎么样？"

"甭提了，小梅来到这里不久就开始后悔了，时常与我在私下说和诚公司大气、有前途、发展好！没准儿哪一天她就辞职走人了。"

"那你真的想来和诚上班呀？"

"真的哥，只要和诚愿意接收我，我现在就从这里辞职走人！"

"好的，我理解你现在的处境，我先向公司领导请示一下，明天给你回话。"

经请示钟大伟同意，小朱立刻从刘小光店里辞职，来到和诚公司上班，在和诚公司销售门店继续干销售员。因工作出色，没有两个月，就提升为门店的副经理了。

由于市场生意竞争激烈，自从小朱辞职后，刘小光门店的生意一天不如一天，员工的正常工资都很难保证按月足额发放，就别提奖金了。刘小光对此也感到十分无奈，束手无策。小梅看到店里如此发展，信心一下丧失了。特别是和诚公司尝试脱离中间商，与厂家直接接触，搞包销制大获成功后，引起全国各大知名电器生产厂家的关注，纷纷上门主动寻求合作，打破了社会家电销售原有的套路，高大宽那种当中间商赚差价的模式遇到空前经营危机，货物积压滞销，开始亏损。这一切，让小向看在眼里，内心很感伤，为公司前途感到渺茫。

小向和小梅两人开始消沉，下班后或周六日，三天两头约在一起吃饭喝酒聊天，相互倾诉内心的烦恼，时常两人一醉方休。

和诚公司通过实施加强人才队伍建设的有效措施，既稳定了公司现有的人才，又很快吸引社会各界的人才投入和诚事业发展中来。特别是许多跳槽出走的员工又重新回到和诚公司工作，钟大伟亲自出面迎接，并为人才提供更适合自己发展的工作平台，引起当地各大媒体关注，纷纷进行宣传报道。

小向和小梅这时都有些坐不住了，两姐妹这天又约在酒吧喝酒聊天，重点商量下一步就业行动计划。小向说："梅子，以前从和诚公司出走的人，像老王、李成等已经有好几个又回去了，听说回去后一点都没有受钟总的歧视，而且都安排得很好。"

"向姐，我们现在所在的单位，领导工作思路一个比一个落后，一点都跟不上形势发展，我们在他们手底下干还有什么劲儿？明天我们就辞职，还一起回和诚吧！"

"好，就这么定了，明天就辞职回和诚！来干杯！"

小向和小梅办事干脆果断，第二天辞职后，立刻一起返回和诚公司，第一时间敲开钟大伟办公室的门，见到钟大伟两人情绪激动，异口同声喊："钟总我们回来了！"

钟大伟在一次参加完各企业联谊会后，有记者向他又问起和诚公司人才曾经被其他公司挖走的看法，钟大伟表示："和诚的技术开发人员全部来自国内高校，无论是博士、硕士还是本科生，只要到和诚来，我都会给他们创造再造自己的机会。被竞争对手挖走人才曾经令自己很苦恼，但现在释然了。一段时间以来，我公司被挖走那么多人，但是无论是管理还是技术研发水平却没有超过我们，这是因为企业的基因很重要，挖走的人只能带走过去的管理经验和技术，但是带不走未来"。

记者又赶紧追问："钟总，请谈谈你们和诚公司下一步怎么做才能更好防范被人挖墙脚？"

　　钟大伟笑了笑，连忙解释说："现在我们已经不怕别人挖墙脚了。管理经验与技术虽然重要，但是没有人才就没有真正的管理经验与技术。挖来的人才不是本事，自己培养出人才才是本事。现在和诚培养的人才不仅仅为自己的企业服务，也能够为更多企业服务也不是坏事，毕竟都是在为推进我国企业快速发展作贡献嘛！"

22. 天遂人愿遇高人

邀请大学同学一同创业
丁志强弃国外工作回国

丁志强当年在江东科技大学毕业后，就去了加拿大，发展上还算顺利。他先在加拿大继续完成学业，读了企业管理专业硕士，此后到加拿大几家国际知名大公司当职业经理人，企业经营管理经验丰富，有许多跨国大公司都想挖他过去。这一天，又有一家跨国大公司的人给丁志强打电话："丁先生，您好！我是美国 cbb 跨国公司总裁阿可先生，我们现在全球拓展业务任务艰巨，急需聘请您这样企业经营管理经验丰富的人为我公司负责国际事务，不知您是否愿意？"

"阿可先生，感谢您对我的信任，对不起，当前我在加拿大这家跨国工作合同时间还没有到期，您再考虑别的人选吧。"

"丁先生，我们愿意付出比您现在高两倍的薪水聘请您，希望您再考虑一下，关于您现在合同没有到期的问题，也好解决，您提前解约的一切违约金由我们公司承担，这一点请放心！"

"谢谢，我现在还不能答应您，等我再考虑一下回复您，再见！"

"好的，期待我们早日合作，再见！"

王清雪周末晚上在家做饭，与老公和婆婆一起吃饭聊天："怎么样？饭好吃吗？"

钟大伟说："嗯，好吃！"

婆婆也说:"好吃,清雪心灵手巧,干什么都行。"

"妈,要说干什么都行,还是您儿子大伟呀,您知道吗,现在您儿子快成国内知名的企业大老板了,在我们公司内部威信可高了。"

"清雪,大伟有今天还不都是你支持的结果?没有你的支持肯定是不行的。"

"对,还是我妈说得对,常言道,成功的男人背后必定有一个伟大的女人呀!"

"什么?你说的不对,背后有两个伟大的女人!"王清雪反驳道。

钟大伟思索一下,马上反应过来:"对,我说错了,还有我这位伟大的母亲!"

大家都开心地笑了起来。接着,王清雪突然表情严肃起来:"大伟,你现在企业做得已经很成功,但是一定不要骄傲自满呀!后面的困难和挑战还多着呢。"

"对,老婆说得对,我都听你的。"

"这就对了,多听清雪的话没错!"婆婆马上补充道。

"大伟,我现在跟你说个正事儿。我感到随着'和诚'系列空调自主研发成功和上市销售占领市场份额越来越高,特别是要抢占国际消费市场,当前面临高级管理人才缺乏的窘境。要想推进和诚公司走向国际化,首先要解决好有专门高级专管人才才行。"

"清雪,你说的正是,我最近一直在为此事发愁。不过,你放心,我一定想办法、招揽一些具备国际视野、懂得战略投资合作的职业经理人。"

刘小光挖墙脚目的没有得逞十分郁闷,双手背后,在办公室来回踱步,与小吴一起反复琢磨这种结果怎么向顶头上司高大宽交代:"小吴,钟大伟实在太难整了,这样一弄,反而促进和诚公司改革发展步伐,公司做得更大了,这该怎么办?"

小吴也感叹道："唉，我们吃奶的劲儿都使了，没想到还是不行。你知道吗，听说小向和小梅从我们这里辞职后，现在又都回到和诚公司啦！"

"现在我们很被动，这下子怎么跟高总交代呀？！"

高大宽知道挖墙脚又没有成功，十分生气，刚好在刘小光与小吴发愁之时打来电话："老刘，这次你怎么搞的！你坏大事儿啦！"

刘小光接了高大宽的电话感到非常紧张："高总，别生气，都是我不对！"

"老刘，你现在就成了和诚公司的'活雷锋'了，知道吗？和诚公司不仅没有倒闭的迹象，现在反而又被我们倒逼他们进行用人制度改革，大踏步推进公司的发展，再过不久，有可能就会将我们的企业吃掉你懂吗？"

"对不起，下一步我怎么做，全听高总您的。"

"老刘，近期我也一直在思考，如果我们还不从自身找原因，抓紧转变企业经营管理理念，我们的企业很快会完蛋的。你知道小向和小梅为什么放弃我们给的高薪和职位，现在又重新回到和诚公司吗？说白了，她们是嫌弃我们公司管理理念不行，没有发展前途，她们会拿我们公司与和诚公司作比较。你这两天有时间来我办公室一趟，我们再好好研究一下，下一步如何改进公司经营模式等问题。"

"好的，我全听您的！"

钟大伟在京都首创脱离中间商，与厂家直接接触，搞包销制的做法，在全国同行界获得广泛好评和效仿。高大宽面对市场形势发展变化，没有及时打破以往家电销售原有的套路，仍然沿袭那种当中间商赚差价的老模式，导致空前经营危机，生意举步维艰，企业货物积压滞销和营业亏损严重，特别是欠下多家生产厂家的巨额货款，三天两头来公司找高大宽要钱。多家生产厂家派专人，聚集在高大宽的办公室不走，相互打探高大宽欠款情况："高大宽还欠你们多少货款？"

"有500多万，唉，已经拖欠几个月啦！"

"欠你们 500 多万不多,欠我们 1200 多万呢!"

"唉,高大宽经营思路有问题,我看他们迟早要倒闭的。"

"如果再不给,我们一起给高大宽来点儿硬的吧?"

这时高大宽走过来,连忙给要货款的人解释:"兄弟,现在不是我不想给你们钱,只是现在市场生意不景气,拜托大家回去转告你们老总,再给三两个月的时间,到时我高大宽保证支付,我说话算话!"

有一个要贷款的人主动站起来:"好,高总,我们再给你两个月的时间,到时如果找借口才不给,别怪我们不客气啦!"

高大宽往日生意的辉煌一去不复返,每天应对上门要账的人,让他疲惫不堪。一天,公司财务人员又找他主动汇报工作:"高总,再有一周又到月底该给员工发工资的时间了,现在已经拖欠 3 个月了。我知道大家大多都来自农村,家里孩子上学、孝敬老人、盖房等都需要用钱,如果这个月底还不能足额发放的话,恐怕都会……"

"都会什么?"高大宽十分激动地反问。

"可能会罢工,还有可能发生情绪不可控的激动行为,公司应该提前做好预案呀!"

高大宽听了后压力过大,一下子让他神经崩溃,心脏病复发晕倒在办公室。财务人员吓出一身冷汗,连忙喊道:"来人啊,高总不行了,赶紧送医院!"

幸好被人发现及时送医院抢救,才脱离生命危险。

刘小光和手下几人闻讯赶到医院,看望躺在病床上的高总:"高总,现在感觉怎么样,好一点了没有?"

高大宽强打精神说:"我没有事儿,你们都回去吧!住两天就好了!"

可能与职业经理人这个职业有关,丁志强平日里很注意留意全世界在企业创新管理方面的信息和宣传报道。一天,丁志强回办公室从报纸上偶然看到对钟大伟创业管理思路的报道,感到十分欣慰,一下了笑了起来:

"哈哈，钟大伟，好样的！"

这一举动被当时在场同事看见，一下丈二和尚摸不到头脑："丁总，您这是怎么啦？怎么如此高兴，看到什么好消息？"

"当然是个好消息，我在中国上大学时的同学钟大伟，上进心强，他现在自己创业很成功，特别是在家电销售和自主研发方面已经走在同行前列，广泛被社会关注和获得好评呀！"

"哦，是看到了同学创业成功的消息，如果是我的同学，我也会像你一样为他感到高兴的。"

"钟大伟我这个同学，虽然从我们大学毕业后一直没有联系，但从国内来加拿大的朋友时常也提到他，他现在在国内已经成了大学毕业生创业的红人了。他一直是个很有想法的人，还有爱心，经常帮助社会需要帮助的人，是个难得的人才呀！所以对他的成功我一点儿都不觉得意外！"

"那你现在还不赶紧给你老同学钟大伟打个电话问候一下？"

"对，我上次专门从国内来加拿大的朋友那里要了钟大伟的联系方式，我现在找一下！"

丁志强找到联系方式，拨通了钟大伟的电话："大伟，大伟吗？"

"我是钟大伟，您是哪位？"

"你猜猜……"

"我听声音怎么这么熟悉，我想想，你……是……丁志强？"

"我们从大学毕业有十来午没有联系了吧？你还能听出我的声音、叫出我的名字，我感到十分开心呀！"

"哎呀，今天老同学给我打来国际长途电话我也很高兴呀！志强，现在在国外都挺好的吧？"

"还好，还好！"

"虽然我们没有联系，但我知道你现在很厉害，已经是国际企业界知名的高级管理人才了。"

"过奖，过奖！今天我打电话给你，首先对你创业成功表示祝贺！关于你创业的信息我从媒体上都注意到了，老同学好样的！祝愿和诚公司在你的带领下，做得更强更大，早日打入国际市场！"

钟大伟一听"早日打入国际市场"几个字，情绪一下更加高涨起来："志强，不瞒你说，最近我一直在思考和诚如何走入国际市场问题。随着和诚系列空调自主研发成功和上市销售占领市场份额越来越高，抢占国际消费市场势在必行。当前我们面临的最大困难就是缺乏高级管理人才。"

"是呀，要想推进和诚公司走向国际化，首先要解决好有专门高级管理人才才行。"

"是呀，最近我一直在为此事发愁。不过，我一定会尽全力去招揽到一些具备国际视野、懂得战备投资合作的职业经理人。不知你现在是否有回国发展的意愿，如果有，随时欢迎你来我们公司一起携手创业、共谋企业发展大计……"

钟大伟与丁志强老同学多年没有联系，两人交流甚欢，丁志强也是个说干就干、雷厉风行的人，在钟大伟鼓动和邀请下，被钟大伟的诚意所打动，当时就愉快答应了邀请："好，为了和诚事业发展、为了我们的友谊，我答应你！再说了，虽然我多年身在国外，但心系祖国，都在期望祖国的日益强盛，我们的根还是在国内。回国创业、回国发展、回报祖国一直是我心中的梦想。"

"好，我们一言为定！我和和诚公司全体员工作在京都期待你的早日到来！"

"好的，我现在就着手办理辞职和回国相关手续，我们京都见！"

钟大伟当天晚上在家吃饭，心情十分高兴，第一时间把丁志强引进和诚的事儿告诉了王清雪："老婆，告诉你一个好消息！"

"看你神秘兮兮的样子，什么好消息？"

"按照老婆大人的要求，我们想聘请的职业经理人找到了！而且是从国外挖过来的！是一个真正具备国际视野、懂得战略投资合作的职业经理人。怎么样？不是一个好消息吗？"

"真的？太好啦！你怎么认识的？"

"真是无巧不成书，他叫丁志强，是我大学同学，大学毕业后，他一直在国外发展。他很关注和赞赏我们和诚公司创业发展，我趁他打电话过来之机，通过我做思想工作，三下五除二，把他搞定了。你老公厉害吧？"

"厉害！你不是在吹牛吧……"

丁志强将加拿大事情安排好后及时回国，钟大伟带夫人王清雪亲自去京都国际机场迎接，与丁志强一见面相互来个大大的拥抱。

"志强，我给你介绍一下，这是我的夫人王清雪。"

丁志强连忙上前握手："清雪你好！你好！"

"丁总您好！"

"清雪嫂子好漂亮呀！"

"过奖，过奖！"

"嫂子，以后我们都是同事了，别客气，我与大伟是大学四年同学，以后你叫我志强就行了！"

钟大伟接话说："志强，当时我跟清雪说把你这个大人才挖过来，她怎么都不相信，说我是在吹牛。"

丁志强说："清雪嫂子，今天你可见到大活人啦！"说完大家都笑了起来。

大家乘车在回和诚公司的路上一路寒暄、回顾往事，或展望美好未来，这时突然丁志强的手机响了，是美国 cbb 跨国公司总裁阿可先生，连忙说："不好意思，我先接个电话。"

"喂，您好，阿可先生！"

"丁先生，您好！上次跟您说的想让您来美国，担任我们跨国公司负责国际事务的职业经理人您考虑怎么样啦？我们都在等待您的最后决定呢！"

"哦，对不起阿可先生，现在情况有变化，我要回自己的祖国发展了，您再另聘请别人吧！实在抱歉了！感谢您对我的信任！"

"哦，真的很遗憾！"

"欢迎您有机会，常来中国合作！"

当天晚上，钟大伟宴请老同学，不是在街头高档的饭店，而是选择在自己的家中。王清雪和钟母张罗一桌饭菜，五人共进晚饭，氛围非常轻松愉快。钟大伟劝大家都喝："今天是一个令人十分高兴的日子，我离别十几年的老同学志强回来了，今天能喝酒的建议都喝酒，都满上，现在共同敬一杯，对他的归来表示热烈欢迎！"

陈子贞主动给志强夹菜："志强，你先多吃些菜，再喝酒，不然容易伤胃。"

"谢谢阿姨！您做的饭菜太好吃了！"

清雪接话说："志强，你要觉得好吃，以后可要常到家里来呀！"

丁志强对可口的饭菜狼吞虎咽一会儿后："阿姨、大伟，还有清雪嫂子，现在该我敬一杯酒了，我有话要说。"丁志强要站起来说，钟大伟马上扯住他的胳膊："不用，不用客气，就坐着说吧。"

"说实话，现在我很羡慕大伟，他通过自己不懈努力，创业很成功不说，主要是很有孝心，专门将阿姨从农村老家接到京都与自己一起生活，母亲在哪就是家呀。还有，大伟命好娶了好媳妇，听阿姨说清雪嫂子很能干，又贤惠。看到大伟有这个温暖幸福的家庭，我真的为他高兴。来，我敬大家一杯，祝阿姨健康长寿，祝大伟和清雪嫂子爱情永远美满幸福！我先干啦！"

丁志强一口将一杯酒干了，陈子贞接着问："志强，你现在成家了没有？你回国了，老婆孩子怎么办？"

丁志强笑了笑说："阿姨，我现在还是单身，还没有结婚。"

王清雪连忙说："真的？如果真没有找，这个好说，到时我帮你介绍一下，现在成功男士年龄再大媳妇都不愁找！"

丁志强又回忆起在国外这些年的生活、爱情及工作情况："说实话我自己在国外过得并不是像别人想象的那么好，因为刚到加拿大那几年由于学习和工作压力大、节奏快，再加上经济条件有限，当时找了媳妇结婚没有两年就离婚了，也没有要孩子。"

王清雪说："好，你找对象的事儿我先替你操个心。像你这么优秀，对象很好找到，当然你要是挑花了眼可不行！"

"好的，谢谢嫂子！这个问题就看缘分了，强求不来。"

钟大伟接了一句："志强说的对，找对象主要看缘分。"

丁志强又感慨地说："我们好多留学生在国外生活，在有些国人看来很羡慕，但我觉得在国外毕竟是给外国人打工，也没有什么地位可言；特别是现在中国经济迅速发展，国际地位越来越高，许多外国人还想来中国创业发展呢……"

钟大伟说："志强，看来这次我让你回国内发展是对的，还很及时呀！从今天开始，我们俩就并肩战斗了，相信我们的结合，一定会干出一番事业来。来，干杯！"

"干杯！"

第二天，上午一上班，钟大伟亲自主持召开和诚公司全体骨干大会，欢迎这位有国外企业管理经验背景的管理人才来公司任职。会上，钟大伟向大家隆重介绍了丁志强："大家可能都知道，丁志强是我大学同学，大学毕业后，他就去加拿大学习深造，后到加拿大几家国际知名大公司当职业经理人，有丰富的企业经营管理经验，许多跨国大公司都想挖他过去，而他都没有去，但是我只跟他通了一次电话，他就非常爽快答应回国来我们和诚公司，我真的非常佩服志强的为人豪爽、果断机智。在此，让我们以热烈的掌声，欢迎丁志强来我们和诚公司！"

大家报以长时间的掌声后，钟大伟说："我宣布从今天起，正式任命丁志强为和诚公司的副总经理，主抓公司日常管理和产品销售，希望大家多支持配合他的工作！"此时，大家又报以长时间的掌声。

紧接着丁志强发表讲话："刚才，钟总过奖了。我之所以来和诚，是因非常认可钟大伟的为人，认可和诚企业发展思路。从今天起我愿意与大家一道，共同努力，努力把和诚打造成国内外知名的企业……"

丁志强上班后，第一时间到各门店实地查看经营状况，熟悉员工们工作情况，主动与大家亲切交谈，很快进入领导角色去掌握公司基本运行情况。在丁志强的管理下，公司运营更加顺畅，钟大伟突然觉得工作轻松了许多。又难得正常上下班了，回去吃上母亲做的可口饭菜。王清雪自然也非常高兴："唉，职业经理人，就是不一样，刚来不久，公司在管理上更加井然有序了，这回你做的决策是对的，把丁志强这个高人请来实属难得呀！"

这时，钟大伟不忘自我表扬一句："是呀，你别忘了老公我是谁？千里马常有，而伯乐难寻。我用人一贯是火眼金睛呀……"

一个周六晚上，丁志强来到钟大伟家里吃饭，在丁志强与钟大伟喝酒快要结束时，钟大伟突然接到钟二伟的代理律师的电话："钟总，我是王律师，我提醒一下，后天钟二伟刑满一年半就可以出狱了，到时我们一起去接一下。"

"好的，到时我和你一起过去！"

接到这个电话，钟大伟心情既高兴，又难过。他顺便又向丁志强介绍二伟出事的情况，并自责都是自己造成的。丁志强忙于安慰，并提出：

"大伟，后天我们一块去接二伟！"

钟大伟、王清雪、丁志强和律师4人，当天早早来到监狱大门前等候二伟出来。二伟出来后，大家拥抱在一起。然后钟大伟重点向钟二伟介绍丁志强："二伟，我给你介绍一下，这是我的大学同学，现在是我们和诚公司正式任命的副总经理丁志强，他是我专门从加拿大给挖过来的。"

丁志强上前与钟二伟握手："二伟好，以后我们都是同事了，我刚来和诚时间不长，以后希望你对我工作多提意见建议。"

"丁总好，以后多向您学习！"

丁志强接着说："对了，今天二伟刚从里面出来，按习俗我们先带二伟去宾馆冲个热水澡，去冲掉过去的'霉气'，把旧衣物全部扔掉，换上新的。"

钟大伟连忙说："新衣服和鞋子我和清雪昨天已经提前买好了！"

丁志强说："还有，今天晚上我请客！等二伟洗完澡换上新衣服了，我们大家痛快喝一顿酒，好为二伟压压惊！"

听说二伟出来了，当天晚上和诚公司的老员工辛师傅、吴科长、秦先达等人，也一同参加丁志强主持的聚会，同为二伟"压惊"。丁志强先站起来说："我听说二伟是和诚的老员工，从和诚公司一创立就来了，工作认真负责，任劳任怨，为和诚的发展作出了重要贡献。也因当时在管理上有些漏洞，让二伟进去受到了一年多的委屈，我们先共同敬二伟一杯，祝二伟在今后的工作和生活中一切顺利、心想事成、万事如意！来干杯！"

大家都站了起来："干杯！"

看到大家对自己如此理解和关心，钟二伟倒满一杯酒站起来回敬大家："谢谢大家对我的关心，我在里面也没有受什么苦，我回来了还继续跟大家一起干！我敬大家一杯，我先干为敬！"

大家看到钟二伟如此喝酒，都全将酒盅的酒一口喝了："干，干！"

当天晚上聚会喝完酒，钟二伟与大伟、清雪一起来到哥哥家看望钟母："妈，我回来啦！"

陈子贞看到二伟回来了，激动地流出眼泪："二伟，你回来了，妈每天都在想你！你在里面没有少受罪呀儿子！"

母子俩拥抱在一起……

丁志强担任副总经理之时，正赶上和诚企业转型升级的关键时期，他在熟悉了解掌握公司具体情况后，向钟大伟提出建议："大伟，通过这段时间的深入调研和观察分析，和诚公司要想赢得先机，推动可持续发展，必须加快进行转型升级。"

"是呀，你在管理上具有国际经验，和诚公司转型升级势在必行，现在我就要多听听你的高见呀！"

"当前，和诚公司在自主研究方面已经做得很成功，继续坚持和加入投入即可。今天我想说的是，公司在产品销售这块儿，建议推行'并购重组'策略，加快扩大经营规模和地盘！"

"怎么具体去推动？"

"比如，我们先立足于京都，通过沟通协调和谈判，将那些生意不太景气、转型不到位、濒临破产的同行企业收购过来，不断增加销售门店。等积累一定经验和获得成功后，再陆续向全国或国际市场进发，在更大范围扩大我们的销售平台。"

"好，就按你的计划推动，我全力支持！"钟大伟采纳了丁志强"并购重组"计划。

高大宽没有及时打破以往家电销售原有的套路，仍然沿袭那种当中间商赚差价的老模式，经营效益一直不见好转，企业濒临破产。承诺两三个月支付生产商货款，仍然不能兑现，遭到各生产商来公司围攻，加上企业职工的工资一直也没有按时发放，他们与讨债的生产商联手要钱，向高大宽施加压力。身心疲惫的高大宽被要钱的人困在办公室，对公司的一个副总说："完了，我苦苦经营的公司就要倒闭了，我心不甘呀！"

副总对他说："高总，如果这两天再不支付员工的工资和生产商的欠款恐怕他们下一步行动更过激。对了，原来钟大伟不也是在困难之时欠过和借过我们的钱吗？听说钟大伟是个重情重义之人，要不你打电话问问他，或许能帮我们一个忙。"

"钟大伟？他会帮助我们吗？人家现在都恨死我们了，还会借钱给我们？我真的张不开这个口呀！"

"高总，困难之时该低头就低头，三十年河东，三十年河西……"

高大宽走投无路，通过副手的劝说，无奈之下拨通了钟大伟的电话，有些低三下四地说："钟总好，我是高大宽，您，您现在方便接电话吗？"

"高总您好！方便，我们好久没有联系，有事儿？"

"钟总，好兄弟，我……我……现在……"

"高总，您现在怎么啦？"

在钟大伟的追问下，高大宽把自己公司当下的处境——向钟大伟说了，表达了想向钟大伟求援之意，也为以前指使刘小光做一些对不起和诚公司的事情，向钟大伟道了歉。

钟大伟是个软心肠，最后考虑到以前高大宽也曾经帮助过自己，便对高大宽说："高总，我现在十分理解您的难处，看在您过去帮过我的分上，我愿意帮您企业走出困境。"

高大宽一听钟大伟答应帮助自己，十分高兴地说："谢谢钟总！"

钟大伟连忙解释道："高总，我愿意帮您忙，不过我有个条件。"

高大宽迫不及待地问："什么条件？只要差不多我都会答应您！"

钟大伟很认真地对他说："高总，您也知道，您所在的企业如果不转型升级就只有死路一条，我们和诚公司现在正在推进'并购重组'计划，如果您愿意将现在的公司与我们和诚公司进行整合，入我们公司的股份，我现在就能帮您拿出钱，先给生产商货款和员工的工资支付了，这一点问题都没有！"

高大宽听了一时有些迷糊，反应不过来："什么'并购重组'，入股份？"

钟大伟又解释道："高总，没错，就是'并购重组'，或许你们公司被我们和诚公司收购是一种为您解套的最好办法。如果您现在还不及时作出决定，恐怕下一步您公司倒闭损失会更大！你们不愿意入股，一次性给你们被收购的资金也可以。我先挂了，希望您再慎重考虑一下。"

钟大伟跟高大宽通完话，便打电话让丁志强来到办公室，告诉了高大宽想要借钱的事情："志强，我认识很早的京都一家较大规模企业的家电生产商的老总高大宽，刚才打电话给我。他现在处境很不好，企业快要倒闭了，现在紧急向我们求助……"

丁志强听后连忙说："大伟，我来和诚没两天就知道京都的这家家电中间商老总高大宽了，我最近正在研究他的企业，像他这家企业经营管理理念如此落后，倒闭是必然的。我也是听说了，高大宽还专门指使和安排手下的刘小光，投诉和挖墙脚。你现在还考虑帮助他们，与他们合作，看你如此宽广的胸怀，真让我佩服呀！"

"唉，别人能干出一些不够意思，甚至违背道德良心和法纪的事情，我们可不能呀。"

"对，话说回来，也是我们和诚公司向他谈并购的最佳时机呀！我专门去实地考察了解过，高大宽所在公司总部和他公司下面的几个直营门店，在京都所处的位置都不错，如果被收购了，对我们增多销售门店、扩大销售网点大有好处呀！"

正在钟大伟与丁志强探讨如何说服高大宽被并购时，高大宽因急于用钱，很快又打电话过来："钟总，刚才我与公司管理层商量了一下，情势所迫，同意让你们和诚公司并购！我们不准备入股，只希望和诚公司能够一次性支付我们并购款项！"

钟大伟连忙爽快地答应："好，我们两家公司马上洽谈和签署并购协议。只要并购协议一签，马上一次性支付你们并购款项。"

高大宽的公司被和诚公司成功并购后，积极地鼓舞了员工们的士气，秦先达、钟二伟、吴科长、辛师傅等人在一起谈论此事十分高兴。秦先达说："钟总决定英明，走并购重组之路绝对及时呀！高大宽以前对和诚公司做的坏事儿太多了，没有盼到和诚公司倒闭，而自己倒先倒闭了，解恨呀！"

吴科长兴奋地说："并购重组是个好主意呀！听说高大宽所在公司总部和他公司下面的几个直营门店，都被我们和诚收购了，简直太好了！我想这次难过的可不止高大宽一个人，恐怕刘小光现在吃饭睡觉也不香了。"

辛师傅对在一旁的钟二伟说："二伟，高大宽和刘小光一直把和诚看作是最大的竞争对手，害的你进了局子吃了不少时间的苦呀！现在他们被我们和诚收购了，也算为你和和诚解恨了呀！"

钟二伟看到大家如此高兴的样子："我吃点苦、受点罪不算啥，只要和诚发展壮大了，就值得！"

刘小光做梦都不会想到高大宽公司和自己的经营的门店会被和诚收购，一天高大宽让自己的副手给刘小光打电话："老刘，高总让我转告你，现在我们做中间商已经不行了，我们公司和包括你负责的门店全都被别的公司收购了，明天就开始清仓结算账目了……"

刘小光一听顿时傻了，半信半疑地问："什么？你……你说什么？我们公司和门店被别的公司收购了？"

"是的，我们公司倒闭了，被别的公司收购了！"

"是哪家公司收购的？"

"京都的和诚公司！"

刘小光在办公室接完电话，顿时无语，心情紧张而复杂起来，脸色变得发白，非常不正常。这时手下小吴进来了，看到刘小光如此情况连忙问："刘哥，你怎么啦？又发生了什么事儿？"

刘小光情绪一下子发疯似的："我们完了，全完蛋啦！公司的门店全被钟大伟和诚公司给收购和吞并啦！"

小吴一听，也感到十分惊诧："真的！"

23. 走国际接轨之路

经济全球化带来新挑战

和诚人适应竞争新变化

　　丁志强来和诚公司任职时正值经济全球化对家电生产及销售业产生深刻而广泛的影响的时期，所以他主动向钟大伟建议："大伟，当前经济全球化对各行业带来重大影响，我们和诚公司越早适应这种形势越主动。经过我近期认真分析和研究，觉得和诚公司要想做强、做大，光占领国内市场还不够，必须要有世界眼光，放眼国际市场。当下，我们有必要邀请同行和有关方面的专家开一个研讨会，广泛听取大家对当前形势的看法，以便我们更好理清企业发展思路。"

　　钟大伟表示认同："是呀，现在家电行业内以价格战为典型特征的过度竞争导致企业的利润水平下降到微利状态，已使整个家电行业陷入经营困境。特别是国外跨国公司大举进入中国市场，大量并购中国企业或新建独资企业。他们利用其所拥有的资金、技术、管理优势再加上中国廉价的劳动力优势，生产出成本接近甚至低于中国企业的产品，使国内企业所面临的竞争压力愈来愈大。对此，我们也必须多想想办法，早点儿与国际接轨。"

　　在丁志强的建议下，和诚公司组织召开由同行和有关专家学者参加的"推进和诚公司产业国际化"理论研讨会。会上，丁志强提出，企业国际化是和诚家电产业可持续发展的根本出路。他向与会者阐述了和诚公司加快推进产业国际化的必要性的紧迫性："全球市场方面，虽然 2008 年金融危机使得全球家电销售额下滑，但2009年以来随着经济复苏，全球家电市场呈现良好的恢复和发展趋势。从家电行业的总体市场发展格局看，欧美地区销量增速放缓，新兴市场增速要明显好于其他地区，其中亚太地区是规模最大且增速最快的地区之一……"

听完丁志强的发言，一个大学专家说："从国内市场看，当前国家家电行业既经历了全球经济快速增长带来的国内外市场需求旺盛的繁荣发展时期，也经历了金融危机对行业发展的巨大冲击。这得益于我国经济强劲增长的大环境以及'家电节能补贴''家电以旧换新''家电下乡'等多项拉动内需政策的有力支持，我国家电行业实现了快速、稳步的增长，在全球同行业的地位持续提升。目前，我国家电工业的生产规模已居世界首位，也是具有较强国际竞争力的产业……"

另一个大学专家说："近年来全球家电节能、环保、智能、健康化趋势愈加明显，节能、环保、智能、健康的家电成为家电业发展的必然选择，并逐渐担当中高端市场主角。家用电器能耗是家庭总能耗的主要组成部分。在节能环保全球化的趋势下，家用电器的高效节能和环保已成为家电制造商关注的重要指标，高效节能家电的市场份额不断攀升……"

一个家电生产厂家老总说："中国作为家用电器制造的'世界工厂'，是全球最大的空调市场，近年来空调产量占全球的70%以上，出口市场约占中国空调全部销售额的40%。家用空调的种类包括挂壁式空调、立柜式空调、窗式空调和吊顶式空调等。其中，由于不受安装位置的限制及室内装饰的搭配，挂壁式空调和立柜式空调成为消费者的主流选择，两者分别占据了家用空调60%和20%以上的市场份额……"

接下来丁志强又进行了补充发言："我感到加大自主创新，发挥品牌效益，已成为家电企业迎接挑战和在国际市场中占据有利地位的有效途径。随着国家'走出去'战略的出台，和诚公司大有作为。因此，建议国内家电生产和销售商都应该积极响应国家号召，不断加大自主研发力度，不断提高企业的核心竞争力，主动参与到国际市场竞争当中来，坚持走产业国际化之路……"丁志强的讲解让大家产生共鸣，与会者给予热烈掌声。

参会的一名老专家对丁志强的观点表示十分认同："刚才丁总说的好，在互联网时代，和诚公司快速将研究成果转化成生产力，实现由生产型企业向多元化企业转型。技术创新是家电企业发展的生命力，而和诚系列空调之所以能保持旺盛的创新能力，在于和诚人具有根植于企业文化的精益求精的工匠精神。"

钟大伟全程边听边记，对每个人的发言都进行认真思考，在研讨快要结束时，丁志强主持说："今天研讨会开得很及时，大家畅所欲言，各抒己见，为家电生产和销售业下一步的发展提供了思路参考。在会议结束前，请我们和诚公司创始人、总经理钟大伟作总结讲话，大家欢迎！"

钟大伟在大家的掌声中发表讲话："大家都知道，我们自主研发的和诚系列空调在专利局已经拥有多项专利技术。我们和诚人通过技术改造，改变了过去大家对空调的认识，过去认为空调就是一个冷气机，但是今天由于这些技术的出现，空调变成了一个设备，过去冬天传统的取暖模式，因为这个技术出现而改变了，因为这个技术的改变而减少了空气污染。但是，我们知道，技术创新永无止境，永远在路上。今后我们通过不断技术创新，还会为和诚带来新的竞争力！通过我们的努力，争取让和诚早日成为国际家电知名品牌！"

大家听了钟大伟自信的发言，情不自禁地鼓起掌来。会后，与会的专家们相互交流时都夸赞和诚公司好，钟大伟有前瞻性眼光。都认为："如果按照现在思路干下去，在不久的将来，钟大伟肯定会成为同行中数一数二的商业领袖……"

刘小光50多岁了，身体状况也不好，当了近20年的销售员，就只懂得家电销售，其他行业也不会做。他从知道门店被收购的那一天起，心情就一直不好受。因为他知道上次举报和挖墙脚等，都给和诚公司造成重大损失，担心门店被收购后自己肯定会被和诚解聘。一天，他闷闷不乐地对小吴说："唉，我与钟大伟真冤家路窄呀，你说高大宽的公司倒闭就倒闭吧，还偏偏被和诚公司收购，我真是倒霉啊！"

小吴说："是呀，这都是命运呀。门店被收购了，我们都要下岗了！"

刘小光说："唉，与其等和诚公司主动辞掉我们，还不如我们抓紧另找工作，自己主动辞职，这样面子也好看一些。"

刘小光接下来边工作边偷偷在外边找工作，但因为他年龄大，工作能力单一，一直没有企业要他，让他心里感到无比纠结。

丁志强得到钟大伟的授权，加快与外界的沟通协调，在京都增开多家家电销售门店，为在全国增设连锁店搞试点积累经验，同时将所有门店统一更名为和诚电器全国连锁店。

刘小光所在的门店被和诚公司并购重组后，丁志强找到钟二伟："二伟，高大宽他在京都的公司总部和5家门店已被我们并购了，刚才他已经答应今天下午去到各店与我们办理交接手续。现在交给你一个光荣而很艰巨的任务！"

"什么任务？"钟二伟连忙问。

"你下午到刘小光那个店，办理一下具体交接手续如何？经请示钟总同意，此店交接及以后的转型和重新开店，都由你具体负责。"

"好！没有问题，保证完成任务！"钟二伟十分高兴地说。

下午，钟二伟心情大好，他带领和诚几个销售员一路哼着小曲儿来到刘小光工作的门店。刘小光看到钟二伟带人大步进来，心情一下子紧张起来，赶紧上前："二伟好，你今天来这里是？"

钟二伟一听严厉地说："刘小光，你也有今天，你的店被我们收购了你不知道吗？今天我来就是办理交接的！"

刘小光一听钟二伟就是代表和诚来办理交接手续的，连忙说："哦，我知道，我知道被收购了。这不高大宽一直安排我在这里等和诚来人交接呢。"

钟二伟说："刘小光你听好了，从今天起你这个店就正式更名和诚电器全国连锁店（京都F店）了！根据和诚管理要求，你们老店的员工如果愿意留下继续在和诚新店上班，我们都欢迎，如果不愿意，也不勉强……"

和诚公司在业内知名度越来越高，刘小光所在门店的员工对和诚公司都很向往，当时听到钟二伟说，对愿意留下继续在和诚新店上班时，大家异口同声道："我愿意去和诚，愿意留下……"

刘小光想到自己年龄大了，在外工作也不好找，也想留下，但一直张不开口，心情无比复杂……

围绕推进技术创新，赶超和引领国际潮流，在丁志强的建议下，和诚公司又从高校、社会、企业招聘了50名技术研发人才。接着通过集中培训，充分发挥他们的科研优势，抢占家电产品科技创新制高点。在一次技术研发攻关会上，新来的一名科研人员王宏伟，他看到和诚对研发如此重视，动情地说："我从大学开始一直学的是工业产品设计与制造专业，博士毕业后先后到了3家家电生产厂家工作过，和诚这是我干的第4家家电生产厂家。唯有这一家真正重视技术超越和投入，像这样的企业没有理由不成功。看来，这次跳槽来和诚是对的。"在场的钟大伟、丁志强、吴科长和科研人员听了他的一席话，大家都笑了，都认同他的观点。

为了拓展海外市场，丁志强专门让科研人员设计国际标准的系列空调，适应国外消费者的习惯，准备在欧美等发达国家设店销售。吴科长、辛师傅在生产工厂组织员工加班加点，按照国际标准开始生产符合国外人喜好的空调。时间不久，符合国际标准的几种型号的空调也生产下线了，钟大伟、丁志强、秦先达、王清雪等公司高管全员见证这个时刻的到来。

接下来，丁志强又向钟大伟建议："推进和诚公司国际化，首先没有国际视野的经营管理人才是做不到的，因此建议现在就要着手建设一支懂国际合作经营管理的队伍，这是摆在和诚人面前一个亟待解决的问题。"

钟大伟笑着说："是呀，为了加快推进产业国际化，抢占国际消费市场份额，没有一支懂国际合作经营管理的队伍是不行的。志强，你在国外工作生活多年，应该认识这方面的人才较多，你现在正好可以发挥挖国际人才的优势啊！"

丁志强说："对，没错，这个任务就交给我吧，保证完成任务！"

丁志强回到宿舍后，立即拿起手机与国外的有关朋友联系，说明和诚公司情况，征求大家意见，绝大多数对正在崛起的中国感兴趣，都愿意来中国参与国际合作和就业创业，选中人选后马上向钟大伟报告："大伟，我现在从国外众多懂国际合作经营管理的职业经理人中先选中了两人，一个叫大山，一个叫阿美，他们两人都在国际家电品销售大公司任过职，经营管理经验丰富，而且都酷爱中国文化，汉语说得很好……"

钟大伟听了十分高兴："志强，你的办事效率真高，好，先选这两个老外来我们和诚工作看看，是骡子是马先遛一遛！"

丁志强说："好！我马上再与他们确认一下，让他们尽快来中国……"

时间不长，大山和阿美两个老外如约来到和诚公司，钟大伟、丁志强、王清雪、秦先达等公司高层领导全部出来迎接，举行见面会热情欢迎他们来中国和诚公司工作。

在见面会上，丁志强首先向两个老外介绍和诚公司领导："热烈欢迎大山和阿美的有和诚公司创始人、总经理钟大伟先生及夫人王清雪女士，和诚公司销售总监秦先达先生……"接下来丁志强主持道："下面，请和诚公司创始人、总经理钟大伟先生讲话！大家欢迎！"

大家掌声落下后，钟大伟说："推进和诚公司走向国际化是我们经过深思熟虑而作出的抉择。今天我们和诚迎来了两位珍贵的外宾，一位是大山先生，一位是阿美女士，首先让我们以热烈掌声欢迎他们的到来！"

大山和阿美都情不自禁地站起来，用一口流利的普通话说："谢谢，谢谢钟总！谢谢大家！"

钟大伟接着说："你们俩普通话说得真好，请问你们为什么如此爽快地答应来中国发展？"

阿美先站起来说："钟总好，我是来自美国的阿美，我非常喜欢中国的文化，因此我从 5 岁起就开始学习汉语……"

大山等阿美说完后马上站起来说："尊敬的钟总、各位好！我是来自加拿大的大山，这次我之所以愉快答应来中国发展，一是丁志强是我多年的好朋友，我十分相信他，与他在一起合作十分愉快；二是因为中国越来越开放、越来越强盛，为我们外国人的发展提供难得的机遇……"

听了他们两人的自我介绍和发言，在座的和诚人对他们普通话说得如此之好，对中国当前发展如此之了解，不时给予阵阵掌声。

一天，钟大伟将丁志强叫到办公室："志强，我想与你商量一下，现在和诚公司是不是非常有必要经常举办一些企业经营销售管理人员培训班？"

"当然有必要！最近我正在思考此问题，正准备近几天向你汇报，没想到你也在思考这个问题。"

"好，你就抓紧办班吧。除了请一些专家学者授课，还可请大山和阿美两位有国外职业经理人经验的人现身说法，传授经验。"

"对，这样会更好地让销售管理人员了解当前国外经济发展形势，更好地打开销售管理思路。"

刘小光边工作，边忙着在外边找工作，一个多月过去了，还没有等到一个单位接纳他，心情一直很郁闷，担心和诚公司给他开除后自己下一步怎么办。这天，小吴匆匆忙忙赶过来对他说："刘哥，听说和诚公司明天就举办企业经营销售管理人员培训班，凡是销售管理人员都参加，有人通知你参加吗？"

刘小光惊讶地说："明天就培训了，到现在也没有人通知我参加呀！"

小吴连忙说："难道和诚公司真的要开除你了？"

刘小光脸色凝重地说："是呀，有可能……"

刘小光想到自己是销售管理人员，第二天，他不顾公司有没有通知，便主动参加培训，坐到培训教室最后一排。他当时心里一直忐忑不安，担心公司领导找他谈话要求辞职。参加培训的人员大家都很开心，感到收获很大，唯独只有刘大光低头不语。大山在讲课时发现刘小光表现异常，请他回答问题："请问坐在最后一排右侧的这位大哥您叫什么名字？您现在总低头不注意听讲有什么心事吗？您对我刚才说的家电销售国际合作问题有什么看法？"

刘小光面对大山这位洋人的提问，顿时紧张起来，迅速坐直身子说："我叫刘……刘……小光，刚才您讲的我没有听清楚……"

刘小光他根本没有心思听课，只有答非所问，引得大家哄堂大笑。这时，在场参加培训的一位和诚公司负责产品销售老员工小蒋突然站了起来，面对刘小光，十分生气地说："你就是刘小光！原来你想让和诚倒闭，但结果你们却倒闭在先，而且还被我们和诚收购了。手下败将怎么还好意思留在和诚上班？"

这时在场参加培训的另一位和诚公司负责产品销售老员工小罗也站了起来，连讽刺带挖苦地说："刘小光，你也有今天呀！在座的和诚的新员工兄弟们，你们可能不知道，你们看到的这位老刘，他老奸巨猾……"

另一位新员工听了小罗的发言也连忙站起来说："原来他在京都一家家电大卖场上班，与和诚进行恶性竞争，不去主动让自己企业的转型升级，而是每天挖空心思搞什么举报投诉、挖墙脚等见不得人的勾当，要不是我们及时转型升级，就差一点儿把和诚搞乱了。现在应该好好感谢你们这些小人呀……"

刘小光这时尴尬不已，只好放下过去店经理的身份说："小兄弟，你们说的都对，以前都是我做的不好，我应该授受批评。"

老员工小蒋又接着说："老刘，听说你总盯着和诚和钟大伟老总不放，主要原因是我们钟总最早在你手下打了3个月的工，你自认为是老师，看到徒弟超越自己了，心里总不服气？"

"刘小光，滚出去！""刘小光，小人一个！"看到前面和诚这两名老员工的不断质问，引起在场培训员工的共鸣，一下子混乱起来，反对刘小光的声音不断。

大山连忙制止："大家安静，都坐下，都坐下……"

大山制止效果一点都不明显，而且大家情绪越来越冲动，都要起身围攻和打刘小光。此时，刘小光见势不妙，连忙起身："谢谢大家对我的批评！我不参加培训了，我走了！"

刘小光在培训班遭遇大家对他的斥责后，心情更加难过，整天担心被和诚解聘，思来想去还是决定主动承认以前所犯的错误，争取钟大伟的原谅。一天，刘小光鼓起勇气，主动前往钟大伟办公室，想当面向他承认错误。

在刘小光还没有到钟大伟办公室之前，刚好钟大伟与丁志强正在商量刘小光所在的门店被收购后店里管理人员安排的事儿，钟大伟先问丁志强："志强，刘小光所在的门店被收购了，但对刘小光这个人怎么安排呢？对他是裁还继续雇用，我想先听听你的意见。"

丁志强思考片刻说："从刘小光过去对和诚公司和对你本人一贯态度看，建议最好马上给裁掉。他错误在先，即使给他裁掉他本人也不会有太多意见。"

"我最早的想法与你一样，也是给他裁掉。但是我想到曾经与他共事

3个月的份上，特别是他现在已经50多岁了，身体也不太好，再找工作恐怕也不太好找。"

"还是钟总宽宏大量呀，要是换别的老总，像他这样的人会早已被通知开除了！"

"建议再给他一个工作和表现的机会，如果他再做出不利于和诚公司发展的事情再开除也不晚！"

"那么下一步把他安排哪个岗位合适呢？"

"是呀，我一直在思考此事。要么还继续让他当店经理？"

"如果还想用他，我感觉：一是不能让他还在这个老店工作，得给他换另一个门店；二是对和诚公司来说，他毕竟做过对不起大家的事情，让他将功补过，不能让他继续担任店经理了，最多让他当一个门店的副经理！"

"好吧，就按你的意见办！你可马上找他本人谈一次话，听听他本人的意见！"

就在这时，刘小光敲门进来了。刘小光表情严肃又沮丧，进门一看到钟大伟，便情绪激动起来："钟总，我老刘不是人，不是人呀！今天我正式向您承认错误，过去做的许多事情都对不起您，给您和和诚公司造成损失，我愿意接受您任何处罚……"刘小光边说还边流眼泪。

看此情景，丁志强连忙打圆场，心平气和地对他说："老刘，我跟你说，钟总正让我找你正式谈一次话呢？"

"让您找我谈话？我知道和诚公司会解聘我的，都是我做的不对。"刘小光心情十分紧张地说道。

丁志强一下笑起来了，连忙说："您误会了，钟总已经原谅您啦！过去就过去了，别再记心上。现在我们和诚公司决定继续聘任您了，而且还让您继续发挥在销售管理方面的作用。"

刘小光听后半信半疑地问："真的？真的能继续留我？"

此时钟大伟握住刘小光的手亲切地说："刘大哥，刚才丁总说的都是真的。您别多想了，我是个商人，怎么会小肚鸡肠呢？如果是这样，谁敢与我打交道和交心呀，再说也不会把企业做大。我以前毕竟在您手下打过工，向您学习到许多经验，我还要感谢您呢。"

刘小光听后，激动地说不出话来，眼泪夺眶而出。

钟大伟一边思考怎样加快抢占国际消费市场份额的同时，一边也在思考怎样加快推进全国销售平台的建设，一天他在办公室召集公司高管们开会，他先对丁志强说："志强，感谢你上次出的好主意。我们将刘小光所在的门店并购重组，更名为和诚电器全国连锁店（京都 F 店）后，试点很成功，让我对统筹推进国内和国外电器两个市场协同发展进一步增强了信心。"

丁志强连忙说："为了加快推进建立全国销售平台，我和团队经过调查和研究，专门起草了《和诚电器全国连锁平台建设计划》，这个计划是在认真总结和吸取上一次和诚空调在外省开直销店失败的教训的基础上制订的，等过两天计划制订好以后，马上拿给你看。我个人的意见就是将过去叫'和诚空调直销店'统一改称为'和诚电器全国连锁店'，今后各地的店，可在'和诚电器全国连锁店'字后加上（地名），如上海、天津、湖南店等。这样更容易做好宣传引导，让更多顾客记得住，形成品牌效应。"

钟大伟连连点头："好，你就按计划抓紧落实吧。"

在一旁的大山和阿认真听着钟大伟和丁志强的对话，阿美有些不解地问："丁总，我想问的是，我和大山都对和诚自主研发的系列空调感兴趣，和诚自主研发的空调在技术创新方面已具有很大的知名度，原来有空调直销店，现在改成和诚电器全国连锁店，不仅只销售和诚空调这一种电器了，会对自主研发的空调销售有影响吗？"

丁志强马上回答道："阿美这个问题问得好，我们要打造的是和诚电器这个品牌，自主研发的空调虽然是保持我们和诚公司核心竞争力的关键，但是为了更好地占领销售市场，必须坚持建立国内外销售连锁平台及不断推进自主创新和诚空调新产品。我们建成和诚电器连锁平台后，既能卖自己生产的产品，也能卖别人家电品牌产品，实现多赢。这样既能保证我们生产的和诚空调在好的平台上迅速上市销售，也能卖别的家电赚取销售利润。"

"这真是两全齐美的办法，好点子！"阿美和大山相互对视，连忙回答。

为了加快占领国际市场份额，钟大伟在丁志强的建议下，主持召开公司骨干会议，就推进和诚电器走向海外，加快占领国际市场份额，决定派人到国外进行市场考察。钟大伟说："为了适应多变的国内外的销售形势，抓住机遇，推动和诚电器，特别是让我们自主研发的和诚系列空调更好走向世界，下一步，公司想计划派人到国外先去考察了解一下市场情况。下面先请丁总介绍一下派人考察的计划。"

丁志强接着说："关于到国外进行实地考察的事，我早就与国外有关方面联系好了。计划分3个考察小组：大山和秦先达在第一小组，负责考察亚洲有关国家市场行情；阿美和钟二伟在第二小组，负责考察欧洲有关国家市场行情；我和财务部的小高在第三小组，主要负责对美国市场行情的考察。大家只要准备好了，即可出发。考察的时间大家控制在20天左右，考察费用全部由和诚承担。"听后，大家掌声通过。

大山和秦先达最先出发，踏上到亚洲考察的征程，他们两人用了半个月的时间，先后到日本、马来西亚、新加坡、泰国等亚洲多个国家。在返回京都的航班上，大山感慨地说："先达，不知你感觉怎么样，这次亚洲之行，去了多个国家考察真是让我感到，和诚电器当前正是加快抢占国际消费市场份额的好时机呀。"

秦先达接着说:"是呀,我也有同感。转眼间半个月过去了,我们回到京都马上就将我们的一些考察收获和体会写出来,及时向钟总汇报。特别是我们自主研发的和诚系列空调品质优良,必须加快打进亚洲各大消费市场呀!"

钟二伟从小到大从来没有出过国,担心完成不了出国考察任务,在到欧洲考察前,专门到饭店请阿美吃饭:"阿美,来,我先敬你一杯!你知道吗,我在国内初中没有上完就辍学到社会打工挣钱了,英语只熟悉几个字母。你中文说的好,又是个地地道道的美国人,英语说得更好。我们俩这次到欧洲考察,到时与外国人沟通交流全靠你啦!"

阿美笑了笑说:"没有问题!不过,你该说什么就说什么,我可以当你翻译。"

钟二伟高兴地说:"好,你能给我当翻译真是太好啦!来,再敬你一杯!预祝我们考察成功!"

阿美十分高兴:"来,干杯!"

阿美接着说:"二伟,你不会说英语不要紧,我从明天开始教你怎么样?"

钟二伟连忙说:"好呀,不过我这个人特别笨,特别是对学英语反应特别慢。"

阿美又劝道:"只要你认真学,配合好,保证你很快能学好!"

钟二伟听了十分高兴:"好,我听你的!现在我要再敬英语老师一杯!"

二伟为了出国考察,积极主动学英语,在阿美的教学下,很快掌握了一些常用的英语。出国考察时,他积极协助阿美工作,阿美对性格实在的钟二伟印象深刻,在近20天的考察期间,慢慢产生感情信赖,碰出爱的火花,在考察即将结束回到京都的前一天,在工作之余,阿美在法国专门请钟二伟到酒吧喝酒:"二伟,明天我们就结束考察返回京都了。我们考察合作得很愉快。来，我敬你一杯，你真可爱！我爱你！干杯！"说完一口将红酒喝下。

钟二伟看此情景，不知所措，连忙说："干杯，阿，阿美，我，我也爱你……"

丁志强因为和诚公司推进全国连锁销售平台情况复杂，等第一、二两个小组返回还没有离开。一天，钟大伟专门主持召开公司骨干会议，丁志强等人先认真听取两个小组的情况汇报，并决定马上成立和诚电器海外销售部。大山代表亚洲考察组汇报："受和诚公司委派，这次我和秦先达到亚洲多个国家和地区的电器销售市场进行了实地调研和考察，与多个国际电器销售组织进行了洽谈，他们表示了与我们和诚公司合作的意愿……"

阿美代表欧洲考察组汇报："感谢和诚公司给我到欧洲考察的机会，我和二伟一起考察相互配合默契心情很愉快，收获也很大……"阿美汇报中充满对钟二伟的赞扬和喜爱，让与会人员感到阿美对钟二伟的喜爱，对中国的喜爱。

钟大伟听取汇报后，十分认真而感性地说："除了丁志强和财务主管小高因为和诚公司推进全国连锁销售平台时间、任务重，一时还没有脱开身，还没有到美国进行考察外，其他两个考察组已经汇报了考察情况，提出了很好的意见建议。现在我代表和诚公司决定，从今天起，和诚公司开始着手成立电器海外销售部，主要任务就是尽快将我们和诚电器打入国际市场，让我们的和诚制造，成为国际知名品牌，造福全球用户！"

钟大伟话音一落，全场响起了热烈的掌声……

和诚电器海外销售部成立后，阿美和大山自然都从事海外销售部的工作。一天，阿美在公司遇到钟二伟："二伟，我现在到海外销售部工作了，为了拓展国际市场，联系业务，下一步我可能全世界跑了，这样我们见面的机会就不多了。以后想我了，就多打电话和发短信吧。"

钟二伟一听以后阿美总到国外联系业务，想到阿美在海外销售部工作，见面会少了，心情十分难过："阿美，我现在刚跟着你，把英语学的刚好能凑合对付联系海外业务了，下一步我们又要经常分开了，我真有点不舍。唉，刚学的英语，也派不上用场啦。"

说完这话两人情不自禁地拥抱在一起，过了一会儿阿美对钟二伟说："二伟，你真要是喜欢我，我有一办法保证我们俩人不会分开。"

钟二伟听了连忙追问："你赶快说，什么办法？"

阿美将头贴近二伟的耳朵小声说："钟大伟不是你亲哥吗？抓紧找他，只要他同意把你调整到海外销售部工作就妥了。"

钟二伟一听有道理，感到也只有这样办，马上说："你说得对，我现在就去找我哥去！"

钟二伟因喜欢阿美的性格，也产生了感情，听了阿美的话，立刻硬着头皮找钟大伟说情："哥，我作为你的老弟，现在我有一事相求，希望你一定要答应！"

钟大伟一听连忙问道："二伟，你赶快说，哥答应你，到底是什么事儿？"

钟二伟看到钟大伟已经表态了，抓紧时机连忙说："哥，我现在想申请到海外销售部工作……"

钟大伟听后，眉头紧锁，低头半天才说道："你想去国外与阿美一起工作，我觉得现在时机还不够成熟，等等再说吧……"

24. 世间无巧不成书

丁志强赶赴国外考察市场
在他国巧遇老同学章晓慧

　　章晓慧与钟大伟多年前分手后，经过人生中的一些磨难，特别是被大卫欺骗之后慢慢走向成熟，办事和待人接物，逐渐变得理性。她在美国洛杉矶硕士毕业后，先后在美国洛杉矶从事商品营销等多份工作，现在在美国洛杉矶六大顶级购物商场之一的南海岸广场（South Coast Plaza），投资一家国际服装店，自己亲自担任经营销售总管，几乎每天都在店里接待来自世界各国前来购物的顾客，生意做得还算不错，风生水起。她本人也走出了与钟大伟分手的痛苦，以及被大卫欺骗的心理阴影。

　　丁志强工作能支开身，便带领和诚公司财务部主管小高准备到美国考察市场行情。在出行前，他专门来办公室向钟大伟告别："大伟，关于到美国考察市场的事情不能再拖延时间了，现在我刚好能走开身，我和小高准备后天就出发。"

　　钟大伟关心地问道："美国那边联系好了？有对口的企业人士接洽吗？"

　　丁志强笑了笑说："还好，挺顺利的，我通过朋友介绍，已经与美国家用电器制造商协会国际会员部的史密斯先生联系好了，他对中国家电制造与销售很感兴趣，非常欢迎我们到美国参观考察。"

　　钟大伟叮嘱丁志强："美国是世界家电生产和消费大国，推进和诚产业国际化，首先抢占美国市场销售份额是重要的一环。这次你们去美国，一定搞个深入调查，认真学习取经，切实能够把美国一些先进的生产和管理经验带回来。"

丁志强连忙说："对，请董事长放心，我和小高保证完成任务。"

丁志强和小高乘飞机到了美国纽约之后，美国家用电器制造商协会国际会员部的史密斯先生率人专门到机场热情接待丁志强和小高，大家一见面，史密斯先生先与丁志强来个拥抱："欢迎您丁先生！我们终于见面了，我很期待与来自中国的朋友合作！"

丁志强连忙说："谢谢史密斯先生，我也很期待与您谈合作的事情！"

在坐车去宾馆的路上，史密斯先生先盛赞中国："中国现在很了不起，发展得很快，特别是改革开放的迅猛发展，也给加强家电行业的国际合作带来新机遇，我们两国电业的同行们应该多多合作！"

"对，今后我们应该多加强合作才是！美国在家电生产与销售管理经验丰富，这次我们来美国主要是向你们多学习。"丁志强接话道。

"没有问题，我已经把时间安排好了，准备陪你在美国各大城市多走走看看。"史密斯先生边说边将接待行程安排手册递给丁志强。

丁志强看了看接待行程安排手册高兴地说："谢谢，我看安排去的有纽约、华盛顿、洛杉矶等多个城市，这些城市可都是生产和消费家电能力都比较强的城市。"

史密斯先生连忙说："对对对，这些城市都是生产和消费家电能力比较强的城市，你参观考察后，一定会有收获的。"

在史密斯先生等人的陪同下，丁志强与小高先后参观考察了美国纽约、华盛顿知名家电生产和销售点，学习借鉴美国当地在商品特别是家电新产品的设计、制作及管理经验。接着又来到洛杉矶继续进行在美国的考察行程。

一天，当大家来到洛杉矶的南海岸广场参观完商场家电销售情况时，史密斯先生边走边介绍道:"这个商场的家电销售量也很大。我们所在的这家商场是南海岸广场,购物中心占地 128 英亩,包括两个独立的室内商场和各种户外活动区。它是该地区最大的(面积)和客流量最多的购物中心。各种国际旅游公司都把这'购物者的麦加圣地'作为他们游览的一站。六个代客停车场,外汇兑换,翻译服务都是该商场周到服务的表现。"

说到这里,史密斯和大家走到一家叫 ASY 国际品牌服装店的门口,他马上停下脚步说:"丁先生,这家服装店是一家知名的国际品牌服装店。你难得到这里,可以顺便到里面看看这里有没有你要买的东西。"

丁志强听到史密斯这么一说,觉得这家服装店自己无论怎样都得看一看了:"好,我们一起去逛逛这家服装店吧。"

说来也巧,有时地球还真小。当丁志强到这家 ASY 国际品牌服装店时,无意中碰到章晓慧。两人相遇,停顿半天相互想认又不敢认,心想着对方是我大学时的同学。

丁志强与章晓慧他们可是当年青春年少之时在江东科技大学 4 年的同班同学呀,章晓慧当时是全校知名的校花,丁志强对她一直很喜欢,还曾给她写过情书,当面表白追求过她,只是后来她偏偏爱上了钟大伟,最终两个人相互大声叫出对方的名字:"志强!""晓慧!"

他们两人做梦都不会想到从他们大学毕业到现在,十几年后会在这个地方巧遇。两人情不自禁地将手紧紧握在了一起,章晓慧连忙问道:"志强,你怎么会来这里?十几年没有见面,你有些发福啦。"

丁志强也兴奋地说:"真是巧呀,没想到十几年过去了,我们会在这个地方见面,还是缘分呀!"

这样一下子也把史密斯先生惊呆了,他一直在观察他们二人的表情与对话,此时他有些不可思议地说:"哦,怎么这么巧!你们俩原来都认识?"

丁志强指着章晓慧连忙介绍："对，我给您介绍一下，这位是我在国内的大学同学章晓慧，我们已经十几年没有联系了。"

史密斯先生又惊奇地问章晓慧："哦，这简直太有意思了，请问你在这个店多长时间啦？你是老板？"

章晓慧回应道，同时递上自己的名片："是的，这是我的名片。我来这个店已经好几年了，我就是这个店销售总管，你要是在这里购买衣服，我可给您多打折哟！"

史密斯先生一听，太高兴了，连声说："谢谢，谢谢！"

接着，章晓慧陪着丁志强参观服装店，当走到一女装区时，章晓慧停下来指着衣服对丁志强说："这些女装都是刚上市的国际流行品牌，很受顾客欢迎，每天来买的人特别多。你难得来洛杉矶一趟，看你看中哪几件，今天不要钱，我送给你！好带回去给你太太，保证她会喜欢。"

听章晓慧这么一说，丁志强突然觉得脸有些红，连忙摆摆手，有点儿尴尬地说："NO，我现在暂时还没有太太。"

章晓慧听了心里顿时一愣，心想今年多大了，还没有太太："啊，现在还单着呢？"

"是呀，我现在已经很习惯一个人生活啦！"

两个老同学十几年没见面，但由于丁志强有史密斯先生陪同，马上还要参观考察，见面没有多久又要分开，他们分别时都有些不舍。章晓慧与丁志强两人互留了对方的手机号。

丁志强对章晓慧说："这次我是专门来美国考察学习家电生产与销售管理经验的，今天见到你真的很高兴。"

章晓慧从商场出来，一直将老同学丁志强送上车："志强，你先以参观考察为主，等下班后我与你联系！"

"好的，我们先走啦！"

丁志强与章晓慧分开上车后心情也一直不能平静，一直在回忆起当年与章晓慧在大学时的美好时光，特别是想到自己追求她，但她却看上的是钟大伟，心中有一种说不出的复杂感觉。

　　丁志强离开章晓慧后，直接去参加洛杉矶家电协会安排的晚宴。史密斯和当地洛杉矶家电协会的人一起陪同丁志强、小高喝酒聊天。在晚宴接近尾声时，突然手机响了，丁志强拿起来一看，是章晓慧打过来的，非常高兴，赶紧接通，章晓慧在电话中说：“志强，你们晚餐后还有其他安排吗？如果你没有安排，我请你到酒吧喝酒如何？”

　　丁志强一听高兴地回答：“晚餐后没有其他安排。好，听你的，我这边马上就结束了。”

　　“好的，一会儿我将酒吧的地址用短信发给你。我们酒吧见！”“好好好，我们酒吧见！”

　　丁志强接到章晓慧电话后，似乎显得对史密斯和当地洛杉矶家电协会的人说话有些心不在焉，便很快结束了这场晚宴。丁志强返回下榻宾馆，认真进行洗漱，并自我打扮一番。这时小高为了告诉下一步的考察行程，敲门进来后看到丁志强当时的模样，带点玩笑地说：“呵，丁总，今天你是不是要相亲约会呀？打扮这么潇洒。”

　　“是呀，老同学十几年没有见面了，章晓慧请我喝酒，我怎么也得穿着讲究一点吧。你跟我一块去吗？”

　　“呵呵，我知道，我才不去呢！碍你们事儿。”小高半开玩笑地说。

　　这时丁志强手机短信声响了，打开一看：“志强，今晚我在洛杉矶 The Walker Inn 酒吧等你。不见不散！晓慧。”

　　丁志强看到短信心情十分高兴，马上出酒店打了一辆出租车，直奔酒吧。快到酒吧时，丁志强给章晓慧发了条短信：“晓慧，我马上到！”

　　章晓慧当晚早早来到酒吧等待丁志强的到来，并带上公司她自己最喜欢最贴心的美女助理玛瑞，以便更好陪同丁志强喝酒。章晓慧看到丁志强的短信，马上起身，带上助理玛瑞一同到酒吧门口迎候。

看到丁志强下出租车了，章晓慧带着美女助理玛瑞连忙上前打招呼："志强，这边！终于等到你来了！来，我先给你介绍一下，这是我的美女助理玛瑞！"

玛瑞马上走向前伸手与丁志强握手："丁先生您好！"

丁志强马上说："玛瑞小姐，您好！"

章晓慧与丁志强边走边寒暄问好，很快来到酒吧的座位上。

The Walker Inn，是洛杉矶一家有名的酒吧。生意好，来自世界四面八方的顾客多。章晓慧首先介绍道："志强，这个酒吧以其古怪的口味而闻名，调酒师根据不同的主题尽可能地发明创造全新的鸡尾酒。当然如果你不太想冒险也可以选择经典鸡尾酒。"丁志强说："没关系，什么样的鸡尾酒都行！"

"那还是选经典鸡尾酒吧。"章晓慧连忙让玛瑞去点酒。

两人同学多年不见，当天晚上，章晓慧热情招待丁志强，相谈甚欢。她还满怀深情地对丁志强说："志强，我知道你能喝，我们在大学的时候，我觉得常常聚会的几位男同学就是你的酒量最大，我从来没有看到你醉过。"

"是吗？过奖了！"

"我就是因为怕我一个人喝酒陪不过你，专门把我这个美女助理玛瑞给带过来了。玛瑞，丁先生今天是贵客，也是我国内的大学 4 年同学，你可要主动向他多敬酒哟。"

"章总，你放心，我现在就敬酒。"

章晓慧连忙阻止道："玛瑞，现在你先不要敬，等我先说几句你再敬也不迟。"

"好的，遵命章总！"

章晓慧作为请客的一方，首先说话："今天我真的很高兴，我在国内江东科技大学毕业十几年了，能在洛杉矶与老同学志强相见，实属难得！首先我提议，让我们同敬志强一杯，表达热烈的欢迎。来，干杯！"

3个人不约而同地说道："干杯！"

The Walker Inn 生意十分好，深夜了还是人来人往。边喝酒边聊天，章晓慧告诉丁志强："The Walker Inn，这个酒吧店生意很好，也与中国有关，来到这里喝酒的有许多从商的中国人。"

丁志强眼睛巡视了一周："你说的真对，我看在这里的中国人还真不少。"

章晓慧感慨地说："你看在这酒吧喝酒的快一半是中国人了。这说明什么？说明我们中国变富、逐渐强大了！现在全世界的人都知道中国人有钱，出国做生意、搞投资、购物就是有钱。对于我们长期在国外生活和工作的人来说，所盼望的是自己祖国的强大。祖国越强大，我们华人在国外的地位也越高！"

"说得好，我也在国外漂泊了十多年，我特别理解在国外生活和工作人们的心情。来为我们祖国的强大干杯！"丁志强激情满怀地说。

章晓慧和玛瑞，都情不自禁地喊："干杯！"

当天晚上，酒吧热闹非凡，越到深夜越热闹，还赶上有艺术节目表演等，章晓慧、玛瑞边陪丁志强喝酒，边介绍酒吧文化。章晓慧这天心情出奇地好，酒量也比过去大增："来，我再敬你，祝你在美国生活、工作愉快！"

玛瑞也趁机举杯："我再敬丁总一杯，也祝你在美国生活、工作愉快！"

有如此漂亮的两位美女的陪酒，丁志强内心十分惬意，从一进酒吧开始，总是面带微笑，对两位美女的敬酒也来者不拒，特别是章晓慧知道自己酒量有限，频频叮嘱助理玛瑞多敬丁志强酒，这酒越喝越尽兴。

转眼间几个小时过去了，丁志强与章晓慧酒喝到深夜，仿佛话匣子才刚刚打开，两人有说不完的话。丁志强借酒壮胆，又向她表述了大学时期内心喜爱她和追求她的心路历程。丁志强对章晓慧说："晓慧，你知道吗？当年在大学时期我最喜欢的就是你！刚开始我感觉你还是蛮接受我的，唉，可是后来……"

"哦，原来你们曾经是恋人呀！我对你们过去的事情很感兴趣！"玛瑞插话道。

丁志强这时一点儿也不避讳地说："晓慧，玛瑞说的好，应该说当初我们俩也算是相互恋爱过吧？"

"讨厌，过去的事情就过去了！来喝酒！干杯！"

"好，干杯！"

丁志强放下酒杯又忍不住说："晓慧，当时你是校花，全校追求你的男生多，没成为恋人，主要责任不怪你，是怪我！是我配不上你！"

章晓慧连忙劝他："唉，都多少年前的事情了，你怎么还是念念不忘呢？不要再提过去了！"

丁志强不以为然地说："晓慧，这些年过去了，但我心里一直在想着你、牵挂着你，你知道吗？对你我怎么可能会忘记呢？这也是我心中隐藏最深的秘密你知道吗？虽然你后来爱的人不是我，而是钟大伟！"

听了丁志强这番话，章晓慧也显得十分动情，一下子流出泪来，声音一下子哽咽了，泣不成声，半天才说："别，别，别再提过去了，都，都怪我自己……"

丁志强看到这种状况，赶紧上前，边拿纸巾帮她擦眼泪，边安慰道："对不起，我又让你伤心了！"

章晓慧此时酒也喝得有些高，她缓了缓神儿说："志强，别说了，我心里知道你一直对我好。但自从当时我被钟大伟那种扶贫济困、刚正不阿的精神所打动后，心里只有他一个了。到现在我还不知道为什么，就被他一个人给迷住了，就是一根筋地喜欢他。唉，别谈他了，这都是过去时啦……"

这时，章晓慧说到动情处，顾不上身边还有个玛瑞了，便主动依偎到丁志强怀中。玛瑞看此情景，便找个去打电话的理由回避了。

丁志强接着也感慨地说："是呀，钟大伟可是个顶天立地的男子汉，有担当，人实在，你若是嫁给他了，我们同学只会祝福，不会有二话的。但是你们最终却没有走到一起。"

章晓慧听丁志强这么一说，便开始讲述了她与钟大伟分手的真实原因："当年我一直劝钟大伟来美国，可是他总不听，但这也不是我主动提出与他分手的原因。"

丁志强连忙追问："我知道了，是不是你在美国发生了什么事情？或者是有令你更喜欢的人啦？"

提到伤心处，章晓慧此时又流泪不止，声音又开始哽咽，最后告诉丁志强："我是刚到美国被雇用的律师大卫给骗了，他故意将我灌醉，趁我不清醒的时候占有了我，因此我后来主动提出与钟大伟分手……"

丁志强也回忆起自己的经历，拥抱着章晓慧说："我大学毕业后到加拿大发展，曾经结过婚，后因两人感情不和离婚……"

同样结过婚、离过婚，同样的生活和工作经历，两人很快有同病相怜之感，在酒吧频频举杯，无话不谈，酒醉言未了，一直到通宵。

早晨天已大亮，玛瑞叫来一辆出租车，丁志强和章晓慧两个人都喝得东倒西歪，玛瑞将两人安排在车的后排座位，两人相拥在一起很快睡着了，她自己坐在副驾驶的位置，分别将丁志强、章晓慧送回住所。

上午9点多，被小高敲门叫醒的丁志强，发现昨天实在喝得太多了。当着小高的面儿，他感慨道："喝酒误正事儿，本来想把钟大伟创业情况向章晓慧详细说明一下，以争取她对和诚公司的支持。可是一喝起酒来全忘记了。"

小高此时又打趣地说:"常言说的好,酒逢知己千杯少呀。我看丁总好事儿快要到了!"

丁志强一听,瞪大眼睛,赶紧澄清:"小高同志,不掌握情况,可不能乱说哈!"

25. 歪打正着帮大忙

丁志强介绍创业困境与前景
章晓慧主动注资驰援钟大伟

章晓慧与丁志强两人多年没有见面，一起喝酒难得如此尽兴，两人都喝多了。章晓慧头脑晕沉地回到住所来不及洗漱，倒在床上就睡，一觉醒来已是上午十点多了。

章晓慧是个重情重义之人，平时待人接物都落落大方，自从来到美国也很少有国内的朋友或同学来看自己。加之大学时期对丁志强的印象也非常好，对他的到来发自内心的高兴。她上午睡觉醒来，躺在床上又情不自禁地想起当初与丁志强的点点滴滴：想到若不是当时自己一根筋地看上钟大伟，差点儿两人就成了恋人，这样或许早已成为夫妻了；又想到昨天深夜俩人多年不见，谈的话题如此投机，人生经历大有相同，更有一种不想让丁志强早早离开洛杉矶的想法。在这种心境之下，章晓慧躺在床上给丁志强打去电话，内心希望丁志强能多留停几天该多好。

丁志强起床后与小高一起在宾馆房间里收拾东西，准备赶到下一站芝加哥去考察学习。同时，还在自责与章晓慧喝酒时，把这次为什么要来美考察学习的正事儿忘记告诉她了。这时，手机铃声响了，一看是章晓慧打过来的，丁志强心情还是有些激动，赶紧接通："喂，晓慧你早！"

"志强，起床了吗？我昨天喝得太多了，你休息得怎么样？"

"哎呀，我也喝多了，你和玛瑞两个人陪我一个人，特别是你们两个大美女，又能喝又会说，我能不喝多吗？"

"昨天我喝多了，后面我都不知道什么事了。有说得不对的地方别见笑呀。"

"看你说的，你每句话说得都挺好，我爱听。"

"志强，我跟你商量一下，你难得来这里一趟，能不能在洛杉矶多停留一天？这样我就请一天假，专门陪你到洛杉矶一些好玩儿的地方转一转，看一看，这样或许对你考察了解市场情况更有帮助。"

丁志强一听，觉得很有道理，马上回答道："好，你的建议很好，听你的。刚好，我还有许多事情想与你当面沟通。"

"好的，你在饭店不要走开，等着我就行，我一会儿过去接你！"

"好的，好的！"丁志强挂了电话心情十分高兴。

丁志强通完话，马上找小高商量重新调整了一下行程："小高，跟你商量一下，能否在洛杉矶多停留一天？"

"丁总，有句话说得好，英雄难过美人关。好的，我马上与史密斯先生商量一下！"小高开玩笑地说。

"你这个小子，总是多想。章晓慧是我多年没有见的大学同学，她主动邀请我在洛杉矶多停留一些时间，我一时不好推辞。再说了，我还有关于美国考察学习的一些正事儿需要与她交流，还想听听她的意见，在美从事商业多年，企业经营管理经验丰富，没准儿能给我们和诚公司帮大忙呢。"

"这就对了！"小高十分理解和支持丁志强。

小高马上找到史密斯先生帮助改签，推迟一天去芝加哥的航班，回过头告诉丁志强："丁总，搞定了，史密斯先生帮我们把去芝加哥的航班改签好了，我们可以在洛杉矶多待上一天了。"

丁志强一听，高兴地说："好，洛杉矶是个好地方，借此机会我可以多向老同学章晓慧了解一下商业管理情况。你今天与我一起去见见她如何？"

小高想了想连忙摇头说:"算了,还是你们单独行动吧,我在反而显得多余。"

就在这时,丁志强的手机响了,一看是章晓慧打来的,连忙接听:"喂,晓慧好!"

"志强,我大约十分钟就到你所住的宾馆了,你一会儿下来即可,我开车在楼前等你!"

"好的,我收拾一下,马上下来!"

章晓慧亲自驾车赶往宾馆,快到宾馆前专门给助理玛瑞打个电话:"玛瑞,我今天要陪同老同学丁先生去逛一逛街,帮助他多了解一些洛杉矶的情况,我就不过去上班了,管理上全由你负责。"

玛瑞接了电话,笑了笑说:"遵命,放心吧章总,店里的事情今天你就不用操心啦!祝你们俩玩得开心!"

章晓慧连忙说:"臭丫头,你就知道贫嘴!"

丁志强接到章晓慧的电话后,简单梳理了一下,赶紧下楼在一楼大厅门口等待章晓慧的到来。车快开到离丁志强约十米左右,章晓慧打开副驾驶位置靠右的车窗,连忙向丁志强招手,亲切地对丁志强说:"志强,我来了,赶快上车吧!"

丁志强等章晓慧将车停稳后,连忙拉开副驾驶的车门上了车:"呵呵,章总你今天亲自开车呀!"

"那当然呀!老同学多年不见,今天正好带你在洛杉矶兜一兜风,让洛杉矶给你多留下一些好印象!否则,下次你就不来找我这个老同学了!"

"那怎么会,洛杉矶这次已让我深刻领教过了,景美人更美!真令我十分难忘啊!下次我很快还会来的。"

章晓慧驾车拉着丁志强,车里放着自己十分爱听的流行音乐,一边开车,一边帮助介绍洛杉矶的城市美景,让丁志强心旷神怡。章晓慧陪同丁志强兜完风，又专门陪他逛街、看风景和考察当地各大商场，两人边走边聊，有说有笑，一路好心情。

丁志强在章晓慧的陪同下，又考察一个家电销售店后，想起了自己来美国考察的初衷，邀请章晓慧来到一家咖啡馆喝咖啡，向她说明这次来美国的主要目的："晓慧，这次我来美国是重任在身呀！"

"什么重任在身？方便透露一下吗？"

"当然可以，只是怕你介意呀？"

"你说吧，我不介意！我知道，肯定与钟大伟有关，对吗？"

"哎，还是你章晓慧聪明，什么都瞒不住你。你说得对，我这次受命来美国考察，都与钟大伟现在创业有关。钟大伟的创业，不仅是一个人的梦，也是一个企业的梦，更是一个民族的梦……"

章晓慧开始感兴趣地问："对了，我想问你一下，现在钟大伟是不是还是在搞什么家电销售代理呀，这个生意行吗？"

丁志强说："呵呵，你了解的是他当初开始创业的情形，现在钟大伟早已经调整创业思路，走上了一条全国联网销售加家电自主研发并重的创业之路，特别是靠自主研发，推行的和诚系列空调品牌战略十分成功，在国际市场核心竞争力也慢慢显现出来了。这次我来美国考察，说实话，也就是为和诚系列空调加快走进国际市场、抢占国际市场份额作准备的。"

章晓慧听了，十分感慨地说："钟大伟真是个有梦想、有追求的人呀！"

丁志强连忙补充道："大伟，不仅是个有梦想、有追求的人，而且还是个敢于追梦、善于圆梦的人。这一点，我们都佩服呀！现在我们国家改革开放政策好，正是创新创业的春天，也是成就个人梦想、回报社会的好时代。这也正是我为什么放弃在加拿大的工作，很快答应钟大伟回国与他一起创业的真正原因。"

章晓慧此时表情显得有些严肃，双手捧着脸颊，边认真听着丁志强的讲述，时不时发出感慨："是呀，我非常认同你的观点，现在国内之所以成为国际商品的加工厂，是当下国内外创新创业最令人向往的地方，这一切都归功于我们国家坚持走改革开放之路，越来越强大，我们作为在国外工作的留学生和海外华人，现在明显感觉到比我们当年来美国时受人尊重。钟大伟这次专门能派你来美国考察，说明他很有国际视野。"

丁志强看到章晓慧对钟大伟创业之事很感兴趣，也很赞许，借此机会详细向章晓慧介绍了钟大伟创业的现状："晓慧，现在我想对你说的是，虽然钟大伟创新创业的思路和想法很好，很具有国际视野，而且在创业方面已经取得骄人的成就，比如许多比他创业起步早几年甚至几十年的同行，都被他赶超或远远甩在后面，在国内广受媒体报道。在我从事多年职业经理人的角度看，我觉得在钟大伟领导下的和诚公司前景无限光明，还会续写更大辉煌……"

章晓慧听了丁志强这番话，很佩服他对钟大伟的认同："看来你对钟大伟的认可超乎寻常呀，相信加上有你这样具有国际视野的有职业经理背景的人加入创业团队，一定会轰轰烈烈干出一番大事业的。其实，你不觉得吗，离你们的梦想已经越来越近啦！"

丁志强听了章晓慧赞许之词，不见笑容，反而脸色一下子变得凝重起来，半天也没有接章晓慧的话。这时，章晓慧觉得丁志强情绪有些反常，连忙问："志强，看你情绪有些低沉，是刚才我说什么错话了吗？"

丁志强连忙摆手："不是，不是。只是我想起了当前钟大伟和和诚公司面临的一些实际困难，如果不及时解决好，恐怕前功尽弃呀！"

章晓慧听后，不以为然："什么？现在有什么问题？怎么可能会前功尽弃？你赶快说出来听听！"

丁志强坦诚地讲："钟大伟和我们和诚公司正处在创业螺旋式上升阶段，主要是当下和诚系统空调与国际品牌相比，进行的自主研发已进入决胜阶段，正面临资金紧缺和人才不够两大方面的困难。钟大伟为了事业，现在仍然保持像过去上大学那样省吃俭用，他虽然面临诸多困难，但始终坚定必胜的信心，做到这一点，真是难能可贵。我从事职业经理人这么多年，看到许多创业者花费了九牛二虎之力眼看即将成功登顶，却因一时困难没有克服而又跌入谷底，我时常替那些创业者感到莫大的遗憾！"

章晓慧听了，唤起她对钟大伟往事的回忆，一直被钟大伟那种不怕挫折、勇于创新的创业勇气所感动。内心想，当年一直看好的钟大伟，是好样的！她与丁志强边聊天、边沉思，突然一下按捺不住对钟大伟无比关心的心情，连忙追问："现在钟大伟除了创业，他生活过得怎么样？脾气怎样？他的太太好吗？"

丁志强面对章晓慧的追问，只好回答："除了事业忙、压力大了一些，在爱情与家庭等方面都很好。现在我们整个公司都知道老钟娶了一个又能干、又贤惠的好老婆。他老婆叫王清雪，当初也是一个富二代，为了支持老钟创业，不顾父母的反对，放弃上研究生继续深造的机会，义无反顾地嫁给了他。当初如果没有王清雪的支持和帮助，可以说就没有老钟的今天……"

听了丁志强对钟大伟的创业与家庭情况介绍后，章晓慧以一种对钟大伟十分佩服、敬重的态度对丁志强说："现在钟大伟正处在攀登创业自主研发高峰的关键时刻，作为我们这些老同学，若有能力都应该帮他一把才是呀。"

丁志强连忙点头："对呀，当前钟大伟的梦想，也是我的梦想，更是整个和诚公司的梦想！我们必须众志成城，争取创业成功！"

章晓慧接着回忆当初："我从当年提出和他分手到现在，已经快十年了，这些年我们再也没有联系讨。听你今天这么一讲，我感到钟大伟仍然是当初那个有理想、有抱负的钟大伟，真是难得。他作为一个农家子弟，经济一直很拮据，一路走来能有今天的成就的确不易。"

丁志强连忙接话："对，作为一个穷小子出身，发展到今天是不容易。

而且他十分孝顺，专门将在农村生活的母亲接到京都与自己一起生活。他母亲早年腿患有风湿病，只要钟大伟在家，每天晚上坚持给老母亲热水泡脚洗脚，多年如一日。你猜现在老母亲腿脚怎么样？全好了！大家都说是感动了老天！"

章晓慧连忙说："钟大伟既是好丈夫，也是好儿子。现在他离成功还有一步之遥，如果眼看被缺乏资金和人才这一困难，影响他创业的成功、人生理想的实现，不仅对他个人是个沉重的打击，也对企业、对国家是一种损失。"

丁志强连忙说："是呀，你说得很对！"

章晓慧想到钟大伟面临的困难，开始发自内心想帮忙："志强，现在钟大伟有实际困难，我们是应该主动伸出援助之手，可是，我与他曾是男女朋友关系，分手这么多年了，他现在也组建幸福的家庭了，我还怎么跟他联系？千万不能给他现在的太太造成困扰呀。唉，现在我想出钱出力帮个忙，也不知道从哪里入手。"

丁志强想了想说："你分析得对，王清雪她知道你原来与老钟谈过恋爱，并且差点就结婚了。如果你突然出现，会让她心里很不适的。都是女人，有这种心理很正常。"

章晓慧鉴于自己曾经与钟大伟是男女朋友关系，也怕打扰钟大伟现在的家庭生活，仔细想了想，主动提出："志强，你现在帮我一个忙行不？"

丁志强迅速回答："你说，怎么帮？没有问题！"

章晓慧连忙说："大伟现在一是缺资金；二是缺人才。人才这块我暂时还帮不上，但资金我倒还有一些。我这些年来，在商业上还算成功，近期我刚好还有 200 万美元的结余，正计划用于其他方面的投资。如果不嫌少，我就先不用于别的投资了，请以你丁志强的名义给钟大伟注资入股怎么样？但你一定要先答应我，此事只有我们二人知道，包括钟大伟在内的任何人都不要告诉！这样，一是以免让他太太误会；二是如果我不这样做，以我对钟大伟的了解，若你说这钱是我赞助给的，他肯定不会收下的。"

章晓慧此话一出，让丁志强心里一发愣，感慨面前这女人一是真有钱，二是真仗义。同时，他心里也有些顾虑："晓慧，我跟你说，200万美金不是个小数字，兑换成人民币怎么该有1330万了吧。如果以我名义注资，今后怎么算账？万一创业失利，风险谁承担？"

章晓慧听了丁志强这些话，突然有些自责，心想自己这样做会给丁志强造成太大压力，于是表情一下变得严肃起来，便说："唉，这也是没有办法的办法。我知道这样做，会给你思想带来一定压力。不过，在这里我要强调的是，我拿出的这200万美金，说是以你名义注资和诚公司，只是想让钟大伟好接受，以便更好实现大家共同的梦想追求而已，我是不计回报的，如果创业失败了，我是不会索要这个钱的。为了朋友、为了友谊、为了梦想，这样做，我愿意，我认为一个字：'值'！"

丁志强看此情况，又想到帮钟大伟做大做强企业是自己与其合作创业的初心，虽犹豫片刻，但还是主动同意了："好，我听你的！这200万美金你转给我以后，我马上用于和诚公司继续推进自主创新研发步伐。我相信，有你这笔资金的注入，和诚公司很快就将再创商业奇迹！"

这时，丁志强伸手紧紧握住章晓慧的手："晓慧，你太伟大了，首先我代表钟大伟谢谢你。"

章晓慧连忙叮嘱道："先不要谈谢。丁志强我告诉你，这是我们之间永久的秘密，在任何时候我都不希望让第三个人知道！"

章晓慧又连忙叮嘱："志强，等你到时回到京都，就把你的银行账号用短信发给我。这两天我就先准备好存款，我收到你账号，马上将钱转给你！"

丁志强满脸喜悦："好好好，一定！"

此刻已经下午4点多了，章晓慧突然想起陪丁志强去参观当地有名的名胜古迹的事情了，赶紧起身："对了，时间不早了，你难得来洛杉矶一趟，我们抓紧去欣赏一下当地美景吧！"

丁志强也连忙起身："好的，今天都听你的！"

然后，丁志强又上了章晓慧的宝马小轿车，心情好极了……

丁志强做梦都没有想到会在洛杉矶偶遇章晓慧，而且更让人没想到的是她还能主动投入大额资金帮助缓解和诚公司眼前困难，心里不断在感慨：真是歪打正着。接下来他在章晓慧的陪同下，边畅谈人生、边参观当地大海滩等美景，度过了他人生最快乐的一天，心情愉悦至极。

丁志强在洛杉矶多待了一天与章晓慧依依惜别，之后和小高又继续在美国其他城市进行考察，与美国多家家电生产和销售企业达成初步的合作意向。

丁志强和小高圆满完成学习考察任务后准备返回中国，史密斯先生等人专门到机场送行，临别时史密斯先生紧紧握住丁志强的手："丁先生，欢迎你们下次再来，我们后会有期……"

丁志强满面笑容地说："谢谢你一路的陪伴，我们常联系！期待下一步我们友好合作……"

丁志强和小高乘坐的国际航班缓缓降落在京都机场，一打开手机，他很兴奋地看到了章晓慧给他发的两条信息，第一时间打开看。一条写道："志强，祝你一路平安！欢迎下次再来美！晓慧"，第二条写道："我这边已将200万美元换成人民币（1330万），回到京都后，请速将你银行卡号发给我，按照我们约定，抓紧解大伟燃眉之急。"

丁志强回到京都，洗完澡准备休息，心里总觉得有什么事儿要办。顿时想到了章晓慧，立马翻身起床找到自己的银行卡，将卡号发给章晓慧了。

章晓慧收到账号后，为了让丁志强早收到钱，早帮助钟大伟解决燃眉之急，第一时间赶到美国当地专业办理跨国汇款机构，找人帮助汇款："我中国的朋友，现在正着急用钱，麻烦帮助给我做一下加急跨国汇款……"

加大自主创新经费的投入，说起来容易做起来难。钟大伟一直在为此事发愁，正焦急等待丁志强从美国考察回来后，抓紧商量对策。

丁志强和小高二人第二天上午一上班，早早就来到钟大伟的办公室汇报他们到美国参观考察市场的情况，谈了自己的体会和收获："钟总，我们回来了，这次美国之行，收获很大，真是不虚此行呀……"

钟大伟认真在听，在思考，等他们两人都讲完后，钟大伟笑着说："听了你们在美国的实地感受，让我觉得这次派你们去考察的决定是对的，也是及时的。通过你们这么一说，证明我们一直坚持家电产品不断升级改造、自主研发是正确的，必须进一步加大投入，抢占国际家电技术制高点，提高我们和诚系列空调国际市场核心竞争力……可是现在资金严重短缺呀，我们得抓紧想想办法，否则，我们创业会前功尽弃……"

丁志强低下头，连忙说："是呀，我们共同想想办法……"

丁志强走后，钟大伟在办公室来回踱步，正在为筹集研发经费发愁，心想："家电产品升级改造、自主研发正在往前冲，但现在资金缺口还这么大，怎么办？"

丁志强从钟大伟办公室出来，到自己办公室坐下不久，听到了手机短信的声音。他连忙打开一看："银行入账提示：你尾号3677的中国银行卡收到章晓慧汇款1330万人民币，余额共1337万元。"马上站起来，想到与章晓慧的约定。经过一番思考，丁志强给章晓慧回了一条短信："汇款已收到，我会按我们约定去办。谢谢你的鼎力相助！我们随时联系！志强。"

丁志强给章晓慧回过短信后，开始考虑如何去向钟大伟圆这个"谎"。

沉静了大半天，经过一番思考，他决定马上到办公室找钟大伟。一打开门，看到钟大伟在办公室来回踱步，连忙说："你走来走去好久了吧？有心事儿我知道，不就是眼前缺少一点资金吗，着什么急呀，车到山前必有路。"

钟大伟连忙说道："唉，现在国外家电市场竞争如此激烈，如果不推陈出新，企业随时都会有死掉的风险，我能不急嘛？"

丁志强见状，故意说："关于资金的事儿，我一直在思考，现在你需要我帮忙吗？"

钟大伟连忙说："废话，当然需要呀！别卖关子了，有什么点子快说！"

看着钟大伟着急不耐烦的样子，丁志强说："我在国外工作这么多年，现在有一笔款已到账了，如果你想用，我可以将这笔钱转过来。"

"多少钱？"

"约1330万！"

"这么多？你小子在国外挺能挣的呀？上个月不是刚刚拿出100万入股吗？今天又有这么多？你小子行呀！"

"当然，在国外混这么多年，再挣不到这点钱，没有一点本事，你当时还会叫我回国一起创业吗？"

"好，你小子真是好样的！当然，这钱我们还是按原则办事，钱到账后马上让小高去工商将你公司股份占比改一下。公司绝对不能亏待你！"

"我当然相信，我马上就去银行将钱转到我们和诚公司账户。"

这时，两男人为此兴奋开来。钟大伟抑制不住这种喜悦的心情，大声喊道："志强，好样的！每当我最困难之时，你都会出现！这回我们和诚公司有救啦！"

26. 掀起误会小风波

丁志强醉后说真相
王清雪对夫生疑心

和诚公司在章晓慧 200 万美金支持下，无论是在产品自主研发上还是在产品销售上，不断传来好消息。

丁志强带着大山一起到董事长办公室向钟大伟汇报产品对海外销售情况："钟董，我们和诚产品逐渐得到国外认可了，在大山的联络对接下，我们根据马来西亚家电销售商的要求，及时通过国际货运，将 10000 台家用空调和 5000 台办公空调出口到了马来西亚，销售款也及时收到。"

钟大伟高兴地说："好呀，只要我们产品在技术上处于国际领先位置就不怕销路不好。当然，再好的产品，加强对外必要的沟通和宣传是不可少的，谢谢大山，感谢你对工作的投入。"

大山连忙说："别客气，这是我作为职业经理人应该做的，也是必须要做好的！"

丁志强补充道："大山很能干，精通产品营销管理，还有几个国家他也抓紧在沟通对接中，没准儿也很快有好消息传来。"

钟大伟连忙点头："好，看来我们当初决定从国外选优秀的职业经理人是对的，还是很及时的……"

时间没过多久，丁志强又带着阿美一起到董事长办公室向钟大伟汇报对海外合作进展情况："钟董，通过阿美的接待和沟通协调，现在德国、法国等欧洲国家一些企业同行对我们的产品很感兴趣，特别是对我们产品的自主研发很认同，如果你批准同意，这些国外企业同行，就准备近期来我们公司进行实地考察论证，期待与我加强合作。"

钟大伟高兴地说："哈哈，这是个好事呀，我当然同意！让他们抓紧来我们公司进行面谈吧。对了，他们想怎么样与我们合作？"

阿美连忙补充道："德国、法国等欧洲国家一些家电销售商主要是认可我们和诚公司产品的技术，都希望我们到他们国内当地联合开设销售连锁店，同时也可签订在当地开办生产加工厂的合作协议。"

钟大伟向来思想很开明，办事也具有较强的国际思维，听后马上回答："很好，我赞同！商业的快速发展离不开国际合作。只有合作才能双赢……"

按照钟大伟的要求，阿美抓紧联系，德国、法国等欧洲国家一些家电销售商很快从国外来到京都，钟大伟、丁志强等公司高管都出面与他们进行友好会谈，双方谈得很顺利，和诚公司与欧洲家电销售商很快达成在当地设连锁店，开办生产加工厂的合作协议。在签署协议仪式上，双方共同举杯以示庆贺……

刚与德国、法国等欧洲国家一些家电销售商签署合作协议没有多久，丁志强在办公室接到了美国史密斯先生打来的电话："丁先生，今天告诉您一个好消息，近期我们组织一些专业人士，通过了对你们和诚公司的家电产品技术的评估。如果你们愿意合作，我们已经商定近期去你们和诚公司，可以洽谈在美国开连锁店及产品生产线的事情。"

丁志强听后十分高兴，连忙说："史密斯先生，太好啦！我们期望合作，马上过来吧，我们在京都欢迎你……"

自从丁志强加入创业团队以来，和诚公司业务得到了飞速发展，超出和诚公司所有人的想象。一天，丁志强打电话给章晓慧，向她讲述了和诚公司有了她的注资后发生的巨大变化："晓慧，你说真是奇了怪了，自从有你的注资，近段时间以来，和诚公司就如虎添翼，一个好消息接一个好消息，看来和诚公司不做大做强就不行，深受国内国外各方面好评……"

章晓慧听了丁志强充满激情的讲述，也从内心深处为和诚公司的快速发展和钟大伟感到高兴："太好了，这不就是我们共同想看到的结果吗？"

丁志强连忙说："是呀！这回你可是功不可没，你是在和诚公司发展最关键之时拉了我们一把，若是钟大伟他知道，一定会感动不已……"

章晓慧一听钟大伟三个字，特别敏感，又提醒丁志强："好啦，注意在钟大伟面前一定不要提我，别忘了我们在洛杉矶时的约定……"

随着和诚自主研发的空调知名度越来越高，欧洲、亚洲和非洲等国家的家电销售商来和诚公司洽谈合作事宜络绎不绝，接待任务明显增加，使得销售额大幅提升，大大缓解了以前企业资金运营的压力。这样也让钟大伟在精神上感到轻松了许多，每天基本能做到按时上下班，陪同母亲和王清雪一起吃晚饭。钟大伟一天晚上在睡觉前告诉王清雪："清雪，现在我们和诚公司经营形势很好，取得今天这样成果，给我最深刻的感受有三点：第一，首先是离不开老婆大人你的大力支持！"

王清雪一听心里十分高兴，笑着说："我支持你是天经地义的，以后就不用提了，快说还有第二、第三点呢？"

"第二，就是说明我们当初着眼全球化目标，始终坚守自主创新不放松的策略是完全正确的，否则，我们的产品很难打入国际市场，国外的企业也很难上门找我们谈合作。"

"那第三点呢？"

"第三点，就是除了你，我还要重重感谢一个人。"

"那个人是谁？"

"你猜猜？"

"我知道，这个人就是丁志强！"

"你说的对，就是他！丁志强他真是具有国际视野的职业经理人，他放弃在国外优厚的待遇回国与我一起创业，不仅给我们带来国际上通用的先进管理经验，而且还竭尽全力将自己的资金拿出来支援我们产品的自主研发。如果没有他鼎力帮助，我们和诚公司发展肯定没有今天这么快呀。"

王清雪也十分认同钟大伟的说法："是呀，丁志强是难得的人才，你这个大学同学是真仗义，关键时刻能冲得上去。建议你今后在公司股份上别忘了给他多分一些。对于这样对公司贡献大、责任心强的高管，你得好好感谢他。这也是个导向，也好让其他高管向他学习。"

"老婆你说得对，对于丁志强就照你说的办！这的确是个导向，我要让其他高管多向他学习。只有这样，也才能拴心留人，吸引更多的人才为我们创业一起打拼！我准备明天晚上去酒吧，请丁志强喝酒，与他单独聊聊，当面感谢他的帮助……"

和诚公司按照既定目标一步一步平稳发展，钟大伟十分感谢丁志强的帮助，第二天专门请丁志强去酒吧喝酒，两人相谈甚欢。钟大伟开场就对丁志强说："志强，我记得我们俩已有好几个月没有喝酒了吧？今天我们哥儿俩，好好喝几口，来，干杯！"

"干杯！干杯！"

他们二人端起酒杯一饮而尽，喝得那叫个痛快。

丁志强心情十分放松，非常高兴："大伟，跟你一起喝酒就是爽！不过，我的酒量你是知道的，可没有你大，我要是喝高了又得麻烦你把我送回去！"

"我们难得一聚，痛痛快快地喝！喝高了，到时我让二伟开车来接我们回去！"

说完，钟大伟便给钟二伟打电话："二伟，我正与丁总在我们和诚公司旁边不远的时代酒吧喝酒呢，你到晚上十点钟前后，开车来接我们回去！"

钟二伟在手机回话："好的，明白，我在晚上十点准时到！放心！"

钟大伟接下来充分肯定丁志强自从来和诚之后发挥的重要作用："志强，你来我们公司虽然时间不长，但作出的巨大贡献大家有目共睹，你可是我们和诚公司的宝贝，难得的管理人才！"

"过奖，过奖！我只是做了自己应该做的一些工作，谁让我们都是追梦人呢……"

"来，干杯！""干杯！"

两人一高兴，都喝得有些多，醉意十足，很快到了晚上十点了。这时钟二伟赶过来了，看到他们二人都没有少喝酒，连忙上前劝阻说："你们二人都少喝点儿，时间不早了。"

丁志强看到钟大伟过来了，连忙说："二伟，你来得正好，赶快坐下，坐下，你也喝两杯！"

"丁总，我陪你聊聊天可以，但不能喝酒了，一会儿，我还要开车送你们回去呢！"

钟大伟接话说："二伟一会儿要开车就不喝了。来我们继续，我再敬你一杯！感谢老同学你一直对我的信赖与支持！没有你的加入，我们和诚公司发展就没有当前这么快！"

丁志强是个性情中人，性格也很直爽，加上当天喝酒有些多，大脑一直处于亢奋状态，话也开始多了起来，没有忍住，就将章晓慧让他代注资200万美金的事情告诉了钟大伟："大伟，这会儿，我想起一个人，她很伟大！"

"她是谁？我认识吗？"

"你当然认识，她就是章晓慧！"

钟大伟感到很诧异，连忙问："志强，你今天是真喝多了，你怎么突然提到她？"

丁志强酒劲儿上来，喝得兴奋了，早将与章晓慧的约定忘到一边："大伟，我还没有醉，我说的都是真的。记得吗，上次你委派我和小高到美国实地进行参观考察和学习交流，在洛杉矶我机缘巧合地碰到了章晓慧。"

"怎么这么巧？大学毕业后你们之间联系多吗？"

"从大学毕业后，我与她从未联系过。我在洛杉矶与她见面，将当时和诚面临的困难特别是资金紧张的困难跟她讲了，没想到她主动提出将自己200万美金换成人民币（1330万）帮助你渡过难关。她怕你知道不接受她的帮助，便让我以代为注资的形式，考虑到和诚公司急于用钱，便同意了……"

钟大伟与章晓慧分手后多年都没有联系，突然听到丁志强提起她，又唤起对她过去点滴的思念，特别得知她又暗自拿钱资助自己，心情十分复杂："章晓慧是个好人呀，我这一辈子欠她太多啦……"

钟大伟与丁志强一直喝到夜里十二点多，俩人都醉了，而坐在一旁的钟二伟对他们所说的话听得一清二楚。特别是丁志强在醉意中提起章晓慧让他代注资200万美金的事情，刚好被钟二伟听见。

钟二伟第二天上班对昨天到酒吧接钟大伟和丁志强回家的事一直在回味，这时王清雪来找他商量工作上的事情，他当时也不知道章晓慧这个人与钟大伟原来是男女朋友关系，不加思索地将昨天晚上听到的信息小声地告诉王清雪："嫂子，我告诉你一个消息，你知道为什么现在我们和诚公司在产品自主研发上推进得这么顺利？都是一个叫什么章晓慧的人拿钱帮的忙。"

王清雪一听章晓慧三个字，马上追问道："你说什么？章晓慧？她怎么会拿钱帮助？"

"听说她拿的还不少呢，拿了200万美金，换成人民币有1330万呢。还听我哥对丁志强说，章晓慧是个好人，对他帮助很大。"

王清雪深知钟大伟与章晓慧两人曾经相爱过，她很吃醋，特别是想到自己也不能生孩子了，十分怀疑钟大伟又偷偷与章晓慧联系，担心钟大伟以后不会像以前那样爱她。回到家躺在床上以泪洗面。

王清雪心情十分郁闷，晚上看到钟大伟回家，忍不住大发雷霆，第一时间就找钟大伟问明原因："钟大伟，我听说章晓慧给和诚公司资助200万美金，这到底是咋回事？你是不是现在一直在偷偷与她保持联系？"

钟大伟一听，感到很纳闷："怎么回事？谁告诉你我还与章晓慧有联系？她为我们和诚公司资助200万美金是真的，但自从与她分手后，我一直再没有与她有任何交往！"

王清雪本来因为不能生育抑郁得很，最担心钟大伟与外边的女人有交往，一听章晓慧还主动资助，自我推测钟大伟肯定与章晓慧还有交往："我不信！她与你分手这么久为什么还资助你？为什么？肯定你们两人还在隐瞒着我做什么事情！"

钟大伟顿时急了："清雪，你现在怎么了，请不要没有根据胡说八道！"

王清雪正在犯病状态，怎么也听不进别人的劝，大发脾气后，不顾下雨天，趁钟大伟不注意，悄悄离家出走了。

钟大伟上完洗手间发现王清雪不在家，便给她打手机，她怎么也不接，他出门到处找也没有找到，顿时心急如焚。

王清雪蓬头垢面去找闺蜜钱晓红。钱晓红一开门，看她这副模样就说："你这是怎么啦？是不是与钟大伟生气啦？快进来……"

王清雪向钱晓红讲述了钟大伟与章晓慧的交往史，谈到她现在心里的顾虑。钱晓红不以为然："你想得太多了，因为你太爱钟大伟了，有一点风吹草动，就失去正确判断了……"

王清雪离家出走，钟母十分担心。总叮嘱钟大伟，无论如何要尽快把她找回来。她批评钟大伟平时关心清雪太少。这时，钟大伟忍不住向母亲说："妈，清雪一直是个通情达理的人，她知道您太想抱孙子，因担心自己不能生孩子，断了您想抱孙子的念头，怕让您整天不高兴。再加上她也担心我现在企业做大做强了，不能像以前那样爱她，所以她现在已患上重度抑郁症。"

陈子贞一听，心情也十分难过："大伟，清雪是个好孩子，我们都要对她好呀！我不是早告诉你们，你们能不能生孩子我不在意了吗？只要你们夫妻之间感情好就行！你们不要再顾及我的感受！都怪我，给清雪太大压力了，现在我理解你们啦！"

钟大伟打电话给王清雪，她仍然不接。钟母说："这样，我用我的手机给她打试试，她正在气头上，我给她打是不是她会接？"

陈子贞拨通了王清雪的电话，她终于接了，钟母边说话边哭泣："喂，清雪，我是你婆婆呀，都怪我不好，给你太大压力了，快回来吧孩子，今后大伟再敢欺负你我不会饶过他……"

王清雪在钱晓红家里接到婆婆的电话，心情仿佛一下子变得冷静和理性一些："妈妈，您别担心，别哭，我很快回去。"

然后她又对钱晓红说："你说得对，可能是我对大伟多想了，我相信他会一如既往地爱我的。"

"好了，赶紧快回家吧，不然婆婆和大伟会更担心你的。"

在钱晓红的劝说下，王清雪在她家住了两天后，终于在钱晓红的陪同下，又回到自己的家中。婆媳相见，两人相拥而泣。

陈子贞等钱晓红走了以后，拉着王清雪的手说："清雪，这两天不在家，大家都担心你。钟大伟把你关于生孩子的事前前后后都告诉我啦！都怪我平时总提你们要孩子的事。虽然现在不能生了，我也理解你，现在夫妻二人不要孩子的家庭也不少。只要你和大伟把小日子过好，比什么都强。"

王清雪哭着说："妈妈，谢谢！谢谢您对我们的理解，我们会好好孝敬您的。"

正在王清雪与婆婆拥抱哭泣之时，钟大伟开门进来，看到媳妇回来了，连忙去哄哄她。钟母说："以后不能再惹清雪生气了！"

钟大伟将王清雪生气的事告诉了丁志强。丁志强反问："谁告诉她的？对，肯定是钟二伟！"

钟大伟、丁志强马上将钟二伟叫过来，问个究竟。钟二伟承认是自己告诉王清雪的，但没有想到会有这么严重的后果："是我说的，我不知道现在嫂子为什么对其他女人这么敏感？！"

丁志强马上驳斥道："二伟呀二伟，以后你办什么事一定要多动动脑子，你知道章晓慧是何许人也？她可是你哥原来交往多年的女朋友，差点成你嫂子了，你知道吗？！"

钟二伟听后自责地说："哦，还有这事儿，我真的不清楚。都怪我嘴快……"

丁志强第二天专门去王清雪办公室找她一趟，以当事人的身份把一些真实情况告诉她以后，王清雪心里才平静下来，她又慢慢地与钟大伟和好如初。

27. 意外的姻缘巧合

丁志强章晓慧喜结良缘
章晓慧加入和诚创业营

　　章晓慧在上江东科技大学时是全校知名的校花，作为同班同学的丁志强对她一直有好感，只因章晓慧特别喜欢钟大伟，让丁志强那些想追求她的人无机可乘、无法靠近。

　　丁志强自从到洛杉矶偶见章晓慧，知道她现在与自己一样恢复单身生活，便被章晓慧落落大方、理性成熟的那种女性美所吸引，加上在大学时期对她就有好感，每当工作了一天，晚上躺在床上休息的时候就自然想起她，实在想得难以控制了，就不顾两国间的时差，要么给她打电话，要么就给她发短信，表示对她满满的思念和祝愿。

　　一天晚上，丁志强又与章晓慧通了好久的电话，深夜睡着时做了一个梦，梦见章晓慧在美国的朋友圈，有许多单身男性，经常约她去喝咖啡，到酒吧喝酒，陪她去逛街。其中有一个教授去她住所单膝跪地，手捧鲜花，向章晓慧求婚……

　　此时，丁志强一下从梦中惊醒，猛的从床上坐起来，重新回忆刚才做梦的内容，这时他已意识到自己已经又迷恋上了章晓慧。于是他又想起在大学同学时期，一心喜欢暗恋章晓慧，却始终没有得到她认可的那种煎熬和苦涩。心里马上提示自己：不行，这回我要争取主动，不能再让她喜欢上别的男人，一定要早日娶她为妻。

　　章晓慧对丁志强印象也较好，自从丁志强从洛杉矶回去后，在她与丁志强的通话和信息中，让她深深感受到他已由大学时期的"小鲜肉"，变成了现在的成熟男人。一天，她在服装店里上班接到丁志强的问候电话后，心情十分愉快，还哼起小曲儿来。在旁边的助理玛瑞，看到她如此高兴的样子，好奇地问："章总，平时你不苟言笑，一脸严肃，今天你怎么这么开心？哦，我想起来了，又是你那个大学同学丁志强先生逗你开心了吧？"

　　章晓慧瞪玛瑞一眼说："你这个丫头还挺会察言观色的。你猜对了，就是丁志强！你对他印象怎样？说给我听听？"

　　玛瑞连忙高兴地说："他挺好的，长得帅、说话幽默还挺会哄女人，你要是能嫁给他，我看挺合适的。"

　　一天，章晓慧刚回到住所，又收到丁志强发来的一条短信："晓慧，这次我绝对不能再失去你。我要正式向你求婚：我爱你！你嫁给我吧！"

　　章晓慧打开手机仔细看了几遍后，她突然觉得心跳加快。章晓慧收到这条短信既高兴又有顾虑。高兴的是一生难得遇到知己，顾虑的是若与丁志强结婚面临两地分居……但思来想去最终还是决定答应丁志强。两天后，章晓慧主动给丁志强打电话："志强，我们有着相似的工作和留学经历，一路走来我们也经历了风风雨雨，自从上次在洛杉矶见到你，我就有种直觉，你就是当前我最想找到的那种男人，那种能够陪伴终生的男人……"

　　丁志强正在和诚生产车间现场指导工作，出来接完电话后欣喜若狂。心里想，我终于有机会将把多年的"梦中情人"娶来了。

　　丁志强与章晓慧在共同帮助钟大伟的过程中，也进一步增进他们之间的爱情，两人相互之间都视对方为一生真正想要的伴侣，三天两头打国际长途电话热线联系。

　　史密斯先生率领美国家电协会的人员，按照双方约定的时间，如期来到和诚公司进行实地考察和业务洽谈。钟大伟、丁志强、秦先达等高管热情接待。史密斯先生对和诚系列空调自主研发十分赞赏："这次我们来中国，主要就是为了与和诚公司加强合作而来……"

双方在合作方面洽谈得十分顺利，很快达成合作协议并举行签约仪式。钟大伟当场宣布："和诚电器走出国门，让世界上更多家庭用上我们的和诚造，喜欢上我们的和诚造，这是我们一直在努力的工作目标。美国的市场庞大，我们愿意与史密斯先生加强合作，共创双赢，争取两年内在美国设立 2 至 4 条生产线，在全美大中城市建立 15 个和诚电器连锁店……"

听了钟大伟的一席话，在场的人都报以长时间的热烈掌声。

丁志强每天都与章晓慧热线联系，正处在热恋阶段，想到史密斯先生来到了中国，便在史密斯先生一行返回美国前，专门去商场为章晓慧购买了一些礼物，请他亲手交给女朋友章晓慧，同时还让捎去和诚公司发展相关的一整套资料。在史密斯先生回国即将登机分别前，丁志强与史密斯先生来个大拥抱："我们合作非常愉快，欢迎你们下次再来！"

史密斯先生紧握着丁志强的手说："丁总，认识你我很高兴。你这朋友我交定了！我很期待我们今后密切合作。"

丁志强连忙说："好，必须的，一定加强合作！"

史密斯先生在分别前又回头对丁志强说："丁总，再见！章晓慧女士非常优秀，祝你们早日喜结良缘！我回美国会第一时间将你送给她的东西转交给她……"

丁志强与章晓慧两人坠入爱河，爱情发展迅速，很快到了谈婚论嫁的程度，丁志强在电话中兴奋地对章晓慧说："我们要结婚了，我要把这一喜讯让我们全公司分享！"

章晓慧追问道："你我之间的事儿钟大伟知道吗？关于我在美国创业及生活情况他都清楚吗？他知道我们将要结婚吗？"

丁志强连忙说："我还没有对他说，他对你现在的一些情况不是很清楚！"

章晓慧在电话中感慨道："哎，真是人生如戏呀。我做梦都没有想到今天我们两人能够心灵相通、相互理解支持，即将成为一家人！如果钟大伟等同学知道我们即将结合在一起，他们会不会都感到很意外？"

丁志强也感慨道："是呀，他们肯定会意外，但一定会祝福我们的！对，我近一两天请大伟喝酒，将我们准备结婚的消息告诉他……"

丁志强约上钟大伟又来到时代酒吧喝酒聊天，心情十分惬意："大伟，你猜一下我今天为什么请你喝酒？"

"哟，我想你一定有什么喜事儿！"

"对了，你猜对了，我准备结婚啦！"

"啊，准备结婚？跟谁结婚？我怎么从来没有听你说，你总搞突然袭击。"

"大伟，姻缘这个事儿很奇怪，只要时机到了，马上就会成行。自从我与章晓慧在洛杉矶见面相互了解对方最新生活、工作状况后，才知我们二人人生许多经历都很相同，于是共同的话题很多，现在我们就准备正式结婚了……"

钟大伟一听与丁志强结婚的新娘是章晓慧，顿时愣了一下，感慨道："怎么这么巧？真是人生如戏呀。"

丁志强将他与章晓慧之间爱情的来龙去脉给钟大伟讲了，钟大伟以复杂的心情听着、看着……

钟大伟对丁志强与章晓慧二人从相恋到结婚如此之快感慨良多，当天晚上喝酒结束摇摇晃晃回家后，情绪有明显反常，王清雪看到这样马上问他："今天你和老丁又喝多了吧？又有啥喜事让你们喝这么多？"

"你说对了，有喜事儿！老丁他马上要结婚了！"

"他要结婚了？他和谁结婚？怎么从来没有听说过！"

"你猜他和谁结婚？"

"我猜不出来，你赶紧说吧！"

"和章晓慧！"

"章晓慧？怎么可能？"

之后，钟大伟将丁志强对他说的话都转述给王清雪，王清雪听后感慨道："真是有戏剧性呀！哈哈，他们现在走到了一起，真有意思！对，章晓慧她可是你原来的女朋友，现在成为老丁的老婆，我看你今天心情有些复杂呀……"

这时钟大伟倒床就睡着了，打起了呼噜……

史密斯先生回美国不久，专程去洛杉矶亲手将丁志强的礼物转交给了章晓慧。章晓慧连忙说："谢谢，谢谢史密斯先生！再见！"

章晓慧回到住所打开一看，全是当年上学时她最爱吃的小吃、零食等，心里甭提多高兴了。

丁志强与章晓慧商定，决定以旅游度假的方式结婚，他们二人请了一个月的假，开启了他们结婚度假、周游世界的浪漫之旅。

一个月快过去了，丁志强带着章晓慧来到了京都，来到钟大伟的办公室："大伟，你看谁来了？"

钟大伟看到丁志强带着章晓慧进来，马上从椅子上站了起来："章晓慧，欢迎！"

钟大伟与章晓慧自从大学毕业分别后，属于第一次见面，再加上他们曾经相爱过，一时难免有些尴尬，但相互之间从不再提过去，专找新话题，很快化解了尴尬的局面。

在告别前，钟大伟也表现出积极的样子："我祝福你们，祝愿你们白头偕老、幸福到永远……"

丁志强主动邀请钟大伟："大伟，过几天章晓慧就要回美国了，我们准备明天晚上安排大家小聚一次如何？"

钟大伟马上说："这是必须的，明天晚上的新婚宴请由我来安排，让我们和诚公司的高管都参加，都来喝你们的喜酒……"

丁志强这时又想起在江东科技大学时平时相处较多同班同学张东海："大伟，我突然想到了我们的同学张东海，如果他明天在京都能够来参加该多好呀？最近你联系上他了没有？"

钟大伟听了连连摇头："哎，这个张东海太倔强了，这么多年了从来不再与我联系，手机号早换了，怎么找也联系不到他……"

丁志强结婚的喜讯在和诚公司员工们之间很快传开，见到老丁都要求他请客。钟大伟了解这种情况后，将新婚宴请聚会扩大到和诚中层以上管理人员参加。钟大伟还带上自己的妻子参加丁志强与章晓慧的新婚宴请，大家寒暄问候，互相开玩笑，氛围十分轻松愉快。时隔多年，钟大伟没有想到与大学同学丁志强、章晓慧以这种形式相聚。

王清雪参加新婚宴请回家后，与钟大伟又回顾吃饭的场景，她见证了丁志强与章晓慧走到了一起，非常高兴，也不再吃醋了："以前刚认识你的时候，我一听到章晓慧三个字心情就比较烦。但今天参加他们的婚礼，我的心情就改变了，章晓慧的确是个大美女，你看志强与章晓慧他们走在一起多么幸福……"

钟大伟连忙笑着说："我知道了，你今天为什么这么高兴，以前你担心她还在单身，我还会私下与她联系，她现在成家了，你当然高兴呀！女人呀，都是小心眼儿……"

新婚宴请结束，章晓慧和丁志强回去后，她突然想起张东海："志强，张东海与你还有联系吗？我记得当时大学毕业我们平时相处最多的4个同学，就是他在京都上班，他现在生活怎么样？今天我们应该主动邀请他参加新婚宴请才对呀！"

丁志强连忙解释道："是呀，我也十分想见张东海。我从加拿大回国一直想见他，可是一直联系不上，也不知他现在到底工作和生活怎么样。"

章晓慧回顾过去说："东海可是个好同学，为人十分仗义、厚道！"

丁志强十分认同地说："是呀。你知道吗，张东海还是和诚公司的创始人之一呢。最重要的是当初钟大伟大学毕业在江东没两年就下岗失业了，还是张东海邀请他北上京都发展。"

章晓慧连忙说："对，当时钟大伟与张东海的情况我很清楚，只是后来嘛，由于各种原因，我们失去了联系……"

谈起张东海，丁志强作为老同学多少有些为他担忧："我最近一直在想、在推测，估计张东海现在处境不会太好，创业发展肯定不顺利，或许是遇到什么事情了，否则，以他的性格早与钟大伟和我们老同学联系了……"

钟大伟想到章晓慧一直通过资金等形式，暗自在帮助自己，对她充满感激之情，决定在章晓慧新婚之后回美国的前一天晚上，单独在酒吧请他们夫妻二人喝酒聊天："晓慧，你明天就要回美国了，今天晚上请你们夫妻二人好好痛痛快快喝几杯！来，为了你们永远幸福快乐，先敬你们一杯！"

"好，干杯！谢谢！""干杯！"

接着钟大伟对丁志强和章晓慧二人动情地说："你们二人，都是我们和诚公司的贵人，没有你们一直以来的支持，和诚公司就没有今天这样的辉煌。"

章晓慧连忙说："谢谢，过奖了！这是为了事业，谁让我们都是追梦人呢！"

钟大伟考虑到章晓慧实际处境："晓慧，当前，我们正准备与史密斯先生加强合作，共创双赢，计划两年内在美国设立 2 至 4 条生产线，在全美大中城市建立 15 个和诚电器连锁店。你也知道，美国的市场庞大，和诚电器走出国门，让世界更多家庭用上我们和诚制造，喜欢上我们的和诚制造，这是我们一直在努力的工作目标。你长期在美国，经营管理经验丰富，刚好在美国开展业务正需要管理层，如果你愿意，时间允许，我们和诚公司想邀请你加入和诚创业团队一起创业，担任和诚公司驻美国销售生产部总经理。"

章晓慧想了想，愉快地答应了："行，我答应加入和诚创业团队。但是我没有经过实习期，你一下子让我担任和诚公司驻美国销售生产部总经理我怕胜任不了，耽误和诚创业发展可是我不愿看到的。我请求将总经理的位置让给别人，我先当个副手就可以了。"

钟大伟马上反驳道："你不用推托，我相信你有这个能力胜任这份工作，你是最合适的人选！"

章晓慧看到钟大伟如此坚定的态度，只好说："好，感谢和诚公司对我们的信任，我回到美国后，会尽快将其他工作放在一起统筹考虑，确保完成你交给的任务……"

章晓慧旅行结婚返回洛杉矶后，第一件事儿，就是回到自己的服装店找助理玛瑞谈话："玛瑞，你跟我一起工作已经好几年了，我们都成为好朋友了，现在我想交给你一项新任务。"

"章总，没有问题，您说吧，什么新任务？"

"我想让你接手我这个服装店，担任这个店的店长！"

"让我当店长？你辞职要想去干什么？"

"是呀，我看你当这个店长挺合适的，你就别推辞了吧！"

　　章晓慧通过耐心解释和做思想工作，玛瑞便答应了帮助章晓慧代为打理这个服装店。于是，章晓慧开始将工作重心向接手和诚公司驻美国销售生产部总经理转移，开始认真研究，全身心投入和诚公司在美国的产品销售生产管理之中……

28. 助人为乐同理心

优先录用家庭困难毕业生

扶贫济困施展才华大舞台

钟大伟多年以"党恩泽"之名资助的困难家庭出生大学毕业生蒋卫华和金春明，虽然都顺利考入大学，但一直没有找到合适的工作，当下全靠在社会上打一些临时工作挣钱维持生计。金春明已经毕业两年，蒋卫华已经毕业三年，到处投简历，还是没有找到工作，内心十分着急。

随着业务越做越大，和诚公司急需向社会招揽人才。钟大伟想以创业带动大学生就业，委托秦先达为和诚公司招聘急需人才。由于参加报名和面试的大学生太多，二本、三本院校毕业生多数被排除在门外，没有被录取。而这些学生多数是从农村考上来的贫困生，因为没被录用而十分沮丧。

钟大伟无意间准备到公司面试现场找秦先达有急事相商，发现有一名前来参加面试的女大学毕业生王娜在·个角落偷偷哭泣，连忙上前问道："这位同学你好，你是来我们公司面试的吗？我是和诚公司的管理者，请问你有什么需要我帮助的吗？"

这位女大学毕业生王娜一听钟大伟是公司的管理层，擦干眼泪说："老总您好！我是从农村考上来的贫困大学生，今年大学毕业，知道和诚公司是一家很有社会责任感的民营企业，我就从网上积极参加报名，没有想到今天来参加面试看到有这么多人。"

钟大伟又追问道："那你遇到什么困难了吗？是不是因为人多没有录用你？"

王娜马上回答说："就是因为报名面试的人太多了，考官就将我们这些从农村考上来的，多数都是二本、三本院校毕业的大学生排除在外。现在我很自责当初没有考上一本，我们二本和三本的大学毕业生都希望能够得到与一本重点院校毕业的大学生同等竞争的机会……"

也许自己也有相似的经历，钟大伟听了这位从农村考上大学走来的贫困生的讲述，顿时觉得内心十分难过，出于一种同理心，马上安慰她："好的，你说的意思我全明白了，一定不能让农村走出来的大学毕业生吃亏，我要让上二本、三本的与上一本的大学毕业生都有一样的竞争机会，请你放心，我随时欢迎你们来和诚公司与我们一道创业、实现梦想……"

钟大伟安慰好这位贫困农家走出的大学毕业生之后，急忙来到公司面试现场，表情十分严肃地对秦先达说："先达，等你面试结束，马上来我办公室一趟，我有事儿找你商量。"

话说完，钟大伟转身就走了。秦先达看到他表情很严肃，心里开始忐忑不安……

秦先达匆匆忙忙进行完面试，立刻赶到钟大伟办公室："钟总，找我有事儿？"

钟大伟马上说："请坐！我问你，你在面试中为什么将二本、三本院校毕业生多数被排除在门外？你为什么要这么做？"

秦先达听后马上情绪更加紧张起来："我没有想到大学毕业生来面试的这么多，现在一本和研究生学历的都录用不完，所以我提高了录用条件。"

钟大伟一听十分生气，马上站了起来："这样做不行！谁让你不经过请示，擅自决定调整面试录取条件的？"

秦先达表现紧张："钟总，是我不对。"

钟大伟接着说："先达，你知道吗？这些被拒之门的二本和三本毕业生，好多都是来自工薪阶层和贫困农村家庭，这些学生考上大学都不容易，我们应该多为贫困生着想，多给他们就业创业提供更宽松的条件。而你呢？做得恰恰相反！"

秦先达连忙说："钟总你批评得对，都怪我！"

钟大伟沉静了一下说："先达，我就来自贫困农村，我深知农村贫困大学如果毕业找不到工作，会让全家陷入困境，过上体面而有尊严的生活。我现在要代表和诚公司决定：主动帮助受资助的困难大学生就业，愿意到我们和诚公司上班的，就是对我们和诚的认可与信任，我们只要有职数，能够接收的要全部接收安置！"

秦先达连忙点头说："好的。"

钟大伟又联想到自己是贫困农村走出的大学生，于是又补充道："从今天开始，再向社会招揽人才其中有一条标准：受资助的困难家庭大学生无论是应届还是往届毕业生优先录用，愿意到我们公司上班的要全接收，主动帮助解决实际困难……"

和诚公司将受资助的困难家庭子女大学生无论是应届还是往届毕业生优先录用的招揽人才的信息在网上公布后，反响很好。

钟大伟曾经资助的蒋卫华、金春明二人生活在不同地方，一直忙于投简历找工作，始终未果。很巧，有一天他们从网上看到关于和诚公司一条招聘信息：欢迎社会有志青年来和诚公司与我们一道创业就业，共同追梦圆梦。曾受资助的困难家庭大学生无论是应届还是往届毕业生优先录用……

蒋卫华、金春明都被和诚公司有关招聘信息所吸引，便及时报名，并很快从外地专门赶到京都面试，被顺利录用，大家高兴不已。

由于和诚公司放宽录用条件，使得一批二本、三本大学毕业生，特别是像蒋卫华、金春明这样家庭发生过重大变故、家庭生活困难的毕业生顺利进入和诚公司，大家都非常感激。此次共招20人，其中有12名为受社会资助的困难家庭大学毕业生。

王娜曾经因秦先达临时收紧录用条件，让上三本的她无法被录用，后来在钟大伟的直接关注下，秦先达主动打电话与她联系："王娜同学吗，我是和诚公司分管人力资源的副总经理秦先达，我们公司钟总对你十分关心，很理解你现在的处境，如果你愿意随时欢迎你来我们和诚上班……"

王娜接到秦先达的电话感到又意外又惊喜，马上答应："秦总好，我愿意，谢谢你们……"

王娜十分高兴，没过几天就来和诚公司上班了，对工作环境和条件非常满意。上班没有多久，还专门到办公室当面向钟大伟致谢。

钟大伟多年一直以"党恩泽"之名资助贫困生，和诚公司做大后，由于工作忙，将资助之事交由总经理办公室代为处理。多年来，钟大伟进行社会资助从来不留自己的真实姓名，如果需要填写姓名时，就一直以"党恩泽"二字代替，许多被资助的大学生并不知道钟大伟。

招录工作完成后，和诚公司举办新员工培训班对他们进行入职前培训教育。钟大伟以公司总经理身份为他们上第一堂课，钟大伟结合自己生活经历，充满激情地讲到："这次被录取的20名大学生有12名是从社会资助过的贫困家庭走出来的。我当年跟你们一样。从小学到大学都被社会资助过。我没有放弃梦想才会走到今天。因此希望大家现在我走向社会参加工作了。一定要做到心里有理想，敢于有梦、勇于追梦、努力圆梦，我们和诚公司以后要为你们圆梦尽所能搭建广阔平台……"

说来也巧，和诚这次招录的20名大学生被分配到合诚公司各个工作岗位。蒋卫华被分配到公司总经理办公室工作，主要负责文字材料打印、后勤服务，以及总经理交办的事项。一天，办公室领导对他说："卫华，交给你一项任务，钟总他工作太忙，以后你用这个名单，定期帮助钟总用自己的钱到银行转账。资助他资助的困难家庭的孩子。"

蒋卫华连忙说："好的，放心，保证完成任务。"

蒋卫华接过资助孩子的名，办公室领导离开时又交代："对了，以后给贫困生汇款时，一定不要写'钟大伟'三个字……"

之后，蒋卫华在工作中发现钟大伟过去资助的人员名单，看到有他和金春明两人的名字，心情非常激动。无意发现"党恩泽"就是公司钟大伟总经理时，连忙打电话给他年迈的爷爷，感慨万分地说："爷爷，我现在与我们大恩人在一个单位上班了，没有想到我们天天盼望见到的恩人'党恩泽'就是我们现在和诚公司的总经理钟大伟……"

爷爷在电话叮嘱道："好呀，都是你命好呀！你一定好好干，不要让领导失望。你再见到党恩泽，一定要代我问他好呀……"

蒋卫华不知道刚到和诚公司上班的金春明个人情况。不知道她是不是也像他一样，也不知道资助人的真实姓名？蒋卫华带着这个问题，第一时间找到了正在生产车间忙于工作的金春明，知道她与自己一样，也不知道这么多年资助自己上学的恩人真实大名。当蒋卫华把他知道的一切告诉金春明时，金春明当时就大哭起来，控制不了自己的情绪，连忙说道："原来钟总就是我们一生的贵人……"

金春明知道这个消息后，一夜也没有睡好觉，觉得世间真巧，她命真好，能在和诚公司遇到资助她多年的贵人。

金春明与蒋卫华出身经历相似，又走到一起在同一个公司工作，第二天上午，她悄悄找到蒋卫华，商量一块去见见钟总，当面表达他们无限的感激之情，向他汇报了受资助后成长的心路历程，并问道："钟总，你这么多年为什么不留真实姓名？为什么不主动与受资助人见面？……"

钟大伟笑了笑说："做好事做善事，是不需要宣传、不需要留名的。"

蒋卫华、金春明听后不约而同地说："谢谢，谢谢钟总！"

钟大伟并勉励他们："你们不知道我，我可知道你们来和诚，欢迎你们二人选择了和诚！希望你们一定要干一行、爱一行、精一行，与我们一起创业，共圆人生梦……"

蒋卫华、金春明被钟大伟多次资助的消息很快传遍整个和诚公司，让公司所有的人，都为钟大伟这种多年坚持的善举与人格魅力所感动，都向他学习，以他为榜样，公司"争做懂得感恩、回报社会的人"的氛围越来越浓厚。特别是蒋卫华、金春明等贫困家庭走出来的这些大学生，受钟大伟人格魅力的影响，他们更加努力工作，工作没多久，陆续成为和诚各个岗位上的骨干。

钟二伟想与阿美出国工作未能如愿，留在公司迟迟没有得到职位晋升，工资一直也没有上涨多少，看到蒋卫华、金春明等人进步如此之快，与秦先达交谈，感慨良多："先达兄，我从和诚公司刚成立就来上班了，是和诚的第一批员工作。如今工作十几年了，还不如蒋卫华、金春明这两个刚来两年的年轻人职务晋升得快……"

秦先达耐心听完钟二伟发牢骚，语重心长地说："二伟，我理解你现在的心情……"

29. 创业失利心伤痛

张东海赌气出走求成心切
遭挫折体验跌宕起伏人生

张东海与钟大伟原本同是和诚公司的创始人，在创业当初却因与钟大伟创业理念不同，赌气出走创业。从此专门换掉了联系方式，从不主动跟钟大伟等同学联系，期望有一天奋斗成为大老板再与大家联系，以此证明自己的能力。

张东海出走后，在一朋友帮助介绍下，认识了京都远郊区城中村一个十分讲义气、有经济实力的大房东老金，并长期租用大房东老金的房子，一住就是多年。因与房东老金关系相处不错，经常到老金家吃饭说心里话，时间长了，房东老金也很支持他创业的一些想法。

王东平与老伴儿聊天时常提到张东海，王东平想到张东海是多年的老朋友，可是拿起电话想与他通话，但一听手机还是停机的声音，感慨不已："这个东海呀，不知现在干什么，怎么走了就把我们这些老朋友都忘了，也不主动联系我们。是不是在赌气？"

老伴也感慨道："人各有志，张东海是个很有理想、有追求的人。他现在肯定正在追梦中，没准儿哪天就出现了，到那个时候没准儿他就成了大老板了……"

王东平沉思了片刻："但愿如此呀……"

张东海与钟大伟分开后，一直想着独立创业，他一开始做起 BP 机及手机代理商生意，收入不及预期，心里开始焦虑。后来他求成心切，为了赚大钱、赚快钱，便放弃BP机及手机代理商业务，又开办了一家家具销售店，家具滞销生意不佳，不久只好将家具店转让。之后，又开办养殖场、当香港商品代理商、合伙做房地产生意，都因操之过急、效益不佳而草草收场。特别是因误判形势，草率地与别人做起房地产生意，没想到开发商老板违法被抓，自己投资的近百万元也打了水漂，打官司也无济于事，导致情绪低落到极点。

张东海创业不成，钱又被骗后，便经常去酒吧消愁，性格开始暴躁，老家妻子也忍受不了便与他离了婚。

张东海时常在自己租房不远的一个小酒馆喝闷酒，被四川农村来此酒馆打工的服务员田琦看在眼中。田琦是个热心肠，穷人的孩子早当家，来自农村，平时能够吃苦耐劳，心地善良，明白事理，善解人意。她看到张东海经常一个人来酒馆喝闷酒，本能地想去关心。一天，在服务中忍不住，便主动与张东海搭讪："大哥，我看你经常一个人来这里独自喝酒，最近肯定是遇到什么困难了对吧？一定要淡定。"

张东海连忙追问："呵呵，你，你从哪儿看出来的？"

田琦笑了笑说："这还不容易，都写在你脸上了！"

张东海连声叹气："你说的没有错，现在我完了……"

"我听你口音像四川人？"

"是，我老家是成都的。"

"我也是四川的，哈哈，我们俩还是老乡呢。"

"呵，你是四川哪个地方的？"

"我是四川绵阳的。我说老乡，你作为男人，应该做到大丈夫能拿得起、放得下，怎么遇到一点儿困难就被吓倒呢？这样怎么能行……"田琦无意间安慰了当时内心十分难过的张东海，让他顿时又找到了一点人生的希望。

张东海与田琦是老乡，两人之间在沟通中很快缩短心理距离，他们一回生二回熟，一来二去，两人便产生了感情。

田琦是四川人，天生会做饭菜，一天田琦约张东海一起逛公园，她对张东海说："我从小就喜欢做菜做饭，所以我从老家出来后，首选到酒馆打工。当然，我也不能给别人打一辈子工对吧，我也有自己的人生追求与梦想。"

张东海听后连忙追问："说得好！人生不能没有理想和追求。那你的追求与梦想是什么吗？可以说说我听听吗？"

田琦听后停下脚步，半开玩笑地说："我认为今后社会无论怎么发展，人都需要吃饭，大家对美食的喜好都不会降低。或许与我出生和爱好有关，现在我非常喜欢美食行业。当下，我最大的梦想就是想自己独自开一个小饭馆当老板……"

张东海自从认识田琦以后，心情逐渐好转，开始慢慢喜欢上了她。为了爱情，想到自己创业一时也没有着落，不妨与田琦一起先开个饭馆，没准儿也是个好事儿，他想了想对田琦说："小琦，你说的好！很适合你的实际情况。有梦想就好！我支持你！祝你早日实现你开饭馆、当老板的梦想！"

田琦连忙解释说："不过，我只是说说而已，真要是开饭馆，只我一个人不行呀！"

张东海赶紧接话："你别担心，还有我呢。我将下一步我们一起开饭馆的名字都想好啦。"

田琦听了，十分兴奋："真的，太好啦！你说我听听。"

张东海笑了笑了说："琦海川菜迷你酒馆"。

田琦听了想了想说："琦海川菜迷你酒馆？是取了我们名字各一个字而合成，太棒啦！"

　　两人马上行动起来，共同筹钱、找地点、装修……琦海川菜迷你酒馆很快开业了。田琦、张东海两人十分投入，时刻为顾客着想，菜品有特色，广受消费者好评，生意异常火爆，营业额一月比一月高，利润还比较可观，田琦还主动提出帮助张东海还上几十万元的外债。

　　张东海与田琦联手心情十分好，饭馆生意风生水起，红红火火，从而使感情进一步升华。一天，张东海向田琦表白："小琦，我认识你，是我一生的福气。你嫁给我吧？！"

　　田琦也显得非常高兴，但想到自己的出生经历，马上很认真地张东海说："东海，我是从农村走出来的，除了会做饭做菜，也没有其他本事，加上小时候家里穷，没的上完高中就出来打工了。你可是个上过大学的人，很有自己的梦想与追求，我怕配不上你，影响你将来的幸福。"

　　张东海马上反驳道："小琦，别说了，我爱你！永远爱你！嫁给我吧……"

　　很快张东海和田琦办了结婚登记手续。张东海领了结婚证回家后，想到当前开饭馆生意还算不错，帮助自己走出往日创业失利的阴影，现在又娶了个懂事能干的好媳妇，生活幸福指数显著提升。一天晚上躺在床上动情地对田琦说："小琦，今生遇到你是我一辈子的福气，我要让天下人都知道我娶你为妻了，我想通知好友小聚一次，以示庆祝一下，让大家分享喜悦……"

　　田琦很支持他的想法，笑了笑说："好，都听你的……"

　　张东海一高兴，便开始给一些好朋友发短信，其中也有多年没有联系的好友王东平。

　　王东平与老伴儿晚上在家正准备休息，突然手机有来短信的声音，他打开一看："平哥，东海失礼，多年没与您联系，请见谅。后天中午我特邀请您来京都大兴区琦海川菜迷你酒馆小聚，一叙友情。不见不散。张东海诚邀。"

王东平看了短信后丈二和尚摸不着头脑，一时发起愣来。此时老伴儿连忙问："老王，你这是咋了？"

"张东海终于出现了！"

"张东海？真的是他发的短信？"

为了确认是不是张东海本人发的短信，听了老伴儿的建议，打手机给张东海确认一下："你是东海吗？"

"平哥好，我是东海。"

"你发的短信我看到了，你这么多年都干什么去了？为什么换了手机号也不告诉大家？"

"唉，平兄，这么多年我也一直挂念您呀！您后天中午一定参加啊！"

"好，我一定去，后天见……"

王东平自从张东海主动与他联系后，既觉得意外，又感到欣喜，每天满脑子想到赴宴见张东海。赴宴的当天，王东平早早让司机开车上路，不到中午十一点就到了"琦海川菜迷你酒馆"。王东平一走进门，就看到了张东海，两个老朋友多年不见面，自然上前相拥在一起。寒暄几句之后，马上向他介绍了田琦："这是我的夫人田琦。"

王东平看了看了田琦，上前握手："好漂亮、好年轻啊。"

张东海连忙说："您知道今天为什么请您来嘛？"

王东平心里一愣，马上说："我知道了，有喜事儿！是不是你们准备结婚？"

张东海笑了笑了说："对了，今天就是想请您喝喜酒呀……"

这时，王东平突然脸色一变，以有些意外和不高兴的语气说："东海，你太不够意思了，这么重要的事情，怎么不早告诉我呢？……"

被邀请的朋友陆续到了，当天中午聚会，张东海心情大好，首先向大家说明他邀请大家小聚的本意："各位老朋友，我们都很长时间没有联系了，今天请大家一起小聚，主要想告诉大家，在我创业最难之时遇到了人生的知己，田琦。她是我人生的贵人，是她让我很快从创业失利的阴影走出来。今天我特想告诉大家，我与田琦领证了，已经正式登记结婚了……"

张东海隆重介绍田琦后，大家纷纷对二人喜结良缘都送上美好祝福，参加聚会的朋友十分开心，喝酒都比较尽兴。王东平也上前举杯祝贺："东海，恭喜你！祝你与田琦百年好合，幸福到永远！"

"谢谢平哥，今天见到你我特别高兴。"

"我也是，我和你嫂子三天两头念叨你，只可惜就是联系不上你。"

"平哥，你知道我为什么迟迟不与你联系吗？都是因为我处境一直不太好，自从与大伟分开后，我独自创业就没有一天顺利过，没有奋斗一个什么结果，我没有脸与你们联系呀。"

"原来你真的这么想？你太要强了。你要是主动与我们联系，遇到什么困难，我也好帮你一把……"

王东平与张东海几年没有联系了，两人相见有说不完的话。

王东平当天酒也没有少喝，回到家一进门，老伴儿便怪他："看你走路都是飘的，又喝醉了！今天你见到张东海了？"

王东平舌头根儿硬着说："见，见到了！他今天告诉大家，他刚刚领了证，我为他高兴呀，能少喝吗！"

老伴关心地问："张东海现在到底在干什么？他怎么现在才娶媳妇？"

王东平傻笑着说："东海这个人还是命好呀，现在娶的这个媳妇很聪明能干，又年轻漂亮，正在开饭馆，自己当老板，生意很不错……"

老伴儿边扶王东平上床休息，边打听着张东海的现状。

张东海虽然离开和诚公司，但对和诚公司发展和钟大伟个人情况的关注一天也没有停止过。一天晚上，他与田琦上床准备休息前，打开卧室的电视机，无意间看到钟大伟接受京都电视台采访的画面，只见钟大伟对媒体记者说："我们和诚公司走出了一条自主研发的发展之路，进入了经济效益、社会效益同步增长的快车道……正向国际化知名企业阔步迈进……"

张东海看到钟大伟接受媒体采访的画面心里久久不能平静。关了电视，他与田琦彻夜长谈，谈起他为什么要离开和诚公司，自己独自闯荡的真实想法。这时，田琦有些责怪张东海："我记得上中学时，有一个语文老师教我们写作文时，总爱说'吃别人嚼过的馍没味道'这句话。我认为大伟之所以现在能够成大企业家，跟他一直坚持自主研发是分不开的！我不明白，你当初为什么不支持他呢？反而你还出走了！"

以张东海的个性，他很难满足当下只开个饭馆，而且经历过创业失败教训之后变得异常冷静与理性，他也认为钟大伟当初坚持走自主创新和自主研发之路是对的，很认同田琦的说话："小琦，你真是个聪明人，你批评得对。老婆，现在我们这个饭馆已经走上正轨了，由你一人管理完全没有问题了。我问你一个问题。"

田琦连忙追问："什么问题，赶紧说？"

张东海连忙从床上坐起来，表情严肃地说："小琦，我对以前创业失利真不甘心。我想从哪里跌倒，再从哪里爬起来！我想重新创业，也想学习借鉴大伟的经验，坚持自主创新走这条路……"

田琦十分理解张东海的想法，表现出来超人的豁达，也像当初张东海鼓励田琦开饭馆时一样："说得好，人生不能没有理想和追求。老公，我支持你……"

张东海经过深入社会调查研究，他看准了我国庞大的手机市场。为了吸取教训，不走弯路，他像当初钟大伟在创业前先到别人家电销售店打工那样，也先找到京都一个大的手机销售店当销售员打了 3 个月工，然后独自创业，干了半年手机代理商之后，决定成立手机技术研发公司，自我研发"鲜桃"牌手机，准备由原来的手机代理商向手机制造商转变，着眼创造我国优质手机品牌，抢占市场。

自主研发，自主创新，说起容易做起难。张东海想创造优质手机品牌，面临当初与钟大伟创业一样的问题："筹钱难、融资难"。

由于自主研发手机资金缺口太大，就想到了当地村民房屋拆迁，手头资金比较富有的房东，想到长期居住他房屋那家的主人老金。一天晚上，他先专门来到老金家，老金看到老朋友，十分高兴："兄弟，好久不见，刚好家里准备吃饭，来快坐下，我们喝几盅吧。"

"好的，谢谢金兄！我陪您喝几盅。"

"无事不登三宝殿。兄弟，你说今天找我有什么事儿？"

"金兄，我们相识多年，都是老朋友了。这次又被您猜对了，不瞒您说，今天我有一事相求！"

"你快说，你现在打算做什么？还是想自己创业？"

"对，是的。我对以前创业失利不甘心。我想从哪里跌倒，再从哪里爬起来！我想重新创业，创造我国优质手机品牌！"

"需要我具体怎么做？如果我能够做的，我一定会尽力帮助。"

"现在我国手机消费市场潜力巨大，如果我在创立手机品牌上取得成功，无论是社会效益还是经济效益，一定都很可观，只是我现在缺乏研发启动资金。"

"现在做生意搞创业都不容易，都需要资金支持，搞不好还会赔呀！你可要考虑清楚！"

"金兄，我已经考虑好了，已经反复论证几个月了。现在我知道，您村子许多老旧房屋已拆迁，政府的赔偿金也早已到位。我知道您在全村子里德高望重，想请您出现说服一些拆迁村民，能否将手头上的钱拿出一部分到我公司投资入股，权当投资，我保证比钱存银行或用于其他投资利润高得多……"

老金平时为人仗义，加上多年来对张东海十分了解和信任，喜欢他那种冲劲儿和干劲儿，经过张东海的劝说，便很快答应了张东海："好，干杯！我明天就去做村里拆迁记户的工作……"

"谢谢金兄，干杯！"

老金为了更好说服大家，他首先带头拿出 50 万块钱入股。同时，他开始挨家挨户做村子拆迁户的思想工作，发动左亲右邻拿钱入股："请你放心，张东海这个人，我对他知根知底，跟他一块投资入股错不了。再说了，他是个优秀大学生毕业，上进心强，有理想和追求，没准儿以后很快成为大企业家了。现在我国手机消费市场潜力巨大，如果他在创立手机品牌上取得成功，无论是社会效益还是经济效益，一定都很可观。现在或许是投资入股，参与张东海创业的最佳时间节点……"

老金在村子里是有名的和事佬，在村民中的威信高。经老金这么一番耐心地劝说，加上老乡们都看他已带头拿出了 50 万，大家随后你家 10 万、20 万，他家 30 万的，很快有 30 家参与其中，一下子帮助张东海筹资 1270 多万元。

张东海对此十分感动，计划一年之后能够让大家分红，在与老金和其他入股的村民的一起签订入股协议仪式上说："各位，感谢你们对我张东海的信任，你们都是我的贵人，在我创业最需要资金之时，都伸出援助之手，让我十分感动。当下我们正处在改革创新的好时代，我们都是追梦人。我张东海是个说话算话的人，如果在创立'鲜桃'手机品牌上取得成功，我争取一年之后能让大家分红……"

老金和其他入股的村民当场都十分高兴，都很相信"鲜桃"手机品牌能够及时研发、生产和上市销售，期待分红的日子快快到来，与张东海现场互动热闹。

张东海在老金的帮助下，有了村子房屋拆迁户的入股，大大缓解了研发资金的压力。他欣喜若狂，第一时间招聘了专门技术人才，第一时间启动了手机自主研发进程，加大研发力度，积极争取研发成功，希望早日取得政府产品合格上市许可证。

天有不测风云。在推进"鲜桃"自主研发过程中，又出现了这样或那样的困难，远远比当初想象的难度要大得多，特别是由于技术人员许多专业水准不够，敬业精神缺乏，直接导致研发周期延长，如果再请高人，加快推进研发进度，又要增加一大笔投入经费。但是由老金帮助筹集入股的钱早已用光了，再往研发投入经费不大可能了。眼前一年过去了，"鲜桃"手机品牌不仅没有生产出来一部样机，就连研发方案还没有最终定案。

村子的村民入股一年到了，大家没有如期看到分红，开始相互打听、议论纷纷："一年过去了，什么时间开始分红？""张东海这个人说话到底靠谱不靠谱？不会是个骗子吧？"

"是呀，去年老金找我说张东海搞什么自主研发手机，我就觉得不怎么靠谱，但还是看在老金的面子上给入股了"。

村民除了大家在一起议论，还时不时地到老金家里问究竟，特别是一个外号叫王老五的村民，本身性格刚劣，脾气暴躁，他拿出 30 万入股，对盼望分红心情最急切，指着老金的鼻子说："金哥，张东海这个人说话算话不算话，一年早过去了，怎么还不见分红？"

老金看到王老五发脾气，赶紧劝说："老五，你先别着急，以我多年对张东海的了解，他不会是一个说话不算话的人。现在没有分红肯定是他遇到什么难处。"

王老五连忙说："金哥，我看您总替他说话，如果我们分不到红，张东海这个人创业失败了，人跑了，到时别怪我们找您要钱哈，我们要把丑话说在前面……"

张东海是个讲信用的人，一想到一年前对村民的承诺，浑身上下都开始紧张起来，担心有人会说自己不讲诚信，欺骗大家。他正准备登门拜访老金，说明一下情况，争取入股村民的理解，再给自己多一点的时间，老金却主动找上门来，他与张东海简短寒暄几句后，直接问道："东海，今天我来主要想知道你现在手机研发得怎么样了？一年已经到了，村子的老乡都早早等待分红呢？"

这时，张东海十分难为情地说："金兄，实在抱歉，在推进'鲜桃'自主研发过程中，出现的这样或那样的困难，远远比当初想象的难度要大得多，离手机上市销售赚钱分红还要一段时间，请您给大家解释一下，一旦手机上市销售有了利润，马上给大家分红……"

老金听了张东海的解释后，叹了叹气："哎呀，对于我个人来说，我十分理解你的难处，相信你总有一天会成功的，但是其他村民可早早盼望着分红了，他们已经找我多次谈到分红问题。如果你近期不能兑现承诺，我担心他们会闹情绪呀。不过，我回去会尽量做他们工作。"

张东海连忙说："谢谢，谢谢金兄！希望我在手机自主研发上能够继续得到您的大力支持……"

老金听了张东海的话，回来与王老五等人进行了思想沟通，开始时答应了老金，再给张东海一段时间，但是王老五等人开始从外围打听和了解张东海这个人，还有他创立手机品牌到底是不是真的，能否实现既定目标等。经过认真评估，王老五等人认为创立手机品牌，从自主研发到通过国家认证允许上市销售经营，通常要好几年的时间，开始怀疑张东海有诈骗嫌疑。于是他们先找老金的事儿："老金，我们了解到了，张东海是个大骗子，一年能够研发和生产出手机只是个幌子，其实把我们钱拿走用于干其他的事情了！"

老金马上反驳道："你们只是猜测，张东海不可能这样做！"

有人马上指责："唉，我说老金，我看出来了，你与那个姓张的是不是同伙？"

老金十分生气："你们这是胡闹！瞎扯！我怎么与张东海成了同伙了？"

王老五等人除了三天两头找老金打听情况，发泄情绪外，他们又开始筹划和推动下一步重大行动：直接与张东海交锋！

王老五等人开始三天两头安排人上门找张东海谈判，越来越不愿听张东海的任何解释，就是要钱，并提出撤回入股，要求张东海在两个月内还本金和利息，每次双方谈话氛围十分紧张，场面尴尬。

张东海未能履行承诺，拆迁户开始上家门闹事，搞得田琦不堪其扰，两人不得不搬离了老金的出租房，另找地方居住。

王老五等人得知张东海全家撤离后，心里更加不安，十分担心张东海这个人会从京都逃走，于是又鼓动更多的入股村民参与讨债行列。王老五开始三天两头组织大批人围攻田琦开的琦海川菜迷你酒馆，让酒馆生意遭受严重影响。随着王老五等人越闹越凶，对田琦也开始进行人身攻击，店也被砸了，由张东海与田琦好不容易一手经营起来的酒馆，也不得不关门停业。

王老五等人坚持要不到钱和利息死不罢休，他们询问律师，又准备以非法集资的名义举报张东海。一天，王老五给张东海打手机，用很不友好的语气，严重警告说："姓张的，你欠我们钱已经一年多了，如果近几天本金和利息还不归还，那你就别怪我们不客气了！"

张东海连忙解释："王老五，希望你一定冷静！钱我肯定会给你们的，只是我需要你再给我一点时间。"

王老五毫无同情和理解之心："我们已经了解了，你是个大骗子，你现在想以创立手机品牌为名，骗取我们的资金，我们可不会再上你的当！你知道吗，你现在已经涉嫌触犯'非常集资罪'，如果你这几天还不还钱，我们就举报你了！"

说完，王老五就将电话挂掉了。

　　张东海多次经受创业挫折，深知这次挫折可能比任何一次还要大。现在创立手机品牌正处在研发的关键阶段，还需要再投入资金，但是王老五的所作所为已全部打乱了他推进"鲜桃"手机自主研发与生产销售的计划，创业又遭遇空前危机。田琦是他心中最爱的人，想到因为自己，好不容易开的酒馆也被王老五等砸掉了，内心惭愧不已。特别是想到下一步还不上钱，恐怕会吃司法官司，开始担心会连累到自己最心爱的女人田琦。为了保护她，经过几天深思，张东海主动向田琦提出离婚："小琦，对不起，因为这次创业遭到挫折可能比以前任何一次影响都大，下一步我可能要吃上官司，为了你的幸福，不连累下一代，我们最好马上离婚……"

　　田琦一听顿时不知所措，放声大哭起来，拥抱着张东海，大喊道："为什么？这是为什么？我不离！我要与你一起共患难，死也要死在一起！"

　　男儿有泪不轻弹。张东海这次真的哭了，十分严肃地对田琦说："不行，我不能连累你……"

　　在张东海的强烈坚持下，最终田琦也不得不答应了离婚的请求，两人又去地方民政办事大厅办理了离婚手续。回来的路上，田琦关心地问："东海，你现在压力实在太大，下一步怎么打算？"

　　张东海十分清楚自己的处境，很悲观地说："我也不知道明后天还会发生什么，但我知道恐怕很难脱身了，这次创业的失利，或许将会让我坐牢……"

　　田琦深知张东海是个有理想追求的人，有什么事情喜欢自己扛，认为这时主动离开他一阵子或许对他更好。她含泪主动向张东海提出："东海，你现在遇到的困难我也不知怎么帮助，明天我想回四川老家待一阵子，你这边如果还需要我，我随时回来……"

　　第二天，张东海含泪把田琦送上回老家的火车上，拥抱而别……

　　张东海这次选择创立手机品牌，因资金链条断裂，不得不宣布公司破产，加上创业失败，怕连累妻子，无奈之下只好与心爱的女人田琦离婚，又一次遭受人生重大打击，瞬间整个人变得非常苍老，不修边幅，一个人走在路上，孤苦伶仃，人生何去何从，茫然不知。

30. 患难之时见真情

张东海涉嫌非法集资被抓
钟大伟心急如焚倾情相助

钟大伟企业越做越好，但他始终没有忘记当年张东海的大力支持与帮助。一天晚上，钟大伟睡在床上，又无意间对王清雪提起张东海。他叹了一口气说："唉，张东海自从离开后，再也没有主动与我联系。手机号换了，也不告诉我。是不是他现在还在和我赌气呀！我联系他也一直联系不上。"

王清雪急忙帮分析分析："东海是个性格要强的人，也是一个很想干事儿的人，他现在不联系你，不等于将来不联系你。可能是他现在处境还够好，你放心，只要他混出个样子，肯定会主动联系我们的！"

钟大伟表示有些认同："有道理，希望如此。我希望东海能够早点给我们一个惊喜……"

王清雪听后，翻身从被窝里一下子坐起来，点了点钟大伟的额头说："唉，你还好意思说，当年就是你的脾气太偏，一点都没有给东海留面子、下台阶，非要坚持马上搞自主研发不可，要是换成我，我也会早离开你的！"

这时钟大伟也自责地说："是呀，当年都怪我脾气太大，根本听不进别人的劝告！我不知道他现生活和工作如何？结婚生子了没有……"

张东海因创立手机品牌，想走自主研发之路，通过多年相识的老朋友老金，从城中村30多家拆迁户手中一共筹资1270多万元，全都用于了手机的自主研发。可是效果不及预期，研发进度也很缓慢，直接影响还投资人本金和利息的时间期限。王老五等一些投资入股人不断加大追债力度，紧盯张东海不放，张东海没有钱还，搞得整天坐卧不宁。

城中村投资入股的村民，多次与张东海要钱没有达到预期，谈判一直也没有结果。在深秋的一天，一气之下，在王老五等人鼓动和教唆下，让投资入股的30多户每户都签字，联名向当地派出所报案，说张东海非法集资，必须尽快还钱。

当地派出所接到村民的集体联名举报，领导非常重视，当天就将张东海抓到派出所接受调查。

丁志强与章晓慧结婚的消息在大学同学之间很快传开了，许多江东科大的校友，赶到京都来向他们表示道贺。这一天，丁志强、钟大伟在京都接待大学同学，突然一位同学问丁志强、钟大伟二人："张东海不也是在京都上班吗，今天他怎么没有过来？"

另外一个校友也问："你们最近与张东海联系了吗？他的手机号怎么也打不通？"

钟大伟接着说："你打的也是139那个手机号吧！自从他手机号换了，这几年都没有再联系上。放心，到时我相信他会主动与我们联系的……"

同学聚会结束后，丁志强与钟大伟把同学安顿好了已深夜了，两人一起乘车返回各自住所的途中，丁志强突然问大伟："大伟，当时我们在江东科技大学，我们相处时间最多、最投脾气的四个人，现在就缺张东海不联系了。"

"是呀，都怪我当初脾气不好，坚持马上非搞自主研发不可，把他气走了。"

"我明白了，他与你分开，是在赌气中进行的。大家都知道他的性格很要强，他独自出走肯定是想干出样子，将来有一天证明给你看，说他是正确的，好样的。"

"你的判断与清雪差不多，我现在比任何人都希望他创业成功，能够早日实现他的梦想追求！"

"但这么久过去了，还没有与你联系，肯定他现在处境不是很好，如果真是这样，我们要尽快想办法联系上他呀。"

"你说得对，我下一步要主动点，想办法尽快把这个小子找到……"

钟大伟想到张东海与王清雪的父亲王东平以前关系良好，专门交代王清雪："清雪，现在交给你一项'艰巨'而急迫的任务？"

"什么'艰巨'而急迫的任务？"

"现在我们江东科技大学的老校友，上下都很关心张东海，见面都提到他。这几天你再想想办法，看能否找到张东海的联系方式，最好你直接能够联系上他。告诉他，我们都很想他。"

"好，我尽全力！"

"对了，张东海以前与你父亲打交道多，是老朋友，没准儿从他那里可能得到张东海现在的有关信息。"

"你不是不知道，我老爸他脑子很固执，因反对我放弃学业、反对我与你接触和结婚，现在都与我早断绝父女关系了，我可不愿理他！对，我可以从老妈那里问一问，或许她知道一些。"

王清雪说完，马上拿出手机给老妈打电话："老妈，我想问您，您对张东海这个人还有印象吗？"

"张东海？我对他有印象呀，你找他有什么事情吗？"

"太好了，你知道他现在生活和工作怎么样？他的大学老同学都联系不上他，你有他的新手机号吗？"

"张东海自从与钟大伟分开后，也很少与你老爸联系。记得在前年吧，张东海结婚娶媳妇了，主动请你老爸去他在兴业区他和媳妇开的饭馆里喝了一次酒，具体情况等晚上你爸回来我问清楚后，再告诉你。"

"好的，晚上我等您电话。老妈再见！"

当天夜里，王清雪、钟大伟刚躺在床上准备休息，突然，王清雪母亲打来电话："小雪，你天让我打听张东海现在下落的事儿，我又问你爸了，他说前两年张东海与他联系了，张东海娶了个四川媳妇，夫妻一起在京都兴业区开一家名叫'琦海川菜迷你酒馆'，还请你老爸去他小馆子里吃了一顿饭呢，张东海现在的手机号你老爸也告诉我了，一会儿我短信发给你……"

"太好啦，谢谢妈妈，我明天就和大伟一起到饭馆找张东海去……"王清雪高兴地说，钟大伟也十分高兴。

钟大伟、王清雪二人，第二天上午就驱车，早早赶到京都兴业区，四处打听这个叫"琦海川菜迷你酒馆"的小饭馆，几经周折，总算找到了，但钟大伟、王清雪二人顿时被眼前的场景惊呆了："琦海川菜迷你酒馆"店牌子早被砸坏了，饭馆的大门被铁链子紧锁，人去楼空。

钟大伟上前打听旁边的一个卖小百货的商户男老板："老乡好，你知道旁边这个酒馆为什么关门吗？"

这个商户看了看钟大伟，以一种同情的语气说："这家老板倒霉了，两个月前就关门了！"

"兄弟，请问你知道这家店为什么关门？"

"唉，听说是欠别人的投资款还不上了，三天两头有人来打扰，你想生意还能开下去吗？"

"谢谢兄弟！你认识这家酒馆的老板吗？你知道他现在干什么吗？"

"这家酒馆是夫妻二人开的，男的我们平时都称他张老板，女的都称她田老板。唉，他们夫妻二人惨了，听说老婆与男的离婚了，现在男的也被公安局的人抓走了……"

钟大伟眼下听到和看到的都是对张东海不利的一些信息，特别是一听张东海被抓，心急如焚，离开这个酒馆焦急地对王清雪说："张东海奋斗到今天实属不易！当年是他介绍我来京都的，没有他当时的帮助就没有我的今天，他是我的贵人！还有，他也是我们的媒人，我们能成为夫妻最应该感谢的人就是他！"

王清雪认同地说："是啊！我们得想想办法帮助他一下呀！"

钟大伟知道张东海当前的处境内心十分难过，第一个念头就是想如何尽快帮助其渡过难关。他和王清雪两人第一时间赶到当地派出所询问情况，民警告诉他们："张东海涉嫌非法集资，半个月前就被转送到区里看守所进一步接受调查了。"

钟大伟和王清雪很失望地看着民警。然后钟大伟追问道："警察同志，请问如果现在我们想了解张东海近期具体情况应该怎么办？"

民警说："张东海案件正在走司法程序，要想及时了解他的现状，建议你请个律师，到时律师会知道该怎么办。"

钟大伟听取民警的建议，立刻行动起来，他对王清雪说："我们要学会用法律的手段帮助他，我们马上要为张东海请个律师。"

王清雪表示赞同："好，抓紧找个律师……"

钟大伟通过朋友介绍，联系了一位姓张的律师："拜托张律师，张东海的事情全委托你啦！希望你到看守所了解情况，及时告诉我，争取法律上能宽大处理，让张东海早日出来。你需要多少律师费用，我马上支付给你……"

受钟大伟的委托，张律师迅速展开工作，之后他马上向钟大伟建议："关于张东海的情况，我已经了解清楚了。张东海因创立手机品牌，想走自主研发之路，通过多年相识的老朋友老金，从城中村30多家拆迁户手中一共筹资1270多万元，全都用于了手机的自主研发。可是效果不及预期，研发进度也很缓慢，直接影响还投资人本金和利息的时间期限。然后，王老五等一些投资入股人联名向当地派出所报案，说张东海非法集资，必须尽快还钱。"

钟大伟追问道："张东海能够得上'非法集资罪'吗？你说现在有什么最好的解决办法？"

张律师认真汇报了自己掌握的一些情况："据我的调查了解，当时城中村30多户都是自愿投资入股的，而且都签有协议，张东海也是按照协议约定，主要将钱用于创立手机品牌，搞自主研发与创新，做到了专款专用。再说了，张东海从始至终也没有说不给村民钱，只是他搞手机自主研发需要的时间一时很难确定。严格意义上讲，他构不成'非法集资罪'的要件。"

钟大伟听了律师的话，知道了张东海是为了搞手机自主研发而筹款，心里更加理解张东海创业的艰辛，便感叹说："唉，张东海正在走类似我当初搞空调自主研发的路子，要想成功谈何容易呀！"

这时律师插话说："我在调查了解情况时，有一个姓金的老乡，始终支持张东海创业，他说他是张东海多年的老朋友，带头给投资入股50万，还说张东海创业这些年一直租他的房子居住，他一直反对王老五等人去起诉张东海！"

钟大伟感叹："世上还是好人多呀！"

张律师接着说："老金十分看好张东海创立手机品牌，他认为如果不是王老五等人担心张东海是骗子，瞎闹事儿，再给张东海一年或半年的时间，可能创业就成功了，就可将手机上市销售了！"

钟大伟马上说："是呀，张东海是条汉子，好样的！下一步我们应该怎么做？"

张律师说："按照司法审理程序，如果我们能够及时联系上投诉举报的牵头人王老五等人，出面与他们面对进行沟通，与他们达成协议或替张东海偿还一些债务，争取他们的理解支持，那么这个事情就好办了，没准儿就会早放出来的……"

钟大伟听取张律师的建议，又第一时间找到城中村王老五："王老五你好，我是张东海多年的好朋友，听说是你以非常集资罪将张东海举报了。今天我想当面听听您的要求，如果我能够做到，有事儿我们好说好商量！"

王老五一听，感慨道："没想到张东海还你这么好的朋友？他现在欠我们多少钱你知道吗？你能帮他还吗？"

钟大伟立刻回答说："能！你有什么要求尽管与我讲。欠你们的钱由我来还！"

王老五一听，被张东海有这么一个好朋友而感动："唉，其实我们刚开始也不想举报他，实际上让张东海坐牢对我们也没有什么好处。你可能知道，张东海拿我们城中村共 30 多个人的钱已经快两年了，现在我们也都等着用钱呀。"

钟大伟追问道："大约欠你们多少？"

王老五连忙说："连本带息，1500 万！只要他把钱还给我们，我们马上就撤诉，帮助张东海争取警方宽大处理。"

钟大伟想帮助张东海的心情十分急切，当听到王老五如此表态，知道只要把这些钱还给王老五等人，马上就撤诉，帮助张东海争取警方宽大处理时，立刻敲定："工老五，我们是男人大丈夫，一定要说话算话！张东海欠你们的钱，我想办法马上给你们！"

王老五手里急用钱，听到钟大伟表态愿意替张东海还钱，高兴地说："你放心，只要钱给我们了，一切都好说！"

钟大伟又严肃地说："王老五兄弟，我们做人一定要厚道，一定要将心比心！据我的了解和律师反馈，你们这些钱当初都是自愿投资入股的，而且都签有协议，再说了，张东海从始至终也没有说不给你们钱，只是他搞手机自主研发需要的时间一时很难确定，晚点时间归还你们而已……"

王老五听后，马上又表态："请放心，只要我们收到钱了，我们马上就撤诉！看到张东海有你这样一位好朋友的份上，我答应到时一定帮助张东海争取警方宽大处理……"

自从得知张东海被抓，钟大伟便将公司所有重要工作都交由丁志强等人管理，想方设法争取快点把他放出来。为了替张东海偿还债务，他想到房子抵押贷款。经王清雪同意后，找到社会上房屋抵押中介，在最快的几天时间内将自己京都的房子抵押了200万元。

钟大伟实在救人心急，想到还差1300万欠款，又找来丁志强商量对策。钟大伟将张东海当前的遭遇告诉了丁志强。丁志强听后，感到十分震惊，也为张东海而担心。同时，他责怪钟大伟："东海遇到这么大事儿为什么不早点告诉我？人多力量大，我们共同想办法，总比你一个人强！"

钟大伟也难为情地说："是呀，是应该早点告诉你们。"

丁志强认真地说："当前争取早点让东海出来要紧。我马上找张律师详细了解一下情况，有必要的话，我去听听30多个城中村村民的意见。还差的这1300万由我来想办法，你先不用管了……"

丁志强从钟大伟这里得知张东海的现状后，也想到自己抓紧筹钱，第一时间打电话与远在美国的妻子章晓慧商量。章晓慧知道张东海的遭遇后，十分同情："唉，东海现在不容易呀！我们应该全力帮助他！"

"对，我都考虑好了。我想与你商量一下，我们结婚原计划马上在京都买一套住房，能否先推迟一下，将准备买房的500万钱先用于帮助东海还款？"

"好的，我们买房可以晚一点，现在救人要紧呀！抓紧帮他还钱吧！张东海有理想有追求有抱负，为了创业他没少吃苦，我相信他有一天会追梦成功的……"

丁志强及时与张律师一道，来到城中村找到老金，一起商量如何更好将事情解决，争取早点让张东海出来。丁志强对老金说明了来意，老金对丁志强说："东海我认识好多年了，他有学历有知识，也敢闯敢干，我与他相处得非常好。我对他这次自主创立手机品牌是很看好的，若不是王老五闹事儿，让张东海的资金链条断裂，相信在不久的将来一定会成功的！"

丁志强连忙说："谢谢您，谢谢您多年对东海的信任与支持！我是张东海的大学同学，现在我们校友对此事都非常关心，都希望张东海早点从看守所出来，还希望继续得到您的支持！"

老金连忙表态："东海这些年过得不容易呀，我作为老朋友肯定支持呀！"

丁志强边与老金聊天边思考一下问题：自主创立手机品牌，很符合当前投资市场发展潮流，如果和诚公司能够接手，加大资金投入，岂不是既能帮助张东海名正言顺还清欠款，也能让和诚公司走上多元企业发展之路。于是他就深入地与老金又交流了这个问题，老金对丁志强的想法十分赞同："那太好了，如果有你们和诚公司这样知名大公司接手，能够在张东海创立手机品牌的基础上加大资金投入，加快研发，肯定会成功，肯定会创造多赢局面。如果你们能定下来这样做，我就去其他村民的工作，或许他们就不会担心张东海还不上钱了……"

丁志强与老金面对面交流后，回到和诚公司第一时找到钟大伟汇报了想将张东海创立手机品牌的梦想继续下去的想法："张东海虽然现在遭遇困难，但他自主创立手机品牌，很符合当前投资市场发展潮流，包括投资入股的村民就是看好这一点，并不是都想闹事儿。如果和诚公司能够接手，加大资金投入，岂不是既能帮助张东海名正言顺还清欠款，也能让和诚公司走上多元企业发展之路……"

钟大伟听后，表示十分赞同："我这几天也正在考虑这一问题。张东海可是个有理想追求的人，他很懂得市场发展规律，眼光看得也非常远。他能够想到当下抓紧创立手机品牌，就是很好的证明。张东海这次所以会遇到挫折，说到底是他研发资金准备不足，投入不够。你建议的好，下一步我们和诚接手，加大资金投入，帮助张东海加快实现他的远大梦想……"

老金与丁志强会面后，他很认同丁志强初步想以和诚公司名义接手，加大投入，把张东海创业的好思路进行下去，迅速将这一信息传递给其他投资入股村民，一些村民对此持支持态度，纷纷表示："如果是这样，太好了！和诚公司可是全国知名的大公司，有它接手我们还怕什么？若是真的，那我就不撤股了……"

为了抓紧与投资入股村民和解，钟大伟和丁志强两位和诚公司高管，再次来到城中村子，老金根据钟大伟要求，赶紧将村里投资入股市民30多人集中在自己的大院子里，钟大伟面对面与乡亲们温情互动。老金当天心情十分高兴，主动招集大家就位，之后主持讲话："和诚公司是大公司，我们家里用的空调大多数是和诚生产的。今天和诚公司钟大伟老总也来了，平时我们总在电视里看到，今天我们终于看到他本人了，下面就钟总给大家讲几句呗！"

钟大伟站起来，十分认真地对村民说："各位乡亲，大家好！张东海为了创业，用了大家不少的钱。今天我想告诉大家，张东海创立手机品牌，符合当时时代和市场发展潮流，他现在遇到困难了，我们和诚公司准备接手。你们当初投资入股多少钱，如果想要钱，连本带息现在就可给你们，一分钱都不会少。"

村民听到这儿，不禁响起一阵阵掌声。

钟大伟在掌声过后接着讲："我还想告诉大家，我们和诚公司是个大公司，也是个讲诚信的公司。张东海是我们和诚公司的老朋友，也是我们和诚公司创始人之一，现在他的困难，就是我们和诚公司的困难。我们和诚公司已为解决你们关心的问题准备好完整的方案。我们现在提出两条路径供大家选择：一是想马上要钱的，我们连本带息一会儿就给大家结算；第二个，就是大家有相信我们和诚公司的，现在不太急需要用钱的，一会儿可以留下来，与我们和诚公司签个协议，将你们原来投资入股的金额转到和诚公司名下，以后由我们和诚公司负责履行分红等义务……"

在场的村民到时沸腾起来，对自己如何作出选择议论纷纷。最终以王老五为代表的三分之一的村民选择了当场要钱；以老金为代表的三分之二的村民选择了继续投资入股并转到和诚公司名下。在钟大伟、丁志强直接推动下，终于很快帮助张东海还清了债务，争取到了投资人的谅解，再加上张东海此案也没有造成恶劣的社会影响，也构不成"非法集资罪"，张东海抓进去不到两个月的时间，便被区看守所放人了。

张东海在看守所被放当天，钟大伟、丁志强，还有王清雪，早早来到看守所大门外等候。张东海缓步出来后，第一眼看到钟大伟后，两人就相拥抱在一起了。张东海眼泪夺眶而出，十分激动地说："大伟，你帮助我的事情，律师都给我讲了，谢谢你……"

接着，丁志强、王清雪上前，几个人将张东海紧紧拥抱在一起……

31. 一视同仁顾大局

钟大伟五湖四海选人用人

亲戚朋友从不理解到支持

钟大伟的二叔钟友善，是从老家农村第一批走出家门打工的农民工。因常年在外面打工，收入远比在家种地高，还算是农村当初见过世面的人。钟二伟早年下学就跟随二叔一起打工，得了二叔不少照顾。现在钟友善知道钟大伟公司越做越大、效益越来越好，一直托二伟说情，也想来和诚公司上班。还有家乡的一些沾亲带故的亲戚朋友都在托人，想到和诚公司上班。但钟大伟一向秉公办事，按公司用人规定办。能接收就接收，不能接收一律拒绝，包括他二叔也被拒绝录用。

王清雪对钟大伟这些严苛的做法也感到不理解，一天晚上，他看到钟大伟回家了便问："大伟，有些亲戚朋友想来和诚公司上班不完全是坏事儿，为什么对二叔等人这么严，这样容易让家乡的人说你不讲人情。"

钟大伟不以为然地说："在现代人的印象中，家族企业是一种落后的企业形式，用家族的规则来管理企业也是一种落伍的管理方法。但是，无论是发达国家还是发展中国家，家族企业都大量顽强地生存和发展着。我现在创业，就是要避免家族企业管理模式。和诚公司虽然是我一手创立起来的，但离不开像丁志强、张东海等各方面人才的支持，我不能让外边的人感觉到，和诚公司凡事都是我一个人说了算，主要岗位用的全是自己的亲戚朋友，这样与家族企业管理没有两样，和诚公司的发展肯定不能持久……"

王清雪听后，表情严肃地回他一句："好，你说得对！只要你认为这样做合适你就大胆做吧，我不干预你！"

钟大伟在企业经营管理上，一向具有开放的视野，善于发现人才、使用人才。这也是和诚公司从小到大能够迅猛发展，在残酷的市场竞争中存活下来的关键。一天，公司召开半年的总结大会，丁志强、秦先达、吴科长等人积极踊跃发言，大赞钟大伟对公司经营管理许多好的经验和做法。丁志强特别以感谢的口吻说道："钟总说话办事时刻体现着一种国际视野，站得高看得远，这是在一个民营企业，特别家族企业往往是很难做到的。感谢钟总能为我们这些有抱负、有共同理想追求的人，提供优质创新创业平台。"

多年为钟大伟创业出谋划策的吴科长，赶紧接话说："丁总说得好，钟总眼光独特、视野开阔。钟二伟作为他的亲弟弟也没有在职务晋升、工资待遇等方面沾什么光，他的亲二叔现在因没有通过录用条件，也被拒之门外……"

在发言中大家都认为和诚公司之所以能取得一个又一个成功，都是跟钟大伟善于用人，用有能力、用有志同道合的人才相关。

和诚公司跨入21世纪以后，公司业绩一路向好，为了尽快抢占欧洲市场份额，钟大伟召开公司高层会议，钟大伟宣布："经研究决定，我们和诚公司正式成立欧洲家电生产销售部，准备在欧洲各国设生产线增开家电销售门店，生产销售部的总经理决定由阿美担任……"

阿美听后，情绪十分激动，立刻站起来说："谢谢钟总，谢谢和诚公司对我的信任，我会竭尽全力完成和诚公司交给的任务！"

会后，阿美主动上前与钟大伟交流，专门问："钟总，你让我当总经理，那么什么时间给我们配上副总经理？"

钟大伟笑了笑说："这个问题也正在我考虑之中，我们也想尽快选一名合适的人担任副总经理，以便更好地协助你工作。对了，你如果发现比较合适的人选，也可向我们推荐！"

阿美听后说："好的，我明白了……"

秦先达与钟二伟二人私交非常好，平时来往密切。一天，刚当上和诚公司国内销售部经理的秦先达，在和诚公司里碰到钟二伟，连忙将钟二伟拉到一边，小声地对他说："二伟，我告诉你一个消息，和诚公司最近又要在欧洲设生产线和增开家电销售门店啦。"

钟二伟赶紧回答道："这跟我有什么关系？"

秦先达连忙说："当然有关系呀，你从 1997 年到公司，干销售已经快10 年了，实践经验已经很丰富，有几个比你来晚的都提拔当部门经理了。再说了，你不是想与阿美搞对象吗？这次她就担任欧洲生产销售部的总经理。现在公司正在选一个副总，这次是个多好的机会呀，只要你哥同意，你就可升任这个欧洲生产销售部的副总经理，只要你当上这个副总经理，工资和奖金一下都上去了。特别是平时就能与阿美在一起了……"

秦先达走了以后，钟二伟仔细想了想，感到秦先达说的有道理，马上就去家里找钟大伟："哥，我今天来想给你商量一个事儿。"

钟大伟笑了笑说："看你满头大汗过来，一定是有重要的事儿，什么事？你快说吧！"

钟二伟小声地说："我听说公司要准备在欧洲设生产线和增开家电销售门店，我想当这个欧洲生产销售部的副总经理。"

钟大伟听后感到有些意外，一下子坐直腰身笑着说："什么？想当这个欧洲生产销售部的副总经理？你现在具备这个能力吗？"

钟二伟很自信，急忙回答道："我肯定能干，哥，我从 1997 年到公司，干销售已经快 10 年了，实践经验已经很丰富，有好几个比我晚来的都提拔当部门经理了！"

钟大伟又马上反驳道："二伟，虽然我们是亲兄弟，我比任何人都希望你越干越好。你要知道这个部门经理不好当呀，首先我问你，你英语行吗？同时还必须具备很强的沟通协调、营销宣传、应急处理等能力，遇事考虑还要周全，这个岗位看起来工资、奖金都比普通员工高很多，但他的责任和压力也是最大的，比国内的工作岗位难得多。"

钟二伟也不能为然："我看你就是总小看我，你不让我干，怎么就知道我不行！再说，我要当的是一个副总的岗位，又不是一把手！"

钟大伟连忙反对："当副总也不行！你现在某些方面还不具备这个条件。噢，我知道了，你是不是想这样一来，就会有机会与阿美在一起了，是不是？况且你喜欢人家，人家不一定喜欢你……"

钟二伟听了感觉当这个副总经理又没有希望了，一时情绪激动起来，说话嗓门一下子大声起来："我们小时候家里穷，从你上学到现在，我一直很支持你，可是你呢？一点手足之情都不讲，不就是当一个部门的副总经理吗？即便我能力差一点，也不至于让你上纲上线说我这不行那不行的！"

钟大伟这时也十分生气，又反驳道："二伟，你总站在你的角度考虑问题，我作为和诚公司的负责人，我每天考虑的是公司几千人和所有消费者的利益，亲情归亲情，公私一定要分明，绝对不能搞传统家族企业那个模式，一个人说了算！我只有敢于、善于五湖四海用人，才能让人服气，安心一起创业，这样才有将企业做大做强的可能。这个道理你懂吗？！"

当时在家的陈子贞，看到兄弟二人争执不下，也连忙过来解围。说兄弟俩现在都不容易，相互多理解，特别是劝二伟当前要多支持大伟的工作，以大局为重。此时，钟二伟的心情实在难以平静下来，然后"砰"的一声关上门离开了钟大伟的家。

钟二伟走后，陈子贞又与钟大伟聊起往事。陈子贞对钟大伟说："你和二伟小时候因为农村家里太穷，再加上你3岁的时候你父亲因得重病去世，我一人带你们哥儿俩长大，当你上高中的时候，你弟弟上初一，家里实在没有办法，向亲戚朋友该借的钱已经借了，只能勉强供你们俩其中一个人上学。这时懂事的二伟就主动把上学的机会让给了你，他没有上完初中，就随从你二叔去外地一家砖瓦厂打工挣钱，帮助家里慢慢走出困境……"

钟大伟听后心里也十分难过："妈，这些我都知道，我内心对二伟一直很感激。如果我当时提前下学了，也不会有今天。"

陈子贞又感慨地说："大伟，我现在对你不操心了，可是二伟还是让我放心不下，他文化程度浅，眼光受局限，能力不是一时说提高就提高的。对他的工作上的事儿暂且不说了，可他现在快30岁了，还没有找到对象。你当哥哥的以后还是要多为二伟操操心呀……"

钟二伟二叔钟友善想到和诚公司上班，去到一个销售门店当店长，因为缺乏销售和宣传经验，面试没有通过，就来到钟大伟家找陈子贞说情。陈子贞听了也难为情，同意等钟大伟回来，好好跟他说一下。

陈子贞等钟大伟回家后，趁机将二叔来家里求她说情的事情告诉了钟大伟："大伟，今天你二叔过来专门找我了，你说他能去一个销售门店当店长吗？"

钟大伟表示理解，但仍没有答应二叔当店长："妈，虽然他是我二叔，过去对我全家帮助很大，但是为了公司的未来，这个我确实不能答应……"

钟大伟是通情达理之人，想到二叔毕竟是亲人，对二伟帮助也很大，便想到了一个折中的办法：想让他干保安部副经理这个岗位。因为这个岗位关注的人不多，干好干坏对公司业务工作不受太大影响。于是拨通二叔手机，与他说清楚公司的考虑。二叔虽然不满意，但也接受了，同意来公司当保安部的副经理。

钟友善来当保安后，钟二伟一天晚上专门请二叔到饭馆吃饭。提起大伟，发一肚牢骚，为二叔抱不平。二叔劝他多理解支持大伟工作。

阿美当上了欧洲生产销售部的总经理，经常往返欧洲、中国两地。这次阿美又即将去欧洲，分别在即，一天，钟二伟请她吃火锅，二叔也作陪。钟二伟想到马上又要与阿美分离，心情无比难受，也将大伟不让他到欧洲生产销售部任职的事情告诉了阿美……

钟二伟想与阿美去欧洲工作遭拒后，情绪一直不稳定。陈子贞、王清雪都很大清楚这一点，在家吃饭时都劝钟大伟，找个最好的办法，看在兄弟的份上，能够成全他一次。钟大伟听了他们这么一说，也考虑到钟二伟销售工作经历还可以，便说："看在你们说情的份上，那我就答应二伟去欧洲！"

王清雪连忙高兴地说："太好了，太好了！"

王清雪的话刚落音，只见钟大伟严肃地说："不过，二伟去欧洲工作，我有个条件。"

陈子贞连忙问："什么条件？你快说！"

钟大伟回答道："二伟去了以后，只能在欧洲从一个门店的店长干起，先不能让他直接任欧洲生产销售部的副总经理。"

钟大伟说完，便给钟二伟打手机："二伟，你现在说话方便吗？关于你想去欧洲工作的事儿我想与你商量一下。"

这时钟二伟正在与阿美、二叔吃火锅，心情正闷闷不乐，他回话说："我方便，你有什么话直说！"

钟大伟认真地对他说："二伟，我认真思考了一下，同意你去欧洲工作。"

钟二伟一听大伟同意自己去欧洲工作，心情一下大好，马上由阴天转晴天，笑了笑说："哥，这是真的？"

"是真的，你这几天抓紧准备出发的行李吧！"

"好的，好的！"

"不过，你到欧洲工作我有个条件？"

"条件？还有什么条件？"

"派你到欧洲，我想让你先从一个门店的店长干起，先不能让直接任欧洲生产销售部的副总经理。"

"哥，你这还是不信任我呀！一点面子都不给我！"

"二伟，这可不是面子不面子的事情，你先考虑好了，愿意不愿意去，你明后两天告诉我都成！"钟大伟说完便把电话挂了。

阿美知道钟大伟同意钟二伟去欧洲，非常高兴："太棒啦！我和二伟可以一起去欧洲工作啦！"

二伟也十分高兴，笑着说："虽说不让我当生产销售部的副总经理，但至少也同意我去欧洲工作，能与阿美经常在一起了。"

二叔也高兴地说："是呀，只要你们能够经常在一起，其他就是次要的了！来，我祝福你们，祝你们到欧洲工作生活愉快！"

"谢谢叔，干杯！""干杯！"

阿美为了等二伟一起走，她第二天便将机票改签了，高高兴兴地开始帮助二伟办签证。

到欧洲工作，钟二伟最头疼的就是过语言关，阿美便开始每天教二伟学习英语，二伟积极配合，进步很快。

钟二伟与阿美就要去欧洲了，在他们即将离开京都的头天晚上，陈子贞在家早早张罗一桌饭菜，钟大伟、王清雪都在家，还有二叔也来了，一起为二伟和阿美送行，气氛十分和谐融洽。

家庭聚餐结束后，王清雪主动一起与婆婆收拾家务，对婆婆说："妈，看您多有福气，二伟要给您找一个洋媳妇了。"陈子贞高兴地笑了。

32. 惊奇的二次合作

张东海重回和诚创业团队
全身心投入走出人生低谷

张东海从看守所出来后，钟大伟又为他下一步工作发愁，在办公室来回踱步。钟大伟认为张东海是一个有能力的人，也是自己人生的贵人，在他困难之时曾经帮助过自己，现在他创业遇到了一些挫折，主动想办法帮他才对。于是马上找来丁志强、王清雪等人到办公室商议。

丁志强抢先说："随着我国家经济的快速发展，使用手机的用户一定会越来越多，东海在进看守所前选择做手机代理商说明他已经看到了手机市场这个商机。从这件事情上看，东海是很有经济头脑的！"

钟大伟点了点："是呀，依我对东海的了解，他是一个很有想法的人。虽然他手机自主研发没有成功，不代表手机研发这个行业没有投资的必要，而只是因为他资金链条的断裂！"

王清雪连忙补充说："是呀，搞自主研发，资金投入可是个无底洞，是有钱人玩的游戏。别忘了，我们和诚公司在前期的研发过程中，不是也有许多次出现资金链条断裂的风险吗？现在要想将东海以往的手机自主研发计划进行下去，首先，要过资金投入这道关。虽然搞自主研发将会困难重重，以我们和诚成功经验看，我是完全赞同搞手机自主研发的！"

丁志强连忙接话："对，我很赞同清雪的观点，首先只要我们认为搞自主研发这个方向是正确的，关于资金投入的多少就是个小事情了。东海这些年创业很辛苦，为什么创业还是屡屡受挫？就是在创业思路上还有一定问题。如果他从一开始就想着找人合作搞手机自主研发，走研发和代理并举之路，虽然刚开始难一些，但发展前途就大不一样，也就不会造成像他今天这样被动。"

王清雪认真地说："现在手机市场在我们国家发展潜力巨大，优胜劣汰，谁先抢占了手机技术的制高点，谁就能先抢占商机，站稳脚跟，收获丰厚的利润。真正赚钱的是技术研发商，在销售环节代理商只是赚个小钱。"

丁志强也为张东海着想："东海为了实现创业梦想，努力创立手机品牌，符合当时时代和市场发展潮流，他现在遇到困难了，建议我们和诚公司抓紧准备接手，加强与东海合作，以我们和诚资金的优势，促进手机自主研发与销售早日成功，让他一直渴望成功的梦想，我们帮助他一起实现……"

钟大伟听了丁志强、王清雪的发言，频频点头表示认可。他听完大家发言然后说："今天我是领教了，你们俩就是不一样，有国际视野、战略眼光呀。现在东海刚刚遭遇人生挫折，出来后他的创业公司经营的手机研发恐怕一时很难经营下去了。我很赞同刚才清雪的话，真正赚钱的是手机技术研发商。我想现在只要你们两人同意，我明天就去找东海谈合作的事。就是帮助东海转变创业思路，将他公司的业务合并到我们的和诚公司来，一起联手创业，增加我们和诚公司自主研发和销售手机这一板块的业务，实现双赢。"

丁志强、王清雪两人异口同声道："当然同意呀，这一定是个双赢的事情。"

钟大伟说："好，我明天就去找东海谈谈，看他什么态度，我们想帮他，但也不能勉强他。"

张东海从看守所出来后，心情一直不太好，时常想起田琦，特别是每当想到因创业失利，被迫与妻子田琦离婚心里就更加难受，自责不已，觉得十分对不起妻子。他一直被钟大伟安排住在宾馆，张东海有些过意不去，再加上他一直还在思考下一步如何将创立手机品牌的事业继续下去，抓紧想与钟大伟道别，便主动到办公室与钟大伟会面："大伟，我已经出来好几天了，不能总住宾馆，我明天就把房子退了，到外边租个房子住下。今天我就是来与你先告别的，谢谢你一直对我的关心！"

钟大伟不赞成，感到有些突然："东海，我正计划明天去找你，坐下来我们兄弟之间好好聊聊。你刚刚出来，先多休息一阵子把你身体养好要紧！今天你想与我告别，那你下一步如何打算？"

张东海叹口气："唉，走一步，看一步，我也没有太想好呀！"

钟大伟连忙劝说："东海，看在我们老同学的份上，如果你还相信我，就与我一起像当初那样，一起为和诚打拼吧！和诚永远需要你……"

张东海一听钟大伟邀请他一起打拼，就想到以往的一些伤心事儿，情绪一下子有些低沉："大伟，我现在还有资格与你一起打拼吗？我们俩分开创业后，一晃快十年了，你现在可是成了全国知名的大老板和企业家了，可我呢，还是穷光蛋一个！都怪我当初没有听你的劝告呀！"

钟大伟连忙安慰："东海，不要自责了，过去的事情就让它过去吧，我们都应该朝前看。你现在的困难只是暂时的，只要我们合作永远都不会晚！别忘了我们当初刚刚创立和诚公司时，公司运行异常艰难，到后来不还是挺过来了吗？都是源于什么？都源于坚持与自信！"

张东海被钟大伟的真情所打动："大伟，我不知还能为和诚做点什么？怎么合作？我总觉得自己创业理念比较落后，抓不住机遇。"

钟大伟笑了笑说："哈哈，你就别谦虚了！大家都认为你当初提出自主研发和生产品牌手机，虽然因为资金链条断了受点挫折，但这一创业想法是非常与时俱进的。现在我们就在你自创手机品牌方面加强合作如何？换句话说，你牵头搞技术研发与生产，抢占技术制高点，我负责当你后勤部长，拿钱为你作保障，这样如何？"

张东海听了情绪一下子兴奋起来："好，太好啦！你说话可当真？"

钟大伟非常想帮助张东海实现自己的梦想，马上说："当然呀，你是最清楚的，我钟大伟说话从来就没有一句假话！希望从明天我们就开始合作！关于你住房的事情，我已经让公司的人专门打扫好了，已把你安排在和诚公司统一在市里建造的员工宿舍楼里，明天你从宾馆退房后，就可以搬进去住了……"

张东海听后非常感动，站起来紧紧握住大伟的手，两人拥抱在一起，然后眼睛发红动情地对钟大伟说："大伟，谢谢你！我期待我们第二次亲密合作！放心，我再不会让大家失望的……"

丁志强受钟大伟委托，亲自带领员工到和诚公司统一在市里建造的员工宿舍楼，帮助张东海收拾好套房，之后又驱车赶到张东海入住的宾馆，接他到新房入住："东海，我来接你到新家入住了，以后我们几个老同学可以常聚了。"

张东海心情非常好："哈哈，这都是缘分呀，太好了，行李已经收拾好了，我们走吧！"

张东海与丁志强驱车来到了新家，丁志强连忙向张东海介绍房子家具和物品摆放情况："这是和诚公司统一购买的专门给高管购买的套房，不知道你喜欢不喜欢。"

张东海看到如此好的套房，连忙说："喜欢，这么好的房子，还有你用心进行了布置，能不让人喜欢吗。对，刚才你说的像这样的套房是和诚专门给高管买的，我现在又不是高管，住这里合适吗？"

丁志强笑了笑说："哈哈，今天你不是高管，不等于明天不是高管呀！你马上就有好消息啦！"

张东海有些不解地问："什么？马上有好消息？"

钟大伟主持召开和诚公司高管会议，丁志强、王清雪和秦先达等高管对收购张东海已经破产的手机研发生产公司和聘请他担任和诚公司副总经理，都积极表态支持。对此，钟大伟拍板："好，既然大家对张东海本人创业思路认可，同意将他已破产的手机研发生产公司收购，并聘请他担任和诚公司副总经理，都没有意见，今天从和诚公司的角度就正式定案了，明天张东海就可上任了！"

丁志强想到聘请张东海为副总，怎么也应该有个仪式，马上站起来说："钟总，我建议明天上午在和诚公司总部举行一个由公司中层以上员工参加的欢迎仪式，欢迎张东海正式就任如何？"

"好，这样做很有必要！"

"我赞成，我赞成！"

钟大伟看到大家都赞成丁志强的意见，十分高兴地说："好，我也同意，明天就按丁志强说的办，召开一个由公司中层以上员工参加的欢迎大会……"

第二天上午，钟大伟亲自主持召开由公司中层以上员工参加的欢迎大会，向大家隆重介绍了张东海："在座的许多人都不认识张东海，他是我的大学同学，也是我们和诚公司创始人，是个不可多得的有理想抱负的创业者和追梦人，当初为创立和诚公司立下了汗马功劳。但后来由于多种原因他暂时离开了我们，现在我们和诚终于等到他回来了，在此，让我们对张东海重新加入和诚创业团队表示热烈欢迎！"

会场顿时响起热烈的掌声，之后钟大伟郑重宣布："今天对我们和诚来说是个大喜的日子！我现在十分高兴地宣布：从现在起，张东海的创业公司与我们和诚公司完全整合，首先我们将在此基础上正式组建京都和诚鲜桃科技研发有限公司，同时邀请张东海担任和诚公司副总经理，并兼任京都和诚鲜桃科技研发有限公司总经理，重点分管手机自主研发生产与销售业务……"

全场顿时又响起长时间的热烈掌声。

这时，张东海情绪有些激动，站起来发表自己的就任感言，大声地对大家说："和诚，我回来啦！让我们携起手来，向更高目标、更大梦想出发……"

张东海的感性发言，在会场赢得了一阵阵掌声。

钟大伟对张东海重新回到和诚十分高兴，在张东海上任的当天晚上，主动邀请张东海、丁志强来到京都"时代情缘酒吧"小聚，为张东海庆贺。钟大伟到酒吧后，对张东海说："东海，你正式就任和诚副总啦，今天我请客，好好喝几杯为你庆贺一下！对了，你知道我今天为什么选这个地儿庆贺吗？"

张东海低头想了想说："喔，我想起来了，记得你当年从江东家电生产厂下岗来京都找工作，第一次在京都我安排请你聚餐就是在这个'时代情缘酒吧'，后来也是我们经常吃饭谈事情的地方。"

钟大伟笑了笑说："你说的对，'时代情缘酒吧'也是我们友谊的见证。"

丁志强在旁边连忙插话："是呀，今天我们3个老同学聚会，不仅时机选得好，地方也选得好呀！所以，我们今天开怀畅饮，不醉不罢休！"

"来，干杯！""干杯！"

3个大学老同学难得一聚，氛围十分轻松，你敬他一杯，他敬你一杯，相互之间有说不完的话。时间过得快，一小时、两小时过去了……大家都喝得有些多了，丁志强又向张东海敬了一杯酒："东海，来，我再敬你一杯！"

酒喝了后，丁志强又追问："对了，东海，我想了一下，现在你爱人在做什么？你们两人相处得怎么样？"

当张东海听到丁志强问这些话时，一下子触到他的内心深处，伤心不已，顿时情绪失控："唉，别提了，我人生很失败，现在还是一个地地道道的穷光蛋……"

丁志强又反问："现在还单身？我听说你不是结过婚吗？"

"对，我都结过两次婚了，第一个妻子嫌弃我创业失败早离我而去。"

"那你第二个妻子呢？她现在还在京都吗？"

"第二个妻子田琦，她很能吃苦，又聪明贤惠。在我创业失利最困难之际认识了她，多亏她用心用情帮助，才让我很快走出当时创业失利的低谷，重拾信心，重新鼓起勇气面对社会。"

"这不是挺好的吗？怎么又离了呢？"

"唉，说来话长，主要是我太爱她了，也都怪我不争气，创业投资总失利，她早回四川老家了。主要怪我当时搞手机自主研发周期比预计的慢，欠外债多，城中村里的人担心创业项目不靠谱，会赔钱，便对我开始失去信任，一个劲儿找我要投资入股的钱，我没有钱给，这些村民们便把我和田琦一起开的饭馆砸掉了。后来我担心钱还不上要坐牢，为了怕影响田琦今后的幸福，便主动劝她离婚，不想让她为我受牵连……"

听了张东海在爱情上的遭遇，钟大伟、丁志强深感震撼，钟大伟说："东海，过去的事情就让它过去吧，从现在开始，从头再来一切都来得及！"

丁志强连忙接话："对，一切从现在开始，只要我们事业上成功了，爱情也会迎面而来！……"

夜已很晚，他们三人仍然言犹未尽，仿佛又回到从前大学时代……

张东海二次回到和诚，得到和诚钟大伟等高管的信任，直接任命为公司副总，这个消息让钟二伟知道后，立刻从国外给秦先达打电话："先达，张东海一回来就当公司副总了，他晋升也太快了吧？我也是和诚创始人，我现在连个管理中层都没有干上，唉……"

秦先达听后，也不知道如何更好回答，便安慰钟二伟："二伟，你现在到国外发展不也是挺好的吗？员工们还都羡慕，张东海被任命为公司副总，自然有公司的安排和考虑……"

钟二伟对张东海晋升的问题还是感到不服气,秦先达安慰他也没有让他心里平静下来,接着他又拨通了钟大伟的手机:"哥,我听说张东海现在已经任命为公司副总,我同是和诚创始人,能力也不差,活也没有少干,苦也没有少吃,就因为我是你弟弟,到现在我混得连个管理中层都不是!"

钟大伟听后,脾气也不太好,对钟二伟的说辞很不认同:"二伟,我再跟你说一遍,我用人有我用人的原则,看来你永远是不会懂的!你提升慢,主要是因为你的综合能力还需要提高,不要怪别人!"

钟二伟在电话的另一端不但没听到哥哥安慰鼓励的话,反而被哥哥指责,心情一下子失控:"好,都是你说的对!我权当没有你这个哥!"

说完便主动给电话扣下了,在一旁的阿美看到了钟二伟的表现,连忙上前安慰:"二伟,你今天怎么了,为什么发脾气?你对钟大伟说话要尊重一些才对,他毕竟是你的哥哥呀!"

"我尊重他,他尊重过我吗?他凡事怎么不考虑我的感受……"

和诚员工们对张东海任命为副总,也议论纷纷,说法不一。有的员工认为:"自己来和诚公司近10年,现在连一个店经理还不是。人比人气死人呀!"

还有的员工认为:"张总之所以一来都能当上副总,说明他有一定能力,可能给和诚创造更高价值!钟总器重他自有他的道理。"

也有员工感慨道:"张东海是和诚公司的创始人,出走后遭遇人生挫折和创业失败。现在钟总主动帮助他,又委以重任,说明钟总这个人很有人情味儿,我们跟钟大伟这样老总干事肯定没有错……"

张东海上任后,没有让大家失望,他在钟大伟、丁志强等人的帮助和关心下,很快走出创业受挫的阴影,以一种感恩的心投入到和诚公司工作中。手机自主研发和销售业务这一板块,在张东海的全身心投入和带动下，在研发团队建设、产品研发速度、产品销售方面都取得了突飞猛进的效果……

钟大伟看到张东海如此卖命地工作，很快在手机自主研发方面得到实质性推进十分满意，他主动找来丁志强："志强，东海来我们和诚公司虽然时间不长，但发挥作用很大，使得手机研发与生产计划得到顺利推进，不容易呀！我们都应该积极配合他！"

"对呀，事实证明东海是个有能力的人，你敢直接任命他为公司副总，说明你知人善任、工作有魄力呀！"

"你别再表扬我了，只是我对东海太了解！对了，和诚与东海原来的公司整合后，还有什么需要我们给东海照顾的，你就看着处理就是了。"

"对，我正准备向你报告，你也知道，东海因以前创业失利留下一些欠债，现在别人都急于要钱，我看这几天东海心情很着急。"

"这样，你主动让公司的人配合张东海处理好以前创业失利留下的欠债，以实际行动让东海轻装上阵，切实解决好他的后顾之忧……"

"好的，我马上去落实！"

丁志强与张东海及时进行沟通，很快帮助他处理好以前创业失利留下的欠债等难题，张东海对此十分感激，决心以实际行动回顾和诚。

当时张东海任副总时，公司许多人不服气，也十分关注他的工作。大家看到张东海每天加班加点，夜以继日地工作，让创立手机品牌逐步变成现实，取得了骄人的业绩，也进一步扩大了和诚公司的对外影响力，都从内心开始佩服他。

一天，丁志强到钟大伟办公室找他商量完业务，正准备离开时，钟大伟马上说："志强，先不要走，有事跟你说！"

"你还有事儿？"

"当然有了。我问你，当初我们决定让张东海担任这个分管手机自主研发和销售业务这一板块的副总经理是正确的吧？"

丁志强一听，马上笑了："让我留下就想问这个事儿呀？这不是明摆着让我再一次表扬你，都是你决策及时果断。东海当初任职的时候，公司员工议论最多的就是说他晋升得太快，而现在公司上下员工看到东海的能力与对公司作出的重大贡献，大家都表示以后一定要虚心向张东海学习，进一步研究业务，提高综合能力素质呢！"

"太棒啦！我最早就给你说过，东海是个难得的企业创业管理人才。今天晚上还是我请客，你叫上东海，晚上下班后我们3个老同学再去喝几杯，以表庆贺吧！"

"地点还定在'时代情缘酒吧'？"

"可以，就还定这个地儿吧！"

晚上钟大伟、丁志强、张东海3个老同学如约来到时代情缘酒吧小聚，开怀畅饮。钟大伟、丁志强二人频频举杯向张东海在创立手机品牌上取得的成绩表示庆贺，张东海却意味深长地对钟大伟、丁志强说："我这些成绩的取得，都归功于大伟多年的创业理念的启发。自主研发与创新是一个企业持久发展的生命线！"

钟大伟接话说："东海太谦虚了，你现在可是我们和诚公司的宝贝呀！"

张东海此时又想到过去从和诚出走的事情："大伟，当初都怪我，如果当时我能够听进去你的建议，不从和诚出走，我们早在一起走产品自主研发和销售这条路就好了……"

33. 由大到强的蜕变

同心创建学习型企业
努力提高核心竞争力

由钟大伟一手创办的和诚公司，经过多年的努力，已成功成为国内知名企业，京都市对合诚公司一些好经验好做法十分赞赏。市企业家协会、企业联合会会长李善联很关注和诚公司的快速发展，专门让协会张秘书长通知和诚企业负责人参加近期举办"保持时代先进性，创建学习型企业"主题交流研讨会："张秘书长，现在国家大力倡导建设创新型国家，一个企业成功的成功，靠的是核心竞争力，这个核心竞争力从某种程度上就是企业自主研发能力。在这方面和诚公司在京都企业中已经走在前面，作出了表率。我觉得这次召开'保持时代先进性，创建学习型企业'主题交流研讨会，可通知和诚公司创始人钟大伟参加。"

张秘书长说："好的，我马上安排人通知钟大伟参加主题交流研讨会。和诚公司这几年发展的确很快，特别在自主研发方面非常重视。"

李善联叮嘱道："和诚公司还是一家有着较强社会责任感的民营企业，我们有义务多引导这样企业更加重视学习，将来做大做强了，才会更好回报社会、服务老百姓！"

一天，由京都市企业联合会、京都市企业家协会联合举办"保持时代先进性，创建学习型企业"主题交流研讨会，在京都会展中心隆重举办。分管企业管理的副市长刘广生出席会议。国内外企业有关负责人、专家学者，共 300 多人参加。当天，钟大伟应邀参加，与中国恒远科技发展集团有限公司所属的全资子公司中科物资贸易集团有限公司总经理赵海霞女士相邻而坐，初次见面，相互给对方名片，礼节性地寒暄问好。

会议由市企业家协会李善联会长主持。会上，先后有国内外 5 个成功企业负责人介绍了自己企业在创建学习型企业的经验和体会，最后主持人请市领导王广生副市长作总结讲话。

李会长在主持时说："京都市有关部门与企业家协会联合举办的'保持时代先进性，创建学习型企业，主题交流研讨会，现在开始。今天参加会议的都是国内外企业负责人、专家学者。大家都知道，企业之间的竞争是人才的竞争，实际上也是学习能力的竞争。强化知识管理，创建学习型企业，从根本上提高职工综合素质，提升企业的核心竞争力。因此，今天举办这个交流研讨会，就是要请大家相互学习借鉴创建学习型企业的好经验好做法，以便更好地适应经济全球化竞争。下面，先请国内外 5 个知名企业代表发言……"

会上，先由英国汽车制造厂商 Lover 一名高管发言：

20 世纪 80 年代晚期，Lover，英国最大的汽车制造厂商陷入了困境：每年亏损超过一亿美元，内部管理混乱，产品质量江河日下，劳资矛盾恶化，员工士气低落，前景一片黯淡。而时至今日，Lover 摇身一变成为全球最富生命力的汽车制造厂商之一。在北美和亚洲，其产品供不应求；在过去的几年里，Lover 汽车全球销量几乎扩大了一倍；产品质量优异，几乎囊括了业界所有的质量奖；Lover 豪华系列一跃成为新的"马路之皇"，而 Lover 600 则跻身世界最畅销的汽车排行榜。到 1996 年，年产汽车 500 多万辆，销往全球 150 多个国家和地区，年销售额超过 80 亿美元。在全球汽车市场刚刚复苏的 1993—1994 年，Lover 的销售额竟增长了 16％！不仅一举扭转了巨额亏损，而且创利颇丰（1994 年创利 560 万美元）；人均创收增长了 4 倍！与此同时，员工的满意度和生产率也创历史新高，并且持续高涨；最近的一次对 Lover 公司 34000 名员工的调查表明，超过 85％ 的员工对自己的工作感到满意，认为受到良好的培训，并且愿意齐心协力提高团队的绩效。这与几年前的境况简直判若两人，而这一切变化竟然发生在如此短暂的时间内，更是令人十分振奋。Lover 振兴的秘诀是什么呢？调查显示，从高层领导到一线职工都一致认为，Lover 重振雄风最大的"功臣"首推公司致力于成为学习型企业的努力……

国内一知名企业东华集团总经理发言：

我们东华集团创建于 1984 年，现已发展成为拥有 19 家国内分公司，21 家海外分支机构，近千个销售网点，职工 600 余人，以电脑、电脑主板、系统集成、代理销售、工业投资和科技园区六大支柱产业为主的技工贸一体、多元化发展的大型信息产业集团。公司成立以来，东华集团一直以稳健的速度成长。目前公司已摆脱了大多数民营企业小作坊式的管理模式，向大集团、正规化、协同作战的现代企业管理模式迈进。东华集团的成功原因是多方面的，但不可忽视的一点是，东华集团具有极富特色的组织学习实践，使得东华集团能顺应市环境变化，及时调整组织结构、管理方式，从而健康成长……

钟大伟听了大家的发言，产生了强烈共鸣，他忍不住向左转一下身，贴近赵海霞耳边小声地说："今天参加这个会太值得了！听了大家的发言感到很振奋，让我进一步增强了对一个创建学习型企业重要性的认识。"

赵海霞会心地一笑，向钟大伟点了点头。

国内外 5 个知名企业代表发言后，最后主持人李善联说："下面，让我们以热烈掌声请京都市刘广生副市长作总结讲话！"

刘副市长在讲话中说，又着重强调："在世界经济一体化、市场主体多元化发展的今天，企业之间的竞争越来越表现为员工素质的竞争。从某种意义上讲，能够拥有一支结构优化、布局合理、素质优良的员工队伍，将成为企业生存与发展的最终决定因素。因此，创建学习型企业，提高员工队伍的综合素质和企业自主研发的核心竞争力，则成为企业在新的历史条件下与时俱进的必然选择……"

散会后，钟大伟与赵海霞一同走出会场，边走边聊。赵海霞对钟大伟说："今天看到你在会上能够这么认真听、认真做笔记，说明你对创建学习型企业的认同与重视，同时也让人感受到了你身上有那种办事认真的态度。我要向您学习，我们以后要常联系。"

钟大伟说："谢谢赵总的夸奖，以后常联系。我回去以后就着手研究和抓一下学习型企业建设。"

两人临别，当赵海霞先上自己的专车，车已经启动马上要离开时，赵海霞将后座右侧窗玻璃摇下，挥着手对钟大伟说："钟总再见！相信以后肯定有机会听到你代表公司作经验交流……"

钟大伟回到公司立刻召集丁志强、张东海、秦先达等高管开会，十分感慨地向大家谈了自己参加会议的体会和收获，他说："为了适应社会环境的变化，企业通过建立学习型制度，来促进企业不断地开放、吸收和借鉴外界的知识有利于调整生存和发展的理念，提升自身应变能力。"同时，正式提出："和诚公司从现在开始，我们也要进一步加强学习型企业建设，将自主研发与创新进行到底、持续推进，树立我们和诚公司新形象！"

听了钟大伟的发言，丁志强等人都表示高度认可："加强学习是谋求企业更好发展的永恒主题，我很赞同钟总的想法，加快推进学习型企业建设。"

张东海这时建议："术业有专攻。为了创建学习型企业真正取得实效，建议从社会上专门招一个懂学习型企业建设的人，来当总经理助理，专门协助钟总抓好学习型企业建设。这样，才会深入持久地将学习型企业建设好，推进和诚公司更好更快地向前发展！"

钟大伟听了张东海的建议后，立刻同意："好，东海的这个建议很好，我同意可以从社会上专门招一个懂学习型企业建设的人，专门来管此事。这个任务就交给东海你来完成，怎么样？你要抓紧！"

张东海连忙回答："好的，没问题，我抓紧联系，保证完成任务！"

受公司委托，张东海通过市场招聘、层层筛选，最终录用了有企业人才培训师工作经历的林叮叮："林叮叮，你十分优秀，又是国内名校毕业的管理学 80 后女博士，品学兼优。我们和诚公司钟总已同意录用你了，今天我就可以代表和诚公司与你签订劳动合同，你现在还有什么顾虑吗？如果不愿意到和诚公司上班，现在放弃还来得及。"

林叮叮笑了笑说："哈哈，我若是想放弃早放弃了！这些天，我从外界对和诚公司的评价看，觉得和诚公司将是一个前途十分光明的企业，我很高兴能够有机会为和诚的发展尽我一点绵薄之力！签吧，现在就签！"

林叮叮工作干练，担任和诚公司总经理助理后，主要负责企业学习培训、行政管理等工作，便及时从建立完善创建学习型企业的相关制度规定开始，将工作进行得井井有条，让钟大伟十分满意。一天，林叮叮向钟大伟建议："成功企业的关键因素是学习！企业组织为适应与生存而学习，是基本而必要的，学习是企业可持续发展和创新的核心。当下，很多企业在大张旗鼓地进行学习型组织的构建，这是好的潮流，也是令人欣喜和高兴的行动，但必须与开创性的学习结合起来，这样才能让大家在企业组织内获得自身的价值感，从而更好地支持和服务企业的发展。"

钟大伟听后频频点头："你说得对，有道理！"

林叮叮又说道："创建学习型企业的意义主要在于解决传统企业组织管理的缺陷，为企业创新提供了一种操作性比较强的技术手段，解决了企业生命活力问题，从而提升企业的核心竞争力。"

钟大伟反问道："那么需要我做什么？只要你提出来的建议是合理的，我全力支持！"

林叮叮连忙说："您的重视程度决定创建学习企业的成败。只要总经理您重视，一切问题都容易解决。如何学习、如何构建学习型企业需要企业家您与和诚公司所在管理者共同思考。我本人现在想建议和诚公司专门安排企业领导带头外出考察，学习国内外先进企业管理经验。考察学习回来后，公司要专门组织交流会，让每个参加外出考察的人谈收获体会，并对下一步公司发展提出自己的真知灼见。这样，便于集中大家的智慧，推进和诚公司的快速发展！"

钟大伟听后，十分赞成安排和诚高管带头外出考察："你的建议很好，我作为和诚公司总经理，要带头外出参观学习，不能整天待在公司自我感觉良好，当井底之蛙！我现在就给自己定个任务：坚持这3个月每个月要至少外出参观两家创业公司，虚心向其他企业学习商业管理模式，总结经验规律、吸取深刻教训，为我所用。其他高管你直接与他们沟通，让他们也抓紧安排好时间，将参观考察纳入重要工作日程，回来后我们及时开会进行汇报交流……"

钟大伟、丁志强、张东海和秦先达等人，在林叮叮的建议下，陆续外出进行考察学习。考察学习活动结束后，林叮叮便及时安排和诚公司专门召开外出考察学习交流会。在和诚公司组织的学习交流会上，钟大伟说："我通过这几个月拜访国内多家知名创业公司，感到收获特别大。我觉得只要你是一个企业家，只要你正在创业，除了要尽社会责任外，就应该把营利放在第一位，如果你没有营利能力，说明你这个商业模式可能是错的。如果你没有营利能力，再谈什么回报社会就是一句空话。我认为看一个企业的商业模式能否成功，有四个关键的衡量标准：第一是看能不能让成本降低；第二是看能不能让效率大幅度提高；第三是看能不能让员工的积极性被充分调动起来；第四就是创业者观察问题的角度不能太窄，不能仅局限于一个企业，还应该多从国家的高度看待问题，特别是要有历史的角度和社会的视角，这样企业在发展过程中遇到难题时才有可能将其解开……"

大家听后表示十分认可，给予热烈的掌声。

接下来，林叮叮又建议在全和诚公司组织开展创先争优等各种学习活动，倡导学习工作化、工作学习化理念，以此指导广大员工日常的工作和行动，养成良好的习惯，不去刻意地去说创建学习型企业，而是让人人都在持续地创建学习型企业，员工整体素质和企业创新核心竞争力将显著提高，这样和诚公司的社会影响影响力越来越高。

林叮叮不仅工作出色，办事干脆利落，效率高，而且人长得非常漂亮，高挑的身材，细细的眉毛，甜甜的笑容，给公司员工留下很好的印象。员工们见到他后，纷纷夸奖她长的漂亮。都说："真是个大美女呀！"

王清雪也随着大家一块儿感慨："叮叮太漂亮啦……"

经济全球化深入发展，企业之间竞争越来越激烈。钟大伟在办公室正在阅读大量资料，苦苦思索如何让和诚公司由大到强，更好适应形势发展。这时林叮叮敲门进来，将和诚公司2006年上半年经营情况报告送钟大伟审阅。林叮叮将报告放到钟大伟办公桌上转身就要离开时，钟大伟马上说："叮叮，你先不要走，请坐下，我正有事找你呢。"

等林叮叮坐下后，钟大伟接着说："叮叮，你到和诚上班多长时间了？快一年了吧？"

"我是去年7月到和诚上班，到今年7月刚好一年了。"

"你来的时间虽然不长，但对公司贡献很大。你没有少给公司出谋划策，事实证明当时出的点子好多都是非常好的。"

"钟总过奖，过奖！这都是我分内工作，应该做的！"

"你是国内名牌大学毕业的，还是专门学管理的博士生。今天我想与你探讨一下公司下一步的发展问题，想想听你专家的建议。"

"钟总您请讲，有什么需要我做的，尽管吩咐！"

"现在世界经济一体化、市场主体多元化，企业之间的竞争也越来越激烈和残酷。我作为和诚公司的总经理，每天不得不为和诚下一步更好发展考虑呀。现在我每天都会从电视、报刊等媒体在关注一些企业转型升级的情况。和诚公司从20世纪90年代末期成立到现在整整10年了，也成长为国内一个还算知名的大企业了。但我觉得和诚现在又到了应该转型升级的阶段了，下一步如何让企业由大到强，今天我特别想先听听你的高见。"

林叮叮一听钟大伟是想与自己谈下一步企业发展这么无比重要的事情，感觉到钟大伟是对自己的信任和工作认可。马上回答道："谢谢钟总对我的信任。不过也巧了，近段时间我也一直关注一些企业转型升级的信息。我首先同意您对当前企业发展形势的判断，我也认为和诚公司一路走来、风风雨雨，现在已经过来了，在业内也是全国影响力比较靠前的民营大企业了，下一步要想更好地不惧市场竞争，必须抓紧开始转型升级，实现跨越式发展。只有船做得无限大，在茫茫大海里才能更好地乘风破浪，抵御各种风险。"

钟大伟很赞同地说："你说得很好。现在我们不仅要把和诚这个船做大，而且还要找准在大海里航行的正确方向。"

林叮叮接着说："这个方向就是加快推进和诚集团化模式动作，进一步加强科学化规范化管理，逐步实现公司上市的目标。"

钟大伟一听，感觉博士水平就是不一样，说的话都很有道理。他思索了一下说："你说的这个方向是对的，我也曾想过公司上市这个问题。现在就是需要研究提出一个有针对性、有可操作性的实施方案来。"

林叮叮马上说："您不知道吧，综合当前国内外经济发展形势，立足和诚公司当前经营状况，起草公司下一步发展战略目标和实施方案，这是我的强项呀，以前我给国内几家大企业也做过。这个工作交给我，我保证完成任务。不过要一定的时间。"

钟大伟连忙问："要多长时间？"

"快也得两个月，慢可能要半年。"

"啊，怎么会要多这么长的时间？"

林叮叮回答道："做这个实施方案是个系统工程，不是关起门靠拍拍脑袋加几天班就能写出来的。我必须从专业的角度去进行实地调查、数据分析以及可行性论证等，有大量工作要做。"

钟大伟连忙说："你说得对，就按你说的办吧。等你把方案起草好后，我就召集公司骨干会议研究讨论……"

林叮叮接到任务后，想到钟总对自己如此信任，思想丝毫不敢懈怠，每天满脑子都想到此事。为了拿出一个高质量的方案来，她到全国许多知名企业去参观或作暗访，查阅大量相关资料，反复进行推敲论证，终于在一个半月提前将《和诚公司发展战略实施方案》起草完毕，送给钟大伟："现在我给您交方案了。您好好看看，若有不妥之处，您指出来，我马上再修改。"

钟大伟以一种很期待的眼神，连忙将厚厚的像一本书模样的方案翻了一翻，直觉感到写得很好，马上说："我看方案写得纲举目张，条理很清晰呀，好！让我好好学习一下……"

钟大伟第二天主持召开公司骨干会议，专门听取大家对方案的修改意见。林叮叮先作方案起草的说明，介绍起草的总体思路、写作经过，其中她大胆提出："面对国内外激烈的市场竞争，要想保持企业永续发展、科学发展，建议和诚公司在家电、手机两大业务板块的基础上，再增加新能源汽车生产经营板块，加快推动企业资源整合和转型升级，让和诚公司逐步实现由大到强的蜕变，以新起点创新驱动和诚集团快步发展。"

丁志强、秦先达等人一听林叮叮提出发展新能源汽车，一时让人眼前一亮。这时张东海主动问林叮叮："你提出的发展新能源汽车，经过反复论证了吗？"

林叮叮一听，马上回答道："当然经过反复论证了。现在全世界各大国家对节能环保越来越重视，自主研发和生产新能源汽车符合时代发展潮流。对和诚下一步发展的重大意义在于：一则能够更好地适应我国经济形势发展，更好地满足越来越多家庭出行使用私家车的需求，有利于把和诚企业做强，增加抗风险能力；二则发展三大板块业务有利于和诚公司以后上市，从根本上解决企业稳步发展的资金保证问题……"

大家听了林叮叮的论述后，都觉得她提出的关于在和诚公司家电、手机两大业务板块的基础上，再新拓宽增加一个新能源汽车业务板块的建议，是个好建议，都积极发言表示赞同。

钟大伟也和大家一样，十分赞同，并组织会议正式通过方案，同时还对启动自主研发和诚系列新能源汽车进行了动员安排，经大家同意，对家电、手机和新能源汽车三大业务板块的业务管理重新作了分工安排……

钟大伟就重新分工调整，发表了自己的看法："我通过这 10 年创业的观察与思考，深深感到与人一起创业，最重要的是信任。在创业的过程中，合伙人之间的信赖特别重要，因为我们不可能一个人完成所有的事情。也许，每一个人的聪明程度、智慧程度不同，不过信任是把大家联合在一起的前提，没有了信任，就不可能有真正的团结和良好的合作。我看过很多失败的项目，他们失败通常不是因为项目本身有问题，也不是因为发展方向有问题，而是因为合伙人之间不够信任，工资所得分配不均匀，这实际上跟人性的自私有很大的关系。我觉得在当今社会要想做成事情，一定要胸怀豁达、相信别人，这将给你带来巨大的力量。特别是我与东海、志强，还有辛师傅、先达等人，我们都是因为信任二字才走到一起的，一路走来我们荣辱与共，合作非常愉快。你们下一步所担负的责任都很大，我会一如既往地信任你们和支持你们！你们就甩开膀子加油干吧！"此时，大家响起一阵掌声。

钟大伟接着又宣布："新能源汽车业务板块的管理与经营由丁志强负责，并将电器研发工程师辛光明吸收到新能源汽车自主研发团队……"

丁志强接受新任务以后，加快组建研发团队加快研发，闯过一道又一道技术难关。为了将新能源汽车更好地推向市场，丁志强向钟大伟汇报："为了提高工作效率，减少投入成本，使得资金快进快出，我们不能走传统营销的老路，必须创新思维，充分借鉴国际上当前最流行的一些做法。"

"什么做法？你快说！"钟大伟连忙追问。

"我已经与外商谈好有关收购问题了，现在我们必须高举收购大旗。"

"怎么高举收购大旗？下一步怎么做？"

"你知道 MNM 汽车吗？"

"我当然知道，MNM 可是国际知名品牌汽车。"

"对呀，我已经与 MNM 汽车国外品牌公司负责人进行了电话沟通，他们现在流经效益不景气，公司经营遇到前所未有的困难，只要价钱合适，他愿意被我们收购。"

"MNM 汽车国外公司在节能环保方面做得到底如何？在国际上属于领先吗？你一定把握好。"

"这个你大可放心，MNM 汽车是国际知名品牌，我看好的就是它的领先技术。收购它，这样一来可以保证新能源汽车生产技术的高起点，容易发挥品牌效应，提高国内外市场核心竞争力；二来可以大大减短我们研发的时间成本和经济……"

钟大伟赞同支持丁志强的想法与创意，边听边点头："好，这样的建议不错，你就抓紧推动，我全力支持！我们缺乏汽车整车研发制造能力。我们并购 MNM 汽车，与世界顶级品牌汽车公司合作，组建合资公司，共同研发制造顶级的新能源汽车，有利于在汽车制造领域取得突破……"

收购之路进展很顺利，很快收购了国际知名品牌 MNM 汽车，掌握了100% 的股份。和诚集团董事长钟大伟与 MNM 汽车的国外联合创始人代表双方十分高兴地签署了股权收购协议。

收购了国际知名品牌 MNM 汽车之后，丁志强带领研发团队，结合我国国情，对 MNM 汽车生产技术又抓紧作升级改造，加快研发进度，又闯过一道又一道技术难关，很快打开了新能源汽车生产经营的新局面。钟大伟对此非常高兴，把张东海、林叮叮叫到办公室："你们也看到了，自从我们和诚从国外引进 MNM 汽车生产技术，我们新能源汽车发展非常迅速。"

张东海连忙点头："还是你决策英明呀，出手收购很及时！现在国内外各大媒体也十分关注，报道很多。"

林叮叮笑了笑说："引进国外先进技术，对我们和诚新能源汽车的发展，起到了弯道超车的作用，这个决策实践证明是很对的，很符合当前时代发展潮流。"

钟大伟十分高兴地说："鉴于和诚快速发展，特别是新能源汽车快速发展已经迈出实质性步伐，经开会研究，决定让张东海牵头，林叮叮协调，抓紧做好和诚上市前的各种准备工作……"

张东海与林叮叮接到这个任务后，因此常常在一起探讨工作，为加快企业转型升级，准备申请上市，付出了很多。在这期间两人无论是在工作还是在生活人相处得很好，配合十分默契，和诚公司的广大员工都看在眼里。包括钟大伟和丁志强都希望他们能够早点碰出爱的火花。一天，丁志强故意对张东海说："东海，你现在老大不小了，不能总单身，你现在心里肯定是有人了吧？"

"怎么啦，你还真想给我介绍对象呀？"

"呵呵，对象还用我介绍吗，有美女每天都在你身边转，你可得抓紧呀！"

张东海与田琦共患难，两人虽然因特殊情况被迫离婚，但对张东海这个有血有肉的男人来说，却一直放心不下她。当听到丁志强劝他与林叮叮早点明确恋爱关系时，即刻眉头皱了起来："你还真会联想，我与林叮叮可纯属于一般的同事关系……"

林叮叮兼任总经理助理，平时与钟大伟见面接触更多，钟大伟非常关心她的婚事。一天，林叮叮到办公室送完文件要走时，钟大伟将她留下："叮叮，你非常有才华，有能力，现在年龄也不小了，不能只顾工作，也应该多考虑一下婚事了！"

"谢谢钟总的关心！您若是有认识合适的人，也多给我介绍一下呗？"

"你还用我介绍呀？我问你，张东海这个人你觉得怎么样？"

林叮叮通过工作接触对张东海的印象不错，也非常愿意与张东海深交："东海这个人当然好呀，有理想、有抱负，特别有男人味儿。我恐怕他看不上我呀！"

"不对，张东海他怎么会看不上你呢。你如此优秀，应该是你看不上他才对呀，我找时间多劝劝他……"

加快推进新能源汽车发展，需要以大量资金为支持，否则非常难以维系。钟大伟将和诚公司利润80%放到新能源汽车的开销上，一时让和诚公司资金周转出现紧张。王清雪、丁志强等人开始担心起来。对此，钟大伟在公司高层会上对大家讲："我常讲，事情要么不办，办就办好，办出结果来！和诚新能源汽车生产经营正处在技术研发、营销宣传的关键时期，换句话说，正处在爬坡阶段，不进则退。开弓没有回头箭！"

丁志强连忙站起来说："钟总，我非常佩服你这种敢作、敢为、敢当的战略企业家的胆识，但是我觉得将和诚公司的多数利润都用在新能源汽车研发与生产上，万一到时市场不如预期，让和诚公司整个企业运作的资金链条断裂，后果是不堪设想的。希望您三思……"

钟大伟这时是听不进去大家不同意见的："做任何事情都有风险，但是我们首先要有必胜的信心！对了，为了早日设计和生产出具有实用价值的电动汽车，从今天起，公司决定将马科长转任到新能源汽车的管理岗位，希望马科长继续发扬过去不怕万难的作风，带领一线员工抓紧给生产线建设好……"

马科长接到新任务后，工作积极性非常高，坚守在生产工厂的第一线，带领员工加班加点工作，不负众望，新能源汽车的研发和生产大获成功。不久，新能源汽车在京都和诚公司举行了首台预量产车的庆祝仪式。这意味着和诚牌新能源汽车在生产准备、产品测试等方面已经进入了最后阶段，以及量产进入最后的倒计时。

京都市的王广山副市长在市企业家协会会长的陪同下，来公司参加庆祝仪式，并当场向钟大伟表示祝贺："和诚公司并购了国外 MNM 汽车，继承了 MNM 汽车核心技术的一流车企，及时弥补了缺乏汽车整车研发制造能力的不足，走出了一条快速发展之路。今天，我代表京都市政府向和诚牌新能源汽车顺利研制生产，表示祝贺……"

新能源汽车业务板块在丁志强的带领下，经过研发团队不懈努力，闯过一道道技术难关，进行科学化管理，让和诚新能源汽车占全国汽车市场份额的 10%，使和诚集团公司踏上快车道，企业营业利润大幅提高，也给以后集团上市打下了非常好的基础。

钟大伟创业的成功吸引各大媒体的注意力，纷纷给予报道。钟大伟对外谈和诚新能源汽车产业布局心情大好、滔滔不绝。在谈到多元化产业布局时，钟大伟表示和诚进入新能源汽车产业一年多来，已陆续解决了技术、电池、电机、销售渠道、充电难等五大制约瓶颈，和诚新能源汽车的未来发展可期。我们要打造品牌、擦亮品牌……

34. 回乡祭祖报恩情

荣归故里父老乡亲齐欢迎
为落后家乡实施精准扶贫

钟大伟随着企业越做越大，社会关注度也越来越高，母亲陈子贞经常能在家里看电视看到儿子钟大伟接受媒体采访或宣传和诚集团先进经验的画面，内心暗自为有这么一个优秀民营企业家的儿子而感到自豪。或许是情感牵挂，还是深感今天幸福生活来之不易，让她经常独自一人在家想起逝去多年的丈夫老钟，时常感慨："老伴儿你走得太早了，如果你现在还活着，看到如此有出息的儿子大伟，你肯定会在全村子里生活得更有面子……"

随着儿子越来越有出息，陈子贞对丈夫老钟越发怀念起来。一天，陈子贞在家与钟大伟、王清雪吃晚饭，听到钟大伟与王清雪对话，知道大伟企业越做越大，她突然表情一下凝重起来，放下筷子无语。钟大伟看此情况，连忙追问："妈，您这是怎么啦？看来今天您有什么心事？"

陈子贞听到大伟这么一问，眼泪一下子掉了下来，边哭边说："大伟啊，你能把企业做成今天这个样子妈妈为你高兴啊，可是你爹他不在了，要是今天在活着该多好啊……"

钟大伟与王清雪晚上睡在床上，准备睡觉。钟大伟一直睡不着，想到妈妈晚饭时念叨老父亲的情景，心里也在想："是呀。要是老父亲活着该多好，他老人家一定会为我骄傲的。"

钟大伟想起父亲的祭日，一算，到下个月农历七月初十，父亲去世已

40年，马上从床上坐了起来对王清雪说："刚才我算了一下，到下月农历七月初十，我父亲去世整整40年了，看到今天妈妈想到父亲伤心的样子，我心里也难过不已。我想和你商量一下，我们到时一起回老家一趟，正式给老父亲上一次坟如何？"

王清雪十分理解，痛快答应道："好，这是应该的，再说了自从嫁给你还没有去过你老家呢，到时我陪你一起回去……"

钟大伟第二天起床后，就告诉陈子贞："妈，下月农历七月初十是我父亲去世40年，我与清雪已商量好了，到时我和她回去，一起为老爹上个坟"。

陈子贞听后激动地说："好呀，你也该回去为他好好上一次坟……"

钟大伟二叔钟友善，一天从陈子贞那里得知钟大伟要回家为爹上坟的消息，表示十分赞同："太好了，大伟现在已是全国知名的企业家了，也是我们江东老家的骄傲，他早该回去一趟了。为我哥上坟，我哥在天之灵是非常高兴呀！"

陈子贞说："你哥他命不好，如果现在还活着该多好！"

钟友善又追问道："嫂子，这次您与大伟一块回老家吗？"

"唉，我是想一块儿回去的，可是我现在腿脚不好，回去不方便，怕给大伟添更多麻烦，还是等下次吧。"

"嫂子，你腿脚不方便不回去也好。这样，我回去怎么样？大伟多年没有回去，我老家情况比他熟悉，也好替大伟安排好行程……"

钟友善知道大伟将回老家为哥上坟心里非常高兴，主动找到钟大伟："大伟，我听嫂子跟我讲，你下个月要回老家为我大哥上坟。这样，今天我想跟你说一下，到时我提前几天回去，先帮老家简单收拾收拾，到时也方便你们住，为你提前在老家做好上坟的相关准备……"

钟大伟听后立刻同意了："好的二叔，这样也好，到时我回老家为爹上坟的事儿全听您的安排。不过，您回去之前，一定要把保安部的工作交代好呀……"

钟大伟老爹的祭日眼看就到了，钟友善按计划提前返乡，看到老乡都主动上前打招呼。他回去第一件是就是帮助打扫钟大伟家的老房子，也打扫一下自己的家，准备接待钟大伟、王清雪。村里的乡亲父老看见二叔回来了，纷纷前来看望。很快钟大伟即将返乡为爹上坟的消息很快传遍全村，村都以钟大伟为骄傲，翘首以盼，一位老邻居家大伯高兴地说："好啊，大伟早该回老家看看了。他现在有出息了，是我们全村子人的骄傲……"

小名字叫狗蛋的村主任朱长河，是钟大伟的小学同学，高中没有上完就辍学打工，后回乡当上村主任。他听说钟大伟即将回乡为爹上坟，专门在村里开个干部会，做好迎接工作："大伟是我老同学，是从我们村子走出来的第一个大学生，现在已经是国内外知名的企业家，平常业务繁忙，今天他回来了，我们一定要好好把他安排接待好……"

钟大伟、王清雪夫妻如期从京都坐飞机到江东省会城市，然后由和诚当地连锁公司经理迎接，迅速驱车赶赴老家，一路上钟大伟通过车窗观看家乡的变化，一路感慨很多："改革开放了，老家也变化大呀，绿化明显投入大了，环境大有改善。"

不过，当钟大伟驱车走到老家境地时，看到家乡仍然很落后，与儿时记忆中的老家变化不大时，便变得沉默起来。

当天下午，钟大伟陪同妻子王清雪驱车到回到了离别多年的江东省蒙山县大湾子乡钟家村，受到村主任朱长河等全村男女老少的热情迎接，钟大伟与朱长河两人相拥在一起："大伟，你终于回来了！"

"长河，你好呀！我们多少年没见面了？你模样变化不大！"

"哎，我都变老了，我两个孩子也都上大学了……"

钟大伟到了阔别多年的老宅，主动向王清雪介绍过去他小时候在家的生活情景。钟大伟在堂屋看着老物件回忆："小时候条件很苦，每天晚上都是点着煤油灯，趴在这个小方桌上写作业……"

晚上，当村主任的朱长河以同学名义，想安排钟大伟夫妻到乡里条件好的招待所住宿："大伟，你难得回来一趟，现在已是知名的大企业家了，我已经与乡里招待所联系好了，晚上你们夫妻二人可以到那里去住。"

钟大伟一听马上拒绝："长河，谢谢了，不用了。我这两天，就住在老宅子，哪儿也不去……"

地瓜、黑窝头、煮白菜萝卜、地瓜汤，钟大伟与王清雪夫妇在堂屋和父老乡亲一起吃忆苦思甜饭。钟大伟与乡亲一同边吃饭边聊天，得知许多爷爷辈或叔叔辈的人因病等原因已离开人世，顿时觉得心情沉痛："一生真是苦短呀，好多病都不是什么大病，说到底大都是因家乡'穷'造成的，没有钱去及时治疗给耽误了。"

朱长河连忙接话："唉，是呀，都是因为村里太穷！许多长辈因病去世当年才40来岁，如果还活着，现在才60多岁！"

聊天中钟大伟最先想到了村里的老支书钟永富："老支书钟永富老爷爷现在情况怎样？身体还好吗？"

村民们连忙答道："老支书已80多岁了，现在生病多年，常年在家卧床治疗……"

钟大伟听后，立刻起身："走，我现在就去看看老支书爷爷！"

钟大伟与王清雪、钟友善等人一同来到老支书的家，向他亲切问候："爷爷，我是大伟，这是我的媳妇小王，今天回来一起看您！"

老支书钟永富看到多年没有回家的钟大伟，马上想起身从床上坐起来，钟大伟赶紧上前不让他动。一聊起来老支书对钟大伟还赞许有加："大伟，你是我们村子走出来的第一个大学生，从小你就有志向，现在你有出息了，成了大企业家，这都是我们村子的骄傲呀……"

钟大伟看望曾经关心他全家生活的老支书，心存无比感恩："谢谢爷爷的夸奖！我之所以有今天，最应该感谢的就是您了。如果不是您发动全村的人帮助我全家，让我顺利把学业完成，可能现在我还是一事无成……"

看望曾经关心过自己80多岁的老支书，还有其他村子邻居的长辈之后，钟大伟想到他们还住在早该翻新改造的破旧老房子里，心情十分复杂，便对二叔钟友善说："二叔，现在村子大家过的房子普遍老旧，我决定在和诚建立专项扶贫资金，专门拿一笔钱用于给我们村子盖房子。趁这次回家的机会，您现在就开始对全村建新房进行摸底测算，争取尽快让全村人都住上宽敞明亮的新房，过上最幸福的日子……"

钟友善看到钟大伟态度如此坚定，便只好答道："好的，等明天我们为你爹上完坟以后，我就开始落实此事。"

第二天上午，钟大伟、王清雪和二叔、二婶、三叔、三婶等家族里的人，一同来到大湾子乡钟家村的一个山脚下钟大伟父亲的坟头，举行一个简短的祭拜仪式。按照家乡的风俗，钟大伟、王清雪先跪在坟头向父亲叩3个头，然后知道爹当年活着的时候爱喝酒，专门带了国内名牌白酒，为父亲敬了3杯，以表达心里对父亲的哀思，旁边的人为之动容……

钟大伟为爹上坟返回家乡老宅时，乡里、村里的领导都来了，热烈欢迎钟大伟。李乡长紧紧握住钟大伟的手说："大伟是我们乡里走出去的第一个大学生，现在是全国知名的企业家，我们经常从电视上看到，今天可看到你真人啦……"

钟大伟在老家顺便听了乡、村两有关领导对村里发展情况的介绍，并在乡、村领导陪同下，看望了村里的一些贫困户。当看到村子至今还存在交通、医疗、教育等落后面貌时，心里久久不能平静。回到老宅，钟大伟便王清雪商量："清雪，我国改革开放几十年了，虽然村里已发生翻天覆地的变化，但是因交通不便、没有致富产业等，还存在贫富不均的问题，我要主动想办法，为家乡脱贫致富而尽一些力量……"

王清雪是个通情达理的人，马上表示："你现在是村子走出的算是一个有出息的人，在为家乡脱贫致富上应该走在前列，我支持你……"

钟大伟与妻子王清雪返乡，趁为爹上坟之机看到了家乡的发展现状，转眼两天过去，准备返回京都。钟友善在家收拾行李，准备搭大伟的车，一同去省城坐飞机返回京都上班，这时钟大伟主动上门找二叔，二婶忙招呼大伟坐下，大伟对二叔钟友善说："二叔，我让您对全村建新房进行摸底测算，争取尽快让村子的人都住上宽敞明亮的新房，您进行得怎么样啦？"

"我正准备跟你说此事呢，我已经摸底测算差不多了，要是把村子老旧房子全部改造或重建，怎么也需要一二百万资金的投入！"

"二叔，现在我又有新的想法，我想跟您商量一个事儿，希望您一定要答应我。"

"什么事儿？只要二叔有能力做的，我一定会做好！"二叔急切地说。

"二叔，这两天您也看到了，几十年过去了，村里虽然发展变化大，但与其他发展快的省份比，我们这边显然还十分落后，我作为大山走出的穷苦娃，如今创办企业效益可嘉，我也该回报一下家乡的乡亲啦！我不仅要把村子老旧房子全部改造或重建，还要帮助修路、建学校、建敬老院、创业园等，下一步需要我们做的事情非常多。"

"你准备让我怎么做？我听你的！"

"二叔，我需要您先留下来，帮助我协调做好村里的扶贫攻坚工作，这也是工作，您在和诚公司的工资照常发，关于和诚公司您负责的安保工作到时我让别人先顶上。扶贫工作是个细活，涉及民生，一点也不能马虎呀，您除了抓好村子老旧房子全部改造或重建，还要重点做3件事：一是为家乡修路，一是在村里申请办个养老院，另一件是对乡里和村里的中小学进行翻新改造。我回去马上想办法筹集资金，还要专门派人与您一起共同完成乡村扶贫攻坚任务……"

钟大伟、王新雪与家乡父老依依告别，家乡父老乡亲都出来排长队热情欢送，二叔钟友善留下了。

钟友善留下后，乡亲们有些不明，纷纷议论："昨天还听他说今天跟大伟一同回京都，是不是大伟让二叔留下继续种地不成？"

当许多村民将钟友善围着问个究竟时，他便将为什么要留下的真正原因告诉大家："我留下，是大伟专门安排的，主要让我与父老乡亲一道，为大家谋福利……"

知道钟大伟下一步要全力帮助家乡彻底脱贫致富，全村顿时一下子沸腾了，大家都夸奖："钟大伟是好样的，真正是一个知恩图报的大企业家呀……"

钟大伟从老家返回工作岗位后，第一件事就是召开公司领导会议，决定响应国家扶贫奔小康的号召，加大资金投入，以自己的家乡先做试点，积累扶贫攻坚经验，得到公司领导一致赞同。

和诚公司紧接着派丁志强赶赴老家与二叔汇合，一道同乡、村两级领导共商扶贫之策，研究确定具体方案。

和诚公司专项扶贫资金很快到位，钟大伟家乡扶贫项目如期开启动工。不久，乡村面貌焕然一新，一排排新房拔地而起，乡村道路进行加宽改造，孤寡老人住上医疗条件有保障的新的养老院，以新技术为主的农业创业园建成并产生良好的经济和社会效益，学生都在宽敞明亮、有先进的教学设备的教室上课……

钟大伟心系家乡建设，倾力帮助家乡脱贫致富的先进事迹被社会广泛关注和认可。钟大伟被自己老家江东省蒙山县委县政府授予家乡十大扶贫企业家之一。钟大伟专程回家乡参加表彰仪式，接受县委县政府领导的接见与表彰。

钟大伟在参加表彰仪式上发表感言：

"尊敬的父老乡亲，今天我能够荣获家乡十大扶贫企业家奖，并作为获奖代表发言，我感到非常荣幸。这项殊荣，不仅仅是对我巨大的褒奖，更是向全社会传递人人为善、积极参与慈善公益事业的正能量。扶贫济困是中华民族的优良传统，消除贫困、实现共同富裕是我们全社会的共同责任。

对于贫困，我是有非常深刻体会的。我出生在我县大湾子乡钟家村这个非常贫穷的地方，我3岁零7个月的时候，父亲得病，没钱看病，也没地方看病，就这么走了，我就成了半个孤儿。从小到大我是吃地瓜和地瓜面长大的。读小学的时候，在村里面几间不遮风、不挡雨的破草房里面，用泥巴台子做的课桌，遇到下雨天气，外面下大雨，里面下小雨。读中学的时候，离家比较远，每星期背一筐地瓜、地瓜面做的黑窝头当主食。高中毕业我顺利考上了大学。大学毕业后，在国企上班两年，在民企打工半年。和诚的成立，赶上了国家改革开放的好政策，公司从开始的七八个人发展成为现在有10多万员工的世界500强企业。

没有家乡父老的支助，我就上不了大学；没有国家改革开放的好政策，就没有和诚的今天。所以，我和和诚的一切，都是党给的，国家给的，社会给的。饮水思源，我们一定要回报社会，一定要积极承担社会责任，一定要多帮助那些需要帮助的人。

多年来，我一直认为，作为民营企业，我们依法依规、专心专注、兢兢业业地做好自己的企业，把自己的企业做大做强，为社会多创造财富，为国家多交税收，为社会多解决就业，这就是对社会最好的回报。当前，脱贫攻坚是我们国家的头等大事。和诚集团和全国其他企业一样，要积极投身脱贫攻坚战。

我是从蒙山县农村走出来的企业家，帮助家乡一道脱贫致富是我分内之责，天经地义，我要将参加家乡大湾子乡扶贫的经验，复制到全县乃至全国最需要帮扶的地方，一如既往，和广大爱心企业、爱心人士一道，助推慈善公益事业的发展，为实现全面建成小康社会的目标，贡献我们的力量！"

听了钟大伟充满激情的发言，蒙山县领导和参加表彰仪式的人员，情不自禁全体起立为他鼓掌！

35. 追梦步入新时代

积极应对国际竞争与挑战
肩负新时代企业发展责任

　　和诚集团在创业板成功上市后，各媒体进行了宣传报道，使得和诚集团拥有更高的知名度。丁志强对钟大伟说："自从和诚上市后，从全国各地想来京都与和诚谈合作和学习经验的企业也越来越多，每天这样的电话一个接一个。"

　　钟大伟笑说："这是个好事儿，无论谁来、谁打电话，我们愿不愿意合作，但态度一定要好。"

　　中国恒远科技发展集团有限公司郝国强董事长在办公室看手机，浏览新闻，顿时被大篇幅报道和诚集团成功上市的前前后后所吸引，马上拨通下属企业老总赵海霞的电话："赵总，我这几天一直在思考国企混合制改进的问题，现在需要找一家既有竞争力、经济实力强，又有自己品牌形象的民企先进行合作。我看到媒体很关注和诚集团的发展走势，给予了大量宣传报道。我觉得和诚可作为我们要找的民企合作的重点单位。建议你近日专程去一趟，亲自参观考察，当面与钟大伟谈一谈。如果可以，我们要大胆与合诚合作！"

　　"好的，我马上去，尽快与和诚具体谈一谈合作事宜……"赵海霞回答。

　　一天，中科物资贸易集团有限公司总经理赵海霞女士亲自给钟大伟打手机，说自己想到和诚集团拜访他，钟大伟愉快地答应了。钟大伟亲自到和诚集团楼前迎接赵海霞女士的到来。

钟大伟首先邀请她到和诚集团电路、手机和新能源汽车三大板块的研发基地和生产车间实地参观。赵海霞边看、边听介绍，时不时感慨，为和诚点赞。

钟大伟陪同参观完之后，与赵海霞一同到集团会议室，就央企民企如何融合发展，展开了精彩讨论。

赵海霞说："当前中国经济进入新常态，但是全球整合资源是央企民企的机遇期。民企正面临着走向海外的好机会。现在全球不论是经济还是贸易，都处于不景气阶段，这个时候正是两种力量凸显的时候，一个是我们的制造能力、建设能力、管理能力，另一个是我们的资金实力。这是发达国家、不发达国家都普遍需要的。当前，我所在的央企计划要发挥自身优势，遵循市场规律和产业发展规律，推动跨行业、跨区域的联合重组，特别加强与民营企业的合作，快速打造具有较强国际竞争力的大型企业集团。和诚集团是个有实力、有社会责任感的民营企业，社会都非常看好。我今天就是为了我们两家的合作而来。如果你们愿意与我们央企合作，今天我们可以好好谈一谈。"

钟大伟知道赵海霞女士想加强央企与民企合作的来意后，感觉有点突然地说："因为和诚集团才刚刚上市，我们还没有来得及思考与央企合作的事情。不过，我很赞同您的观点，民企拥有决策效率高、市场执行力强、创新能力强、用人机制灵活的优势，如果借助央企资金、市场、管理的优势，可以使民营资本实现健康发展。合作共赢是当前商业领域的共识。央企和民企融合的前提是相互理解信任。最关键的一个问题，就是按照规律走。合作伙伴，彼此之间一定是真诚的、相互信任的，才能够在一起。如果能够做到换位思考，彼此之间形成良好的合作关系才能成为可能。"

赵海霞笑着说："是呀，彼此之间相互信任是合作的前提。我今天就是带着我们公司的诚意而来，真心希望我们两家公司能够联手合作、共创双赢。如果钟董事长同意，我马上回去向中国恒远科技发展集团有限公司郝国强董事长报告。我相信他会同意的。"

"强强联手合作既是适应经济全球化竞争的现实需要，也是将企业做大做强更好回报社会的必然要求。这是好事，我当然同意。不过，公司这么大的决策，我也要广泛听取和诚集团决策层的意见。"钟大伟立刻表态。

钟大伟送别时，赵海霞对在场的人说："我回去后就向郝董事长建议我们两家抓紧签战略合作协议，两家重新组建新的股份公司，拓展新的更多的业务……"

钟大伟就国企与和诚重组，专门开会听取和诚集团决策层丁志强等人的意见。大家纷纷发言，都十分赞同，都认为这是应对当前经济发展形势，不同所有制企业相互竞争、相互融合、携手共进，突破发展瓶颈的必由之路。

赵海霞回去后就向郝董事长汇报了和诚发展的情况，提出了两家抓紧签战略合作协议、重新组建新的股份公司和建议。郝董事长表示他一直也在关注和诚集团的发展，与和诚集团合作也是自己早有的想法，夸和诚是一家讲诚信、有社会责任感的大民营企业。

赵海霞高兴地向钟大伟打来电话，转达了郝董事长的看法，并就两个企业组织新公司、持股、技术、管理、举行战略合作签约仪式等问题交换看法，达成一致意见。

钟大伟经和诚集团开会研究讨论，最后决定让张东海具体牵头负责赵海霞所在央企沟通、合作、开发国外项目等事宜。张东海领到任务后，感到自己压力非常大，总担心自己干不好影响和诚事业的发展。他主动联系赵海霞面谈，两人每次见面都相谈甚欢……

这年深秋，党和国家召开了一个举世瞩目的大会，向世界郑重宣示："经过长期努力，中国特色社会主义进入了新时代，这是我国发展新的历史方位。……这个新时代，是承前启后、继往开来、在新的历史条件下继续夺取中国特色社会主义伟大胜利的时代，是决胜全面建成小康社会、进而全面建设社会主义现代化强国的时代，是全国各族人民团结奋斗、不断创造美好生活、逐步实现全体人民共同富裕的时代，是全体中华儿女勠力同心、奋力实现中华民族伟大复兴中国梦的时代，是我国日益走近世界舞台中央、不断为人类作出更大贡献的时代……"国内外大批媒体记者争先报道大会盛况。

平时非常关心时事政治和新闻的钟大伟，一直关注电视媒体的相关报道。电视画面时时有报道大会代表接受媒体采访、交流参加大会体会的镜头："进入新时代，是从党和国家事业发展的全局视野、在改革开放历程和取得的历史性成就和历史性变革的方位上，作出的科学判断。这是一个承前启后、继往开来的新时代，一头连接党和人民奋斗历史，一头通向民族复兴的美好未来。这是一个成果丰硕、前景光明的新时代，中华民族实现了从站起来、富起来到强起来的伟大飞跃，迎来了走向伟大复兴之路的崭新征程。"

一个大会代表、某民营企业家面对镜头说："这次大会指出：我国社会主要矛盾已经转化为人民日益增长的美好生活需要和不平衡不充分的发展之间的矛盾。这是一个事关全局的历史性变化，对各项工作提出了新的要求，也有力指引了企业的转型方向。随着中国特色社会主义进入新时代，我们真切感受到市场需求、消费需求发生了新变化，品质消费在崛起，个性化、多样化消费渐成主流。我们也必须以成就消费者品质生活为使命，与时俱进，着力转型。"

连日来，每当钟大伟看到这些电视画面，便对接受媒体采访代表的发言产生强烈共鸣。一天晚上看完央视新闻联播，对王清雪说："以我看来，积极主动适应新时代发展，科学分析国家发展环境的基本特征，准确把握国家社会主要矛盾的深刻变革得出的科学精辟论断，对继续做好企业转型升级至关重要。只有顺应时代进步要求，才能让企业乘势而上获得更加广阔的发展空间。"

钟大伟组织和诚集团管理层带头学习讨论党和国家这次重要会议精神："我们和诚集团在学习贯彻党和国家重要会议精神方面要走在各企业的前面，紧跟形势，不断开创新时代我们和诚事业发展的新局面。"

一天，钟大伟去京都市企业家协会，与一家公司谈完业务后，在协会办公楼遇到了李善联会长。李会长马上请钟大伟到自己办公室坐下，热情地说："欢迎钟总常来。今天遇到你很及时，我正准备一会儿给你打电话呢。"

"哈哈，今天我来对了！李会长找我有事儿？"钟大伟问道。

"是呀，肯定有事儿，而且还是一件很重要的大事。你也知道，前不久，党和国家召开了重要会议，全国各行业已掀起学习热潮。作为各企业我们也不能落下。我们企业家协会已研究决定在后天下午，召开一次由市相关企业代表参加的'积极响应国家号召、开创新时代企业发展新局面'主题交流研讨会。初步安排由6家大企业代表作重点发言。你是6个重点发言人之一。发言顺序名单都列好了，你看一下，你还是第一个发言呢……"

京都市企业联合会、企业家协会联合举办的"积极响应国家号召、开创新时代企业发展新局面"主题交流研讨会如期召开。李善联在主持会议时说："党和国家刚刚闭幕的这次大会，提出了一系列新判断、新提法、新概念、新要求，使我们对未来的国家、企业、生活都充满了信心。今天，我们市企业联合会、企业家协会联合举办主题交流研讨会，就是希望各企业要深入学习、认真领会会议精神，努力将会议精神贯彻落实到公司实际生产经营中。下面请钟大伟先发言。大家欢迎！"

钟大伟在掌声中先作第一个发言：

"当前，企业发展已步入新时代，我深感自己肩上的责任重大。我们和诚集团是一个上市的大型民营企业，也是推进国民经济快速发展的重要力量。

近些年来，我们通过稳扎稳打地转型升级和结构调整，和诚实现了稳步发展。和诚截至今年上半年，集团销售收入、利税、利润 3 项指标同比分别增长 6.83%、38.81% 和 74.07%。

成绩只能代表过去，不能代表未来。下一步，我们顺应国家战略的目标和方向，推进和诚与央企的深度融合，坚持走出去、引进来相结合，以'一带一路'建设为重点，加快转型升级，加快全球布局，进一步把企业做大、做强、做精，主动应对国内形势和行业环境变化，积极培育核心竞争力，持续推动商业模式的创新和管理的创新，把业务向高附加值领域延伸，以优良的改革创新成果、优良的业绩，回报市委市政府的信任和殷切的希望，回报股东、回报股民、回报社会、回报员工……"

钟大伟的发言获得在场人员长时间的掌声。中科物资贸易集团有限公司总经理赵海霞女士对钟大伟的发言表示高度认同，她情不自禁地站起来为钟大伟鼓掌。

会议结束后，赵海霞与钟大伟又走在一起，单独在会议室进行了交谈，对和诚与央企合作，坚持"走出去"和"请进来"，积极参与"一带一路"建设，达成高度共识。一天，和诚集团与赵海霞所在的国企全面战略合作协议签约仪式，在和诚科技大厦隆重举行。双方主要领导签约仪式上合影。

中国恒远科技发展集团有限公司郝国强董事长和钟大伟董事长在签约仪式上分别发表了热情洋溢的致辞，表达了建立长久合作的良好愿望，今后两家企业将携手并进、合作双赢。签约仪式由赵海霞主持。

郝国强董事长在致辞时说："国企通过子公司在引进战略资本的同时进行业务对接，能够打消民营资本参与混合所有制经济改革的顾虑，携手地方优秀民企根据业务需求探索'增量混改'之路，为大型国企在现阶段进行混合所有制改革提供了样本，也有利于提升央企运转效率，壮大国有经济。

此次双方战略合作，不仅是响应国家政策，更是将资源优势互补，意义重大。双方将充分发挥在产业规划管理、先进技术研发、金融创新服务、产业基金投资等方面的优势，推动多产业供给侧改革调整，提升相关产业发展水平，更好适应中国经济社会发展……"

钟大伟董事长在致辞时说："民企拥有决策效率高、市场执行力强、创新能力强、用人机制灵活的优势，如果借助央企资金、市场、管理的优势，可以使民营资本实现健康发展……"

由于钟大伟从始至终注重企业的科技创新，使企业核心竞争力越来越强，不断引起欧美一些西方发达国家的注意。特别是在家电和手机两大板块，科技含量水平含量高，深受国内外广大消费者青睐，在欧美市场的销售份额占比越来越高，某些国家开始频频设法制裁和诚，以对其国家安全构成威胁为理由，禁止和诚产品进入本国市场，并"劝说"盟友，希望其他的国家也一起加入制裁和诚的阵营中，使得和诚入欧美市场一路坎坷，困难重重。

钟大伟召集丁志强、张东海、赵海霞、王清雪等集团高管召开紧急会议，连忙商量对策。

赵海霞带头发言："他国为什么频频制裁和诚？其中的内幕早已曝光，他国所谓的'威胁国家安全'都是虚假的，旨在打压和诚产品在科技创新方面的国际领先地位，防止我们在业务发展上取得话语权。这也就是说，他国阴谋非常明显，要保证他们国家在电器与通讯领域上的主导地位。"

丁志强十分赞成赵海霞的观点："赵总说得对，他国说安全保护只是台面上的理由，商业利益冲突才是主要原因。有消息称，他国政府一直担忧，和诚的技术实力强大，极有可能扩散至其他领域。担忧未来和诚很有可能凭借其品牌和技术积累在他国开拓更广阔的市场，让他国本土企业面临大的冲击。"

张东海连忙接话说："不可否认，和诚是我国先进科技企业一个代表，也是我国科技实力的重要组成部分。我们的电器与通信产品，无论在性能、价格方面，都足以与欧美本土的产品构成竞争关系。尤其在专利拥有量方面，更是绝大多数欧美厂商所不及的。一旦和诚在欧美建立品牌，其对他国本土企业构成的市场和经济的冲击是不可小觑的。当然，我们不要因此害怕制裁，只要我们断续坚持走好'科技先行、引领发展'之路即可……"

钟大伟听了大家积极踊跃发言之后，表情轻松、面带微笑，信心满满道："他国对我们制裁，恰恰告诉我们，和诚从始到终坚持自主研发和技术创新的企业发展战略是对的。企业要发展，就像打仗一样，要靠实力说话！当今世界，是科技创新时代。只要我们掌握和不断提升和诚的企业核心竞争力，走好自己的路，就不会惧怕外界任何制裁与挑战的……"

张东海自受命牵头负责和诚与央企合作，参与"一带一路"建设工作后，思想压力大，担心自己干不好，对不起钟大伟对自己的如此信任。在他心中时刻想着一个人：赵海霞。他认为只有赵海霞能帮助他。

赵海霞一直忙于事业至今还单身，他也知道张东海目前也是单身，张东海为人豪爽，说话幽默，在与张东海的频繁接触中，内心越来越喜欢这个男人，但作为女人碍于面子，表面上还糊涂。张东海也早觉察到了她的心思，只是他心中只有田琦。

张东海与赵海霞一道，抓紧加强在技术领域、金融资本、销售运营等方面的交流与互动，并通过高层定期沟通机制，双方人员互派学习交流，加深彼此的联系与合作，坚持"走出去"和"请进来"，积极参与"一带一路"建设，取得丰硕成果。

京都市企业联合会、企业家协会联合举办企业家"走出去"和参与

"一带一路"建设的经验交流座谈会。来自国内外有关企业的代表近100人应邀出席。钟大伟与赵海霞、张东海参加了此次会议。钟大伟代表和诚与央企新组建的公司发言，谈了"走出去"的经验做法与"一带一路"建设的体会："国际形势的发展为民营企业'走出去'提供了更广阔的空间，特别是目前的全球经济形势依然呈现疲软态势，欧美经济尚未恢复到国际金融危机和欧债危机爆发之前的水平，此种情况下，中国的民营企业到海外投资、并购的机会便会相对增多，而交易成本的降低、投资环境的改善，都为民营企业'走出去'开拓国际市场提供了良好的契机和广阔空间。今天市企业联合会、企业家协会联合举办这次企业家'走出去'和参与'一带一路'建设的经验交流座谈会很及时。在国家政策的大力支持下，企业'走出去'将助推电器、通讯、电子、汽车及零部件等多行业的出口，必将加快我国企业对外投资的步伐。另一方面，民营企业的自身转型升级也为企业'走出去'提供了内在动力，'走出去'有望成为缓解企业自身转型升级压力的重要途径之一……"

京都市企业联合会、企业家协会联合李善联会长在主持会议时，对钟大伟和诚集团与国企融合发展所取得的成绩给予了充分肯定："钟大伟是我市年青的优秀民营企业家，他所在的和诚集团与国企新组建的公司虽然时间不长，但是在'走出去'和参与'一带一路'建设已经做出了不起的成绩。唯创新者进，唯创新者强，唯创新者胜。钟大伟和他的创业团队，坚持以新时代新思想引领企业新发展，继续聚焦新旧动能转换，提升创新水平和核心竞争力，在产业链的中高端取得提升和突破，更主动地参与国际竞争，以创新转型与工匠精神打造国货精品，提升中国品牌的全球影响力，已经取得了实质性进展，在座的各位企业家，应该多向钟董事长学习呀……"

李善联话刚说完，就响起了阵阵掌声。

一天晚上，为庆贺和诚集团与国企融合发展取得阶段性成果，钟大伟主动邀请赵海霞、张东海和丁志强去卡拉 OK 唱歌，开场大家便一同唱了当前正在流行一首歌：《歌唱新时代》……

钟大伟、丁志强都十分关心张志强个人婚姻问题，本来希望以前林叮叮与张东海能够走到一起，但因张东海不够主动而无果。钟大伟、丁志强现在看到张东海繁与赵海霞在工作上配合很默契，人生经历都很丰富，都希望他们二人能够尽快碰出爱的火花。

钟大伟趁张东海唱歌之机，专门单独向赵海霞敬酒："赵总，我敬你一杯！我知道你现在还是单身，祝你在干好工作的同时，尽快找到自己的如意郎君！"

赵海霞一听眉头紧皱地说："谢谢关心！唉，个人问题一直没有遇到合适的，我也头疼，也许缘分还没有到吧！"

钟大伟连忙接话："你这么漂亮、这么优秀，只要你不要太挑剔，很快就能嫁出去的！你觉得你现在工作身边有合适的没有？"

赵海霞一听就知钟大伟的用意："呵呵，你是指张东海吧？他真的非常优秀，很爷们儿！可我喜欢他，但他对我没有感觉呀！"

钟大伟笑了笑说："哦，你怎么知道他对你没感觉？到时我劝劝他。东海他现在是身在福中不知福呀……"

钟大伟无论企业发展如何，始终不忘回报社会，他根据时代发展需要，决定在和诚集团内部设立爱心慈善基金，助推公益事业可持续发展。

一天，钟大伟与王清雪难得在京都一家集贸市场买菜，当路过一个小胡同，无意间看到别人故意遗失在一竹筐里的孩子，衣服上面有一张写着出生年月、生病情况，他们夫妻二人马上将其送到孤儿院。当他们进入孤儿院看到孤儿的生活状况时，特别是看到那些孤儿们致残不能与正常孩子一样生活时，夫妻二人心里多是同情，心灵受到一次震撼。

两人回去后对孤儿们仍放心不下，心情比较沉重，王清雪还流下眼泪。

此刻，王清雪主动对钟大伟说："大伟，我看到这些孤儿实在太可怜，没有父爱和母爱，特别是那些残疾儿童更是前途未卜啊！我现在终于明白了为什么这么多年你一直在资助失学儿童和孤儿。我也想好了，反正我也没有生育能力了，如果你同意，今后我们可以将我们的收入主要用于资助孤儿和失学儿童身上。我们没有生过儿女，权当把他们当成自己的孩子吧……"

钟大伟听了王清雪的一番话，非常感动，很认同地说："清雪，你现在越来越懂我和支持我了，连心里想法都开始与我不谋而合了，我完全同意你的意见！对，以后我们将收入主要用在这些最需要帮助的孩子身上，把他们当着自己的孩子去养……"

第二天，钟大伟与王清雪一起又来到当地的政府部门了解待资助的孤儿信息。发现许多地方都需要社会各界救助。于是，钟大伟决定在全国资助多家孤儿院，从此把孤儿当成自己的孩子去对待。社会普遍给予好评。

丁志强等公司的高管都被钟大伟的善举所感动。大家商议在和诚公司设立专门爱心慈善基金，企业的力量总比个人资助的力度要大些，正式向钟大伟提出在公司专门设立爱心慈善基金的建议。对此，钟大伟专门召开公司高管会议，正式研究决定设立爱心慈善基金，并成立和诚慈善公益事业专项工作小组，钟大伟亲自任小组组长，丁志强任副组长，负责日常工作。每个部门都有一名管理者参加专项小组。

不久，和诚集团与京都市慈善总会签订合作协议，计划设立1000万元的"和诚爱心慈善基金"，助力灾后重建和公益慈善事业，把爱心长期延续下去。钟大伟以和诚集团董事长的身份在合作签订仪式上说："作为在我国改革开放中成长起的民营企业，多年来，我们深切感知将企业发展和社会发展紧密联系一起，是一个民营企业家必备的胸襟和眼界，企业社会责任是和诚集团发展战略中不可或缺的一部分。此次设立1000万元的'和诚爱心慈善基金'，携手京都市慈善总会，是和诚集团致力于助力中国弱势儿童成长的长期承诺。我相信，通过我们的公益战略合作伙伴的协力，必能将目前和诚集团已经构建的公益平台拓宽，汇聚更多志同道合的社会力量为爱心公益事业助力……"

京都市慈善总会会长在合作签订仪式上表示："数十年来，京都市慈善总会在爱心公益领域积累了许多宝贵经验。无独有偶，和诚集团在儿童公益领域也颇有建树。今天我们很高兴能与志同道合的和诚集团结成战略合作伙伴。我们将整合双方资源，发挥各自所长，深化我们慈善工作的服务领域，让更多弱势儿童得到切实帮助……"

京都市刘广生副市长当天也参加了和诚集团与京都市慈善总会合作协议签订仪式，也对和诚集团长期专注、脚踏实地地从事公益事业表示肯定和支持，并对和诚集团与京都市慈善总会的合作表示赞许和期待："弱势儿童成长的能力问题，事关我国能否如期实现全面建成小康社会的目标。解决这一问题，不仅需要政府的努力，更需要社会各界的广泛参与。此次和诚集团与京都市慈善总会的战略合作正是我们想要积极倡导的形式之一，希望有更多热心公益的企业组织能加入到致力爱心的公益事业里来……"

对钟大伟来说，慈善已经成为一件做了就停不下，忍不住就要去做的事。钟大伟带领和诚公司一些员工积极响应市慈善总会的号召，带头做公益宣传，带头做慈善事业，带头关心关爱弱势群体，全面带动更多人加入慈善组织、开展慈善活动。全国无论哪里发生雪灾、地震等自然灾害，他都第一时间赶赴灾区亲自参与救援行动，并捐款数百万。近两年时间，他与慈善团队在全国各地捐建 30 所博爱小学，还带着大批爱心物资探访当地空巢老人……

由于和诚集团热心公益慈善事业，履行社会责任，钟大伟获得了许多荣誉，得到了社会广泛认可。京都市为表彰钟大伟为公益慈善事业的贡献，在慈善晚会上京都市民政局、京都市慈善总会宣布特聘请其担任京都的慈善大使，并授予钟大伟"京都最高荣誉市民"称号。钟大伟成为京都获得该项荣誉的十大民营企业家之一。晚会现场，京都市刘广生副市长为钟大伟颁发"京都最高荣誉市民"证书。

晚会结束后，刘广生副市长专门安排与钟大伟谈话："钟董，你热心公益事业，几十年如一日，是个很有社会责任的企业家，你为民企做出了榜样，为此，我敬您一杯！"

钟大伟连忙与刘广生碰杯："谢谢刘市长的鼓励！"

36. 岳父久违的笑容

面对企业家女婿心情复杂
不计前嫌令父欣然解心结

一天晚上，王东平与老伴申贵珍在家边吃饭边打开电视收看节目，无意中看到钟大伟作为成功企业家接受记者的采访。国内一知名报刊记者问道："钟董事长，我想问一个关于科技创新的问题。我注意到您日前在接受外媒采访时表示'和诚不怕任何国家技术封锁与制约，和诚没问题。对他国不符合国际常规的做法，和诚是有底气、有准备的。'请问和诚的底气从何而来，作了哪些准备？"

钟大伟坦诚答道："我们和诚在产品自主创新、自主研发方面不断取得新突破，现在占据国内外销售份额越来越大。和诚在电器与通信产品的生产销售上，从不排斥与他公司的合作。在和平时期，我们从来都是'1+1'政策，一半买他国公司生产的，一半用自己生产的。尽管自己产品的成本低得多，我们还是高价买他国的产品配件，因为我们不能孤立于世界，应该融入世界。我们和他国公司之间的友好是几十年形成的，不是一张纸就可以摧毁的。只要他国不限制，我们还是会保持正常贸易……"

在回答记者提问时，还有一记者向钟大伟问到物流的问题："钟董，请问您在产品销售方面都有哪些创新点？在物流上有什么困难吗？"

钟大伟连忙微笑回答："你这个问题问得好。随着我们和诚电器品牌效益影响越来越大，对我们物流货运等方面提出了更高要求。下一步，我们准备与几家大的物流行业公司加强合作，充分利用'互联网＋'，同时将产品销售加入更多的科技元素，甚至加大智能化的应用，确保顺畅地将我们的品牌产品销往祖国的大江南北，千家万户，销往海内外……"

老伴申贵珍对王东平说："你看，现在大伟越来越有企业家风范了，回答记者的提问，看他答得多好！"

王东平由于坚持传统观念，科技创新不足，没有充分利用'互联网＋'技术，思想保守，经营多年的物流产业举步维艰，收益急速下滑，心情很沮丧。老伴问话他听了半天不说话，内心不时进行自责："老伴儿说的对呀，大伟的确非常优秀，都怪我当初小看了大伟。我从事物流行业几十年，现在生意一年不如一年，濒临破产，多么希望与钟大伟这样的大企业进行合作，但我有话又说不出口。"

面对困境，公司一个好助手张东焦急地对王东平说："王总，现在经济全球一体化进程正在加快，物流行业也正在向着现代化和信息化时代迈进。我们也要及时向现代物流转型，加快这方面管理人才培养，否则，我们会很快淘汰出局呀……"

王东平眉头紧锁，表情严肃地说："哎，是呀，现在都流行网络购物，我们不跟进也不行呀，我近期也一直在思考这一问题。"

张东连忙劝说："我听说钟大伟的和诚集团产品销售量大，每天都有大量家电产品销往国内外。他们正准备找物流行业加强合作，您是他的岳父能不能抓紧问一问他？如果他能答应与我们合作，我们的物流业就有救啦！"

王东平想到反对女儿与他结婚，与钟大伟多年的心结还没有打开，马上说："不要提他！哪怕我们物流业倒闭了也不找他！"

这时，张东有些不解地问："为什么？您是他老丈人，再说了他现在正需要找物流公司合作，机会难得呀！"

王东平低下头沉思片刻，叹了叹几口气说："唉，不要问为什么啦，都怪我，现在我没法向他张这个嘴呀……"

王清雪也是一个性格倔强的人，认为父亲既然当初为了反对自己与钟大伟一起创业和结婚，提出与她断绝母女关系，她平常除了与母亲申贵珍有往来外，也不再强求与父亲联系。对此，钟大伟又劝他："清雪，这么多年了，我们与你父亲还没有见过面，这也不符合常理呀……"

王清雪有点撒娇地说："这着什么急，他不想与我联系，我才不主动向他示好呢……"

钟大伟半开玩笑地说："好，都听你的，老婆大人的老爸不主动联系我们，我们也不主动联系他！"

王清雪不能生育，不能给钟家传宗接代，一直是她的心病，特别是钟大伟企业越做越大，这种压力就越大。平时王清雪很少与父母联系。一天，申贵珍有些想女儿，便主动上门看望。"小雪，现在你工作还那么忙吗？我看你脸色不太好看，你没有与大伟生气闹矛盾吧？"

王清雪看到母亲上门来看她，便热情互动，有说不完的内心话："老妈，我现在不能生育，我对不起婆婆和大伟，他们都是从农村走出来的，骨子里都想要孩子，而且都想生男孩，你说我这样长久下去，他会对我变心吗？"

申贵珍一听，思想也一下子紧张起来，也担心女儿将来不幸福："是呀，农村人传统思想不是想改就能改的，不过，现在社会不孕不育的人越来越多，好多人通过及时治疗，还都治好了，你在治疗上不能掉以轻心，多去几家医院诊断一下，多找到一些对症治疗的办法，或许很快会好的。"

王清雪一听母亲这样一说，心情仿佛轻松许多，松了一口气说："还是老妈说得对，我从明天开始多去几家医院再检查对比一下，没准儿很快会治好的……"

　　王清雪结婚多年一直没有生育，其实身为父母，王东平和申贵珍也时常为她担心。一天晚上。王东平和申贵珍两人又谈论起来。申贵珍紧皱着眉头说："清雪现在思想压力大，一方面，她婆婆希望抱孙子的传统思想严重，另一方面，钟大伟因此也十分难受，担心时间长了，清雪身体会生病的……"

　　王东平觉得虽然最初反对女儿与钟大伟结婚，赌气不与她来往，但他一直在关心清雪的生活与工作情况，十分担心女儿嫁给钟大伟受委屈。听了申贵珍这么一讲，他也开始对女儿着急起来："是呀，清雪不能生孩子，何止会让她婆婆不满意，我最担心的是，时间长了，钟大伟会不会对清雪变心……"

　　申贵珍表情严肃，马上追问："变心？我看钟大伟不是忘恩负义的那种人……"

　　王东平不以为然道："老伴儿，你们对男人还是不了解，现在钟大伟已成为全国拥有高知名的企业家了，她对自己的母亲很孝顺，虽然表面上现在对清雪还很好，但时间长了不能生育，会受母亲和外界影响的。时间长了，很有可能嫌弃我们清雪的。"

　　申贵珍又连忙追问："照你这种逻辑，钟大伟迟早会与小雪离婚不成？"

　　王东平连忙说："很有这种可能，我真有些担心……"

　　王清雪为了争取生育，开始三天两头到各大医院妇产科作进一步诊断治疗，每天趁钟大伟不在时吃好几种药，内心充满对怀孕的无限向往。有一天，钟大伟回家突然看到王清雪正在吃药，关心地问："清雪，你怎么啦，身体不舒服吗？"

　　"没有大事儿，不用担心！"王清雪无奈地笑着说。

　　钟大伟随手拿起药瓶看了看上面的说明，马上反应过来了，抱着王清雪:"你……你还是没有放弃治疗呀？老婆辛苦啦！"

王清雪看到钟大伟对自己很关心，顿时感动得流出眼泪……

国内一些大的物流公司充分运用"互联网+"技术、公司业务迅猛发展，王东平物流公司竞争力一直提高不上去，已面临倒闭，与张东二人在酒馆喝起了闷酒:"兄弟，你跟了我这么多年，很早就提醒我，让公司早点转型，走信息化和科技化之路，可是我没有听，今天公司落到这一步，都怪我！对不起兄弟，来，干杯！"

张东忙安慰道:"这也不是您的责任，而是市场竞争瞬息万变，顺势生存，逆势出局，本来就是这么残酷……"

当晚王东平与张东喝完酒回到家已深夜了，申贵珍一直担心:"你怎么现在才回来？你看都凌晨两点多啦？"

王东平心情不好，酒劲也没有过去，对老伴儿说:"完了，我亲手经营几十年的物流公司马上就要倒闭了，倒闭了……"

王东平经营几十年的公司眼看就要倒闭，老员工依依不舍，大家充满无奈，主动围住王东平，当面对王东平诉苦:"王总，我们都不想让公司倒闭，你能不能还有什么办法挽回局面？"

王东平说:"我十分理解大家的心情，可是市场竞争残酷无情，已经来不及了……"

有一些老员工为了生计，便请求王东平:"王总，现在和诚集团的钟大伟全国无人不知、无人不晓，他可是您的女婿，听说和诚集团现在要找物流公司合作，扩大产品对外输送速度，您能不能找一下钟大伟，给我们物流公司一次合作的机会？"

另一名老员工也接话:"对，您是他老岳父，这不就是您一句话的事情……"

王东平听到员工劝自己找钟大伟合作，心里更不是滋味儿，半天沉思不语……

钟大伟为了减轻王清雪不能生育给她自己带来的压力，主动趁双休日带上王清雪一起去看电影、喝咖啡、去爬山，之后两人又决定去孤儿院看望资助的孩子们。

钟大伟动情地对王清雪说："清雪，你不能生孩子没关系，以后我们就将这些孤儿资助抚养长大成人，就当成自己的孩子，我们一点也不孤单……"

王清雪很赞成："对，他们也是我们的孩子……"

然后，王清雪又流下眼泪……

王东平面对公司倒闭的困境，突然性格变得暴躁，整天闷闷不乐，在家老伴儿一说话王东平就感到烦："你能不能少说两句，少让我心烦行吗？"

有时申贵珍也反驳："你公司没有领导好快倒闭了，拿我发火算什么本事！老没出息！"

一天，王东平在家突然自斟自饮喝起闷酒来，一杯接一杯，老伴儿怕他喝多伤身体，怎么也劝不住。很快喝醉了，当老伴搀扶他让他上床休息时，忽然摔倒在地，怎么扶也扶不起来，担心他心脏病犯了，马上打急救电话，第一时间送到医院抢救。经过两个小时的及时抢救，王东平脱离了危险，医生告诉老伴："他的心脏病很严重，幸亏你送得及时，再晚半小时后果就不堪设想呀……"

王东平被转到普通病房进行后续治疗，老伴儿的心才踏实下来，便给王清雪拨通了电："小雪，休息了吧，我告诉你一个事儿，你老爸住院了。"

王清雪一听说父亲住院了，本来已躺在床上休息的她，一下子坐了起来："妈，您说什么？老爸住院了？什么病？"

钟大伟一听岳父住院了，马上起床穿衣服："清雪，走，咱们一块儿赶紧去看看老爸！"

王清雪也觉得事发突然，虽然自从结婚很少见过父亲，听说他生病住院，作为人之常情，就没有反对钟大伟的提议："那好吧，现在就去医院吧！"

钟大伟、王清雪第一时间赶到医院看望，王清雪看到父亲在母亲的陪伴下正在输液，父亲已睡着了，她小声对妈妈说："妈，老爸怎么生病了，身体怎么啦？"

妈妈叹了叹气说："他是最近压力太大了，喝酒生闷气，一下子心脏病犯了……"

王东平在病床上醒来，看到钟大伟探望，感到十分意外和惊喜，马上从床上坐起来："大伟，你怎么也来了？"

"老爸，您别动，这是我应该的，现在您觉得身体好一点了吧？"

"好多了，你们不用担心。"钟大伟连忙上前扶了扶王东平，让他躺下别动，担心动了输液管和针头。

自从得知王清雪与钟大伟结婚，王东平许多年没见钟大伟，一看到现在已成为大名鼎鼎的企业家的女婿钟大伟，对自己如此关心，一听说自己生病了马上赶到医院探望，内心激动不已："大伟，今天你能来主动看望我，我真得十分高兴，我最近心情一直不太好，加上我经营遇到困难，几十年的物流公司在出现'互联网+'以及电子商场形势下，随时有倒闭的危险，一直想找机会与你谈谈，可是……"

钟大伟看到王东平无奈的表情连忙安慰："是呀，现在商场如战场，要保持公司永续发展不容易，必须主动适应形势，充分利用'互联网+'技术，走科技强企之路才行。"

王东平十分赞同："你说得对，几年前，公司其他高管就多次建议我及时调整物流发展思路，向科技物流公司转变，我没有采纳，唉，现在说什么都晚了！"

钟大伟连忙说："不，走科技之路，推动企业转型现在抓紧还来得及。我们和诚集团现在逐步成为国际化大公司，产品销售量与日俱增，正在考虑加强现代物流管理人才的培养，如果您愿意，就直接将您的物流公司并入我们和诚集团，这样保证你们的物流量充足，经济效益肯定也会提升！"

王东平听钟大伟主动提出合作，心想这也是他全物流公司老员工多日的期望，高兴不已，连忙回答："当然我愿意，太好啦……"

王清雪上前也当面关心过问王东平的病情："老爸，企业的事儿您先放一放，别操心了，现在要多休息，以身体为重……"

王清雪与钟大伟去医院看望王东平之后回到家中，王清雪对钟大伟高兴地说："大伟，你今天表现不错呀，看你把老爸高兴的。他现在开始以你这个优秀的女婿为骄傲啦！"

钟大伟连忙笑着说："那当然呀，这可是我们结婚这么多年第一次见老丈人，表现好点儿，也是应当的。谁让你是我老婆，他是我老岳父呢！"

自从钟大伟与王清雪主动到医院看望后，王东平心情大好，病一下子变好了，心跳和血压都很快恢复正常，住了两天院，便出院回家了。回到家后，王东平像换一个人似的，与老伴开始有说有笑："小雪她妈，你说真神奇，自从我与大伟、小雪见了面，身体一下子变好了，你看我现在身体一点事都没有了……"

申贵珍接着说："是呀，是他们主动认了这个爹和老岳父了，你的心病解了。谁让你当初那样瞧不起大伟这个穷小子？现在人家已成为知名的大企业家了，对你还真好！你应该找机会当面向大伟、小雪好好沟通一下……"

王东平连忙说："对，当初的确是我的错，小雪的婚姻大事应由她自己做主，我不该坚持反对，伤了父女之间的情感……"

钟大伟上班后，马上找到丁志强、张东海商量收购王东平物流公司等事宜，张东海高兴地说："东平兄可是我们老朋友了，他遇到的困难就是我们的困难。大伟，收购重组的事就交给我办吧，保证快速办理到位！"

王东平物流公司的老员工们听说公司被和诚集团收购，都感到十开心，主动找到王东平一起喝酒表示庆贺。一个老员工面带来笑容主动上前给王东平敬酒："王总，这回我们物流公司有救了，多亏你有个好女婿呀！"

王东平听了笑得合不拢嘴……

张东海与王东平又因企业发展走到了一起，两个老朋友专门单独小聚，开心举杯畅饮，时而高兴大笑，时而流泪伤心，感慨人生、回味人生……

37. 一场迟到的婚礼

兑承诺补办迟到的婚礼

奋斗圆梦后显人间温情

钟大伟召集丁志强、张东海来办公室一起分析和诚当前企业发展形势，对大家说："现在一定不能受他国制裁的影响，我们对他国最后的反制就是维系当前和诚良好发展势头！我们不能自乱了方寸！"

丁志强感慨道："他国单方面挑起经贸摩擦这么长时间过去了，事实证明对和诚的打压损人又不利己，也直接损害他们国内与我们合作企业的利益，还有国内广大普通消费者的利益。"

张东海连忙点头道："从某种意义上讲，我们还要感谢他国对我们的限制，通过这次全世界媒体对他国制裁我们的宣传，反而给我们作了一场'免费广告'，让我们和诚在全球的知名度进一步提高，势必使和诚的经济效益和社会效益越来越好！"

大家都会心地笑起来。这在这时，集团财务总监小高进来，十分高兴地将本季度刚出炉的企业业绩财务报告呈递给正在与丁志强、张东海分析企业当前发展形势的钟大伟。

钟大伟看到财务报告中："本季度销售额继续延续上季度的增长势头，又以 15% 的速度增长，表明和诚业务发展持续稳中向好……"面带微笑地说："从集团营业额又有大幅增长情况看，只要我们有核心竞争力，始终保持自主研发技术领先，就不怕打贸易战……"

财务总监小高走后，钟大伟又想到张东海的婚姻大事，对张东海说：

"东海，你与赵海霞相处得怎么样啦？"

张东海明知是钟大伟关心他的婚事，故意将话岔开："她对我工作很支持，我们合作很好，争取我与赵海霞联手，在国企与民企融合发展上创造出更多的经验。"

丁志强听了连忙咳嗽几声说："东海，人家问东你答西，你故意装糊涂！我问你，你到底对赵海霞有感觉没有？人家对你很认可，很希望与你由工作关系发展恋爱关系。赵海霞这么好的人才，你现在也老大不小了，千万不要错过机会啦！"

张东海内心只有田琦这个女人，看到钟大伟与丁志强对自己的婚事如此关心，一时不知如何回答是好，半天才说话："唉，今天不谈这个问题好不好？改天再说吧！"说完，起身就走出钟大伟的办公室。

钟大伟、丁志强看到张东海如此表现，感到很诧异，一时丈二和尚摸不着头脑："东海这是怎么啦？葫芦里到底卖的是什么药？"

张东海晚上躺在床上睡不着觉，一直回想当初与自己共患难，主动提出与自己离婚的妻子田琦，不时又打开手机反复看以前与田琦一起生活时的照片……思念之情最终让张东海鼓起勇气给田琦拨了电话，可是田琦回到四川老家后，早将老手机号换了，只听到手机里的提示音："谢谢拨打，此手机号已注销……"张东海很失望地放下手机，心里默默在说："小琦，我爱你，我当时提出离婚也是没有办法的办法，你现在还好吗？你现在又出嫁了吗？你不要记恨我……"

随着创业成功，企业运转高效，钟大伟虽然工作每天仍然繁忙，但是在企业周转资金等各种压力方面明显小了许多，生活上心情也比过去显得轻松一些。钟大伟还找丁志强、张东海等人在业余时间打打篮球，既锻炼了身体，又找回了大学时期的感觉。

钟大伟逐渐开始正常下班回家，主动帮助母亲和王清雪做家务，家庭呈现出无比温馨幸福的场面。

王清雪看到和诚集团已经做成了全国同行业数一数二的知名大企业，钟大伟思想压力明显比过去小了，就想起创业初期钟大伟对自己的承诺：补办婚礼。周末的一天，王清雪看到钟大伟在家里边哼着小曲儿边拖地板，趁他心情比较好的时机，连忙上前用双手一下子抱着钟大伟的脖子，对着钟大伟撒起娇来："老公，我现在想给你商量一个事儿。"

"什么事儿？老婆今天怎么变得这么温柔？"钟大伟连忙追问。

王清雪低头想了想说："你还记得当初我们领结婚证后，你对我的承诺吗？"

钟大伟紧皱一下眉头说："让我想想，噢，我想起来了，就是等我们家里有钱了给你换一辆汽车？给你买一些高端化妆品？"

"不对！不对！"王清雪显得有点生气的样子。

"噢，让我再想想……再想想……"钟大伟边想边说。

王清雪看到钟大伟半天还没有想出来，也不想再为难他了，便大声地呵斥道："告诉你钟大伟！我们的婚礼还补办不补办？"

"对对对，我怎么把这事儿给忘了呢，不应该呀！"钟大伟自责道。

钟大伟连忙抱着王清雪，十分认真地对她说："老婆，对不起。其实我心里一直想着这事儿，只是你今天突然这么一问，我一下子没有反应过来。"

王清雪连忙说："你心里真的一直在想着这事儿？你不许骗我！"

钟大伟又回想当初艰难的创业岁月："老婆，你是我生命的贵人，也是我最爱的人！当初我怀着梦想去创业，一路走来，如果没有你的帮助也没有我钟大伟的今天！想起当初周转资金链条断了，招工也招不起了，是你主动放弃学业和提供无私帮助，与我一起打拼，特别是在我最困难，别人都不看好我，在遭到你父亲坚决反对下，你毅然决定与我一起去登记结婚……"

王清雪连忙打断钟大伟的话："打住，不要再说了，唉，回想起当初，也就奇了怪了，不知道你这个臭男人当初施了什么魔法，就是让我鬼迷心窍，偏偏看上你这个穷鬼！"

钟大伟是个急性子，有事儿向来说办就办，笑了笑说："这都是命运安排好的呀！注定我们今生是夫妻！好，我们抓紧准备准备，近期就补办婚礼，让大家一起来见证我们永恒的爱情！今天刚好是周六，我们现在去到婚纱摄影店看看吧，拍一下婚纱照吧！"

王清雪一下子情绪激动起来，抱着钟大伟的腰说："太好了，爱你老公！好，我们现在出发吧！"

钟大伟自己开车，与王清雪一起高高兴兴地看了一家又一家婚纱摄影店，又找了一位婚纱摄影师选点为他们拍下了一些他们都比较满意的照片……

两人拍完婚纱的当天晚上，一直处于情绪兴奋之中，钟大伟与王清雪躺在床上迟迟不能入睡，谈起补办婚礼越谈越有说不完的话。王清雪突然问道："对了，说了半天，你看补办婚礼定在什么时间比较好？"

钟大伟从手机上看了看日历，想了想说："对了，下月27日是你的生日，刚好还是个周六，就定在这天吧！这样也算是为你送上一份最好的生日礼物！"

王清雪十分高兴，将下月27日补办婚礼的事情第一时间告诉了婆婆和父母，还有自己的好朋友，包括闺蜜钱晓红。大家都为王清雪迟到的婚礼而感到开心。

钟大伟为王清雪补办婚礼的事儿，很快在和诚集团传开，大家纷纷向钟大伟、王清雪求证和送上祝福。为此，钟大伟便正式邀请和诚集团创业的团队和骨干成员到时参加婚礼，大家都十分期待这一天。

丁志强、张东海自告奋勇担任婚礼筹备组的主管和副主管，积极准备婚礼事宜。

王东平知道钟大伟要为女儿补办婚礼消息后，心情十分高兴，但还没有正式接到钟大伟的邀请，正在为自己参加不参加女儿补办的婚礼发愁。这时，钟大伟与王清雪专门来到家里，这也是钟大伟与王清雪结婚以后第一次跨入家门。钟大伟王清雪二人当面邀请王东平夫妻二人到时参加婚礼。王东平十分激动地说："大伟，好呀，最近我和你妈知道你为雪儿补办婚礼，我们老两口每天都念叨这事儿，都等着参加婚礼呀……"

自钟大伟答应补办婚礼后，王清雪每天都在无比兴奋中期待这一天的到来。在离补办婚礼还不到 20 天的一天夜里，王清雪与钟大伟一起在床上睡觉，她无意间摸摸自己的肚子对钟大伟说："老公，最近你发现是不是我又长胖了？你看我的肚子是不是又胖了一圈？"

钟大伟看了看摸了摸，马上从床上坐起来，严肃认真地说："清雪，我看你是不是怀孕啦？"

王清雪脑子稍加思索说："不会吧，医生不早说我没有生育能力了吗？不过，我已经连续两个月没有来例假啦。""要是怀孕了，你妈不得高兴坏了，她一直在盼望抱孙子呀！"王清雪很高兴地样子说。

钟大伟又思索了一下说："这样子吧，你明天最好还是去一趟医院重新检查一下身体，就知道啦。"

第二天王清雪去医院检查，结果不出钟大伟所料，医生对她说："怀孕已两个多月了，孩子与大人一切指标正常……"

王清雪在医院确认自己怀孕后，迫不及待地给钟大伟打电话："老公，你猜对了，我真的怀孕啦……"

陈子贞当天知道王清雪怀孕后，独自在卧室内心感慨地说："谢谢老天眷顾我们，我马上可以抱孙子啦……"

钟大伟晚上见到王清雪，便想起王清雪第一次怀孕时候的情景，当时创业内外受困，资金欠缺、人才欠缺，王清雪为了自己能够如期实现创业梦想，不得……又开始自责……王清雪看到后主动上前安慰大伟。

钟大伟突然又想起即将要准备举行的婚礼，兑现自己的承诺，"双喜临门"一时不知所措。经与王清雪商量，最后决定还是以安心怀孕为主，等孩子出生后，再择日举行。钟大伟感慨："老婆，第一次因创业，还有你父母反对推迟了婚期，第二次又因怀了孩子，真是一场迟到的婚礼啊……"

丁志强正在办公室打电话给婚庆公司咨询婚礼如何举办得更好。这时钟大伟打手机过来了，说明了推迟婚礼的原因，丁志强一下子觉得事发突然，好事连连，一时不知怎么回应钟大伟的话。

张东海正在组织蒋卫华、金春明等一些年轻员工布置婚礼现场时，丁志强突然急匆匆过来了："大家先不用布置了！"

"怎么啦？为啥？"大家纷纷地问。

"不为啥，又有喜事啦！"丁志强故意卖一下关子。

"快说，什么喜事，办婚礼本来不就是喜事吗？"大家反问道。

"是呀，这叫'双喜临门！'"丁志强笑着说。

接着在大家的催促下告诉了王清雪怀孕的好消息，大家才放下好奇的心并感慨道："唉，真是一场迟到的婚礼呀……"

考虑到王清雪属于大龄孕妇，应以全身心休养待产为主，很长一段时间不能再去公司上班。经研究，钟大伟提议将王清雪和诚电器销售总经理的职位由时任副总经理的秦先达接任。

此任命事先也没有事先征求秦先达意见，秦先达升职后，十分激动，当天专门到家里向钟大伟当面感谢。钟大伟说："我用人讲实事求是，举贤不避亲，要感谢还是感谢你自己，因为你经过多年学习与实践，你现在已具备当和诚电器销售总经理的能力……"

不过，后来钟大伟得知张东海、丁志强与蒋卫华、金春明早已用心将婚礼相关事宜安排好，再考虑到婚礼时间早已通知了大家，又经过与王清雪商定，最终还是决定婚礼如期举行，"奉子成婚"。

钟大伟为妻补办婚礼如期隆重举行。和诚集团创业团队和骨干成员悉数参加，京都市刘副市长、市企业联合会、企业家协会，以及合作的国企领导出席。陈子贞、王清雪父母、郝董事长等人出席。

中午典礼开始了，司仪李先生的开场白非常煽情，当着钟大伟的面，讲述了钟大伟与王清雪一起打拼、迟迟才补办婚礼的人生经历，让参加婚礼的人都为之动容，很受感动。钟大伟听后，也没有控制住自己的泪水，他缓缓走上典礼舞台中心，乐声渐起，为妻子王清雪献上了一曲《九百九十九朵玫瑰》，他深情地唱了起来："往事如风，痴心只是难懂……"

伴随着钟大伟的歌声，美丽的新娘王清雪从另一端走了出来。她的表情看上去很平静，但眼神中能看出内心在翻江倒海。待新郎和新娘的手牵到一起时，观众的掌声雷鸣般响起。

交换戒指、拥吻，这些婚礼程序与其他新人都是一样，但他们做起来却多了些神圣，大家都凝神注目，却无一人起哄。

在司仪的主持下，在台上钟大伟、王清雪双方家庭在一起拍下了全家福……

丁志强、章晓慧、张东海、马科长、辛师傅、秦先达等和诚创始人一同献唱一首时代流行歌曲，将婚礼推向高潮。

钟大伟、王清雪又换下婚妆，穿上正装，婚礼在挨桌敬酒互相问候与祝福中结束……

婚礼结束的当天晚上，王东平十分兴奋，与老伴聊天感慨自己找了一个好女婿。王东平与妻子越聊越开始自责起来，后悔当初不应该反对王清雪与钟大伟交往，不应该在钟大伟创业最艰难的时刻该帮助的却没有帮助。心情很难过地对妻子说："我当初根本没看好的穷小子，没想到今天发展进步这么快，真是我老眼光有问题呀。"

"那你就'将功补过'吧，以后看问题眼光要放远一些，光自责有什么用。"王东平的妻子说。

"我想好了，以前我在钟大伟、王清雪创业上拉了后腿，从现在开始我要多学习研究育儿知识，以后全天和你在一起帮助他们带孩子，以此支持他们的事业。"王东平说。

田琦自从当年被张东海主动提出离婚回四川老家后，心里也一直牵挂着张东海，再没有找对象，也不好意思主动联系张东海，但她相信张东海一定能战胜困难，创业一定能够成功，到时一定会主动来找她的。她也没有找工作，平时没有事情的时候，时时打开手机，翻看从前与张东海一起生活时的照片，一直在家照顾年迈多病的母亲……

张东海经历人生起伏，有种看破红尘之感。当他与钟大伟等人联手创业越来越成功之时，他越经常怀念当年自己独立创业，经历风雨时田琦不离不弃的画面。张东海想到这时应是自己去找田琦的时候了，她毕竟是与自己同过甘苦、共过患难的人，找到属于自己的真爱情。

张东海利用公司休假之机，专门去四川探望田琦，当两人分别多年再次见面时，无法抑制情绪，情不自禁地紧紧拥抱在一起……

田琦接着激动地说："我知道你一定会来，我知道你现在创业已很成功，我一直在等你……"

张东海当知道田琦没有结婚，而是一直在等他，情绪激动起："小琦，我爱你！你永远是我的女人……"

田琦双眼一直盯着张东海，边看边想两人一起生活的过去，以十分温柔的口吻说："东海，你这么多年为了梦想，过得很辛苦，现在你与钟大伟联手创业已经成功了，接下来你也要考虑一下个人爱情与家庭的事情了！"

张东海拥抱着田琦说："是呀，我现在是该考虑一下我们婚姻的大事啦！"

田琦连忙追问："这次你来了，我们还分开吗？"

张东海认真地说："你说呢？听你的！自从我决定来四川找你这一刻起，我就做好了我们再不分开的准备！哪怕把在和诚的工作辞掉，也要和你在一起！"

张东海休完假与田琦分开回到和诚后，决定自己提前退休，第一时间向钟大伟递上辞职申请："大伟，我要结婚了，请批准我的申请，我准备提前退休，现优先考虑回归家庭。我张东海永远是和诚的支持者，如果和诚还需要我，今后我可以以顾问形式参与集团管理……"

钟大伟虽然感到很突然，但是便马上答应了，紧紧握住张东海的手："东海，我理解你！支持你！祝你与田琦结婚后，生活幸福美满……"

张东海向钟大伟表明自己要结婚，提出离职申请时，刚好赵海霞也在钟大伟的办公室。想到与张东海结婚无望后，赵海霞再也控制不了自己的情绪，流着泪飞快地跑出钟大伟办公室……

张东海回到四川，又帮助田琦重操旧业，协助她做起餐饮生意，但这一次由张东海全力支持，很快打开局面，在全国开上了多家小吃连锁店，生意异常火爆，从此张东海与田琦又过上了简单而幸福的生活。

转眼间几个月过去了，王清雪被送进医院妇产手术室，因属于高龄产妇，需要做剖宫产。钟大伟和母亲都在手术室外边等候。

等了许久后，一位女护士推开门，走出来叫了一声："谁是钟大伟？"

"我是，我是！"钟大伟连忙边跑边应答。

"恭喜你太太给你生了个儿子！你夫人很坚强，非常配合医生。是她让我告诉你一声，母子平安！不用担心啦！"说完护士进去了又关上了门。

约半小时，一护士推着王清雪，一护士抱着刚出生的孩子出来了，钟大伟和钟母赶紧追了上去，一同回到了产房。……"老婆，你辛苦啦！"钟大伟握着王清雪的手十分感动地说。

王清雪产后被钟大伟幸福地接回家里。钟母看孙子看不够，抱也抱不够，开心地合不拢嘴。王清雪父母来到家里看望，王东平是女儿嫁给钟大伟之后第一次踏上女儿家的门。

王东平从女儿家看望外孙回到自己家后，主动与妻子商量："下一步我准备将物流公司全权交由大伟管理，我申请提前退休，专心帮助雪儿带孩子。"

申贵珍听后很高兴："老头子，你这个想法挺好，我全力支持你！"

王东平马上给王清雪打电话说："雪儿，我刚才与你妈商量过了，我现在什么也不干了，以后我和你妈妈专职给你们带孩子，你和大伟尽管专心继续干好你们的事业吧……"

"您想帮带孩子，我婆婆早说她要带呢？"王清雪半开玩笑说。

王东平说到做到，他把所有工作都辞了，每天研究育儿经，与老伴还有钟母一起担负起照顾孩子的任务。钟大伟有些过意不去地说："爸，您真好！"

王东平深情地说："这是我应该做的，这样你会有更多时间，去实现你下一步的创业梦想呀……"

陈子贞虽然为钟大伟生子、补办婚礼而高兴，但是一直为二伟担忧，每当想起此事，便以泪洗面。这一天，陈子贞在家正在为钟二伟被扣事情发愁时，听到客厅门铃响了，一打开门，二伟、阿美齐声说："妈，我们回来了！"

陈子贞整天担心二伟，当看到二伟之后却一时没有反应过来，愣了一下说："二伟、阿美，你们回来啦？"

"妈，我们回来了！"

陈子贞突然看到钟二伟释放回来，与阿美一道回家看望自己，喜极而泣，三人紧紧拥抱在一起。

陈子贞含着泪水说："二伟呀，自从知道你在国外被扣留，娘每天都放心不下你呀，回来了就好！"

这时，钟大伟、王清雪从外面开门进来，看到了钟二伟、阿美，他们两人异口同声地说："二伟、阿美回来了！"说罢，他们又以一种既高兴又复杂的心情，连忙扑了上去，全家五人紧紧依偎在一起……

过了一会儿，丁志强、秦先达、辛师傅、蒋卫华、金春明等创业骨干也赶来看望钟二伟。这时，陈子贞和王清雪张罗了一桌好饭，大家频频向钟二伟敬酒。见此情景，钟大伟最后主动站起来向大家一一敬酒，并且感慨地说："这次又让二伟受了苦，这都怪我，谁让我是二伟的哥哥呢！国外之所以这样做，都是冲着我来的，我作为哥哥心里非常清楚。通过这件事儿，再次提醒我们，有梦想就有目标，有希冀才会奋斗。和诚人自主创新、回报国家、惠及社会永无止境！幸福都是奋斗出来的，现在我们不仅要感恩这个新时代，在这个新时代要更加奋进！我们都要努力奔跑，我们都要继续争做时代追梦人！来，为和诚人追梦再出发干杯！"

丁志强、秦先达等在座的和诚人，还有王清雪、二伟、阿美，全部站起来，个个满带笑容，边碰杯边不约而同地说："和诚人在奔跑，追梦再出发！干杯！干杯！"

责任编辑:宰艳红

责任校对:白 玥

图书在版编目(CIP)数据

时代追梦人/孙青 著. —北京:东方出版社,2021.3

ISBN 978－7－5207－1725－0

Ⅰ.①时… Ⅱ.①孙… Ⅲ.①长篇小说-中国-当代 Ⅳ.①I247.5

中国版本图书馆 CIP 数据核字(2020)第 200892 号

时代追梦人

SHIDAI ZHUIMENGREN

孙 青 著

东方出版社 出版发行

(100120 北京市西城区北三环中路6号)

环球东方(北京)印务有限公司印刷 新华书店经销

2021 年 3 月第 1 版 2021 年 3 月北京第 1 次印刷

开本:710 毫米×1000 毫米 1/16 印张:26.5

字数:350 千字

ISBN 978－7－5207－1725－0 定价:68.00 元

邮购地址 100120 北京市西城区北三环中路6号

人民东方图书销售中心 电话 (010)85924663 85924644